나에게 트라우마를 준 여자들이
힐끔힐끔 보고 있는데, 유감이지만 이미 늦었습니다
The girls who traumatized me keep glancing at me,
but alas, it's too late
3
third volume
도 유라기 지음
타 일러스트
기 옮김

“익숙해지면
안 된다고 생각해.”

누나
코코노에 유리
“내 벗은 몸은
많이 봤잖아.
가슴을 재는 것 정도로
뭘 부끄러워하는 거야.”

이모
코코노에 세츠카
“안심해, 유키.
난 이거 하나밖에
안 입었으니까.”
“뭐 하고 있어?
얼른 론을
선언해.”

엄마
코코노에 오우카
“부끄럽지만
어쩔 수 없지.”
탈의
제1회 코코노에 가 마작대회!

"유키,
나는 어때?"
친구
카미시로 시오리

"고, 고마워……."
소꿉친구
스즈리카와 히나기

3

The girls who traumatized me keep glancing at me,
but alas, it's too late,

나에게 **트라우마**를 준 여자들이 **힐끔힐끔** 보고 있는데, 유감이지만 이미 **늦었습니다**

3

미도 유라기 지음

The girls who traumatized me keep glancing at me, but alas, it's too late.

살인자 코코노에 유리

―나는 동생을 죽였다.

잠금장치가 없는 그 방은 손잡이를 돌리자 아무런 저항 없이 나를 받아들였다.

그것이 꼭 티끌 하나 없이 깨끗한 동생의 마음을 반영하고 있는 것 같은 기분이 들어 기뻐졌다.

소리를 내지 않게 세심한 주의를 기울여 조용히 문을 닫았다.

깊은 밤 어둠 속, 들리는 것은 째깍거리며 시간을 새기는 초침 소리뿐.

커다란 침대 중앙에서, 동생이 기분 좋은 듯이 새근새근 자고 있었다.

여느 때라면 찰싹 붙어서 자고 있었을 엄마도, 역시 사흘 연속은 민망했는지 자중한 모양이다.

나도 같이 자고 싶어도 주 2일로 참고 있는데, 엄마는 무려 주 3일이다. 지나친 폭거였다. 어느새 주 5일 체제로 정착된 것은 이 아이에게도 사생활이 필요하기 때문이다.

그도 그럴 게 남자니까. 혼자서 하고 싶은 일도 있겠지. 엄마는 이런 쪽으로는 눈치가 없다.

응석받이라는 말이 있지만, 우리 집에서 가장 응석이 심한 어린애는 엄마다. 어른스럽지 못한 것도 정도가 있지. 이게 어머니란 사람이 할 짓인가? 정말이지 한심하다.

한때는 몹시 우울해하던 엄마도, 지금은 아주 생기발랄해졌다. 유키토 덕분이다. 나는 아무것도 하지 못했다. 어떻게 할 수도 없었다. 엄마의 불안을 걷어내 준 것에 감사할 따름이다. 하지만 그렇다고 해도 동생에게 자꾸 달라붙는 건 그만했으면 좋겠다.

엄마는 순진한 척 행세하고 있지만, 사실은 전부 계산된 행동이라는 걸 나는 알고 있다.

어찌나 상스러운지. 엄마의 마의 손길로부터 동생을 지켜야 한다.

농구 대회가 코앞이라 그런지 요즘 동생은 휴일에도 자주 외출하고 있다. 같이 따라간 적도 있지만, 대체로 문제는 없어 보였다.

학교에서도 이레귤러 몇 명이 있긴 하지만, 전체적으로 바람직한 방향으로 굴러가고 있다.

악의에만 노출되었던 초등학교와 중학교 때와는 다르다.

걱정이 과하다고 하면 할 말은 없지만, 고등학교에서만큼은 눈치 보는 일 없이 즐겁게 지냈으면 좋겠다.

깨우지 않도록 살며시 침대에 걸터앉았다. 그대로 천천히 동생의 머리를 쓰다듬었다.

"……유키토는 내가 무서워?"

속삭이듯이 그런 의문을 입 밖으로 냈다. 직접 대답을 들을 용기는 없었다.

아주 조금 관계가 나아졌다고는 해도, 앙금은 여전히 남아 있다.

동생은 이것저것 선물을 주지만 그것이야말로 나를 겁내고 있다는 증거다. 내 심기를 살펴서 내가 화를 내지 않도록 행동하고 있다. 언젠가 다시 신뢰를 배신하는 날이 올까 봐 두려운 것이다.

바로 얼마 전에는 나를 본떠 만든 나무 조각을 주었다. 방 안에 소중히 장식해 두긴 했지만, 그 표정만 보면 몸이 얼어붙었다. 험악한 표정에는 적의가 담겨 있었다. 뭔가를 적대시하듯 노려보는 시선.

이 아이의 눈에 나는 그런 식으로 비치고 있는 것이리라. 하지만 결코 과장된 표현은 아니다.

실제로도 나는 평소에 그런 표정을 짓고 있으니까. 친구에게도 차가운 여자라는 말을 들었다.

언제부터 그랬는지는 생각할 것도 없다. 유키토는 웃지 않게 됐다.

분명 그때부터. 나도 웃을 수 없게 됐다. 당연하다. 어떻게 태평하게 동생 앞에서 웃을 수 있겠는가. 이토록 추하게 더럽혀진 얼굴로 웃을 수 있을 리가 없다.

아무것도 없었던 무기질적인 동생의 방은 새 단장을 거쳐 완전히 탈바꿈했다.

유키토가 그것을 원치 않았다는 사실은 알고 있었다. 나와 엄마가 고집을 밀어붙였을 뿐이다. 더는 보고 있을 수가 없어서. 그럼에도 동생은 아무 말도 하지 않고 고집을 받아들여 주었다.

유키토는 옹졸한 나와는 달리 커다란 다정함을 갖고 있다.

상체를 앞으로 기울여 유키토를 뒤덮듯이 자세를 취했다.

떨리는 양손을 그대로 천천히 동생의 목에 가져다 댔다.

이대로 힘을 주면 유키토는 나를 거절할까. 죽이고 싶을 만큼 증오하고 평생토록 용서치 않으리라며 그 분노를 내게 퍼부어 줄까.

결코 이루어질 일 없는 추악하고 감미로운 소원.

"내가 누나라서 미안해……. 아무것도 해 줄 수 없는데, 빼앗아 가기만 해서……."

알몸이 되라고 말하면 지금 당장이라도 옷을 벗으리라. 손발톱을 떼라고 말하면 두손 두발의 모든 손톱과 발톱을 뜯어내리라. 인두를 몸에 대고 누르라고 말하면 기꺼이 이 몸을 불태우리라.

아무리 벌을 받기를 원해도, 동생은 분명 잠금장치 없는 이 방처럼 저항하는 일 없이 나를 받아들일 것이다. 하지만 그 용서는 이 몸을 썩게 만든다.

침대 아래를 더듬었다. 아무것도 없다는 건 알고 있었다. 그렇다, 아무것도 없다. 있어야 할 것이 그곳에는 없었다. 모든 것을 집어삼킬 듯 텅 빈 공간이 펼쳐져 있을 뿐.

동생 정도의 나이대가 되면 성적인 일에 관심을 보이는 것은 자연스러운 일이다. 야한 책 한두 권쯤은 있어도 괜찮았다. 요즘 같은 시대면 영상도 좋겠지. 하지만 그것도 없다.

내가 유혹하면 늘 부끄러운 듯이 시선을 피한다. 이 아이도 남들만큼의 관심은 가지고 있다. 그저 욕구가 희박할 뿐.

이 아이는 인기가 많다. 누군가와 맺어져 행복해진다면 그걸로 충분했다. 그 상대가 동생을 행복하게 해 준다면, 누구라도 좋았다. 설령 그 상대가 지긋지긋한 소꿉친구라도 참을 것이다.

하지만 그런 소꿉친구조차 골머리를 앓고 있을 터다. 아무도 그 끝에 다다르지 못했다.

그것은 그녀들의 힘으로는 어찌할 수 없는, 유키토의 마음에 뿌리내린 심연이었다.

유키토가 누군가를 사랑했으면 좋겠다. 바라는 건 그것뿐인데.

그것이 어째서, 이다지도 죄 많은 소망이 되었는지.

가슴이 답답해져서 거칠어진 호흡을 가라앉혔다.

그날 내가 동생을 살해한 뒤부터 이 아이는 잠재적으로 여자를 두려워하고 있다. 마음속 깊은 곳에서 제동을 걸고 있는 것이다. 어쩌다 우연히 운이 따라준 덕에 놀이기구에서 밀려 떨어진 동생은 생존했다.

하지만 그건 결과론에 지나지 않는다. 내가 동생을 죽이려 했지만 죽지 않았던 것뿐이다.

그때는 태평하게 동생의 생존을 기뻐했다. 자신이 지은 죄를 깨닫지 못한 채.

동생이 호의를 품는 것을 부정하고, 사람을 좋아하지 못하게 만들어 버린 건 나.

나는 이 아이의 사랑을 죽이고 만 것이다.

—그것은 두 번째 살인.

아무리 호감을 표시해도 유키토는 손을 내밀지 않는다. 내밀어주지 않는다. 모두가 그것을 기다리고 이 아이도 그 사실을 알고 있지만, 유키토의 잠재의식이 계속 회피하고 있다.

그것은 인내력이나 최강의 멘탈이 아니다. 유키토 안에 잠든 본질적인 불신이자 두려움이었다.

호의를 표하면 언젠가 그것이 날카로운 칼날이 되어 자신을 죽일 거라는 강박이 머릿속에 박혀 있다. 그것이 이 세상의 법칙이고 상식이라고 생각하는 것이다.

동생은 총명하다. 그리고 우수하다. 둔감함과는 대척점에 있다.

그럼에도 누군가와 맺어질 일은 결코 없을 것이다.

사랑하는 사람과 이루어져 행복한 인생을 보낸다. 그런 미래를 빼앗았다.

누군가를 좋아하게 되고 사람을 사랑한다. 그 감정조차 이 손으로 지워 없앴다.

그리고, 나는 거듭 죄를 범했다.

'너무 싫다'고 거부하며 토해낸 말로 동생의 마음을 끔찍하게 살해했다.

—그것이 세 번째 살인이었다.

나는 동생의 육체와 사랑은 물론 마음마저도 살해한 것이다.

세 번. 대략 셋을 죽였으니 사형은 피할 수 없다. 나는 거의 사형수나 마찬가지다.

동생이 내리는 형의 집행만을 기다리는 나날. 나는 충분한 벌을 받지 못했다.

하지만 그 벌이 결코 내려오지 않을 것도 알고 있다. 너무나도 한심한 자신의 모습에 구역질이 난다.

관절이 삐걱거리도록 주먹을 쥐었다. 동생이 나를 용서해도, 나는 자신을 결코 용서하지 않을 것이다.

끝까지, 영원히 계속해서 스스로를 증오할 것이다.

오늘도 나는 동생의 자비로 살아가고 있다. 그러니 내 모든 것, 인생과 마음, 몸을 다 바치고, 그러기 위해서 살아가자. 그러지 않으면 공평하지 않았다.

그런 것들이 동생에게 필요하지 않다는 건 안다. 나 같은 죄인의 모든 것을 받아 봤자 아무런 벌충도 되지 않는다. 생사 여탈권을 쥐어 봤자 아무런 가치도 없다. 그래도—.

"좋아……. 정말 좋아해……. 사랑하고 있어."

살며시 입을 맞춘다. 충성을 맹세하는 기사처럼, 저주를 거는 과거의 마녀처럼.

단 한 번의 '싫어'를 덮기 위해서 몇백, 몇천, 몇만 번의 '좋아'를 속삭인다.

내 감정 따위는 아무래도 좋다. 내 기분 따윈 상관없다. 나에게 미래 따윈 필요 없다.

살인자인 내가 할 수 있는 일, 내가 해야만 하는 일. 오로지 이 아이를 위해서, 동생의 행복을 위해서 사는 것이 내가 치러야 할 대가니까.

모독의 금기를 범하는 것에 망설임은 없다. 이미 나는 금기에 손을 댄 살인자다.

"그래도, 네가 뒤에서 손가락질당하는 것만은……."

만약 네 번째 살인이 벌어진다면, 그건 이 아이를 사회적으로 살해하는 것이리라.

이 아이는 주위를 행복하게 한다. 주변에는 늘 사람들이 바글거리고 웃음이 넘쳐난다.

엄마도 꼭 빙의가 풀린 것처럼 평온해졌다. 잘 웃게 됐다.

유방암의 가능성을 알고 절망의 구렁텅이에 빠져 있던 엄마를 구해낸 것도 이 아이다.

따뜻하다. 옆에 있기만 해도 행복한 기분을 느끼게 해 준다.

재액을 흩뿌리고 다니는 나와는 다르다. 발목을 잡을 수는 없다.

심각한 모순에 시달린다. 내 각오는 이 아이를 죽인다. 대가를 치르는 건 나 혼자로 충분하다.

다시 여자를 좋아하게 될 수 있도록, 겁먹지 않아도 되도록 나는 이 아이에게 다가갈 것이다.

일방적이라도 상관없다. 그저 일방적으로 내가 사랑하고 있는 것뿐. 돌아봐 주리란 기대는 추호도 하지 않는다.

동생에게 애정을 받을 자격 같은 건 갖고 있지도 않다. 살인자에게 필요한 건 벌뿐이다.

동생의 가슴에 얼굴을 가져다 댔다. 힘찬 고동 소리. 심장이 뛰고 있다.

"다행이야……. 오늘도 네가 살아 있어 줘서."

무신론자지만 이 순간만은 매번 신에게 감사한다.

이렇게 동생이 살아 있다는 사실을 확인하는 것이 어느새 버릇이 됐다.

심장 소리를 듣는 것이 나의 유일한 위안.

졸음에 눈꺼풀이 점점 감기기 시작한다. 나는 동생의 품 안에서 깜빡 잠이 들었다.

부디 지금은, 그저 이 온기만을—.

프롤로그

목이 탔다. 컵에 담긴 물을 단숨에 들이켰지만 갈증을 해소하기에는 부족했다. 눈앞에 놓여 있는 요리들은 하나같이 일품이다. 아니, 일품일 터다.

극도의 긴장감이 지배하는 와중에 입맛을 다실 여유는 없었다. 자신의 운명과 야심만이라면 몰라도, 가족의 미래까지 저울 위에 놓여 있는 것이다.

현의회 의원인 토죠 히데오미에게 지금 이 자리는 진퇴가 걸린 일생일대의 승부처였다.

"설마 네가 아가씨와 아는 사이였다니……. 세상 참 좁아."

"대장이 말했던 결혼할 사람이란 게 바로 히미야마 씨의 오빠였군요."

"그래. 독신 기간이 제법 길어져서 걱정했는데, 드디어 결혼을 하게 됐지. 그나저나 꼬맹아, 아가씨를 구해줘서 고맙다. 덕분에 나도 한숨을 돌렸어."

"어째서 고마워하시죠? 도움을 받은 건 오히려 저인데요."

"그 정도는 도움 축에도 안 들어. 하지만 아가씨는 너를 만나기 전까지 심하게 침울해하고 있었거든. 어렸을 때부터 봐 오다 보니 영 마음이 좋지 않아서 말이야."

카운터 너머에서 들려오는 화기애애한 대화 소리에 식은땀이 흐른다.

좌식 손님방에 마주 앉아 있는 한 여성. 히데오미가 훨씬 나이가 많지만 권력 앞에서 그런 건 아무런 의미를 지니지 않는다. 몸소 경험한 덕에 그 사실을 알고 있는 히데오미에게는, 상대방의 얼굴에 어린 온화한 미소조차도 공포의 대상에 지나지 않았다.

히미야마 미사키. 그녀 자신에게 어떠한 힘이 있는 건 아니다. 하지만 히데오미는 그녀가 올려다봐야 할 만큼 높은 곳에 있다는 착각을 느꼈다. 그리고 그 생각은 꼭 틀린 것만도 아니었다.

“제 귀엽고 사랑스러운 유키토를 별것도 아닌 일로 해친 이상, 그에 상응하는 각오를 하셔야 할 거예요. 뭐, 벌써 뼈에 사무치도록 이해하셨을지도 모르겠지만요.”

“이번에는 폐를 끼쳐서 정말 죄송했습니다.”

수치와 체면도 아랑곳없이 고개를 숙인다. 지금 용서를 받지 못하면 모든 게 끝난다.

무슨 수를 써서라도 거슬러선 안 될 존재의 역린을 건드렸다. 히데오미 따위는 길가의 돌멩이에 지나지 않았다.

당장 머리를 바꿔 달아도 뭐라 불평할 수 없는 실수였다. 원래라면 기회조차 받지 못한 채 끝났을 터다. 히데오미는 간신히 부여잡은 한 가닥 희망에 매달리는 수밖에 없었다.

“저한테 사과하셔도 곤란해요.”

그래도 계속 고개를 숙였다. 자신의 근시안적인 사고를 탓하면서.

히데오미도 고급 요정이나 고급 요릿집은 많이 다녀 봤다. 때에 따라서는 단순한 회식에서 그치지 않고, 절대 외부로 새어 나가서는 안 될 내용의 회담을 진행하는 경우도 있다.

하지만 지금 있는 이곳은 그런 장소들과는 전혀 달랐다.

'이마치즈키'. 초대받지 않으면 가게 안으로 들어올 수조차 없는 히미야마 가의 어용 일식집.

히데오미도 처음 알았지만, 입구에 간판조차 존재하지 않는다. 이런 기회라도 없었다면 영원히 알지 못했을지도 모른다. 만약 상황이 이렇게 절망적이지 않았다면, 이 자리에 초대받았다는 사실에 감동으로 몸을 떨고 있었을 것이다.

"자자! 그만하시죠. 히미야마 씨, 이만 용서해 드리자고요. 바들바들 떨고 계시는 모습이 주워 온 강아지 같아요. 안쓰러워서 차마 볼 수가 없네요."

"유키토……. 하지만 넌 그렇게 괴로운 일을 당했는데……."

"그런가요? 충분히 재밌었던 것 같은데……. 아무튼 토죠 선배와 전 친구가 됐어요. 그러니까 선배가 슬퍼할 행동은 하고 싶지 않아요."

"정말! 조금은 화를 내도 되거든? 넌 늘 그렇게 다정하더라."

"오빠가 결혼한다면서요. 모처럼 맞이하게 된 경사잖아요. 특별히 사면해 주시죠."

"하아. 이대로 있다간 내가 나쁜 여자가 돼 버리겠어."

"이미 충분히, 나쁜 것 같은데요."

"어머, 이 넘쳐흐르는 모성을 충동적으로 누군가에게 터뜨려 버릴 것 같네."

"죄송합니다 죄송합니다 죄송합니다."

"어떡하지? 갑자기 막 어리광을 받아 주고 싶어지는데. 근처에 적당한 사람이 없으려나?"

"죄송합니다죄송합니다죄송합니다."

"짜증이 나서 그랬다는 진술을 내가 하게 될 줄이야."

"대장, 괴한이 습격해요! 살려주세요!"

"흐…… 윽…… 다행이야. 아가씨……."

"틀렸어."

히데오미는 절절히 깨달았다. 이 정도로 총애받고 있는 사람을 망설임 없이 배제하려 했던 자신의 위기관리 부족을. 그 행동에 어떤 리스크가 있을지 고려도 하지 않았다.

이 소년의 경우로만 한정할 일도 아니다. 자신에게 소중한 존재가 상처를 입는다면 누구든 격노할 테니까. 히데오미에게도 소중한 가족이 있다. 딸을 무엇보다 사랑한다. 만약 딸이 비슷한 일을 당했다면 결코 상대방을 용서치 않았을 것이다.

언제부터 이렇게 오만하고 자만에 빠져 있었던 걸까. 자책에 사로잡힌다.

"어쩔 수 없네요. 유키토를 봐서 할아버지께는 제가 말을 전해 놓을게요."

"정말이십니까?!"

"하지만 앞으로 일절, 유키토에게 민폐를 끼치지 않겠다고 맹세해 주세요. 두 번은 없어요. 혹시라도 비슷한 일이 또 벌어진다면—

반드시 짓밟아 버리겠어요."

"약속드리겠습니다."

광명이 비친다. 하지만 히데오미의 마음은 개운하지 않았다. 가라앉는 배에서 구조의 손길을 내밀어 준 건 히데오미가 배제하려 했던 소년이었다. 한심함과 감사함이 뒤섞인 복잡한 감정. 너무나도 꼴사나워서, 스스로를 호통치고 싶어졌다.

"늘 다정한 히미야마 씨가 짓밟아 버리겠다는 흉흉한 말을 하는 모습은 보고 싶지 않아요."

"미, 미안! 이따가 같이 클랙커즈*나 갖고 놀까?"

"버블 세대**냐고."

히데오미에게 그토록 강렬한 위압감을 내뿜던 여성이, 거짓말처럼 허둥거리며 쩔쩔매고 있다.

절대 화나게 해서는 안 되는 사람은 이 소년이었다는 것이 몸소 이해가 갔다.

"정말이지 네 덕분에 살았어. 미안하다. 이런 말로 쉽게 끝내서 될 일이 아니겠지. 아이를 지키는 게 어른의 책임인데도, 그걸 나는—."

일신의 파멸을 피하려 보신을 택했다. 책임을 져야 하는 위치에 있었기에, 그것이 나쁜 일이라고는 생각하지 않았다. 그 사건이 있은 뒤로 딸은 변했다. 사람이 달라진 것처럼 차분해졌고, 다른 사람에게 다가가게 됐다.

거의 몇 년 만에, 히데오미의 눈시울에 뜨거운 것이 스몄다. 딸은

* 한국에서는 따닥이라고 불리던 레트로 장난감, 1970년대에 유행했다.
** 1960~70년대에 태어나 1980~90년대 경제 호황기에 취직한 세대.

알았던 것이다. 되고 싶다고 소망했는지도 모른다. 그처럼 타인을 용서할 수 있는, 그런 다정하고 그릇이 큰 존재가.

"이런 걸로 받은 은혜를 갚을 수 있으리라고는 생각하지 않지만, 나중에 네게 무슨 일이 생겼을 때는 반드시 내가 힘이 되 주마. 난처한 일이 생기면 언제든 상관없어. 뭐든지 상담해 줬으면 해."

누군가의 힘이 되고 싶고 곤경에 처한 사람을 구하고 싶어서, 현 상황을 조금이라도 바꿔 보려 마음먹고 정계에 뛰어들었다. 그런 젊은 시절의 원점을, 히데오미는 떠올리고 있었다.

"그럼 지금 당장 히미야마 씨한테서 저를 구해주세요."

"……미안하구나. 힘이 돼 주겠다고 하자마자 이런 말을 꺼내게 돼 민망하지만, 내 힘으로는 힘들겠어."

"어른은 거짓말쟁이야!"

꽉 끌어안겨 있는 소년을 슬쩍 외면했다.

안 되는 건 안 되는 거다. 쉽게 떠안을 수 없는 일도 있다. 그것이 슬픈 현실이었다.

"있지, 유키토. 할아버지가 널 만나고 싶어 하셔. 언제 시간 돼?"

"네?"

제1장 「태동하는 괴인」

교내에서 손꼽히는 인기남을 만나다! 그 사람이 바로 나, 코코노에 유키토라고?

저도 모르게 의문형이 돼 버렸지만, 그런 말을 들어도 모르겠는 걸 어떡하라고. 여태껏 그런 경험을 해 본 적도 없고 말이지. 미움받는 일에는 익숙해도, 호감을 사는 일은 전대미문이다.

당황스럽기만 한 나날들이지만, 내 머리를 아프게 만드는 건 그뿐만이 아니었다.

근신 처분이 끝난 다음 날, 학교로 오자 주변 사람들의 시선이 완전히 달라져 있었다. 호감도가 반전되는 약이라도 마신 건가 싶지만, 히나기와 시오리, 누나, 여신 선배, 학생회장 일행이 힘을 써 준 덕택이리라. 한없이 감사한 마음이긴 한데, 정도가 좀 지나치지 않아?

자타에게 인정받지 못한 외톨이 아싸인 나지만 아직 미성년자인데, 성인(成人)이 되기도 전에 성인(聖人)이 되고 말았다. 음유시인 사토와 미야하라의 계략으로 나도 모르는 사이에 '성인 코코노에 유키토 전설'이 교내 신문에 연재되고 있었다.

제1부 '반역', 제2부 '재기', 그리고 현재 연재 중인 제3부 '여명' 편이다.

살짝 무슨 말을 하고 있는 건지 모르겠지만, 인기 기사라고 한다. 살짝 무슨 말을 (이하 생략).

뭐 그래도, 도움을 받은 건 사실이니, 제대로 답례를 해야겠지.

누나에게는 연어를 입에 물고 상대방을 위협하는 유리 씨 나무 조각상(자작)을 선물했는데, 미묘한 반응을 받았다. 센스를 좀 갈고닦으라는 고시가 내려왔다.

아무튼 성인이 돼서 그런 건지는 몰라도, 어찌 된 영문인지 상급생들도 포함해 상담을 요청하는 사람들이 이상하게 많아졌다. 요즘은 선생님들까지 이것저것 상담을 해 온다.

며칠 전에는 수학 선생님에게 경마의 삼쌍승식*을 예상해 달라는 말을 들었다. 교장 선생님에게 몰래 신고하긴 했지만, 시험 삼아 예상해 봤더니 보기 좋게 적중하고 말았다. 초심자의 행운이라고 생각한다.

"다들 모였겠지."

아침, 나른해 보이는 사유리 선생님이 교실 안을 둘러보았다.

이 시기 특유의 뜨겁고 습한 열기가 야금야금 의욕을 깎아내리긴 했지만, 이것만은 꼭 말해야 한다는 사명감에 사로잡혀 그만 입을 열었다.

"뭐야, 예쁜 아이돌이 들어왔나 했더니 선생님이었네. 좋은 아침입니다."

"갑자기 별 이유 없이 네 성적을 5로 만들고 싶어지네."**

"와~!"

* 1, 2, 3위 마를 순서대로 적중해야 배당금을 가져갈 수 있는 마권.
** 학생의 성취 수준을 평가하는 5등급 평가제에서 가장 높은 등급으로 상위 10%에게 수여된다.

"대놓고 아부를 떨면 안 돼."

히나기가 나를 나무랐다. 내가 자기에게 아부를 떨 때는 뭐라고 하지 않으면서, 치사하다.

"나처럼 내신 점수에 기대를 걸 수 없는 학생은 이렇게라도 점수를 벌어둬야 한다고."

"유키토라면 내신쯤이야 교장 선생님에게 말해서 얼마든지 벌 수 있잖아."

"너 이 자식, 얼굴만으로도 충분하니까 다른 데까지 눈부시진 말라고. 그리고 그런 학생이 세상에 어디 있냐?"

"있거든……."

여기저기에서 한숨 섞인 목소리가 들려온다. 그럴 수가…….

"오늘은 주의 환기할 내용이 있으니까 잘 들어."

어라, 사유리 선생님이 긴히 할 얘기가 있는 모양이다. 평소에 쓸데없는 얘기를 하지 않는 편이라 신기했다.

"시대착오도 이만저만이 아니지만, 최근에 빈번하게 출몰하고 있는 도장 깨기범에 대해서야."

"쇼와 시대냐고."

"거기! 쇼와 시대를 우습게 보지 마. 알겠어? 제발 부탁이니 산죠지 선생님 앞에서, '쇼와 시대는 교과서로밖에 본 적이 없어요' 같이 실례되는 소리를 하지 말라고."

그렇게 말해 봤자, 우리에게 쇼와 시대는 이세계 판타지나 마찬가지였다.

"우하하하. 그나저나 도장 깨기라니. 푸흡…… 지금 같은 21세기

레이와 시대에, 검객이라니. 푸흐흐흡."

너무나도 시대를 역행하는 단어에 장내는 포복절도, 폭소의 도가니다. 책상을 탕탕 두들기며 배를 잡고 웃는다.

이제는 과거가 된 역사의 유물, 요즘 같은 시대에 그런 바보 같은 짓을 하는 녀석이 있다니 우스워 죽겠다.

"너희들도 마구 웃어 줘! 도장 깨기는 무슨! 시대나 다시 확인하고 오라고!"

"어, 어이, 유키토. 어째 불길한 예감이 드는데."

"맞아, 유키. 그리고 진지한 얼굴로 배를 잡고 웃는 거 무서워!"

"그렇게 웃기냐? 코코노에 유키토."

"그런 얼빠진 녀석이 있다니, 부모님 얼굴이 보고 싶네요."

"호오. 그 도장 깨기범은 무사 수행이라고 칭하면서 이 일대의 농구부를 들쑤시고 다니는 것 같던데."

"음?"

웃음이 쏙 들어갔다. 뭐지, 갑자기 웃을 수가 없다?

"부모님 얼굴이 보고 싶은 건 나도 동감이지만, 얼마 전 수업 참관 때 막 본 참이라서 말이야. 어디의 누구려나아. 너는 알겠니? 코코노에 유키토?"

"어, 그게…… 그, 글쎄요?"

식은땀이 줄줄 흘러내렸다. 힐끗 옆을 보자, 상큼 미남도 나와 비슷한 반응이었다. 시오리는 얼굴을 돌린 채 모르는 척 시치미를 떼는 얼굴로 창밖을 쳐다보고 있다. 아, 참새다!

"웬일로 말을 못하네. 왜 그래, 응? 웃어, 코코노에 유키토. 뭔가

짐작 가는 구석이라도 있어? 목격자의 증언 덕에 범행 그룹의 특징도 이미 파악했지. 주요 인물로는 유난히 열정적인 녀석이랑, 유난히 운동 신경이 뛰어난 녀석이랑, 유난히 키가 큰 여자애 말고도 복면을 뒤집어쓴 그중에서도 가장 수상한 녀석이 있어. 어때, 어디서 본 것 같지 않아? 앙? 말을 해 보라고, 이 자식아!"

"대체 누구지……!"

어떻게 봐도 그냥 수상한 사람이다. 너무나도 수상했다. 경찰 아저씨 이쪽이에요.

"그런데 코코노에 유키토. 이긴 사람이 진 쪽의 복면을 벗기는 시합 형식을 뭐라고 하지?"

"저를 얕보지 마시죠, 선생님. 그 정도는 알고 있어요. 둘 다 복면을 쓰면 마스카라 콘트라 마스카라. 한쪽이 맨얼굴이면 마스카라 콘트라 카베젤라라고 해서 진 쪽은 머리를 삭발해요. 서로의 긍지를 건 전통적인 대결 방법이죠."

멕시코에서는 상식이라고!

"역시 잘 공부하고 있구나. 아주 자세히 알고 있어."

"에헤헤."

아이참, 쑥스럽게. 그렇게 너무 칭찬하지 마시라고요.

"범행 그룹은 팀 '스노우 래빗츠'라고 자신들을 소개한 것 같아."

"스노래비라는 약칭으로 더 익숙해요."

"너라고, 너! 대체 뭘 꾸미고 있는 거야?! 아직 입학한 지 몇 달도 안 됐거든. 애니메이션이나 만화가 아니니까, 좀 얌전히 지낼 수 없어?"

"라이트노벨일 가능성도."

"무슨 소리를 하는 거야? 정말이지, 걱정 좀 그만 시키라고. 너 때문에 직원실에서의 내 지위는, 지위는…… 뭐, 쭉쭉 올라가고 있으니까 그건 그것대로 고맙기도 하지만."

사유리 선생님이 난처하게 웃었다. 1학년을 넘어 전교에서 손꼽히는 문제아 반을 통솔하는 명교사로, 사유리 선생님의 지휘력이 높게 평가받고 있다고 한다. (학생회장 발언)

귀찮은 일을 전부 떠맡고 있다고도 말할 수 있을지도 몰랐다. 선생님, 죄송합니다.

"미호랑 카미시로, 너희들까지 한통속이 돼서는―."

"이토도요."

아, 존재감이 옅은 이토가 낙심하고 있다.

"크흠. 어디까지나 학교 밖에서 벌어진 일이니까 사적인 부분까지 시끄럽게 참견하지는 않겠지만, 제발 더 이상 소동을 크게 키우진 말아 주라. 알겠지?"

"……."

오싹한 침묵이 교실 안을 감쌌다.

"불안해지잖아! 대답해!"

그러자 난감한 기색으로 상큼 미남이 입을 열었다.

"선생님, 그건 아마도 무리일 거예요."

살짝 울상이 된 사유리 선생님이 휘청거리며 교실을 나가는 모습을 우리들은 멍하니 바라보았다.

그럼, '코코노에 유키토의 답례 편' 시작!

◇

“있잖아 유키, 만져도 돼?”

“만져도 돼.”

“야호! 폭신폭신이다!”

시오리가 가차 없이 찰싹찰싹 머리를 어루만졌다.

“설마 사유리 선생님에게 정체를 들킬 줄이야…….”

“오히려 안 들키는 게 이상하지 않아?”

“하? 위장은 완벽하다고.”

“이제 와서 네 기행에 대해 물어보는 것도 바보 같긴 한데, 왜 하필 복면이야?”

상큼 미남이 정말로 새삼스러운 질문을 했다.

“나는 좋아해! 토끼 마스크를 쓴 유키. 보들보들 폭신폭신하잖아.”

나는 프리드리히 2세에서 착안한 버니맨 마스크를 쓰고 있지만, 당연하게도 패션을 따지거나 멋을 부리려고 그런 건 아니다. 어디까지나 필요에 의해 한 일이었다. 나는 실용성을 중시하니까.

“이유는 모르겠지만, 나는 이상하게 트러블에 잘 휘말리는 체질인 것 같아.”

“그건…… 그렇겠지. 전혀 반론의 여지가 없네.”

“소동을 일으키지 않고 조용히 살고 싶은데, 학교에서도 자꾸 주목을 받고 유리 씨에게도 민폐만 끼치고 있어. 그래서 나는 생각했지. 어떻게 하면 눈에 띄지 않고 행동할 수 있을까.”

"호오. 일단 아무 말도 하지 않고 이대로 뒷얘기를 들어 줄게."
"해결책은 아주 간단해. 등잔 밑이 어둡다는 속담을 실천하는 거지. 즉, 마스크를 쓰면 아무도 나라는 사실을 알 수 없어. 정체불명. 민폐를 끼치는 일도 없거니와, 눈에 띄지도 않는다는 뜻이야."
"맞는 말이긴 한데, 실제 행동은 완전무결하게 틀렸거든."
"눈에 띄지 않으려고 마스크를 쓴 거였어?! 엄청 눈에 띄고 있어, 유키!"
"엥?"
나를 마구 쓰다듬고 있던 시오리가 충격을 받은 듯 경직되었다.
프리드리히 2세에서 착안했다고 해도, 생가죽을 벗겨낸 건 아니니까 안심하길 바란다. 소재는 안심할 수 있고 안전한 합성 가죽이다. 밤마다 미싱을 돌려서 만든 자신작이다.
"뭐 어때. 이제 슬슬 일이 돌아가기 시작했어. 대회까지 시간이 얼마 남지 않았다고. 학교에 들켰다는 이유로 귀중한 실전 기회를 놓칠 수는 없어!"
늘 그렇듯 열혈 선배가 숨이 막힐 듯 뜨겁게 불타올랐다. 열혈 선배의 말대로 올해 졸업하는 3학년에게는 시간이 부족했다. 다른 학교와 연습 시합을 잡는 것도 그리 자주 할 수 있는 건 아니다. 그래서 동아리 활동 외 사적인 시간에 경험을 쌓을 방법을 고안한 것이다.
"그러다 다치면 본전도 못 찾으니까 적당히 해, 토시로."
오늘은 열혈 선배가 좋아하는 사람, 타카미야 선배도 와 있었다. 제삼자의 눈으로 봐도 둘 사이에 쌓인 신뢰 관계를 알아차릴 수 있다. 고백하면 당장이라도 성사될 것 같은데, 당사자가 아니다 보니 그저 바라볼 수밖에 없어 좀이 쑤셨다.

주말, 우리들은 야외 코트에 모여 있었다. 딱히 강제는 하지 않았기에 참가는 자유였지만, 따로 할 일이 없는 농구부 부원들은 매일 성실하게 참가하고 있었다. 의욕이 있다는 건 좋은 일이다.

사유리 선생님은 도장 깨기라고 말했지만, 당연하게도 그런 야만적인 행위는 하지 않았다.

어디까지나 정공법이다. 상큼 미남의 인맥을 활용해 함께 길거리 농구를 하지 않겠냐고 정중하게 편지를 써서 권하고 있을 뿐이었다.

"기다렸어, 코우키. 오늘이야말로 네 정체를 폭로해 주마!"

"건방지군토끼. 또 참패하게 만들어 주지토끼!"

"선배는 이 녀석의 정체를 알고 있잖아요."

"자기한테는 왜 안 오는 거냐고 가이도 투덜거리고 있었어."

"쿠가 선배가요? 어쩐지 옛날로 돌아간 것 같아서 기쁘네요."

상큼 미남이 친근한 기색으로 눈앞의 덩치 큰 남자에게 말을 걸고 있다. 평소 학교에서는 보기 힘든 미호 코우키가 그곳에 있었다. 다이고라고 이름을 댄 눈앞의 덩치 큰 남자는 중학 시절의 선배인 듯했다. 농구부에서 제법 신세를 졌다나. 지난주에 이어 우리와 같이 어울려 주는 좋은 사람이다. 상큼 미남은 아는 사람이 많지만, 그중에서도 특히 친한 사람이라는 것을 알 수 있었다.

"지난번엔 공을 빼앗지 못했으니까! 설욕할 기회가 오기만을 기다렸지."

"그렇게는 안 될걸토끼! 토낏낏낏낏."

참고로 대전은 실전 경험이 부족한 열혈 선배 일행이 주로 하고 나는 지켜보는 일이 많지만, 그것과는 별개로 1대1 승부에서 내가 질 경우 어째서인지 마스크를 벗어야 한다는 의미를 알 수 없는 규정이 존재하고 있다. 왜 나만……. 부당하다토끼…….

문득 생각했다. 사람에게는 다양한 얼굴이 있어서, 인간관계 속에서 다양한 자신을 구축해 간다. 그 말은 즉, 자신에게 변화를 부여하는 것이 타인이라는 뜻이겠지. 사람은 타인과의 교류 속에서만 변화를 이룩할 수 있는 것일지도 모른다. 아니지, 변화하려고 마음먹게 되는 동기가 그곳에 있다고 해야 하려나.

외톨이로 남아 있을 때 나는 변할 필요가 없었다. 주위에 아무도 없이 언제나 혼자일 때는 변함없는 상태를 유지할 수 있었다. 변하지 않는 것이 허용되었다. 하지만 지금은—.

"유키는 말이야, 정말 대단해. 이런 일은 유키가 아니면 못 할 거야."

시오리가 티 없이 천진난만하게 웃는다. 그렇게 해맑은 얼굴을 나는 줄곧 그늘지게 만들어 왔다.

"고맙다는 말로는 부족할 만큼, 하루하루가 너무 즐거워서 참을 수 없어. 분명 다른 애들도 그렇게 생각하고 있을걸? 미호도, 선배들도. 그러니까 유키 주위에 언제나 사람들이 바글거리는 것도, 즐거워서일 거야, 틀림없이."

어느새 혼자서는 있을 수 없게 돼 버렸다. 그런 상황이 스트레스가 아니라고는 말하지 않겠다. 오늘만 해도 아침에 눈을 떴더니 옆에서 어머니가 자고 있었다. 이번 달 들어 벌써 일곱 번째다.

"스즈리카와랑 친구가 됐어. 사랑의 라이벌. 그래도 말이야, 이런 매일이, 이렇게 함께 웃을 수 있는 나날이, 영원히 이어지면 좋겠다고, 그렇게 생각해."

시오리는 변했다. 히나기도 그렇다. 변화를 선택해 발을 내디뎠다. 이전 같은 나약함은 이제 없다. 그늘진 모습도 보이지 않았다. 나만이, 그녀들을 예전 그대로라고 생각하고 있었는지도 모른다. 그 변화하는 속도를 따라잡지 못해서, 다들 성장하는 사이 홀로 남겨져 있었다. 나도 쫓아가자. 아무리 더디다 해도, 한 걸음씩.

"아하하. 재밌네!"

참 신기하지, 또 키가 커져 있다. 성장했다. 키뿐만이 아니라 마음도.

"목표는 180센티다토끼."

"그것만은 죽어도 싫어!"

"그런데, 참가자가 꽤 늘어난 것 같지 않아?"

길거리 농구 코트에는 우리가 초대한 다이고 선배 무리와 강호로 꼽히는 테이오 고교 농구부 외에도 여러 팀이 모여 있었다. 초대한 적 있는 농구부는 물론 모르는 사람들도 있다.

전부터 조금씩 참가자가 늘어나고는 있었지만, 어느새 대성황을 이루고 있었다.

"유키토, 오랜만이야."

"누구토끼?"

등 뒤에서 누군가가 말을 걸어 와 뒤돌아보자, 그곳에는 대학생인

하쿠마 선배가 있었다.

"안녕하세요토끼. 하쿠마 선배도 연습하러 오셨어요토끼?"

"큭큭…… 어쩐지, 이렇게 모일 만했네."

"저기, 그게 무슨 뜻이에요?"

길거리 농구 덕에 하쿠마 선배와 면식이 있는 시오리가 질문했다.

"몰랐어? 유키토랑 너희들이 재밌는 일을 하고 있어서, 요즘 뒤에서 소문이 자자해."

하쿠마 선배의 말에 따르면, 이상하게 농구를 잘하는 토끼 마스크를 쓴 정체불명의 괴인, 수수께끼의 버니맨이 벌이는 도장 깨기가 항간에 화제가 된 모양이다. 도전하러 오지 않을까 기대하는 농구부도 있다나 뭐라나. 사유리 선생님이 주의 환기를 시킨 것 이상으로 사태는 심각해져 있었다.

이기면 버니맨의 정체가 밝혀진다는 것도 승부욕을 자극하는 요인이라고 한다.

버니맨을 한 번 보려고 모여든 관전객, 도전하려고 찾아온 농구부와 길거리 농구팀 등으로 야외 코트는 전에 없는 떠들썩함을 자랑하고 있었다.

"우리로서도 길거리 농구가 관심을 받는 건 고마운 일이지. 대전 상대를 찾느라 고생할 필요도 없고 말이야. 고등학생이라도 농구 강호인 학교 애들도 있으니까. 단지 이런 식으로 관심을 받을 줄은 예상 못 했지만."

말을 듣고 보니 아까부터 여기저기에서 '버니맨이다, 버니맨!', '헐

~, 진짜로 있었구나.', '같이 사진을 찍어도 되려나?' 같은 소리들이 들려오긴 했다. 촬영은 OK!

"유키토 너, 복면을 쓰든 안 쓰든……."

"말하지 마. 말하지 마세요."

"유키, 역시 눈에 띄고 있었구나! 아, 귀가 축 처졌어."

"이럴 작정은 아니었는데토끼……."

괴인 '버니맨의 초대장'은 어느새 농구부의 랭크를 나타내는 기준이 되기 시작했다.

내가 모르는 사이에 이 버니맨 밈은 전국으로 조용히 확산돼 가고 있었다.

바야흐로 '제3차 농구 붐' 도래의 서막이었다.

◇

"답례……?"

"너한테도 신세를 졌으니까."

그 말에 교실 안이 술렁거렸다. 물론, 나도.

근신 처분이 끝난 다음 날 유키가 답례를 하고 싶다고 말했다. 확실히 유키의 근신 처분을 철회하려고 애쓴 건 사실이지만, 잘못한 건 토죠 선배와 학교 측이지 유키에게는 아무 잘못도 없었다. 오히려 부당 처분으로 사과를 받아야 할 입장인 것이다.

안 그래도 유키에게는 나를 비롯해 큰 은혜를 입은 사람들이 많았다. 다 갚을 수 없을 만큼 큰 은혜를 말이다.

유키는 우리에게 답례를 할 이유가 조금도 없었다.

하지만 그 말은 사랑에 빠진 소녀에게는 맹독이었다.

그치만, 그치만, 유키가 답례를 해 준다잖아! 이런 기회를 정말 놓쳐도 되겠어?!

자문자답은 바로 결론이 났다. 의지가 약한 나는 눈앞에서 흔들거리는 미끼에 냉큼 달려들고 말았다.

"뭐, 뭐든지 상관없어?!"

"뭐든지는 힘들어. 뭐든지 된다고 했다간 비참한 일이 벌어질 테니까. 얼마 전에도 엄마한테 뭐든지 하겠다고 말했다가 같이 자는 날을 주 5일로 늘리자는 무시무시한 소리를 들었거든."

"자식 사랑이 너무 지나치지 않아?!"

"그 뒤도 고생이었어. 뭐든지 할 테니까, 주 5일만은 봐달라고 했더니 주 6일로 하자는 말을 꺼내서 정말 앞이 깜깜했다니까. 대체 뭘 잘못한 건지……."

"뭐든지 하겠다고 말하니까 그렇지!"

다행히 유리 씨가 있으니 문제는 없겠지만, 유키는 정말로 가족에게 사랑받고 있다.

그나저나, 이건 어려운 문제다. 뭘 부탁하는 게 좋으려나?

손목시계를 슬슬 어루만졌다. 어느새 버릇이 됐다. 선물을 받는 건 꺼려졌다. 바로 며칠 전에 나만의 오리지널 손목시계를 유키에게 선물 받은 참이었다. 그것도 유키가 직접 만든 걸로 말이다. 자세히는 모르지만 꽤 비싼 물건이라는 건 알고 있다.

무엇보다, 유키의 수고와 마음이 담겨 있는 내 소중한 보물이다.

대체 뭘 부탁해야 하나 고민하다 불현듯 어젯밤 인터넷에서 본 영상이 떠올랐다. 추천하는 데이트 장소로 근처 수족관을 소개하고 있었다. 돌고래 쇼도 하는 듯했다. 수족관은 초등학생 시절에 가 본 게 마지막이었다.

유키와 데이트! 저도 모르게 얼굴이 히죽거렸다. 꽤 오랫동안 유키를 쫓아다니기만 했다. 그 끝이 어떻게 될지 알 수 없는 상황이라, 매일 필사적이었고 그저 사과하고 싶었다.

하지만 유키는 다시 시작할 기회를 주었다. 그러니 나도 다시 0부터 쌓아 올려 볼 작정이었다. —이 사랑을 이루기 위해서.

전부 리셋하고, 다시 여기에서 시작하는 것이다.

“있지, 같이 놀러 가고 싶어! 직접 만져보는 것도 된대. 물고기, 보러 갈래?”

“과연, 물고기. 물고기라……. 잠깐만? 그렇군, 확인해 볼까.”

아침놀이 검게 물든 수면을 서서히 비추기 시작한다. 장대하고 환상적인 광경이 펼쳐졌다.

저도 모르게 입을 다물고 눈길을 빼앗겼다. 압도적인 스케일에 소름이 돋았다.

눈앞에 펼쳐진 너른 바다. 햇빛을 반사하며 푸르게 반짝이는 해수면이 보석처럼 아름다웠다.

기러기가 우아하게 하늘을 노닌다. 멀리서 물고기가 수면 위로 튀어 오른다.

콧속에 퍼지는 바다 내음이 신선했다. 하나같이 처음 경험하는 것이었다.

확실히 나는 물고기를 보러 가고 싶다고 말했다. 직접 만져볼 수도 있다고 말했다.

하지만, 이건 좀 너무하지 않아? 망연자실했다.

유키의 행동은 늘 예상 밖이긴 했지만, 내가 아직 코코노에 유키토라는 사람을 미처 파악하지 못한 모양이다.

태평양을 전진하는 선상에서, 나는 감동과 함께 가슴에 맺힌 답답함을 토해내듯 절규했다.

"유키 바보오오오오오오오오오오오오오오오!"

"감사해요, 대장. 시오리도 재밌게 잘 놀고 있는 것 같아요."

바다를 향해 시오리가 큰소리로 무어라 외치고 있다. 보아하니 마음에 든 모양이다.

"꼬맹아, 확인하지 않았던 나한테도 잘못은 있지만 저 아가씨가 말한 '물고기가 보고 싶다'는 고기잡이가 아니라, 수족관에 가자는 뜻 아니었을까?"

"수족관? 그건 아니죠. 그도 그럴 게 먹을 수 없잖아요."

"……꼬맹이 넌 먼저 상식을 배울 필요가 있겠어. 아무튼 배를 탄다는 걸 알면서도 같이 따라온 걸 보면 꼬맹이 널 어지간히도 좋아하는 모양이네. 소중히 여기도록 해."

물고기를 보고 싶다는 시오리의 요청을 이루어 주기 위해서 대장에게 부탁해 고기잡이에 참가했다.

물고기를 직접 만져보고 싶다니, 설마 시오리가 고기잡이에 관심이 있을 줄은 생각도 못했다. 사람은 겉으로 보이는 게 다가 아니라더니. 시오리는 수영도 잘 하니까, 바다와 친화성이 높은 것일지도 모르겠다.

이른 아침이지만 선상에서 보는 경치에 잠기운도 날아갔다. 360도로 펼쳐진 바다. 시야에 닿는 온 세상이 바다로 물들어 혼자 바다에 남겨진 듯한 고독함마저 느껴졌다.

며칠 전 대장에게서 허락이 떨어져 배를 탈 거라는 소식을 시오리에게 전했더니 나를 퍽퍽 때렸다. 그렇게 기뻤던 걸까. 부탁한 보람이 있다.

우리들 신입 선원이 고기잡이를 방해할 수는 없다. 당연히 시오리에게 위험한 일은 시킬 수 없었기에, 대장에게 빌린 구명조끼를 입혀 놓았다.

페리 같은 건 타 봤지만, 소위 어선이라고 말하는 것에 타는 건 나도 처음이다.

우리는 능수능란하게 고기잡이를 시작하는 대장 옆에서, 낚싯대를 한 손에 들고 낚시를 했다.

낚시 경험이 없는 시오리에게 하나부터 차근차근 가르쳐 나간다. 일단은 바늘에 미끼를 끼우는 것부터다.

"작은 새우?"

"젓새우랑 비슷하긴 한데 새우는 아냐. 집어제라고 해서 이걸로 물고기를 모으는 거야."

"그래도 새우는 맞지?"

"새우지만 새우는 아냐. 희한하지."

배 위에서 젓새우를 해면에 흩뿌린다. 시오리의 의문은 지당했다. 그도 그럴 것이, 아무리 봐도 새우니까. 생김새는 새우로밖에 보이지 않지만, 젓새우는 플랑크톤의 일종이다. 생물이란 참 신기하다. 크릴새우도 준비돼 있다. 시오리가 낚시에 익숙해지면 사용해 봐도 괜찮을지도 모르겠다.

털갯지렁이와 참갯지렁이도 있지만, 이쪽은 시오리가 금방이라도 울음을 터뜨리려고 했기에 다시 출연하는 일은 없을 예정이다.

내가 아는 범위에서 벌레를 아무렇지 않아 하는 여자는 샤카도뿐이다. 샤카토는 소동물처럼 생겼지만, 그렇게 보여도 제일 의지가 되는 사람일지도 모른다. 정말이지 사람은 겉모습만 보고는 알 수 없다.

"와와! 유키, 이거 어떻게 끼우는 거야?"

바늘에 젓새우를 끼우느라 고생하고 있는 시오리와 교대했다. 배에서 낚시를 하는 건 처음이지만, 이래 봬도 낚시 경험은 있다. 언제 집에서 쫓겨나도 상관없도록 온갖 공부를 다 해 온 성과다.

만약 이대로 조난을 당해 무인도에 표류한대도 불을 피우는 기술과 낚시하는 기술만 알고 있으면 최소한 목숨은 부지할 수 있다. 물고기만 먹어서 영양이 편중되는 건 어쩔 수 없겠지만.

"미끼를 끼웠으면, 이렇게 낚싯대를 휘둘러서 던지는 거야."

붕 소리가 나도록 힘차게 낚싯대를 휘두르자 바늘 끝의 무게에 당겨지듯 낚싯줄이 먼 곳으로 날아갔다.

퐁당 소리와 함께 착수한 것을 확인하면 남은 건 고기가 미끼를 물기를 기다리는 것뿐이다.

"낚시는 이렇게 하는 거구나. 한때는 어떻게 되는 건지 불안했는데, 가슴이 두근거리기 시작했어!"

가슴 설레고 있는 시오리에게는 미안하지만 낚시에는 때로 인내력이 필요해진다. 낚이지 않을 때는 정말로 낚이지 않았다. 아무리 장소를 바꿔도 고기가 다가오지 않는 경우도 있다.

애초에 그 자리에 물고기가 없으니 낚이지 않는 것이다. 그래도 오늘은 배로 낚시를 하러 나왔다. 배에는 어군 탐지기도 설치돼 있으니, 한 마리도 못 잡는 일은 없을 것이다.

"유키! 당기고 있어! 설마 낚인 거야?! 이제 어떡하면 돼?!"

이것도 초심자의 행운인가?! 말하기 무섭게 시오리의 낚싯대에 입질이 왔다.

……보아하니 즐길 수 있을 것 같다.

"야호! 잡았다! 잡았어, 유키!"

"축하해. —전갱이네."

악전고투 끝에 마침내 시오리가 물고기를 낚아 올렸다. 내가 도와줬다고는 해도, 시오리가 처음 낚은 물고기다.

"어라? ……의외로 작네? 그렇게 무거웠는데?!"

시오리는 살짝 실망한 눈치였다. 그만큼 강렬한 반응을 느꼈다는 뜻이리라. 나도 처음 물고기를 잡았을 때 비슷한 느낌을 받았던 것이 떠올랐다. 무척 그리운 기억이다.

"그게 생명의 무게야. 잡히기 싫어서 물고기도 필사적으로 저항하고 있으니까."

"—읏…… 그런가, 그렇구나. 이게 생명의 무게였어. ……나, 이 물고기의 생명을 빼앗은 거네."

엄밀히 말하자면 아직 살아 있지만, 시오리는 자신이 낚은 물고기를 감개무량하게 바라보았다.

"무서워졌어?"

"……아니. 그래도 이해해야겠지. 살기 위해서 생명을 빼앗아 먹는다는 걸. 백화점 같은 데서 생선을 사면 다 가공돼 있잖아. 초밥도 먹긴 하지만 그런 걸 신경 쓴 적은 없었으니까."

그래서 우리 일본인은 식사를 하기 전에 '잘 먹겠습니다'란 말을 하는 것이리라.

"……나, 유키를 죽일 뻔했어. 내가 유키의 목숨을—."

과거의 기억이 떠오른 건지 부들부들 떨기 시작하는 시오리의 등을 쓸어내리며 마음을 가라앉히게 했다.

"나는 이렇게 살아 있고, 그때 나는 네가 다치길 원하지 않았어. 살아 있기를 바라서 구한 거야. 그러니까 너도 목숨을 함부로 여기지 마."

"……응."

"자, 이제 막 시작했잖아. 나도 고기를 잡고 싶으니까."

시오리의 등을 밀었다. 생명의 무게를 알게 되었으니, 이걸로 또 한 단계 시오리는 성장할 것이다.

"유키. 나, 열심히 할 테니까!"

이제 괜찮다. 그렇게 생각하자 마음이 놓였다. 내가 걱정할 필요 따윈 진작에 없었을지도 모르겠다.

"그렇지. 꼬맹아, 여기서 생선을 손질해 볼래?"

대장이 권양기를 당겨 그물을 끌어올리자, 그물 안에는 각양각색의 물고기가 걸려 있었다. 문어 같은 것들도 있었지만, 필요한 것만 빼고는 놓아 주었다. 대장의 말로는 이 정도면 충분히 잘 잡힌 편이라고 한다.

"그럴까요, 나리. 흠, 시작은 시오리가 낚은 전갱이로 할까."

"토막 내서 먹을 거면 기생충을 조심해. 보면 알 수 있으니까."

대장에게 가르침을 받은 대로 능숙하게 전갱이를 손질해 나갔다. 시오리가 그 모습을 열심히 바라보고 있다.

"징그럽지. 안 봐도 돼."

"아냐. 이제 먹을 거잖아. 그러니까 눈을 돌려선 안 된다고 생각해. 그리고 나도 요리를 할 수 있게 되고 싶고……."

말끝을 흐리며 자신 없어 하는 모습을 보면 갈 길은 먼 것 같다.

그러거나 말거나 자른 전갱이를 씻어 작은 접시에 담긴 간장에 찍어 먹어 보았다.

"어떠냐, 꼬맹아?"

"신선해서 그런지 맛이 완전 다르네요. 시오리도 먹어 볼래?"

시오리도 머뭇거리며 생선 토막을 입으로 옮겼다.

"내가 잡은 물고기니까. 먹는 것도 내 책임이겠지. 잘 먹겠습니다 — 탱글탱글해!"

시오리가 눈을 크게 떴다. 직접 잡은 생선이니 맛도 각별할 것이다. 심지어 전갱이니까.

"잘 먹네. 항구로 돌아가면 내가 식사를 대접해 줄게. 그런데 아가씨, 사실은 수족관에 가고 싶었지? 오늘은 어떻게, 재밌었어?"

"아하하…… 이미 알고 계셨네요. 이런 식으로 배를 타게 될 줄은 상상도 못 했어요. 그래도 귀중한 경험을 하게 돼서 즐거웠어요. 오늘은 감사했습니다!"

"꼬맹이는 못 알아챈 것 같지만 말이야. 아무리 봐도 꼬맹이는 상식이란 게 결여돼 있어. 아가씨도 힘들겠지만, 다음번엔 꼭 수족관 데이트라고 확실히 말해 줘."

"네!"

"잠시만요. 시오리는 수족관이라고는 한마디도—."

"좋았어, 돌아가자."

—이럴 수가?! 이게 바로 잘생긴 아저씨의 의사소통 능력인 건가? 이렇게 짧은 시간에 나보다 더 시오리를 잘 파악하다니. 멋쟁이 아저씨가 인기 있는 이유를 엿보고 말았다.

"유키도, 오늘은 고마웠어. —이런 경험은 확실히 수족관에선 못 하니까."

그렇게 말하며 만족스럽게 웃는 시오리의 표정은 빛을 발하는 해수면에도 지지 않을 만큼 눈부시게 반짝이고 있었다.

◇

일찍 등교하는 학생에게 아침의 교실은 여유롭게 시간를 보낼 수 있는 장소였다.

반 아이들도 드문드문 있는 와중에, 부스럭거리며 가방에서 필요한 물건을 꺼냈다.

"나 때문에 유키토한테 폐를 끼쳤는데 답례라니 받을 수 없어……."

"도움을 받은 건 사실이니까. 게다가 이미 만들어 버렸어."

정학 소동 때 히나기는 자신이 어찌 되든 아랑곳없이 나를 도와줬다. 과거에 고통받아 온 히나기에게 그것은 결코 쉬운 선택이 아니었을 터다.

그럼에도 그녀는 선택했다. 도와주겠다고 멋지게 말해 놓고서 정작 도움을 받은 건 나였다. 그러니 그 답례를 해야 했다.

"고마워. 귀엽고 부드럽네……. 폭신폭신해. 유키토는 참 손재주가 좋다."

"그런가?"

"내가 할 수 있는 거라곤 고작해야 단추를 다는 것 정돈데."

봉제 인형 유키토 베어를 히나기에게 건넸다. 겸사겸사 히오리 몫도 만들었다.

최근에는 어머니가 집안일을 거의 다 해서, 집에서 할 일이 훅 줄어 버렸다.

무료해진 나는 자신의 존재의의에 불안감을 느끼곤 바느질 공부를 시작했던 것이었다.

그 성과물 중 하나가 요청 사항에 있었던 유키토 봉제 인형이다.

"평범한 봉제 인형이 아니라고. 여기를 때리면 놀랍게도 비명 소리가 나오거든. 총 9종류의 단말마 비명을 수록해 뒀어. 스트레스 해소에 아주 그만일 거야."

머리 부분을 푹 누르자 내가 더빙한 '흐아아아아아아아!'라는 소리가 났다.

굳이 나를 본뜬 봉제 인형을 갖고 싶어 한 건, 스트레스 해소 때문이겠지.

화가 났을 때 짓밟거나 때리거나 벽에 내던지는 용도로 쓸 게 분명했다.

그렇다면 현장감을 높이기 위해서라도 비명은 빼놓을 수 없다. 실로 훌륭한 일을 했다.

히나기가 유키토 베어의 흉부에 힘을 주었다. "응갸아아아아아아!" 하고 절규가 울려 퍼졌다.

"왜 하필 비명이야! 너무 무섭잖아! 넌 정말 바보라니까. 기왕 할 거면 이름이라도 불러 주면 좋았을 텐데……."

히나기가 살짝 토라졌다. 다음번엔 미리 요청 사항을 듣고 음성을 수록하도록 하겠습니다.

"그리고 이것도 받아."

"……이건, 책이네?"

"뿅 튀어나오는 히나기 그림책이야."

책을 펼치자 어린 히나기가 튀어나왔다. 내용은 지극히 간단해서 모험을 나선 히나기가 다양한 경험을 쌓으며 행복을 찾아나가는 감동적인 작품으로 마무리돼 있었다.

"너 그림책을 좋아했잖아."

"언제 적 얘기를 하는 거야. 그래도 대단하다. 이런 걸 만들 수 있다니…… 어라, 마지막 장은 백지네?"

팔락팔락 종이를 넘기던 히나기의 손이 마지막 페이지에서 멈췄다.

"네 미래, 장래는 앞으로도 이어질 거니까. 엔딩이 날 수가 없지."

"유키토……."

그림책에 담긴 교육적인 요소에 다시금 히나기의 눈이 새빨개졌다.

그래, 그렇게 나와야지. 어린 시절 히나기는 그림책을 아주 좋아했다. 자주 내게로 가져와서 '유짱, 같이 읽자!'라며 권유했던 것이다.

이유는 알 수 없지만 읽는 쪽은 항상 나였다. 내가 낭독하는 옆에서 히나기가 '굉장하다'며 감탄을 터뜨리던 게 무척 그리웠다.

"전부터 생각했는데, 유키토는 공작 같은 걸 좋아해?"

"……글쎄. 그런 생각은 안 해 봤는데."

의식해 본 적은 없지만 뭔가에 몰두하는 건 싫지 않았던 것 같다.

"나도, 동아리에 가입해 볼까 봐. 고등학생이 됐으니 뭔가 새로운 일을 시작하고 싶거든."

물기에 젖은 눈을 훔치며 히나기는 미소를 지어 보였다. 백지로 된 페이지를 걸어가듯이 그녀도 성장하고 있다. 막 입학했을 때는 나만 신경 쓰느라 소홀히 했던 자신의 인생을 걸어가려 하고 있다.

괜한 말은 필요하지 않았다. 그저 그 결단을 존중할 뿐이다.

"응, 결심했어. 미술부에 들어갈래!"

"취주악부가 아니어도 괜찮겠어?"

히나기는 중학교 때 취주악부에 들어 있었다. 지금은 히오리도 취주악부다.

"취주악도 좋지만, 나도 뭔가 형태가 남는 걸로 표현해 보고 싶다는 생각이 들어서."

"그렇구나."

한 걸음씩 성장해 가는 소꿉친구의 모습이, 어쩐지 자랑스럽게 느껴졌다.

◆

"정말, 얼른 서둘러, 유키토. 배고파 죽겠어! 배가 텅 비었다고!"

불퉁 화가 난 기색이다. 신벌을 받을까 겁이 나 즉시 사과했다.

"죄송해요, 타카미무스히노미코토* 선배."

여신 선배는 비상계단에 반드시 출현하는 층별 보스지만, 이번에는 미리 일정을 전달해 뒀다.

"신격이 너무 거창하잖아! 그런데 그 복잡한 이름은 술술 잘도 말하면서 내 이름은 왜 기억을 못 하는 거야? 솔직히 말해. 사실은 기억하고 있지. 일부러 이러는 거지? 둘만 있는 게 부끄러워서 수줍음을 감추려고 얼버무리는 것뿐이지?"

"시, 싫다아. 당연히 기억하죠."

* 高皇産靈尊, 일본 신화에 등장하는 다섯 창조신 중 하나.

"그럼 말해 봐."

이것 참. 어지간히도 얕보인 모양이다. 여신 선배의 진명쯤이야 당연히 제대로 기억하고 있다.

"그게 분명, 맞다! 그게 그러니까, 장기에서 이상하게 움직이는 말은 아니고. 아르젠토—도 아니고, 식극도 아니고, 잠깐만. —브링거였던가?"

"왜 거기까지 말할 수 있으면서 기억을 못 하는 건데?!"

"메라*는 아니었어."

"메라 맞거든! 아니, 그것도 틀렸지만. 카타카나로 된 소마도 아니고 조마도 아니라, 소·마. 소마 쿄우카라는 멋진 이름이 있으니까. 똑똑히 기억해 둬!"

"하지만 주변 사람들에게는 여신 선배라고 불린다는 소문이 자자하던데요?"

"네가 부르기 시작하면서 퍼진 거거든! 뭘 아무 상관도 없는 것처럼 말하고 있어?!"

"워워 진정하세요. 프랑스 빵을 드릴 테니까요."

손에 들고 있던 프랑스 빵을 여신 선배에게 건넸다. 신경이 쓰였는지 아까부터 시선이 몇 번인가 프랑스 빵을 포착하던 것을 나는 놓치지 않았다.

날뛰는 여신 선배의 진노를 잠재우려면 공물을 바치는 것이 제일이다.

"유키토. 답례로 점심을 만들어 와 주겠다고 말했지?"

* 〈드래곤 퀘스트〉에 나오는 화염 공격 마법, 상급 주문의 이름이 '메라조마'다

"시판 제품이 아니에요. 제가 구웠어요. 이것도 받으세요. 드래곤 후르츠 잼이에요."

가정용 오븐으로는 굽기 힘든 크기라 대장의 도움을 받았다.

"그건 대단하지만, 솔직하게 대단하지만! 유난히 강력한 이름의 잼도 마음에 걸리긴 하지만, 점심으로 이렇게 크고 딱딱한 프랑스 빵을 받아 봤자 다 못 먹는다고. ―잠깐, 설마, 방금 한 대사를 말하게 하려고 나한테 이걸 준 거야?!"

"프랑스 빵이 있는데 재팬 빵이 없는 건 분명 발음 때문이겠죠."*

"저기, 내 말 좀 들어 줄래! 나만 부끄러운 사람 같잖아."

재팬 빵(쟈팡팡)이라니. 무슨 팡팡매미냐고.**

"알고 있어요. 제대로 준비해 뒀죠. 프랑스 빵은 수업 중에 갉아 드시든 하세요. 부지런히 식량을 비축하는 다람쥐처럼요. 아, 이 피스타치오 잼도 받으세요."

프랑스 빵과는 별개로 찬합을 건넸다.

"도시락도 싸 온 거야?"

"가정 실습실에 들러서 데워 왔어요. 자요, 장어 찬합이에요."

"호화롭다! 갑자기 급이 너무 올라갔는데. ……이것도 도시락이라는 카테고리에 들어간다고 봐야 하나?"

"제가 배워서 손질한 거예요. 그리고는 꼬챙이에 꿰어 양념을 발라 구워서 만들었죠."

"유키토, 요리사라도 될 작정이야?"

---

* 일본어로 재팬 빵은 '쟈팡팡'이라고 한다.

** 게임 〈몬스터 헌터〉에서 슬래시 액스를 사용하는 유저가 몬스터에 달라붙어 속성해방 찌르기를 팡팡 난사하는 모습을 매미에 빗댄 말.

"그런 생각은 안 해 봤는데요……."

대장에게도 '나중에 정 할 일이 없거든 이 가게의 후계자로 삼아 주겠다'는 말을 들었다. 대장의 아드님은 평범한 회사원이라고 한다. 가게를 억지로 물려줄 생각은 딱히 없어서 대장의 대에서 접어도 상관없다며 호쾌하게 웃고 있었는데, 후계자 부족으로 골머리를 앓는 건 어디든 마찬가지인 모양이다.

"그런데 유키토 건 없어?"

"저한테는 이게 있으니까요."

종이봉투에서 부스럭거리며 한 덩어리의 블록을 꺼낸다.

"앗, 요즘 통 찾아보기 어려워진 고급 식빵!"

"먹어 보는 건 처음이에요."

"나도 먹어 본 적이 없어. 나중에 조금만이라도 나눠줄 수 있어?"

"좋죠. 다 먹을 수 있을지 불안했거든요."

"어째서 식빵을 덩어리째로 들고 온 거야?!"

버블 음료로 목을 축인 뒤 바로 찢어서 먹어 보았다.

"어때?"

"심심하네요."

"……잼 바를래?"

"네."

고급 식빵은 고급답게 맛있었다.

"왠지 제때 붐을 타지 못해서 뒤처진 사람 같은 라인업이네."

윽. 현역 여고생의 가차 없는 태클에 몰래 대미지를 받았지만, 나는 굴하지 않는다.

"그리고 또 하나 답례가 있어요."

"음, 만들어 온 게 아직도 더 남았어?"

"먹을 건 아니지만, 이거예요! 짜잔, 여신 선배의 신규 사진으로 제작한 A3 태피스트리."

"그거 지난번의 특전이잖아!"

"네?"

"—핫?! 내가 방금 대체 무슨 소릴……."

여신 선배에게 뭔가 신탁이 내려온 걸까. 점점 더 여신 같아지기 시작했다.

오해가 있어서는 안 되기에 일단 정정해 둔다.

"그냥 특전이 아니라 유상이에요."

"너, 아무렇게나 하고 싶은 대로 하는 것도 슬슬 적당히 하지 그래? 일단 받아는 두겠지만."

혼이 나고 말았다.

"음~ 맛있어! 그나저나 장어면 비쌀 텐데. 어쩐지 미안한 기분이 드네."

"원재료비 정도밖에 안 들었으니까 신경 쓰지 마세요. 그리고 그거 아세요? 토용 황소의 날*은 토요일이랑은 상관이 없대요. 오늘 먹어도 문제가 없다는 뜻이죠."

"헐~, 그렇구나!"

정오를 조금 넘긴 시각, 그렇게 우리들은 한 층 더 현명해졌던 것이었다.

* 한국의 복날에 해당하는 날로 장어로 몸보신을 한다.

◆

기원전보다 아득히 이전에 존재했다고 하는 선사 문명.

현대보다 높은 기술력을 가지고 있었다는 초 고대문명에 대한 로망은 쇠퇴하는 일이 없지만, 현재를 살아가는 우리에게는 기원후, 서력 1년 이후의 역사를 배워서 익히는 것조차 버거웠다.

장대한 역사적 사실을 생각하는 한편, 잊지 말아야 할 것이 있다.

왜소한 역사적 사실을 생각해 보자.

코코노에 가에는 역사상 '구 내 방 시대'와 '신 내 방 시대'라는 두 개의 시대 구분이 존재했는데, 두 시대 사이에는 매우 극적인 변화가 있었다.

검소하고 무기질적이었던 내 방은 완전히 탈바꿈해 옅은 파스텔 톤의 색조로 통일돼 있었다.

선사 문명은 붕괴되어 옛모습을 찾아볼 수 없었다. 흔적조차 찾기 힘들었다.

그리고, 나도 모르는 사이에 거울이 달린 화장대가 설치돼 있었다. 어제까지만 해도 없었는데?!

당연히 사용자는 내가 아니다. 어머니나 누나 둘 중 하나, 혹은 둘 다의 범행일 게 확실했다. 편의점처럼 편하게 내 방에 눌러앉은 두 사람을 앞에 두고 미약한 항의를 해 봤지만, 두 사람은 전혀 상대해 주지 않았다. 부양가족은 괴롭다.

속으로 흑흑 울며 영 적응이 되지 않는 방에서 공부를 하고 있는데, 난데없이 전무후무한 대 핀치가 찾아왔다. 자격시험에 꼭 필요한 함수 계산기를 놓고 왔을 때만큼 궁지에 몰렸다. 노스트라다무스가 예언한 앙골모아 대왕*이 이걸 두고 말하는 것이었다.

조금씩 다가오는 상대를 앞에 두고, 무력함에 몸을 떨며 벽을 등 뒤에 두었다. 더는 뒤로 물러날 수 없다. 나는 너무나도 강대한 상대 앞에서 각오를 다지고는 결연히 맞섰다.

"정신 차려, 누나!"

"나는 늘 제정신이야."

설득을 시도해 봤지만 누나는 제정신이었다. 이렇게 된 이상 하는 수 없다. 그럼 이걸로!

"정신을 차리지 마, 누나!"

"그러게. 난 이미 제정신이 아닌 걸지도 몰라."

"무적의 논리야?"

최강 무적 이론으로 나를 완전히 논파하는 유리 씨에게 나는 속절없이 패배했다. 도저히 유리 씨의 모습을 똑바로 쳐다볼 수 없었다. 하지만 그 순간 번개 같은 깨달음이 내려와 해결책을 알려줬다.

"그렇지, 잠시만 기다려!"

황급히 방에서 뛰쳐나와 필요한 물건을 가지러 갔다.

"후후후. 이제 완벽해. 준비됐어. 무슨 용건이야?"

그러다 모서리에 발가락을 찧고 아픔에 몸부림쳤다.

"갸오오오오오오오오오오옹!"

"뭐해?! 괜찮아? 이런 걸 쓰고 있으니까 위험하지."

아이 마스크가 휙 버려졌다. 눈에도 큰 대미지가 들어갔다.

* 노스트라다무스의 예언서에서 지구 멸망의 날에 강림한다고 기록된 공포의 마왕.

"왜 상반신을 벗고 있어?!"

"전에 가슴이 커졌으니까 치수를 재 달라고 말했잖아. 브래지어도 새로 사야 돼."

"농담이 아니었던 거냐고……."

그러고 보니 전에 속옷이 작아졌다는 소리를 했던 것 같은 기분이 든다.

"헐, 진짜로 내가 재는 거야?"

"하? 너 말고 누가 있는데."

"엄마라든가."

오히려 어머니밖에 적임자가 없지 않나? 아무리 생각해도 나보다 적절한 인사다.

"엄마는 라이벌이란 말이야. 지금은 옆에서 손가락만 빨고 있지만, 언젠가는 꼭 따라잡을 거야."

"그렇구나."

무슨 소린지 잘 이해가 안 가서 적당히 맞장구를 쳐 뒀다.

"내 벗은 몸은 많이 봤잖아. 가슴 사이즈를 재는 것 정도로 새삼스레 뭘 부끄러워하는 거야."

"익숙해지면 안 된다고 생각해."

"?"

누나가 어리둥절한 기색으로 멍하니 고개를 갸웃거렸다.

"의문으로 생각할 여지가 있었던가?"

나도 어리둥절한 기색으로 고개를 갸웃거렸다.

"그런 건 신경 쓰지 않아도 돼. 자, 치수 재자. 줄자 들어."

누나가 양팔을 머리 뒤로 맞잡고 양쪽 겨드랑이를 활짝 열었다.

사춘기인 나에게는 지나치게 선정적이라 눈에 해로운 광경이었지만, 전혀 개의치 않는 기색이었다.

너무나도 완벽한 예술이 그곳에 있었다. 아름다운 조각 같은 자태에서는 거룩함마저 느껴졌다. 한 점의 불순물조차 보이지 않는 농밀하고 매끄러운 피부. 그 순도, 트웰브 나인.*

바닥에 털썩 무릎을 꿇었다. 가슴속에서 우레와 같은 박수 소리가 울려 퍼졌다. 음미하게 되는 이 감동.

현대의 르네상스와의 만남. 가슴 밑바닥에서 솟구쳐 오르는 갈망이 이끄는 대로 입을 열었다.

"……에로의 비너스."

"밀로야."

말이 헛나왔다아아아아! 다아아아아! 다아아아아아! (에코)

"네가 그렇게 말하겠다면 딱히 그래도 상관없지만."

"상관없구나."

가공할 만한 관대함에 감탄할 따름이다.

"등 뒤에서 줄자를 둘러. 톱과 언더의 차이로 치수가 결정되니까."

또 불필요한 지식을 얻고 말았다. 오늘 밤도 시스터 해러스먼트가 작열하는구나.

측정하지 않으면 이대로 영원히 끝나지 않겠지. 마음을 굳게 먹고, 줄자를 천천히 등 쪽부터 둘러 나갔다. 톱에서 교차하듯이 맞대

* 반도체 공정에 사용되는 초고순도 불화수소를 일컫는 말.

고 숫자를…… 아아아아아정마아아아아알!

"응…… 간지러워."

얼른 이 지옥에서 벗어나지 않으면 크레딧 부족으로 인생이 컨티뉴 불가가 돼 버린다.

"……거기…… 문질러 줘……!"

아무것도 못 들었다 아무것도 못 들었다 아무것도 못 들었다, 지금이 몇 번째더라?

"뺄셈. 맞아, 뺄셈을 하지 않으면! 어디…… 대충 25센티려나?"

허둥지둥 사이즈표를 확인한다. G컵란을 보면 되는 건가.

그리고 그제야 같은 컵에도 여러 종류가 있다는 걸 알았다. 남자와는 달리 여자는 챙길 게 많구나. 재봉을 배우는 중이라 그런지 의외로 공부가 됐다.

"역시 성장한 모양이네. 앞으로는 주마다 잴 거니까."

"너무 자주 재는 거 아냐?!"

"성장기인 걸 어떡해."

"성장기는 굉장하구나."

성장기의 설득력이 장난 아닌데.

아무튼, 측정이 끝났는데도 계속 그대로 있는 누나에게서 시선을 돌렸다.

"왜 그래? 딱히 닳는 것도 아니니까 마음껏 봐."

"좀 더 조신함을 말이지……."

"가족이잖아. 그런 걸로 신경 쓸 필요 없어."

"그쪽이 그렇게 나온다면, 이쪽에도 생각이 있으니까!"

뚜둑. 이렇게 되자 나도 화가 났다. 인내심도 한계에 달했다. 아무리 수평기처럼 흔들리지 않는 멘탈을 가지고 있다 해도, 신용카드의 현금 인출액처럼 한도라는 게 있다.

친한 사이일수록 예의를 지켜야 한다는 말처럼, 가족 간에도 예의가 필요하다.

너 이 자식, 적당히 하라고. 이쪽이 참아 주고 있는데 그 태도는 뭐야!

그래, 알았어. 어디 해 보자고! 그쪽이 시작한 전쟁이야. 철저하게 해 주겠어!

"빤~."

물끄러미 쳐다본다. 마음대로 본다. 거의 시력검사 수준이다. 온몸 구석구석을 훑듯이 시선을 미끄러뜨린다.

흐헤헤헤. 어떠냐, 역겹지. 흑심으로 가득 찬 추잡스러운 눈빛의 위력을 뼈저리게 느끼라고!

유리 씨가 순간 움찔거렸다. 이겼다! 달성감과 함께 상실감이 몰려왔다.

승리의 대가는 컸다. 남동생 실격, 혐오당해도 변명의 여지가 없다.

속으로 초조해하는데, 다정한 포옹이 돌아왔다.

"그래, 그러면 돼. 네 마음대로 해. 내가 전부 받아 줄 테니까. 그도 그럴 게…… 나한테는 그것밖에……. 나의 가치는…… 나의 존재 의의는…… 너는 마음에 솔직해지고 감정을 우선해. 유키토가 원한다면 나는 얼마든지……."

그 순간, 퍼뜩 정신이 든 것처럼 유리 씨가 몸을 뗐다.

"아무것도 아냐."

"누나?"

찰나의 순간, 그 눈동자가 애처롭게 흔들렸다.

형용할 수 없는 불안감을 느끼고 시선이 방황한다. 방금 건 대체……?

처음부터 다시 시작하는 것처럼 누나가 입을 열었다.

"속옷을 사러 갈 거니까 너도 같이 가."

"사양하겠습니다."

"네가 좋아하는 속옷을 사 줄 테니까."

"과자를 사 주겠다는 것처럼 그렇게 말하셔도……."

"하? 갈 거지."

"동행을 허락해 주십시오."

외출이 결정됐다. 천천히 보통의 남매로 돌아가고 있는 것일지도 모른다.

하지만 누나가 보여 주었던 고뇌에 찬 표정이, 자꾸만 뇌리에 새겨져 떠나지 않았다.

제2장 「관전하는 감염」

"이겼다! 이겼어요, 타카미야 선배!"

"거짓말이지……. 설마 이기다니……."

타카미야 스즈네는 응원석에서 그저 아연히 코트를 쳐다보고 있었다. 옆에서 카미시로 시오리가 폴짝거리며 신나게 떠들고 있었지만, 도저히 동조할 기분이 들지 않았다. 기뻐해야 하는데, 눈앞의 현실을 받아들일 수 없었다. 이런 일이 일어날 거라곤 몇 달 전까지만 해도 상상조차 하지 못했다.

이쪽을 향해 주먹을 치켜올리는 히무라 토시로의 모습에 뺨이 화끈거리며 붉게 물들었다.

본의 아니게 멋있다는 생각을 하고 말았다. 본의 아니게. 정말로 본의 아니게다.

곤혹스러워하고 있는 건 스즈네뿐만이 아니었다. 시선을 보내자, 고문인 안도가 경악에 눈을 부릅뜨고 있었다. 약소 농구부의 고문을 떠맡아 좋게 말하면 자유롭게, 나쁘게 말하면 방임주의로 일해 왔는데 강해진 농구부를 보자 인식이 따라가지 못하는 듯했다.

학교 측의 시선, 기대치도 달라지리라. 다음 분기에는 예산이 늘어날 게 확실하다.

인터하이* 예선 토너먼트. 히무라 토시로가 이끄는 쇼요 고등학교 남자 농구부는 3회전을 돌파했다. B조 4회전 출전. 남자 농구부의 실적으로는 더할 나위 없었다.

이전에는 1회전 돌파조차 어려웠던 걸 생각하면 짜릿한 승리, 명백한 쾌거였다. 다음 주에 있을 4회전을 포함해 2번만 더 이기면 결승 리그 진출권을 손에 넣을 수 있다. 그 끝에는 인터하이가 기다리고 있었다.

원래는 농구를 좋아하는 사람들이 모여서 농구를 즐기는 느슨한 동아리였다. 대회는 기념 참가에 지나지 않았다.

하지만 지금은 그런 예전의 모습을 찾아볼 수 없었다. 현재 그들이 대회에 거는 열의는 결코 다른 학교에 뒤처지지 않았다.

얼굴을 보면 알 수 있었다. 싸움에 임하는 얼굴이 아니라고 강제로 송환 당할 만한 부원은 어디에도 없었다. 표정에서 배어 나오는 충실감. 결코 우연이라 할 수 없는, 노력이 확실히 뒷받침된 결과.

변했다. 변해 버렸다. 그 사실을 누구보다 실감하고 있는 건 다름 아닌 남자 농구부 부원들이리라. 히무라 토시로의 결단은 농구부에 엄청난 변화를 불러일으켰다. 근묵자흑이라고 했던가. 끓어오르는 정열과 용솟음치는 땀방울이 전파돼 간다.

꿈은 오늘로 끝나지 않았다. 마지막 여름은 아직 계속된다.

"선배, 다들 모여 있는 데로 가요! 히무라 주장도 기다리고 있어요!"

"잠깐, 카미시로, 잡아당기지 마!"

* 전국 고등학교 종합 체육대회.

뛰기 시작하는 후배의 뒤를 따라간다. 모두가 환희로 들끓는 와중에, 스즈네의 가슴속에는 불안이 스멀거리고 있었다.

시합이 끝나고 돌아갈 준비를 마쳤다. 타카미야 스즈네도 환희하는 무리들 속에 있었다.

"응원하러 와 줘서 고마워, 스즈네. 너라는 존재가 나에게 힘이 됐어."

"축하해, 토시로."

"이제 조금, 조금만 더 하면 돼. 반드시 네게 어울리는 남자가 되겠어!"

그렇게 열변을 토하는 토시로에게 호감을 느끼면서도, 그 말에 표정이 어두워졌다.

답답한 속내를 들키지 않으려 억지로 미소를 짓는다.

"……어디 보자, 치즈루 학원은 쿠가 선배가 있는 곳인가. 다이고 선배가 있는 테이오도 이긴 것 같네. 그래도 D조구나. 결승 리그까지 못 만나는 건 아쉽다."

"절대 못 이길 거니까 마주치지 않는 편이 나아."

"맞는 말이긴 하지만, 너무 삭막한 소리 하지 마."

뒤에서 대화하는 미호 코우키와 코코노에 유키토의 목소리가 귀에 들어왔다.

스즈네는 코코노에 유키토를 불편해했다. 싫어하는 건 아니다. 오히려 호감을 품고 있다. 입학한 지 몇 달 만에 몇 번이나 화제에 오르며 파란만장한 학교생활을 보내고 있는 이 1학년을 모르는 학생은 없다.

싫어하는 사람도 있지만 반대로 흠모하는 이도 많아서, 3학년 학생 중에도 그 팬이 헤아릴 수 없을 정도다. 스즈네의 반에도 연애 상담을 하러 간 학생이 있었다.

그럴싸하게 떠돌고 있는 성인 전설이 어디까지 진실인지는 알 수 없지만, 전교를 떠들썩하게 만든 교내 방송 건만 보더라도 소문의 일부 내지 전부가 사실이라는 것에는 의심의 여지가 없었다.

무엇보다 히무라 토시로가 코코노에 유키토를 농구부로 데려온 경위를 생각하면 그저 고마울 따름이다. 그런데도,

'……어째서냐고, 토시로. 나랑 한 약속을 잊어버린 거야……?'

가슴이 죄어든다. 결국은 꼴사나운 질투다. 제멋대로에 이기적이고 일방적인.

토시로가 상상하는 고백 따윈 원하지 않는다. 중학교 때부터 줄곧 마음을 키워 온 두 사람에게 상대방의 기분을 파악하는 데 특별한 말 같은 건 필요하지 않았다.

스즈네는 고등학교 3학년의 이 마지막 시간을 토시로와 보낼 수 있다면 그걸로 충분했다.

변화 같은 건 바라지 않는다. 달라질 필요 따윈 없었다. 그것이 거짓 없는 본심.

같은 대학에 진학한다. 그렇게 하기로 한 두 사람에게 이번 여름은 타임 리미트.

타카미야 스즈네가 지망하는 대학은 히무라 토시로에게는 허들이 높았다. 여름 대회를 끝으로 농구부를 은퇴하고 같이 대학 입시를

위해 본격적으로 공부를 시작한다. 그렇게 둘이서 약속했던 것이다.

하지만 지금 토시로는 휴일에도 부원들과 농구에 푹 빠져 있다. 그것이 꼭 함께 보낼 수 있는 소중한 둘만의 시간을 없애는 것 같아서 스즈네는 견디기 힘들었다.

'계속 약한 상태로 있으면 뭐 어때서. 이제 와서 열심히 한다고 의미가 생기는 것도 아닌데!'

그 바람은 후배들에게 맡기면 된다. 다행히 1학년들은 농구를 잘하니까. 과도기에 놓인 농구부를 끌고 가는 건 3학년이 아니다. 결코 입 밖으로는 낼 수 없는 생각.

1회전에서 져도 괜찮았다. 고백해 준다면, 그것이 어떤 성적이든 자신의 대답이 바뀔 일은 없었다. 그만큼 오랜 시간을 함께 지내왔으니까.

순수하게 응원하고 싶은 마음과 추악한 질투심 사이에서 스즈네는 계속 괴로워했다.

"이제부터 시작이니까. 스즈네, 우린 더욱더 강해질 수 있어!"

열변을 토하는 토시로의 말이 어쩐지 공허하게 들렸다. 3학년이 그 말을 하기에는 너무 늦었다.

히무라 토시로를 만난 건 중학교 2학년 때. 처음엔 그저 심하게 열정적인 녀석이라고 생각했다.

하지만 아니었다. 정의감이 넘치고, 서투르리만큼 우직하고 올곧다.

언젠가, 집단 괴롭힘인지 모를 불쾌한 장난을 치는 여자에게 히무라 토시로가 주의를 준 적이 있었다.

돌이켜보면 그때 처음으로 그를 이성으로 인식했던 것 같다.

타카미야 스즈네가 그런 삶의 태도에 이끌리기까지는 그리 오랜 시간이 걸리지 않았다.

신기하게도 그 뒤로는 계속 같은 반이 됐다. 기묘한 인연을 느끼지 말라는 게 무리다. 점점 친분을 쌓아나가던 중에, 주변 사람들에게 자주 어울리지 않는다는 말을 들었던 기억이 났다.

어쩌면 토시로는 그 말을 계속 마음에 담아두고 있었던 게 아닐까.

그것이 히무라 토시로가 결과에 집착하는 이유라면, 코코노에 유키토는 아주 잔혹한 짓을 한 셈이다. 그는 희망을 주고 말았으니까. 꿈이라는 희망을. 하지만 그건 독이다.

뒤돌아보자 코코노에 유키토는 험악한 표정으로 대진표를 보고 있었다. 천천히 노트를 펼치고는, 무어라 중얼거린다. 옆에 있던 미호 코우키가 그 노트를 들여다보았다.

"—읏!"

그때 노트를 탁 덮더니, 난데없이 코코노에 유키토가 이쪽으로 걸어왔다.

"타카미야 선배, 나중에 잠깐 상담하고 싶은 일이 있어요."

진지한 눈빛에 압도당한 것처럼, 스즈네는 저도 모르게 고개를 끄덕이고 있었다.

◇

형사 하면 순정파지만, 예술 하면 ○○파에는 대입할 게 많았다.

고전파와 인상파, 사실주의 등 다양하지만, 예술적인 누나를 앞에 두고 나는 유리파로 전향했다. 오로지 유리 씨의 아름다움을 추구하는 현대 미술의 완성이야말로 나에게 내려진 사명이다.

절대 양심의 가책이 들어서 그런 건 아니지만, 솔직히 양심의 가책이 느껴져도 어쩔 수 없다고 생각한다.

아무리 내 멘탈이 완보동물처럼 최강의 적응 능력을 가지고 있어도 한계가 있다는 뜻이다.

특히 그 유연하고 아름다운 허벅지, 종아리, 발목의 황금비는 미각(아름다운 다리) 3원칙이라고 할 수 있으리라.

화제를 돌려서 방과 후, 긴장한 기색의 히나기와 함께 미술부로 향했다.

시기가 어중간한 만큼 히나기가 긴장하는 것도 어쩔 수 없다. 반 아이들에게 확인해 본 결과 B반에는 미술부원이 없어서 어떤 분위기의 동아리일지도 알 수 없었다. 나는 그저 동행일 뿐이지만, 히나기는 한 번 견학을 한 뒤 정식으로 입부 신청서를 낼 모양이었다.

"……고마워. 따라와 줘서."

"이래 봬도 너를 걱정하고 있어. 알겠어? 히나기. 누드모델을 강요당할 것 같으면, 확실히 거절하든가, 바로 도망치는 거야. 어른에게 도움을 요청하는 것도 잊지 말고. 문부과학성 어린이 SOS 상담창구 전화번호는──."

"뭘 걱정하는 거야, 넌!"

히나기는 얼굴이 새빨개져 있었지만, 학교는 늘 위험으로 가득 차 있다. 방심은 금물이다. 예상치 못한 상황을 가정하는 것이야말로 학교라는 서바이벌 공간에서 살아남기 위해 필요한 능력이다.

"너한테 건네 두고 싶은 게 있어. 이거."

"이건……?"

"미술에 쓰는 페인팅 나이프야. 알겠어? 혹시라도 일이 생기면, 이걸 상대방에게 찌르고 도망치는 거야. 위험을 느끼면 망설이지 마. 무엇보다 네 몸의 안전을 첫 번째로 생각해."

"넌 미술부를 뭐라고 생각하는 거야?!"

"무슨 일이 벌어질지 모르잖아!"

"그런 생각을 하는 건 유키토뿐이거든!"

언어로 된 나이프가 푹 박혔다. 바로 배움을 실천하는 히나기의 칼솜씨가 예리했다. 닿는 족족 사람을 다치게 하는 잭나이프 히나기. 조금 멋있다. 흐뭇하다.

"히나기, '나한테 접근하면 다쳐.'라고 말해 봐."

"? 나한테 접근하면 다쳐. 이러면 돼?"

"촌스러워."

"헐, 네가 말하라고 했잖아!"

히나기는 심기가 불편해 보였지만, 변비는 아닌 듯했다.

부당하고 억지스러운 말에 긴장이 풀렸는지, 한 차례 크게 한숨을 내쉬었다.

"정말. 그렇게 걱정 안 해도 괜찮아. 산쿄지 선생님이 고문이니까."

"뭐야, 그 말을 먼저 해 달라고."

이 학교의 양심이라고도 말할 수 있는 산죠지 선생님이 고문이라면 안심이다.

미술실로 들어가자 동아리 활동 준비를 시작하고 있었다.

그 속에는 낯익은 얼굴도 있었다. 이 학교에서 가장 성가신 괴물이다.

"어라, 여긴 웬일이야? 미술부에 무슨 볼일이라도 있어?"

"괴조(怪鳥)?"

"회장*이겠지. 뭘 마물 취급하는 거야. ……그게, 오늘은 체험 입부라고 할까, 입부하기 전에 한 번 봐 두려고 온 거예요. 앞으로 잘 부탁드립니다!"

"스즈리카와군요. 어서 와요."

사전에 히나기에게 얘기를 들었는지 산죠지 선생님이 미소를 지으며 환영해 주었다.

"1학년 입부 희망자였구나. 미술부는 보다시피 부원이 적으니 고마운 일이야."

"어째서 회장님이 여기에 있는 거죠?"

"이래 봬도 내가 미술부 부장이거든."

"이 미술부, 괜찮은 거야?"

이 미술부, 괜찮은 거야?

"유키토, 본심이 새어 나오고 있어."

히나기도 학생회장에게 신랄한 게 너무 웃겼다.

"안녕, 유키토."

* '괴조'와 '회장'은 일본어로 발음이 같다.

"미쿠모 선배, 이 사람이 부장이어도 괜찮은 건가요?"

"이래 봬도 평소에는 착실하거든?"

케도 회장 옆에 어김없이 있다는 측근이자 부회장, 미쿠모 선배도 당연하다는 듯이 함께 있었다.

미쿠모 선배에게는 미안하지만, 솔직히 설득력이 떨어진다고 말하지 않을 수 없었다.

"빈이에요?"

"그건 오스트리아의 수도인데……. 미술관이나 박물관으로 유명하니까, 한 번은 가 보고 싶긴 해. 나, 해외여행 같은 걸 해 본 적이 없어서 동경하거든."

"실은 저도 요새 예술에 빠져 있어요. 유리파라고 하는데요."

"……유리파?"

누나는 쇤브룬 궁전을 보러 가고 싶어 하는 듯했다. 왜일까?

"코코노에 유키토는 농구부였지. 혹시 그냥 따라온 거야?"

"그런 셈이에요."

"나는 말이지, 아주 후회 중이야. 아무리 후회해도 부족할 정도지. 스스로가 한심해. 저번 일의 답례도 아직 못 했는데, 에리카의 폭주가 원인이라곤 해도 또다시 네게 폐를 끼치고 말았어. 심지어 이번엔 명백한 부당 처분이지. 유리가 격노하는 것도 무리는 아니야. 사과했다고 해도 도저히 용서받을 수 없는 일이니까."

눈가에 눈물을 담은 채 케도 회장이 곰곰이 생각에 잠겨 있었다. 주먹 쥔 손이 무릎 위에서 떨리고 있다.

학교 측으로부터 정식으로 사과도 받았고, 히나기를 비롯한 여러 사람들이 애써 준 덕에 내가 있을 곳은 아직 이 학교에 남아 있다.

그것만으로도 충분하다. 나에게 그럴 가치가 있다고는 생각하지 않지만, 고맙기 이루 말할 수 없었다.

하지만 스스로를 용서할 수 있을지 여부는 자신에게 달린 일이다. 내가 용서했다고 해서 그걸로 됐다고 넘어갈 수 없었겠지.

실제로 토죠 선배가 성의를 보이려고 '머리를 빡빡 밀겠다'는 말을 꺼냈을 때는 화들짝 놀랐다. 황급히 말리긴 했지만, 사죄를 한답시고 그런 짓을 해 봤자 난감할 뿐이다. 오히려 이쪽이 미안해진다고. 참고로 토죠 선배의 아버지는 히미야마 씨에게 '사과를 할 거면 머리 정도는 밀어야 하지 않냐'는 말을 들었다. 무섭다. 어지간히도 분노를 참기 힘들었던 모양이다. 참고로 그쪽도 내가 말렸다. 토죠가 사람들에게 나는 머리카락의 수호자, 머수님이라고 해도 과언이 아니었다.

벌떡 일어선 학생회장에게 어깨를 붙들렸다. 눈이 뱅글이가 돼 있었다.

"이런 걸로 갚을 수 있다고는 생각하지 않지만, 코코노에 유키토. 내가 누드모델이 되겠어!"

"무츠키?!"

"변변치 않지만, 내가 할 수 있는 일이 이것 정도밖에 없어! 에에잇, 이것 놔, 놓으라고, 유미!"

교복을 벗으려는 케도 회장을 미쿠모 선배가 등 뒤에서 양쪽 겨드랑이 밑으로 손을 넣어 제압했다.

"무슨 바보 같은 소리를 하는 거예요! 케도 당신도 진정하세요!"

바보 같은 소리? 바보 같은 소리라니? 케도 회장을 나무라는 산죠지 선생님에게 저도 모르게 발끈했다.

"그럼 산죠지 선생님이 대신해 주실 건가요?"

"당신도 무슨 소리를 하는 거죠?!"

"이런. 선생님, 어떻게 하실 거죠? 저는 딱히 상관없어요. 이대로 학생회장에게 맡겨도. 그 경우 케도 회장이 어떻게 되든 책임은 질 수 없지만요."

"큭! ……나를 협박할 셈인가요? 그래도 학생을 희생할 수는……."

"아~ 아, 케도 회장에게 부탁해 버릴까 보다~."

"이것 봐, 유미. 코코노에 유키토도 이렇게 말하고 있으니까 아무 문제도 없다고! 놔 줘!"

"없을 리가 없잖아!"

"케도 회장님은 얘기가 통하네. 이게 책임감이라는 건가? 그에 비하면—."

"……알았어요. 알았으니까요! 이것도 학생을 지키기 위해서예요. 제가 대신할 테니까, 누드모델이 될 테니까, 케도에게는 손대지 마세요!"

"그건 선생님의 태도를 봐서요. ……히죽."

"왜 네가 강요하는 건데!"

히나기가 머리를 딱 하고 때렸다. —핫?! 내가 대체 무슨 짓을?! 나는 제정신으로 돌아왔다. 케도 회장의 눈을 쳐다보는 바람에 그만 최면에 걸린 모양이다. 역시 마안(魔眼)인가.

그나저나, 이런 짓궂은 농담에도 장단을 맞춰 주는 걸 보면 산죠

지 선생님은 실로 교사의 귀감이다. 학생 지도를 맡고 있다는 이유로 다들 대하기를 꺼린다는 게 믿기지 않았다.

"유키토는 뭔가를 저지르지 않으면 성이 안 차?"

히나기의 한심해하는 시선을 외면하며 소리가 나지 않는 휘파람을 불었다.

할당량 같은 일련의 소동을 끝마치자, 미술실은 비로소 원래의 차분함을 되찾았다.

이것도 어떤 의미에선 동아리 활동 전의 가벼운 워밍업이라고 말할 수 있을지도 모른다.

"크흠. 슬슬 동아리 활동을 시작합시다. 예의 그 건은 나중에 다시 얘기하죠."

아니, 나중에 해도 문제라고.

"그런데 코코노에 유키토. 오늘은 너도 참가하는 거야?"

"일단은 그럴 생각이에요. 제대로 크레용도 가져왔죠."

예전에 어머니가 사 준 크레용 100색 세트를 꺼낸다.

이렇다 할 사용처가 없어서 오랫동안 벽장에 잠들어 있었지만, 최근에 사용 빈도가 몹시 늘어났다. 유리파에 눈뜬 내게는 없어서는 안 될 아이템이다.

"오늘은 쾌청하니까 밖에 나가서 그림을 그릴까요."

산죠지 선생님이 정한 방침에 따라 짐을 챙겨 밖으로 나간다.

"기대된다! 유키토는 뭘 그릴 거야?"

"그러게, 너라도 그릴까."

"나, 나?"

히나기가 뺨을 붉히며 고개를 숙였다. 풍경화도 좋지만 유리파인 나는 단연 인물화다.

그때 갑자기 생각이 떠오른 듯 산죠지 선생님이 말을 걸어왔다.

"그러고 보니 참가는 자유지만, 괜찮으면 당신들도 미술 콩쿠르에 응모해 보지 않을래요? 여름에 즐기는 예술도 제법 근사하답니다."

"미술 콩쿠르인가요."

"어떡할래, 유키토? 나는 참가해 보고 싶어!"

미술부는 매년 활동의 일환으로 참가하고 있지만, 미술부가 아닌 학생도 자유로이 응모할 수 있다.

"여름방학이기도 하고, 이것저것 체험해 볼 좋은 기회니까. 해 볼까."

"응!"

"힘내세요. 후훗, 관심을 가져 줘서 다행이에요."

회장을 제외하면 미술부는 친근하고 멋진 동아리였다. 고문인 산죠지 선생님도 다정해서, 나한테 전부 떠넘기고는 남자 농구부에 코빼기도 보이지 않는 고문인 안도 선생님도 보고 배웠으면 싶을 정도다. 히나기도 이곳에서라면 잘해 나갈 수 있겠지. 아무런 걱정도 필요치 않았다.

모티프를 뭐로 할지 고민하며 밖으로 나갔다. 눈부신 햇살을 받으며, 우리들은 그림을 그리기 시작했다.

◆

명과(銘菓) 신겐모찌*를 먹으며 하천 부지에서 고민하는 한 학생. 그것이 바로 나, 코코노에 유키토다.

집으로 돌아가는 것이 귀찮아 견딜 수 없다. 집안 환경이 피폐할 대로 피폐해진 그런 비행소년 같은 생각에 빠진다.

어머니는 나 같은 것에 관심이 없다고 생각했다. 누나가 나를 싫어하는 줄 알았다. 그랬을 터다. 그걸로 만족했다. 모든 것이 원만하게 흘러가고 있었다. 문제라고는 없었다. 민폐만 끼치고 있었으니, 내가 사라지면 평온한 나날이 찾아올 것이다. 그것이 효도라고 믿었다. 그것이 나의 상식이었다.

그런데 나에게는 보통이었던, 당연한 일상이 뒤바뀌고 말았다.

어째서 갑자기 다정해진 걸까?

입가에 묻은 흑당을 휴대용 티슈로 닦았다.

아니지, 상위 존재인 어머니와 누나가 틀렸을 리 없다. 하등 생물인 나와는 다르니까.

어머니와 누나는 처음부터 줄곧 다정했다. 변한 건 나다.

내가 이해하지 못했을 뿐. 모르는 상태로 여기까지 왔다. 다정함, 그 의미를.

푸른 하늘과 반비례하듯이 기분이 우울해서, 이렇게 땅거미가 지도록 귀가를 질질 끌고 있다.

어느 날 집으로 돌아가자 어머니와 누나가 역 바니 옷을 입고 있었다.

세츠카 씨의 무지막지한 폭거로 인해 코코노에 가에 전례 없던 역

* 물방울떡.

바니 열풍이 일었던 것이다.

나는 그냥 죽어 버렸다.

당황스러움을 채 감추지 못한 채 굳게 마음을 먹고 누나에게 의도를 물어보았다.

"하? 토끼해잖아."

맞는 말이긴 하지만, 돌아온 대답이 타당한지를 이해할 머리가 나에게는 없었다.

히미야마 씨 집으로 도망쳐 도움을 요청하려고 했지만, 히미야마 씨도 역시 바니 복장이었다.

마치 이상한 나라에 떨어진 앨리스처럼 무너져 내리는 상식.

길을 잃고 들어온 건 이세계가 아니라 정조 역전 세계였는지도 모르겠다.

그럼 지금의 나는 계속 출구를 찾아 헤매는 이방인이려나.

어머니는 현재 마마가 되는 수행을 하고 있는 몸이라 그런지, 나를 유아나 갓난아기로 착각하고 있다.

그도 그럴 게 가끔씩 아기 말투로 말을 걸어온단 말이다. 혀 짧은 소리로 대답하는 게 고작이다.

대체 언제 상식이 바뀌어 버린 걸까. 내가 안도할 수 있는 나날이 돌아오기는 할까.

집으로 돌아가면 그야말로 '풍림화산'.

바람처럼 빠르게 우쭈쭈를 당하고, 숲처럼 고요하게 우쭈쭈를 당하고, 불길처럼 맹렬하게 우쭈쭈를 당하고, 꿈쩍 않는 산처럼 우쭈쭈를 당했다. 물론 어둠과 우레처럼 우쭈쭈 당하기도 한다.*

갑양군감**을 채택한 어머니와 누나 때문에, 나는 확실히 공략당하고 있었다.

스마트폰에 메시지가 도착했다. 나를 타락시키는 데 정평이 난 지장(智將), 히미야마 씨였다.

그 내용에 입에서 성대하게 콩가루를 뿜어내며 나는 뛰기 시작했다.

"결혼식이요?"

"그래. 오빠가, 유키토도 꼭 참석해 줬으면 한다네."

뜻밖의 요청에 눈이 휘둥그레졌다.

저도 모르게 큰 접시에 수북이 담긴 체리를 먹던 손이 멈췄다. 제철이라 그런지 맛있네.

히미야마 씨에게 '아기가 생겨 버렸어♪'라는 충격적인 메시지를 받고 황급히 방문했는데, 이제 와서 돌이켜보면 내가 당황할 이유가 없었다.

위험해 위험해, 조바심 낼 게 뭐가 있다고……. 세이프.

"그…… 앵두가 말이죠……."

"왜 그래, 유키토? 체리가 싫어?"

땀이 뿜어져 나왔다. 머릿속은 총천연색 앵두꽃밭이었다. 얘기가 전혀 머리에 들어오지 않았다.

---

* 다케다 신겐의 어록으로 유명한 '풍림화산'은 원래 손자병법 군쟁 편에 나오는 '풍림화산음뢰'에서 '음(어둠)'과 '뢰(우레)'를 제외한 것이다.

** 전국시대 다케다 가문의 전략과 전술을 기술해 놓은 군학 서적.

바이탈 체크 결과 호흡, 맥박, 혈압, 체온, 의식 레벨 전부 이상했다.

공포 영화도 무표정하게 시청할 수 있는 최강의 멘탈을 가진 나지만, 진짜 심령 현상 앞에서는 어떻게 손을 쓸 수가 없었다. 시선은 허공을 방황했고, 참혹하게도 패배를 당했다.

이제껏 나에게는 영감이 없었다. 하지만 지금은 잔학한 피에로도 화들짝 놀랄 그것이 보이면 끝인 상황에 빠져 있다. 떨리는 손으로 체리를 움켜쥔다.

보인다. 느슨한 가슴팍에서, 히미야마 씨의 보여서는 안 될 것이 보이고 있다.

"체리 보이에게는 자극이……."

"그렇게 체리가 먹고 싶어? 난 언제든 상관없어."

"후후…… 후후후…… 기어이 내 화를 돋우는군……."

히미야마 씨가 몸 전체를 내게 기대며 귓가에 달콤한 숨결과 함께 말을 걸었다.

반도체의 성능은 1년 반에서 2년 주기로 2배가 된다. 이것을 '무어의 법칙'이라고 하는데, 무어와 달리 히미야마 씨는 호감도 상승에 끝이 없었다.

이러니 나도 위기감을 느끼지 않을 수 없었다. 처음 만난 뒤로 지금까지 호감도 상승 페이스는 2배로 그치지 않았다. 계속 올라가고 있다. 부탁이니까 멈춰 줘!

이대로 가다간 체리를 먹고 있는 내가 히미야마 씨에게 체리를 먹히게 생겼다.

여기서 이 군사 코코노에 유키토가, 동남풍을 맞으며 한 가지 계책을 세웠다.

이름하여 '히미야마 씨의 호감도 내리기 대작전'이다.

조사해 보니 여성이 불쾌하게 여기는 남성의 특징에서 가장 큰 부분을 차지하는 것이 성희롱이라고 한다. 보디 터치나 성적 의도를 담은 발언 등이 그에 해당한다나.

나도 선의밖에 없는 다정한 히미야마 씨에게 이런 짓을 하고 싶지 않다!

하지만 여기서는 마음을 굳게 먹고 실천해야 했다. 미안해요, 히미야마 씨!

"헷헷헷. 보아하니 아주 근사한 걸 가지고 있네. 날 너무 원망하지 말라고. 그 먹음직스러운 체리를 주물러서 아메리칸 체리처럼 만들어 줄까?"

오른손으로 히미야마 씨의 턱을 휙 들어 올리며 풍만한 가슴팍에 닿을 듯 말 듯 아슬아슬하게 왼손을 포갰다. 최면 어플을 보여주듯 위에서 눈동자를 들여다본다.

찰나의 정적. 히미야마 씨가 꿀꺽 침을 삼키는 소리만 울려 퍼졌다.

젖은 눈동자. 윤기 나는 입술이 천천히 벌어졌다.

"……진심…… 이구나. ……난 여자로서는 실격 낙인이 찍힌 결함품인데. 그런 나를 원해 주는 거야? 넌 어째서 그렇게—."

"어라아~?"

뭐지? 이상해. 성희롱을 하는데도 호감도가 올라가고 있잖아. 경

험치를 많이 주는 메탈 몬스터를 잡았을 때처럼 레벨업을 알리는 소리가 연속으로 울려 퍼지고 있는 듯한 기분이 들었다.

이럴 수가, 설마 엉터리 정보에 속아넘어갔다고?!

왼손은 어느새 히미야마 씨에게 꽉 붙들려 있었다. 이것 놔, 놓으라고!

내 손을 어떻게 할 셈이죠?! 잠깐, 체리의 감촉이?!

"갸아아아아아아아아아아악!"

나는 절명했다. 이 뒤는 다음 대 코코노에 유키토에게 맡기기로 한다. 부탁해, 파트너!

"전에 동전을 줬잖아. 신부 쪽에서 무척 감동했대. 그리고 유키토가 학교에서도 고생이 많았잖아. 그래서 오빠 나름대로 신경을 쓰고 있었던 것 같아."

"답례를 해야 할 건 제 쪽인데요."

자세히는 모르지만 근신 처분 해제에 많이 애써 주신 듯했다.

히미야마 씨에게는 진심으로 감사하고 있지만, 유감스럽게도 불편한 마음은 사라지지 않았다.

아, 핑크……. 물론 체리를 말하는 거다. 다른 뜻은 없다. 그러니까, 없다고!

"오빠와는 오래 사귀었는데, 아이가 안 생겨서 선뜻 결혼할 결심을 하지 못했대. 하지만 임신을 한 게 밝혀지고 겨우 결혼을 하게 된 거지. 오빠도 좋아는 했지만 아무래도 고령 출산이니까. 걱정이 많았는데, 그때 너한테 용기를 받았다며 기뻐했어."

전부터 결혼한다는 말은 들었지만, 그런 사정이 있었을 줄은 몰랐다.

그러고 보니 히미야마 씨도 불임으로 약혼을 파기했다고 했던가.

같은 여성으로서 뭔가 생각하게 되는 구석이 있었는지도 모르겠다.

"하지만 전 생판 남이라 다들 모르는 사람일 텐데요."

히미야마 씨의 오빠는 요직에 앉아 있어서 결혼식의 규모도 상당히 컸다.

초대할 하객들의 숫자도 일반적인 결혼식과는 비교가 되지 않았다.

그런 와중에 내가 참석해 봤자 식장에서 꿔다 놓은 보릿자루가 될 게 눈에 선했다.

"유키토는 나랑 같은 가족석에 앉을 테니까 안심해."

"가족석?!"

헐, 내가 히미야마 씨의 가족이었던가? 너무 무서워서 더 언급하지는 못했다.

"체리 줄기를 입으로 묶을 수 있으면, 키스를 잘한대."

장난스레 슬쩍 내민 혓바닥 위에 반듯하게 묶인 줄기가 놓여 있었다. 육망성 모양을 하고 있다.

"너무 초절기교잖아!"

대체 키스에 얼마나 엄청난 테크닉을 보유하고 있는 건지, 끝을 알 수 없는 분이다.

"체험해 볼래?"

“뼈까지 분리될 것 같아서 관둘게요.”

“어머, 아쉽다.”

안 그래도 요즘 어머니 때문에 한창 뼈가 분리되고 있는 중인데, 여기서 더 했다간 연체동물이 되고 말 거다. 허리가 아주 바스라지게 생겼다고.

호감도를 떨어뜨리려고 시도한 방법이 모조리 불발로 끝난 지금, 나는 무력했다.

이래 봬도 다양한 방법을 시도해 봤다. 어떤 패션이 맘에 드냐고 묻길래 ‘알몸 서스펜더일까요. 뭐, 히미야마 씨한테는 무리겠지만요. (웃음)’이라고 도발하면서 성희롱을 했더니 진짜로 옷을 갈아입고 왔을 때, 호감도를 떨어뜨리는 건 무리라는 걸 깨달았다.

어째서 나는 경솔하게도 그런 발언을 해 버렸을까, 그저 후회스러울 따름이다.

즉, 현재 히미야마 씨의 모습은 (자율규제)

왠지 모르게, 그동안 하기 꺼려졌던 질문을 해 봤다. 좋은 기회일지도 모른다.

“히미야마 씨는 어째서, 그렇게 다정하게 대해 주시는 거예요?”

“어?”

공기가 얼어붙은 것 같은 기분이 들었다. 방금 전까지 감돌던 색향이 안개처럼 흩어져 사라지고, 표정이 고뇌로 일그러진다.

뭘까, 이 표정은 전에도 본 적이 있는 것 같은데……. 히미야마 씨가 쥐어짜 내듯이 말을 꺼냈다.

“……아니, 다정하지 않아. ……나는 거짓말쟁이니까.”

힘없이 웃는다. 바들바들 몸이 떨리고 있었다. 고개를 숙인 모습은 힘을 주면 부러질 것처럼 덧없어 보였다.

차마 입이 떨어지지 않는다. 나는 무신경하게도 이토록 다정한 히미야마 씨를 상처 입히고 말았다.

"—유키토?"

"이렇게 하면 안심이 된다고 어머니가 말씀하셨어요."

종기를 건드릴 때처럼, 가녀린 몸을 망가뜨리지 않도록 살며시 끌어안았다.

타인에 불과한 나에게는 이것이 한계다. 성희롱으로 고소당해도 어쩔 수 없다.

그럼에도 필요하다고 생각했다. 어머니의 가르침은 절대적이니까.

"저는 거짓말을 하지 않아요."

"—읏! 그래…… 맞아. 네 말은 진실이었지. 하지만 난 그걸 믿지 않았고……. 줄곧 후회했으면서도, 또 의심했어……. 믿고 싶은데, 믿고 싶은데!"

히미야마 씨가 오열했다. 내 가슴에 얼굴을 묻고 그저 눈물만 흘리고 있었다.

그 눈물의 의미를 알아챌 만큼 나는 히미야마 씨에 대해 알지 못한다. 알지 못하는 상태를 유지하는 애매한 관계는 이토록이나 불안정하고 약하다. 당장이라도 망가져 버릴 것처럼.

스트레스가 쌓여 있었던 걸까. 사회인이란 참 가혹하다.

내 가슴 정도라면 언제든지 빌려주자. 그 정도밖에 할 수 있는 일이 없으니까.

10분 정도가 지나 마음이 진정된 듯 히미야마 씨가 화장을 고친 뒤, 우리들은 다시 함께 체리를 먹었다. 호감도가 더 올라가 버린 것 같은 기분이 든다.

"축의금이나 복장은 신경 쓰지 마. 갑작스레 한 부탁이니까. 전부 우리 쪽에서 준비할게."

참으로 극진하기 그지없었다. 그러는 와중에 문득 생각이 떠올랐다.

"어라?"

"왜 그래, 유키토?"

"이날 어머니도 결혼식에 참석한다고 했던 것 같아서요……. 회장도 같고요."

"그래?"

"잠시만 기다려 주세요. 확인해 볼게요."

어머니에게 전화를 걸자 무시무시한 속도로 연결되었다.

"아, 엄마. 궁금한 게 있는데. 아니, 쓰리 사이즈 말고. 엥? 사귀는 사람이 없으니까 프리? 무슨 소리야? 나 같은 사람이 취향? 그러니까 무슨 소리를—."

물어보지도 않은 내용을 친절하게 미주알고주알 가르쳐 주는 어머니. 역시 성모(聖母)다.

어찌어찌 용건을 마쳤다. 이런 우연이 있다고?

"히미야마 씨의 오빠와 결혼하는 사람이, 저희 엄마랑 친구인 것 같아요."

◆

"흐음, 그런 우연도 있구나."

"누나는 어떡할 거야?"

"당연히 안 가지. 초대받지도 않았는데 가 봤자 자리만 불편하잖아."

"그것도 그런가."

우연이란 참으로 무섭다. 편의주의도 적당히 해 줬으면 좋겠다고 생각하며 나는 내 방에서 누나에게 결혼식에 초대받은 얘기를 하고 있었다.

결국 어머니는 신부 측 하객, 나는 신랑 측 하객으로 결혼식에 출석하게 됐다. 어머니도 놀라긴 했지만 기뻐하는 눈치였다. 나도 어머니와 함께 참석하게 되어 마음이 든든하다.

상황이 이렇게 되자 따돌림을 당하는 사람이 유리 씨가 됐다. 일단 의향을 물어보았지만 단칼에 거절당했다. 얼굴을 본 적도 없는 생판 남의 결혼식에 참석해 봤자 복잡해지기만 할 테니 이것만은 어쩔 수 없겠지.

"그런데 눈은 왜 감고 있어? 그래선 치수를 잴 수가 없잖아."

"심안입니다."

"흐응."

설마 진짜로 주마다 측정을 하게 될 줄은 생각도 못 했다. 한층 더 아름다워진 신이 깃든 육체미. 천상 세계에서 강림한 것 같은 유리 씨는 실로 인류의 최고 걸작이라 할 수 있었다.

현대 미술의 완성형을 앞에 두고, 차광판 없이 직시한다는 건 불가능한 일이다.

내가 바로 눈을 감고도 치수를 재는 맹측(盲測)의 유키토다!

"키득…… 키득키득."

"하하…… 하하하하."

이상한 일도 다 있다. 누나가 웃음을 터뜨리는 바람에 나도 덩달아 웃었다.

"뭐가 우스워!"

"끼잉."

발에 차인 개 같은 소리를 내고 말았다.

"네가 그렇게 나온다면, 나도 용서하지 않을 테니까."

불온한 대사에 등골이 오싹해졌다. 스르륵 옷이 스치는 소리.

이런! 시각을 봉인하는 바람에 청각이 예민해졌다!

측정하고 있는 자세 그대로 누나가 몸을 기댔다. 맞닿은 체온이 몹시도 따뜻하다.

다른 오감도 예민해져 있었다. 촉각과 후각도 적색경보를 울리고 있다.

설마 말도 안 돼, 그럴 리가 없다고!

유리 씨 하면 학교에서도 절대적인 인기를 자랑하고, 나에게서도 절대적인 인기를 자랑하고 있다.

아무리 그래도 그걸 했다간 다보스 포럼이 아니라, 가족회의감이라고!

설핏 눈을 뜨고 상황을 확인했다가— 눈을 휘둥그레 떴다.

"왜 하반신도 벗고 있어?!"

맹측의 유키토, 패배하였도다!

"겸사겸사 쓰리 사이즈도 잴까 싶어서. 다른 곳도 치수가 달라졌을 테니까."

"겸사겸사?"

"응."

"누가 재는데?"

"너 말고 누가 있겠어."

무리무리무리무리무리무리무리무리무리! 내가 스탠드 유저냐고.

"그렇게 눈을 돌리고 있으면 피곤하지 않아?"

"원흉에 의한 부당한 추궁?!"

유리 씨가 쭉 발돋움을 한다. 그 모습조차 성스러웠지만, 그대로 털썩 발꿈치를 내렸다. 영문을 알 수 없는 행동에 물음표가 떠올랐지만, 곧 의도가 명확해졌다.

뭐라고 콕 집어 말하지는 않겠지만, 출렁하고 흔들렸다. 절대 뭐라고 콕 집어 말하지는 않겠다.

그 움직임을 바로 눈이 쫓아간다. 저절로 시선이 이끌렸다.

"훗. 이게 바로 시선을 유도하는 테크닉이지. 기억해 둬."

"심리학 공부가 되네정마아아아아아아아아알!"

보기 좋게 함정에 빠졌다. 유리 씨가 의기양양해하고 있다. 아이고, 분해!

변명할 기회를 주길 바란다. 애완동물로 파충류나 양서류를 기르는 사람이라면 알겠지만, 그중에는 살아 있는 먹이만 먹는 생물도 있다. 먹이를 줄 때도 살아 있는 곤충 말고는 먹이로 인식하지 않는 것이다.

이 말은 즉, 움직이는 것을 시야에 담는 건 일종의 동물적 본능이라는 뜻이다. 결단코 내가 음흉한 마음에 넘어간 게 아니다. 저기, 내 말 듣고 있어?

"왜 그래? 딱히 닳는 것도 아닌데 실컷 구경해."

"그걸로 납득할 거라고 생각하지 마!"

은밀한 부위에서 계속 시선을 돌렸다. 이번에는 화가 나서 빤히 쳐다볼 수도 없었다.

"그러게, 이쪽도 주에 한 번씩 잴까."

"너무 자주 재는 거 아냐?!"

"성장기인 걸 어떡해."

"역시 성장기는 굉장하구나."

다시 생각해도 성장기의 설득력은 장난이 아니다.

간신히 지옥 같은 시간을 이겨냈지만, 유리 씨는 아예 자리에 그대로 눌러앉았다.

"대회, 응원하러 갈 테니까."

"고마워. 선배들도 아마 기뻐할 거야. 그리고, 가능하면 옷은, 입고 와 줄래?"

"넌 어떤데?"

"너무 기뻐서 덩실덩실 춤을 출 것 같지. 그리고, 슬슬 옷을, 입어 줄래?"

"춤춰 봐."

"에엑?!"

얼른 옷을 입어 주기를 기도하며 춤을 췄다.

"농구부는 여태껏 성적이 좋다는 얘기는 전혀 못 들었어. 4회전도 충분히 대단해. 넌 그만한 일을 했으니까, 좀 더 자랑스러워해도 돼."

나는 지금 칭찬받고 있는 걸까. 신기한 감각이었다. 그건 유리 씨도 분명 마찬가지겠지.

어색한 모양새로 서툴게 말을 이어간다. 부자연스럽다. 그럼에도 확실히 한 걸음씩 나아가고 있다. 누나도 나도 모색 상태의 거리감. 자연스러워지려면 아직 한참 시간이 걸리리라. 누나도 나도 이 자리에서 도망치지 않고 버티고 있었다. 이 시간을 공유하고 있다.

그 사실이 무엇보다 소중해서, 지금은 이걸로 충분했다. 지금은 이것이 우리들의 최선이다.

"동아리 활동, 조금은 재밌어?"

"모르겠어. 그래도 싫지는 않다고 생각해."

"그래."

이런 시간이 계속된다면 언젠가는 평범한 남매로 돌아갈 수 있을까.

"학교는 즐거워?"

"응. ……즐거운 것 같아."

고등학교에 입학하고 나서는 주위에 아군들뿐이다. 선생님들도,

선배들도, 동급생도.

늘 신나게 떠들며 내가 있을 자리를 지켜 주었다. 손을 내밀어 주었다.

이 감정이, '즐겁다'는 기분일 거라고 확신했다.

어느새 나는 제대로 '즐거움'을 이해하고 있었던 것이다.

"그래."

누나가 내 머리를 다독이며 가볍게 키스하더니, 그대로 자신의 방으로 돌아갔다.

인사 대신 키스를 하는 게 코코노에 집안만 유럽 문화권인가 착각할 정도였지만, 떠나가는 순간 누나가 지은 표정이 어딘가 쓸쓸해 보여서 나는 과거를 떠올리고 있었다.

예전에 누나는 항상 웃고 있었지만, 내가 크게 다치고 나서는 얼굴에서 미소가 사라졌다.

웃고 있던 시절의 누나와 언짢은 듯 무뚝뚝한 얼굴의 누나.

꼭 다른 사람이 돼 버린 것 같은 기분이 들었다. 벌써 오랫동안 웃는 얼굴을 보지 못했다.

내가 무표정한 건 늘 있는 일이지만, 나는 누나의 매력적인 미소가 좋았다.

늘 같이 놀아 주었다. 너는 외롭지 않다고 격려해 주었다. 자랑스러운 누나였고, 나는 그런 누나를 정말 좋아했다. 끝내 버리지 못하고 간직해 둔 소중한 추억.

웃지 않게 된 건 나와 마찬가지지만, 누나는 웃을 수 있는 사람이다. 웃는 얼굴로 타인을 매료할 수 있는 멋진 사람이다. 미소를 빼앗아서 괜찮을 리가 없다. 잃어버린 채로 놔둘 수는 없었다.

"그렇구나. ……유리 씨는 아직도."

지옥에 있다. 깊디깊은 죄의 지옥에.

내가 크게 다친 뒤 누나는 무슨 일이 생길 때마다 사과했다. 분노라는 감정을 잊어버린 나는 누나를 계속 용서했다. 몇 번이나 주고받은 공방. 그것은 누나에게 어떤 의미가 있었을까.

부상을 당한 건 누나의 마음을 고려하지 않고 자꾸 따라다녔던 내 잘못이다.

누나가 갚을 죄는 애초에 존재하지 않는다. 감옥의 문은 언제나 열려 있다.

그런데도 누나는 자신의 의지로 그 감옥에 머물러 있었다.

미워하는 줄 알고 거리를 둬 왔다. 하지만 사실은 그렇지 않았다면, 그건—.

"유리 씨, 누나. —누나."

어머니가 준 힌트. 마마부터 다시 시작할 거라고 말했다. 그렇다면 나도, 유리 씨도, 거리가 느껴지는 누나가 아닌 친근하게 누나라고 부르는 것부터 다시 시작할 필요가 있을지도 모른다.

아무리 가까워도 떨어져 있는 마음의 거리.

실현하고 싶은 미래를 소망한다. 그저 강하게.

—다시 한 번, 누나가 웃을 수 있도록.

"……저 애는 이제 괜찮아."

안락한 동생의 방에서 자신의 방으로 돌아와 힘없이 침대에 대자로 누웠다.

마음이 따뜻했다. 저 애는, 유키토는 이제 괜찮다.

언젠가 던졌던 질문. 전에는 동아리 활동도 학교도 재미없다, 즐겁지 않다고 말했었는데, 그 대답이 바뀌고 있다는 사실을 저 아이는 눈치채고 있을까.

닿고 있었다. 유키토는 알고 있었던 것이다. 저 아이를 감싸고 있는 다정함을.

저 아이는 혼자가 아니다. 앞으로 즐거운 매일이, 청춘이 기다리고 있다.

자연스레 깨달았다. 아아, 그렇구나. 나는—.

"내 역할은 끝난 거였어. ……이제 저 애한테는 필요 없어."

그날, 맹세했던 결의. 유키토를 지켜내겠다고 큰소리를 쳐 왔다. 하지만, 그것도 이제는 끝.

애초에 저 아이의 문제 해결 능력은 매우 뛰어나다. 무슨 일이 생기거나 누군가가 상처를 입히려고 할 때마다 저 아이는 강해져 갔다. 지지 않게 되어갔다. 꺾이지 않는 강한 마음을 몸에 지니고 있다.

내가 나설 차례는 애초부터 없었고, 스스로 알아서 해결해 버렸다.

훨씬 전부터 눈치채지 못한 채로, 아니, 눈치채지 못한 척해 왔다.

그도 그럴 것이, 살인자인 내가 유키토의 옆에 있을 방법은 그것밖에 없었으니까.

한 집안의 기둥인 엄마는 경제적으로 우리 집을 떠받들고 있다.

유키토는 정신적으로 우리 가족을 지탱하고 있다. 나만 아무 역할도 없다. 나만 아무것도 하지 않고 있다. 무가치할 뿐만 아니라, 해를 끼치는 존재. 동생을 난처하게 만들기만 하는 살인자.

잔혹한 사실. 가슴에 뻥 구멍이 뚫린 것처럼 공허함이 차오른다.

"이런 거, 바보 같아……!"

나는 대체 뭘 하고 있는 걸까. 민폐임을 알면서도 동생에게 간섭하고 있다.

폐가 될 만큼 과도한 간섭. 저답지 않게 이런 모습으로 압박하면서 동생을 난처하게 만들고 있다.

진작 쓸모를 다한 여자. 그 사실을 받아들이지 못해 안달하고 있었다. 추악한 마음.

말로는 보답을 바라지 않는다고 하면서도 사실은 필요로 해 주기를 바랐다. 의지해 주기를 원했다.

그런 일이 있을 리가 없는데. 대체 누가 살인자를 필요로 하고, 의지하려 한단 말인가.

있는 거라고는 원한과 미움, 두려움과 적의뿐이다. 가까이하고 싶을 리가 없다. 대화를 나누고 싶을 리가 없다. 좋아하게 된다는 건 말도 안 되는 일이다.

그런 당연한 현실에서 눈을 돌려 왔다.

저 아이는 착실하게 호전되고 있다. 좋은 기회다. 나는 마지막으로 저 아이의 부탁을 이루어 주리라.

책상 위에 놓인 한 장의 인쇄용지는 '진로 희망 조사'.

고등학교 졸업 후의 진로에 대해 천천히 고민을 시작하는 시기.

"그동안 미안했어, 유키토."

대학에 진학할 생각은 이미 해 놓은 상태였지만, 새로이 결의를 다진다.

사라지는 건 저 아이가 아니다. 저 아이는 모두가 원하는 사람이다. 사라지는 건 나로 충분하다.

현 밖의 대학. 멀면 멀수록 좋다. 만약 가능하다면 해외로 유학을 가는 것도 괜찮을지 모른다. 유키토를 만날 수 없게 되는 건 외롭다. 하지만 내가 한 일에는 책임을 져야 한다.

저 아이도 정월에 얼굴을 보는 것 정도는 허락해 주겠지. 그도 그럴 게, 다정하니까. 이 이상 저 아이에게 폐가 되는 일은 그만둬야 했다. 무엇보다 내가 견딜 수 없게 될 것이다.

이게 남동생을 떠나 홀로 선다는 것일까. 어리석음에 구역질이 난다.

자꾸 미적거리며 떠나지 않으려고 했던 건, 죄책감 때문만은 아니다. 나는 어쩔 도리가 없을 만큼.

"……사랑했어. ―그러니까, 이걸로 끝내자."

미련을 남기지 않도록, 이제부터는, 평범한 남매로서.

◇

공이 포물선을 그린다. 그 궤적이 슬로우 모션처럼 눈에 새겨졌다.

소리가 사라진 세계. 주변의 소음조차 귀에 들어오지 않는다. 어느새 눈물이 흘러내리고 있었다.

무음 속, 난간 밖으로 몸을 내밀며 타카미야 스즈네는 주위의 시선에 아랑곳없이 큰 소리로 외쳤다.

"제발! ―들어가 줘!"

승패는 이미 결정되었다. 마지막으로 남은 건 근성이다. 힘을 쥐어짜 던진 마지막 슛.

세계에 소리가 돌아온다. 히무라 토시로가 던진 슛은 텅 소리와 함께 백보드를 때리고 튕겨 나가 림을 통과하는 일 없이 빗나갔다. 타이머가 0이 되고 버저가 울렸다.

허물어지는 히무라 토시로를 같은 3학년 동료들이 어깨를 부축해 일으켜 세운다.

쇼요 고등학교 남자 농구부의 여름은 4회전에서 아쉽게 끝을 맞았다.

뭐라고 말을 걸면 좋을까, 어떤 말이 정답인 걸까.

매니저인 카미시로 시오리도, 시오리와 마찬가지로 1회전부터 계속 응원해 온 타카미야 스즈네도 알 수 없었다. '열심히 잘 싸웠다', '여기까지 온 것만으로도 대단하다', 그런 말이 적절하지 않다는 건 남자 농구부 멤버들을 보면 알 수 있다. 아무도 위로 따윈 원하지 않았다. 표정에서 분한 마음이 배어 나온다. 여기서 끝내고 싶지 않았다. 그 너머로 가고 싶었다.

그것은 이전까지의 남자 농구부에는 없었던 감정이었다. 한 번 희망을 보면, 사람은 바라지 않고는 견딜 수 없게 된다. 가능성을 믿지 않을 수 없게 된다. 그래서 발버둥 쳤다, 구질구질해도.

하지만 그럼에도 닿지 않았다. 알고 있었을 터다. 다른 학교들도 마찬가지로 매일 부지런히 연습하고 있다.

최근에야 방침을 전환한 토시로 일행과는 달랐다. 1학년 때부터 필사적으로 훈련해 온 성과다.

그래도 앞을 가로막은 벽이 결코 닿지 않으리라는 생각은 들지 않았다. 살짝 손가락이 걸려 있었다. 좀 더, 조금만 더 시간이 있었다면 닿았을지도 모른다. 그런 3학년의 원통함이 농구부 전체를 무겁게 덮쳐 누르고 있었다.

말없이 회장인 종합체육관에서 철수하기 시작한다.

갑갑하게 이어지는 침묵 속에서 스즈네의 시선은 코코노에 유키토를 포착하고 있었다. 이 자리에서 유일하게 아무 일도 없었던 것처럼 평소대로 행동하고 있다.

그 이유를 타카미야 스즈네는 알고 있었다. 시합 결과를 미리 확실히 전달받았기 때문이다.

이 시합은 이길 수 없다. 코코노에 유키토는 스즈네에게 그렇게 말했다. 그것은 추상적인 예측이 아니라, 확실한 근거에 기반하고 있었다. 냉정하게 상대와 자신들의 전력을 검토한 결과 도출해 낸 답안.

코코노에 유키토는 무엇을 위해 그 사실을 전했는가.

코코노에 유키토는 남자 농구부 내에서 유일하게 다른 목적과 행동 원리로 움직이고 있었다.

얘기를 들은 스즈네는 그에게 거북함을 느꼈던 것을 깊이 부끄러워했다. 무엇보다 정확하게 제 안의 마음을 알아맞힌 것에 동요해

감정을 억누르지 못했다. 누군가가 얘기를 들어 줬으면 해서, 누군가가 제 심정을 알아줬으면 해서, 토해내듯 속마음을 털어놓았다.

그 말을, 코코노에 유키토는 그저 조용히 옆에서 듣고 있었다.

그리고는 스즈네에게 말했다. 시합에서 진 뒤, 두 가지 선택지가 있다고.

"아직이야! 아직 이걸로 끝이 아냐. 우리에겐 윈터 컵이 있어. 스즈네, 조금만 더 기다려 줬으면 해. 더 실력을 갈고닦을 거야. 다음번엔 꼭 결과를 낼 테니까. 너한테 어울리는 사람이 될 수 있게, 다음번에야말로, 다음번엔 꼭 내가—."

코코노에 유키토의 예상대로 시합에 졌고, 선택하는 건 히무라 토시로.

그리고 이 순간, 히무라 토시로가 선택한 결과는 타카미야 스즈네에게 바람직한 방향은 아니었다.

코코노에 유키토는 타카미야 스즈네에게 말했다. '여기서 더 고백을 지연시킬 것 같으면'이라고.

스즈네는 이 뒤에 무슨 일이 벌어질지 알고 있다. 제시된 한 개의 시나리오.

지독히도 황당한 촌극. 심지어 이미 한 번 써먹은 전적이 있었다. 그럼에도 그 당시 사람들은 모두 그 연극에 주목했다. 보는 사람의 마음을 휘어잡고 놓지 않았다. 그 고결함에 감동을 받았다.

그 자리에는 토시로뿐만 아니라 스즈네도 있었다. 그저 바라보는 것밖에 하지 못했지만.

자진해서 함께 코트에 서려고 하는 모습. 카미시로 시오리의 각오는 그 자리에 있던 많은 사람의 심금을 울렸다. 스즈네도 그 각오에 눈물지었던 사람들 중 하나다.

토시로와 스즈네는 겁쟁이였다. 그래서 더 히무라 토시로는 코코노에 유키토를 간절히 원했는지도 몰랐다.

적어도 코코노에 유키토와 그의 주위에 모여드는 이들은 모두 강인함을 갖고 있었다.

아픔을, 상처 입는 것을 두려워하지 않는다. 감정을 드러낸 채로 맞붙는 것도 거리끼지 않았다.

어느 날, 스즈네는 별생각 없이 카미시로 시오리에게 물었다. 시오리는 웃으며 자신도 겁쟁이였다, 지금도 겁쟁이라서 무서워 견딜 수 없다고 대답했다. 그래도 더는 후회를 하고 싶지 않다고 말하는 시오리를 보며 스즈네는 존경심을 느꼈다. 후배라도 상관없었다. 그녀는 틀림없이 자신보다 강했으니까.

코코노에 유키토가 이쪽을 보았다. 살며시 고개를 끄덕였다. 이제부터 시작할 셈이겠지. 성대한 촌극을.

그렇다면 선택받은 프리마돈나로서 그 역할을 충실히 해내자.

그를 이제 우리 두 사람에게서 해방시켜 줘야 하니까.

"히무라 토시로, 너를 농구부에서 추방한다!"

종합체육관 출구 근처, 모여든 사람들을 앞에 두고 소리 높여 선언한다.

난데없는 쿠데타에 주변 사람들이 술렁거렸다. 그야 그렇겠지.

나도 이런 흉내를 내고 싶진 않았다. 하지만 그 수밖에 없는 걸 어쩌겠어.

"추방? 무슨 소리야, 코코노에 유키토?"

"갑자기 왜 그래, 유키토?"

"왜 그러고 자시고는 무슨. 방해가 된다고 말한 거야."

냉정하게 말했다. 곤혹스러워하는 표정. 열혈 선배 일행에게는 아직 한참 발전 가능성이 있었다.

단련하면 단련하는 만큼 기량도 좋아질 것이다. 하지만 그것에 의미는 없었다.

추방을 받아들이든 아니든 열혈 선배는 선택해야 했다. 미래를 말이다.

"기다려 줘! 확실히 지금은 그럴지도 몰라. 하지만 윈터 컵까지 아직 몇 달이 남았어. 그만큼 남았으니 더 위를 노릴 수 있을 거야. 나는 이런 곳에서 끝낼 수 없어. 부탁이야, 코코노에 유키토. 한 번만 더 기회를—."

"대체 언제까지 타카미야 선배를 기다리게 할 거야!"

"—읏!"

열혈 선배의 멱살을 잡아챘다. 별안간 울려 퍼진 노성에 다른 학교 학생들도 시선을 보냈다.

애초에 출발점을 착각했다. 농구를 하는 동기는 저마다 달라도 상관없다.

그 열량도 사람에 따라 다르다. 순수하게 즐기는 사람들도 있으면 진지하게 임하는 사람들도 있다.

진지하게 하고 싶다고 생각한다면 그걸로 충분하다. 그 때문이라면 협력할 수 있다.

하지만 그 속에서 열혈 선배만이 불순했다. 다른 사람들의 배로 순수하고 누구보다 진지하게 농구에 열중하고 있음에도 무엇을 위해 농구를 잘하게 되려는 건지 무엇을 위해 결과가 필요한 건지는 망각하고 그저 공회전만 계속하고 있다. 수단과 목적의 괴리.

무엇보다 타카미야 선배를 조금도 보고 있지 않았다. ―그녀가 저렇게 슬퍼하고 있는데도.

"민폐거든. 혼자서 동아리 활동을 사물화하고 있잖아. 언제까지 우리를 당신 멋대로 끌고 다닐 거야, 적당히 해. 우리는 그쪽만을 위해 농구를 하고 있는 게 아니라고!"

"유키, 부탁이니까 그만해! 주장도 그 정도는!"

당황하며 말리는 시오리에게는 미안하지만, 여기서 끝낼 수는 없다.

"모르고 있으니 하는 말이야. 이 사람은 타카미야 선배에게 전혀 관심이 없어. 자기 생각밖에 안 한다고. 그런 녀석이 계속 눌러앉아 봤자 민폐가 될 뿐이야."

바이스로 단단히 조이듯 힘을 실어 나간다.

"아, 아냐. 나는 스즈네를 위해서…… 옆에 설 자격을 갖고 싶었어. ……나한테는 아무것도 없으니까."

"옆? 바보 같은 소리 하지 마. 타카미야 선배는 진작에 당신을 포기했다고."

"뭐……? 스, 스즈네……?"

열혈 선배가 숨이 곧 끊어질 듯이 타카미야 선배 쪽으로 시선을 보낸다.

"……미안, 토시로. 더는 너랑 사귀지 못하겠어."

내 옆에 타카미야 선배가 나란히 섰다. 잡고 있던 손을 놓자, 털썩 소리를 내며 열혈 선배가 땅으로 떨어졌다.

"거짓말! 어째서……?"

"그걸 모르니까 그쪽이 무능하다는 거야!"

"토시로가 잘못했잖아! 계속 끝까지, 난 그런 걸 원하지 않았어!"

"아냐, 아니야! 스즈네, 난 너를 정말로—."

"이제 됐어! 난 토시로 따위 어찌 되든 상관없으니까."

격화되는 열혈 선배와 타카미야 선배의 치정 싸움. 부부 싸움은 개도 안 먹는다는 말이 있던데, 먹는 동물이 있다면 오히려 무서울 것 같다. 영양가도 적고 몸에도 나빠 보인다.

나를 뒷전으로 돌리고 말싸움을 하는 와중에 미안하지만, 너무 눈에 띄지 않아?

타교 학생들 중에는 사태가 피할 수 없이 심각해지면 말리러 들어가려고 마른침을 삼키며 지켜보는 사람들도 있었다. 너무 착한 거 아닌지.

아, 저 사람은 상큼 미남과 친한 다이고 선배잖아. 여기~, 이쪽이에요! 오랜만이네요!

그나저나 이렇게까지 눈에 띄어 버릴 줄은 예상치 못했다. 이를 어쩐다…….

슬슬 진짜로 사유리 선생님에게 징계를 받을 것 같다. 시기가 시기인 만큼 백중절 선물이라도 보내자.

맞아, 나한테는 그게 있었지! 가방에서 토끼 마스크를 꺼낸다. 쑤욱.

"미호, 이건 대체……."

"알겠다! 이 전개, 유키토 너 설마—."

감이 좋은 상큼 미남과 시오리는 눈치챈 모양이다. 어쨌든 두 사람은 지난번에 비슷한 일을 했던 당사자니까.

그렇다, 나는 상큼 미남의 아이디어를 빌려서 표절했다.

하지만 그냥 베끼기만 해서는 재미없지. 화려하게 가 보자고!

"토낏낏낏끼. 스즈네는 이 버니맨의 신부로 삼겠다토끼."

"기다려! 스즈네, 우린 이제 끝인 거야?! 이미 늦어 버린 거야……?"

"토시로 같은 쓰레기보다는 코코노에— 버, 버니맨이 훨씬 멋있어. 미래도 창창하고."

"귀여워해 주지토끼."

"토시로는 바보야. 내 처음도 이미 버니맨에게—."

시합에 졌을 때보다 훨씬 더 깊은 절망을 두른 표정으로 열혈 선배가 털썩 주저앉았다.

타카미야 선배에게 마지막 희망까지 짓밟혀 버린 것일지도 모른다.

그런데 처음이라니?! 너무 지나치잖아! 열혈 선배의 마음을 박살 내 버렸다간 본전도 못 뽑는다고.

이 계획은 예로부터 이어져 내려온 전통의 클리셰 '추방'→'각성'

의 동시 진행이다.

여기에서 나와 승부할 기력이 사라지면 얘기가 시작되지 않는다. 무기력해진 열혈 선배는 이제 소극 선배가 되어 있었다.

부득이하게 계획을 수정할 수밖에 없게 되자, 상황을 짐작한 상큼 미남이 구조의 손길을 내밀어 주었다.

"그럼 버니맨. 너한테서 공을 빼앗으면 추방을 철회해!"

이 녀석, 좋은 녀석이다! 오히려 수상쩍어지긴 했지만, 이 녀석, 좋은 녀석이다!

"자만하지 마라토끼. 이 버니맨에게서 공을 빼앗을 수 있을 거라 생각해토끼?"

"이번에야말로 빼앗아 주지. 주장, 타카미야 선배를 되찾죠!"

"미호, 너는……."

"계속 당하기만 해도 상관없어요? 불완전 연소 상태로 끝내고 싶어요?"

"하지만, 스즈네는 벌써!"

"정말 촌스럽고 꼴사나운 남자네. 내가 왜 이런 녀석을 좋아했을까."

타카미야 선배가 도발한다. 아까 지나치게 선을 넘은 발언으로 열혈 선배의 마음을 박살 낸 걸 전혀 반성하지 않고 있다.

하지만 신기하게도 그 말은 열혈 선배의 마음에 닿았다.

"좋아…… 그렇구나, 너는 제대로 나를 좋아하고 있어 줬구나. ……그런데도 나는!"

열혈 선배가 주먹으로 아스팔트 바닥을 쳤다. 그 눈빛이 투지를 되찾았다.

"자신이 없었어. ……무서웠어. 하지만 그런 내 독선적인 생각이 널 괴롭히고 있었구나. 언제부턴가, 정작 가장 소중한 너를 보고 있지 않았어. ……난 바보야."

"토시로, 이미 늦었어."

"그래도!"

감정이 고조되고 있는 와중에 죄송하지만, 슬슬 진행해도 될까요?

"너 같이 하찮은 피라미가 스즈네를 되찾겠다고? 웃기지 마토끼. 이참에 저기 멀리서 쳐다보고 있는 녀석들도 싸잡아 상대해 주지토끼. 피라미들뿐이라 하품이 나오니까토끼!"

아까부터 자꾸 찰칵찰칵 사진을 찍거나 악수를 요청해 대고 있다.

설마 하쿠마 선배가 말했던 대로, 내가 모르는 곳에서 정말로 화제에 오르내리기라도 한 건가?

어느새 심각한 공기가 날아가고 훈훈한 공기가 주위를 감싸고 있었지만, 나는 마음을 가다듬었다. 대회의 피날레와는 전혀 어울리지 않는 촌극이지만, 이제 와서 멈출 수는 없었다.

"코우키, 재밌는 일을 하고 있네."

"다이고 선배? 조별 예선에서 우승하신 것 축하드려요."

"너희들과 결승 리그에서 싸우지 못하게 된 게 아쉬워. 그렇게 생각하지 않아? 가이?"

"다이고, 오랜만이야. 그리고 코우키도. 농구, 계속하고 있었구나."

"네. 저 녀석을 찾았으니까요."

"저 녀석, 저 녀석이라. 흥, 아주 불쾌해. 만나고 싶지 않았는데 말이야. 영상에서 버니맨의 움직임을 봤을 때 혹시나 싶었지. 옆에 네가 있는 것도 놀라웠지만, 마주치게 되면 물어보려고 생각했어. 하지만 오늘 시합을 보고 확신했어. 저 남자는, 우리들의—."

"어때요, 쿠가 선배. 복수하고 가지 않을래요?"

"요즘 같은 시대에 도장 깨기라니 바보 같은 일이라고 생각했는데, 과연, 재밌네."

상큼 미남은 상큼 미남대로 잔뜩 흥분해 있었다.

열혈 선배가 천천히 자리에서 일어났다.

"한번 해 보자고, 코코노에 유키토. 아니, 버니맨!"

그 말에 주위가 와락 들끓었다. 무시무시한 흥분이 그 자리를 가득 채우고 있었다. 이 사람들, 지금은 부끄러운 줄도 모르고 버니맨 같은 소리를 입에 담고 있지만, 나중에 틀림없이 후회할 거다. 그리고 그 선두에 서는 건 내가 되겠지.

"시오리, 사람들이 너무 많이 모이지 않았어?"

"자업자득이야."

이리하여 '치키치키 신부 쟁탈전·버니맨 VS 학생 연합'에 의한 세기의 아주 평범한 대결이 막을 올렸다.

"젠장! 코우키, 저 녀석의 체력은 대체 얼마나 되는 거야!"

다이고는 어깨로 숨을 몰아쉬며 버니맨의 움직임을 주의 깊게 관찰하고 있었다. 분명 빈틈이 있을 터다. 체력도 무한이 아니다. 돌파구를 찾아내려고 감각을 예민하게 곤두세웠다.

늘어난 참가자. 결승 리그 진출이 확정된 유력 학교의 선수도 속속 도전하는 와중에, 버니맨은 여전히 공을 계속 놓지 않고 있었다.

"저희는 오늘 한 번밖에 시합을 안 했으니까요. 체력이 남아돌 수밖에요."

"그런 문제가 아니라고."

다이고처럼 쿠가도 일단 물러나 태세를 정비했다.

"뭐야, 코우키. 너 울어?"

다이고의 말에 대답하지 않고 뺨을 만진다. 이건 분명 땀이 아니었다.

시합 종료 후, 코우키의 가슴속에는 자책감이 휘몰아치고 있었다. 분해서 주먹을 쥐었다.

4회전 패배. 시합 결과에 불만은 없다. 전력으로 임했고 패배했다. 충실한 나날이었다. 이대로 계속 연습해 나간다면, 언젠가 더 큰 무대에 다다를 수 있을지도 모른다. 그렇게 생각했다. 막연히, 그저 그렇게 생각했을 뿐이었다.

"어쩐지 옛날 생각이 나네요, 쿠가 선배."

"우리한테는 불쾌한 기억이지만 말이야. 눈물을 닦아. 왜 그렇게 기뻐하는 거야."

다이고, 쿠가. 그리고 당시 2학년이었던 코우키. 이 세 사람은 같은 중학교, 그리고 같은 농구부에 소속돼 있었다. 코우키는 한 살 어린 후배지만, 함께 열심히 연습하는 동료였다.

그리고 그날, 패배라는 굴욕을 맛본 뒤 코우키는 선배들의 뜻을 이어받았다.

코우키의 시선 끝에는 선배들과 자신의 앞을 가로막아 섰던 인연의 남자가 서 있었다.

“저 녀석이 아직도 여전히 우리들의 벽이구나 싶어서요.”

“4회전에서 홀랑 져 놓고서 허세 부리기는.”

“그렇게 말할 수 있는 것도 지금뿐일걸요!”

파고드는 히무라 토시로를 버니맨이 쉽게 상대했다.

그와 교대하듯이 코우키도 파고들었지만, 균형을 잡지 못해 자세가 허물어졌다.

“닿지 않아, 닿을 리가 없겠지! 우리가 너를 고독하게 만들었으니까!”

“뭐야, 이 한껏 흥분한 상큼 미남. 무서워!”

코우키는 생각했다. 자신이, 적어도 지금의 자신이 그에게 못 미치는 건 당연한 일이라고.

코우키는 알았다. 코코노에 유키토의 노트를 보고 말았기 때문이다.

그곳에는 빽빽하게 대전 상대들의 데이터가 적혀 있었다. 주전 선수들의 상세 정보, 주로 사용하는 손은 어느 쪽이고 어떤 타입의 선수가 있는지 어떤 전법이 특기인지. 그 데이터는 금방 수집할 수 있는 것이 아니었다.

그동안 꾸준히 시간을 들여 코코노에 유키토가 수집한 것이리라. 어쩌면 무사 수행을 하는 사이에도. 연구를 거듭하고 전술을 가다듬으며 전력을 끌어올릴 방법을 모색했겠지.

하지만 그것을 공유하지는 않았다. 활용하지 않고 넣어둔 마지막 카드.

이기고 싶다면 사용해야 했다. 그런 것이 있었다면 활용해야 했다. 그런데 어째서?

하지만 그건 부끄럽게 여겨야 할 발상이었다. 이기고 싶은 마음이 있었다면, 왜 다른 이들은 그렇게 하지 않았는가.

결국은 남이 떠먹여 주기만 기다린 것이다. 코코노에 유키토가 한 일은 다른 사람들도 할 수 있었다. 그럼에도 아무도 하지 않았다. 그 비슷한 제안조차도 말이다.

반대로 생각하면 왜 코코노에 유키토만이 그 일을 해야 한단 말인가. 무책임한 책임 떠넘기기였다.

만약 누군가가 한마디라도 입에 담았다면, 코코노에 유키토는 노트를 내놓았을 것이다.

자문자답을 되풀이한다. 자신은 진심으로 상대를 이기려고 했는가.

팀메이트 중 누구도 진심으로 이기려고 하지 않았다. 요란하게 미래를 얘기하는 공상가였을 뿐. 지금 이 순간, 승리를 등한시해서 언제나 진심이었던 남자를 고독하게 만든 건 코우키를 포함한 그들이었다.

그들은 여태껏 농구를 잘하기 위해 노력해 왔다. 무사 수행이라는 이름의 도장 깨기도 그 일환이다. 효과는 있었다. 확실히 실력이 붙기 시작했다. 히무라를 비롯한 농구부원들은 급속도로 실력을 키워 농구를 잘하게 됐다. 하지만 그것만으로는 부족했다.

승리를 위한 노력. 상대를 이긴다. 그것을 위해서는 무엇이 필요하고 어떻게 해야 하는가.

막연하게 생각만 했을 뿐 구체적인 방법을 모색하지는 않았다. 단 한 사람을 제외하고.

상대 팀의 데이터는 있었다. 그것이 있으면 4회전을 돌파할 수 있었을지도 모른다.

하지만 그런 노력을 했던 건 결국 코코노에 유키토뿐이었다. 필연적인 패배.

그건 확실히 코코노에 유키토가 일전에 말했던 '물러 터진 근성'이 분명했다.

감히 인터하이를 입에 담을 수 있을 리가 없다. 진심이라고는 입이 찢어져도 말할 수 없다.

열량, 노력의 질, 승리에 대한 만족할 줄 모르는 탐구와 갈망, 모든 것이 부족했다.

코우키는 생각해 냈다. 과거에는 자신도 그런 노력을 했다는 걸. 2학년 여름에 패배한 뒤 선배들과 무슨 수를 써서라도 다음번엔 이기자고 가상의 적을 가정해 연습에 몰두했던 나날.

농밀했던 그 기간 동안 자신이 크게 성장했음을 코우키는 자각하고 있었다.

그래서였으리라. 그것을 눈앞에 들이밀어진 이 순간, 그리고 같은 열량을 가지고 지낸 선배들이 옆에 있다는 것이 즐겁고, 기쁘고, 의지가 돼서, 한심한 스스로를 질타한다.

분했다. 패배한 채로 있는 것이, 그런 자리에 안주하고 있는 것이.

한 번 도전하고는 만족했는지 참가자는 조금씩 줄어들기 시작했다.

관중이 되어 어떤 결과가 나올지 마른침을 삼키며 지켜보고 있다.

그런 와중에 결코 포기할 수 없는 히무라 토시로만이 몇 번이나 계속해서 도전을 이어 가고 있었다.

"으윽!"

"토시로?!"

"히무라 선배!"

무릎에서 힘이 빠지는 바람에 기세를 이기지 못하고 세차게 넘어진다.

삔 건지 발목을 누르며 웅크리고 앉은 히무라에게 카미시로와 타카미야가 달려갔다.

카미시로가 가방에서 테이핑 테이프를 꺼내더니 재빨리 환부에 감기 시작했다.

"그만 포기해! 토시로 넌 못 이긴다고!"

"이길 거야, 스즈네. 반드시. 이번만은, 오늘만은, 내가 이길 거야!"

"그 다리로 어떻게 하려고!"

비틀거리며 일어나는 히무라를 보며 코우키는 결의를 다졌다.

"선배들, 협력해 주시지 않을래요? 주장을 이기게 해 주고 싶어요."

"한번 시작한 이상 중간에 그만둘 순 없지. 오늘은 꼭 저 복면을 벗겨내 주겠어."

"시합도 끝났는데 쓸데없이 피곤하게 만드네."

다이고가 씩 웃자 쿠가가 어이없다는 듯이 푸념했다.

'나는 언젠가 네 옆에 나란히 서서, 너와 함께—!'

훈장을 손에 넣는다. 그것은 무엇으로도 대신할 수 없는 청춘이 될 것이다.

그저 악착같이, 과거의 미련과 후회를 끊어 내듯, 코우키는 달리기 시작했다.

그 끝에 기다리는 것이 영광일 거라고 믿으며.

공방이 이렇게 오래 이어지면 소모되는 건 당연하다.

지금은 버니맨으로 분한 천하의 코코노에 유키토도 제법 체력이 깎였는지 힘든 티를 내고 있었다.

그럼에도 아직 공을 손에서 놓지 않는다. 가공할 만한 기량과 기력이었다.

미호 무리도 막상막하로 달려들고 있다. 격렬한 소모전.

믿음직스럽고 유망한 1학년 부원들. 농구부의 미래는 밝다.

발목을 잡고 있는 건 우리들 상급생이었다.

"……알고 있었어. 나는 처음부터 착각하고 있었어."

스즈네에게 활약하는 모습을 보여주고 싶다는 이유로 코코노에 유키토에게 농구부 가입을 권유했지만, 돌이켜보면 그게 실수였다.

어느새 목적은 뒤바뀌었지만, 깨닫지 못한 채 스즈네를 괴롭히고 있었다.

그런 어리석은 나를 위해서, 이런 터무니없이 거창한 무대를 마련해 주었다.

마지막으로 앞을 막아서 주었다. 최대의 적으로서. 오로지 나의 명예를 위해서.

주마등처럼 과거가 떠올랐다. 자극적인 몇 달이었다. 매일 성장해 가는 것을 실감할 수 있었다.

만반의 준비를 하고 임한 마지막 여름은 4회전 패퇴.

분하지 않다고 하면 거짓말이리라. 좀 더 일찍 진지하게 농구에 몰두했다면 결과가 달라졌을지도 모른다는 아쉬움이 들긴 해도 자랑할 만한 결과. 우리들은 한심한 상급생이었다. 농구부를 바꾼 건 1학년들이었다.

모든 것을 의존한 결과 추방당했고, 이토록 완벽하게 차려진 밥상까지 받고 말았다.

그러니 내가 망쳐 버릴 수는 없다.

코코노에 유키토가 이런 촌극을 하게 만든 것도, 그런 촌극에 동참할 만큼 스즈네를 몰아세운 것도 나다.

몇 번이나 발을 질질 끌면서도 덤비고 허망하게 떨어져 나간다.

결국 한 번도 이기지 못했다. 주장이라는 직함이 울고 있다.

테이핑의 감촉을 확인한다. 넘어진 지 약 15분, 위화감 없이 익숙해졌다.

체력의 한계는 넘은 지 오래였다. 계속 이렇게 몇 번이나 겨루는 건 이제 어려울 것이다.

그것은 코코노에 유키토나 미호 무리도 마찬가지다. 이런 나와 억지로 장단을 맞추게 해서 미안했다.

엔딩이 다가오고 있었다. 단 한 번의 기회. 실패는 허락되지 않는다.

이 게임을 끝낼 자격은 오직 나에게만 있었다.

그 때문에 스즈네도, 코코노에 유키토와 미호 일행도 필사적으로 발버둥 치고 있다.

지면에 납죽 엎드려 있었다. 만신창이. 하지만 그건 저 녀석도 다르지 않다.

코코노에 유키토가 입부한 이후의 몇 달을 떠올렸다. 아득히 높은 곳에 있는 희망을 볼 수 있었다.

목표를 내걸고 힘차게 앞만 바라보며 우리들은 성장해 왔다. 그렇게 안이함을 단죄당하고 절망을 맛본 뒤 지금 이 순간 걸레짝처럼 땅에 쓰러져 있다.

마치 롤러코스터처럼 오르락내리락했던 매일. 너무나도 즐거웠다.

"……코코노에 유키토에게 감사 인사를 해야겠지. 여기까지 데려와 줘서 고맙다고."

나는 부응해야 했다. 그간의 나날들에. 그리고, 스즈네에게.

귀를 기울이자 목소리가 들렸다. 이토록 꼴사나운 나를 믿고 응원해 주는 목소리가.

무거운 몸을 일으켜 세우고 호흡을 가다듬는다. 투지를 북돋우듯 말을 꺼냈다.

"이건 시합이 아냐. 승부야. 무슨 수를 써서라도 이겨야 하지. 그렇다면—."

꼭 이야기의 주인공이 된 것처럼 세상의 중심에 있는 듯한 기묘한 감각.

그렇다, 내 인생의 주인공은 나다. 이런 당연한 사실을 이제야 깨달았다.

남들이 뭐라고 하든 상관없다. 그런데도 주변의 잡음에 신경을 쏟느라 스즈네를 상처 입혔다.

아픔을 참고 다리를 감싸느라 어정쩡한 움직임으로 승부를 걸었다.

버니맨이 달려가는 나를 바로 견제하려 했지만, 나는 다리를 삐끗해 쓰러질 뻔했다.

무릎에서 덜컥 힘이 빠졌다. 순간, 버니맨이 움직임을 멈췄다. 찰나의 망설임. 큰 부상일지도 모른다는 가능성이 뇌리를 스친 건지 버니맨이 쓰러지는 걸 막으려고 내 쪽으로 손을 뻗었다.

끝까지 다정한 후배다. 건방지면서도 금욕적이고 대담하면서도 엄격하다.

테이핑이 된 다리로 지면을 세게 밟으며 힘을 실었다.

폭발하는 이미지를 상상하며 몸을 내던졌다.

"마지막 정도는 멋진 모습을 보여 주라고, 이 바보!"

스즈네의 목소리에 떠밀리듯 공을 향해 힘껏 손을 뻗었다.

"닿아라아아아아아아아아아아아아!"

버니맨이 놀란 표정을 지었다. 돌이켜보면 코코노에 유키토는 언제나 무표정이었다.

그런데 어떠냐! 이것 봐. 나라고 매번 너한테 당하기만 하진 않는다고!

끌어안듯이 공을 품에 안았다. 절대 놓지 않을 것이다. 공도 스즈네도.

공을 빼앗을 기세 그대로 바닥을 구르며 관중들이 있는 곳까지 돌진했다.

"다리의 부상은 속임수였네요."

"……이 정도는 하지 않으면 널 이길 수 없으니까. 일생일대의 승부수였어."

"훌륭해요."

훈장처럼 공을 높이 머리 위로 들어 올린다.

터질 듯이 우렁찬 함성이 나를 감쌌다.

"스즈네, 나는 너를 좋아해! 나와 결혼해 줬으면 좋겠어!"

"겨, 결혼이라니?! 사귀지도 않았는데 너무 앞서 나갔잖아!"

"스즈네를 좋아해! 아무에게도 넘겨주고 싶지 않아, 떨어지고 싶지 않아. 옆에 있어 줬으면 좋겠어. 내가 너를 슬프게 했지. 시시한 자존심을 지키려고 바보처럼 허세를 부렸어. 하지만 이제 다시는 이런 짓을 반복하지 않을 거야! 너를 꼭 행복하게 해 줄게! 나는 너를, 스즈네를 원해!"

"……바보. 나도 토시로를 좋아해! 얼마나 기다렸다고!"

두 사람이 서로를 끌어안았다. 감동적인 광경이다. 슬프기만 한 여름으로 남지 않고 끝났다.

"제대로 공부해야 해."

열혈 선배가 내 쪽을 돌아본다. 버니맨 마스크는 이미 벗은 상태였다. 덥기도 하고.

“난 농구부를 은퇴할 거야. 이제 남은 미련은 없어. 그러니까 코코노에 유키토, 뒷일을 부탁한다.”

“하지만 거절한다.”

“좋은 분위기였는데, 거절하지 말라고!”

“1학년이라서요.”

“그건 그렇지만…….”

결말은 어정쩡했지만, 이만큼 많은 관중들을 앞에 두고 한 공개 고백에 여기저기서 축복의 탄성과 박수가 난무했다. 우리들도 고깔모자를 쓰고 폭죽을 터뜨렸다.

“잘됐어요, 타카미야 선배!”

“카미시로, 언제 이런 걸 다 준비한 거야?”

“이건 유키가 미리…….”

준비가 되어 있으면 걱정이 없으니까.

“미호, 나는 이겼어!”

“축하드려요! 선배의 집념이 닿았네요.”

“다음은 네 차례야. 당당하게 이 녀석을 이겨 버려!”

“네!”

같은 동아리에서 활동하는 동료인데도, 어째 나만 따돌림을 당하고 있었다.

겨우 한숨을 돌렸다. 이 웃기는 촌극도 이걸로 끝이다. 아무튼 몹시 피곤했다.

특히 나를 짓밟으려고 집요하게 획책했던 상큼 미남 경 일행님의 맹공은 너무나도 편집적이었다.

이 사람들, 날 싫어하는 거 맞지? 언젠가 복수할 겁니다. 마침표.

"코코노에 유키토. 신세가 많았어. ―나를 추방해 줘서 고마워."

"추방한 쪽은 악역인데요."

"하핫, 그러게. 정말 그 말대로야! 넌 나쁜 녀석이야."

열혈 선배가 호쾌하게 웃었다. 그 옆에서 타카미야 선배도 즐거운 듯이 웃고 있었다.

두 사람의 출문을 축복하는 것처럼, 박수 소리가 끝없이 울려 퍼졌다.

나중에 이 소동이 '버니맨의 기적'으로 전국에 퍼지게 된다는 사실은 아직 아무도 몰랐다.

연애를 기원하는 아이콘으로 토끼는 오래 사랑받게 되었다.

사랑의 전도사, 괴인 버니맨의 도시 전설은 점점 혼돈 속으로 빠져들었던 것이었다.

◆

"일이 잘 끝나서 다행이야!"

"꽤 막무가내긴 했지만 말이야."

대회를 마치고 돌아오는 길, 편의점에서 산 아이스크림을 먹으며 유키와 함께 걸어간다.

더위로 녹기 시작한 초콜릿이 입 밖으로 흘러내리려는 것을 황급히 막았다. 고전하며 막대 아이스크림을 먹어 치우는 평온하고도 행복한 시간. 내 마음은 꿈을 꾸는 것처럼 들떠 있었다.

"그 두 사람은 어떻게 되려나?"

"거기까지는 책임지기 어려울 것 같네."

"하긴. ……그다음은 선배들이 써 내려갈 얘기니까."

개입해서 도와줄 수 있는 건 여기까지다. 두 사람에게는 도움이 필요했다.

마치 영화 속의 엑스트라라도 된 것처럼 감동적인 체험. 기적을 목격했다.

난관을 극복하고 맺어진 두 사람의 해피엔드. 동경하는 마음이 들 만큼 로맨틱하다.

그 자리에 있던 사람들 다수가 나처럼 그런 기분을 느꼈을 게 틀림없다.

분명 시합에 져서 우울해져 있었는데, 유키만은 다른 곳을 보고 있었다.

그 사실이 아주 조금 분했다. 유키와 같은 방향을 보지 못한 자신이 한심했다.

남자 농구부 매니저가 됐다. 유키는 받아들여 줬지만, 그걸로는 부족했다.

히무라 선배가 초조해하고 있었던 것도, 타카미야 선배가 괴로워하고 있었던 것도 알아차리지 못했다.

유키에게 힘과 도움이 되고 싶다고 생각했으면서도, 여전히 아무것도 달성하지 못한 채로.

"행복해지면 좋겠다."

"열혈 선배라면 괜찮을 거야. 각성했으니까."

"응."

유키는 주변 사람들을 행복하게 한다. 상처 입히기만 했던 나와는 천지 차이이다.

나는 유키에게서 빼앗는 것밖에 못 하는데.

"무력하네……."

성장하지 않았다. 자란 건 키뿐이다. 아무리 시간이 흘러도 타인의 감정을 헤아리지 못한다.

"너는 잘하고 있다고 생각하는데."

"그렇지 않아. 난 아무것도—."

다정함에 가슴이 죄어든다. 이러면 안 돼, 나는 아직 아무것도 돌려주지 않았는데!

손목시계를 어루만진다. 처음 만난 뒤로 오늘까지 계속 받기만 했다.

유키에게 도움을 받았다. 보호를 받았다. 구원을 받았다. 그가 만든 것을 받았고, 용서를 받았다. 무엇보다 많은 행복을 받았다. 전부 다 갚을 수 없을 만큼 많은 행복을.

여태껏 계속 일방적으로 그 다정함을 누려 왔다.

나는 유키 덕분에 행복해졌는데, 나는 유키를 행복하게 해 줄 수 없다.

누가 유키를 행복하게 해 줄까? 유키의 행복은 어디에 있을까?

"시오리, 넌 앞으로 어떻게 하고 싶어?"

"어떻게 하고 싶냐니……."

내가 하고 싶은 일은 언제나 정해져 있다. 유키의 힘이 되고 싶다. 그게 다다.

"농구부는 윈터 컵까지 자율 연습에 들어갈 거야. 무사 수행은 계속하겠지만, 난 한동안 미술부를 다닐 거거든. 연습 메뉴는 준비돼 있고, 스스로 알아서 부족한 부분을 고민하는 것도 연습의 일환이라 할 수 있어. 게다가 열혈 선배 문제가 해결된 지금은 다음 목표도 아직 설정되지 않았으니까."

"……그렇구나."

유키는 바쁘다. 미술부를 다니는 것도 누군가에게 필요한 일이라서겠지.

"너도 알고는 있겠지만, 원래 남자 농구부에 매니저는 필요 없어. 딱히 할 일도 없고."

"……맞아. 나는 아무런 공헌도 하지 못했지."

"아무도 그런 식으로 말하지 않았잖아. 의욕을 고취시킨다는 면에서 네 존재는 충분히 플러스가 되고 있다고."

나는 제대로 공헌하고 있는 걸까? 도움이 되고 있는 걸까?

남자 농구부는 부원이 적어서 잡일도 거의 없다. 애초에 동아리에는 매니저가 따로 없는 게 일반적이었다. 그런 의미에서도 남자 농구부는 특수했다. 유키가 마련해 준 덕에 내 자리가 있는 것뿐이다.

"시오리, 너는 여자 농구부에 참가하고 와. 그쪽 주장한테 미리 얘기해 뒀어."

"뭐? 하지만, 나는 유키랑—."

"그거라면 매니저로 이름만 올려 둬도 돼. 시합 때 얼굴을 비추고 응원해 주면 그걸로 충분하니까. 시오리, 너는 왜 이 학교에 왔어?"

"그건! 유키를 따라서……. 그대로 끝내고 싶지 않았으니까."

거짓 없는 진심. 오로지 그것만을 목적으로 한눈도 팔지 않고 달려왔다.

"그걸로 만족해?"

"……어?"

"부정은 하지 않을게. 이건 히나기한테도 한 말이지만…… 뭐랄까, 너희들은 너무 맹목적이야. 좀 더 시야를 넓게 가지고 행복에 탐욕을 부려 봐. 갖고 싶은 걸 전부 손에 넣을 정도의 기개를 보이라고. 시간은 얼마든지 있으니까. CG 회수율은 100%를 목표로 해야지."

맹목적. 그런 말을 들어도 하는 수 없다. 유키만 보고 그 뒤를 따라잡으려고 필사적이었다. 다른 일을 생각할 겨를 따위는 없었다. 초조와 불안이 나를 몰아세우고 있었다.

"시오리, 나는 어디에도 가지 않아. 나는 여기에 있어."

"—읏!"

그렇구나. 이제, 유키의 뒤를 쫓아갈 필요는 없는 거다. 선뜻 이해가 갔다.

유키의 말이 조금씩 가슴에 스며들기 시작한다. 하나의 사랑이 끝난 것이다.

뒤를 쫓기만 하던, 고통스러웠던 사랑이. —이제부터는.

"너는 너를 필요로 하는 곳에 가서 즐기고 와. 하고 싶은 일은 얼마든지 있어도 돼. 난 안 그래도 시간이 부족해서 숨을 헐떡이고 있는데.”

오로지 유키만 봐 왔기에, 히무라 선배의 조바심도, 타카미야 선배의 불안감도 눈치채지 못했다. 아직 나는 수행이 한참 부족하다. 그렇다면, 더욱더 많은 경험을 쌓으면 된다.

유키도 언제나 그렇게 하고 있으니까!

지금보다 훨씬 더 근사하고 매력적인 사람이 돼서 유키가 나를 좋아하게 만들자.

그것이 나의 다음 목표.

“유키, 나, 여자 농구부를 우승시키고 올게!”

“너는 그 정도로 활기찬 편이 너다워. 고등학생이니까. 청춘을 누리라고.”

“응!”

유키는 나를 제대로 봐 주고 있었다. 그 사실이 무엇보다도 기뻐서.

“이제부터 잠깐 들를 곳이 있어. 여기서 헤어지자.”

“그렇구나. 그럼, 또 학교에서 봐!”

건널목 길에서 헤어진다. 땡땡땡땡 경보기가 울리고, 차단기가 내려왔다.

떠나가는 뒷모습을 보자 어떻게 해야 할지 알 수가 없어서 나는 소리를 질렀다.

“—나로는, 안 되는 걸까?!”

목소리가 닿았는지 유키가 우뚝 동작을 멈췄다.

"—나로는, 유키를 행복하게 해 줄 수 없는 걸까?!"

좋아한다. 정말로 좋아한다. 하지만 무엇보다 먼저 나는 돌려주고 싶었다. 이 마음을, 형태로.

망설이며 뒤돌아보는 듯한 몸짓.

전철이 통과하고 시선이 가로막힌다.

순간인지 영원인지 알 수 없는 시간이 지나 펼쳐진 시야.

선로 맞은편에 유키의 모습은 없었다.

제3장 「SNS 증후군」

나는 쓰레기다. 이름은 코코노에 유키토라고 한다.

"더워……."

이런 말을 해 봤자 의미는 없지만, 저절로 나와 버리는 건 어쩔 수 없다. 어쩔 수 없다면 어쩔 수 없는 거다.

오늘도 기온은 30도를 넘어가고 있었다. 초여름을 맞아 아플 만큼 강한 햇볕이 쨍쨍 내리쬔다. 매미 울음소리를 배경음악으로 삼으며, 나는 지극히 당연한 것을 깨닫고 말았다.

결코 눈앞의 광경에 충격을 받은 것이 아니다. 세미파이널에 겁을 집어먹은 것도 아니다. 굳이 말하자면 그것은 납득이었다. 매끄럽게 이해하는 현실.

나는 쇼핑몰로 향하고 있었다. 한창 클 때라 키도 자랐다. 중학 시절에 썼던 수영복은 작아진 상태였다. 수업을 받을 때 정도만 사용해서 입을 기회는 별로 없지만, 성숙한 누님의 권유를 받은 이상 그럴 수도 없었다.

미오 씨와 트리스티 씨에게 수영복을 골라 달라는 권유를 받았지만, 그건 역시 거절했다.

아무리 그래도 그런 이벤트는 여태껏 여친이라곤 없었던 내게는 무리난제, 육파라탐제*다. 둘 다 몸매는 뛰어났다. 특히 혼혈인 트리스티 씨는 뭐라고 말하지는 않겠지만, 나올 곳은 다 나와 있어서 여러모로 굉장했다. 그건 이미 에어백이라고!

역에서 나오자 멀리 낯익은 모습이 보였다. 에어백이 출렁거리고 있었다.

화제의 인물, 트리스티 씨의 눈부신 그 머리색은 제삼자인 내가 봐도 아주 눈에 띄었다.

말을 걸어야 할지 망설였지만 그만두기로 했다. 트리스티 씨와 나의 관계는 무척 기묘하다.

나는 피해자고 상대방은 가해자. 사고로 우연히 아는 사이가 된 것에 지나지 않는다.

그런데도 지금은 그런 사람에게 같이 놀자는 말을 듣고 있으니 신기한 일이었다.

나는 트리스티 씨와 미오 씨에게 풀장에 놀러 가지 않겠느냐는 권유를 받았다.

사과의 뜻이라고 말하기에 승낙했지만, 지금은 OK한 걸 후회하고 있다.

트리스티 씨는 부채감 때문인지 가족처럼 매우 친하게 나를 대해주고 있지만, 그렇다고 해서 그 상태에 안주하는 건 나에게도 그녀에게도 좋지 않은 일이다.

"그야, 저렇게 미인이니 남친 정도는 있겠지."

옆에 있는 사람은 남자 친구리라. 미남미녀. 약속이라도 한 건지

* 六波羅探題, 로쿠하라탄다이. 가마쿠라 막부의 직위명으로 교토 경호와 조정 감시 및 오와리, 카가 이서 지역의 정치와 군사를 관장했다.

트리스티 씨는 만면에 미소를 띤 채로 달려가서는 다가온 남자 친구에게 힘껏 안겼다.

마주 안고 있는 두 사람은 아주 잘 어울렸다. 이상적인 커플을 구현해 놓은 듯했다.

내가 권유를 받아들인 건 정말 잘한 선택이었을까. 트리스티 씨의 남자 친구가 보기에 나는 그저 훼방꾼일 뿐이다. 사고에 대한 사죄와 배상도 이미 끝났으니, 더 관계를 이어 갈 필요도 없었다.

트리스티 씨가 여기서 더 나와 관계할 이유는 존재하지 않는다.

아무리 단둘이 아니라고 해도 남자와 풀장에 놀러 가다니, 남자 친구 입장에서는 좋은 기분이 들지 않을 것이다. 어떡하지, 난감한데…….

더위에 당해 쉬려고 근처 카페에 들어갔다. 나는 손수건으로 땀을 닦고 아이스커피를 주문한 뒤 어제 일을 떠올렸다.

어제 시오리는 야구부의 차기 에이스라는 2학년 스즈키 선배에게 고백을 받은 듯했다.

굳이 나한테까지 와서 '제대로 거절했어, 유키!'라고 평소와 다름없이 쾌활한 미소로 알려주었다. 성실해서 그런 거라고 하면 할 말은 없지만, 카미시로 시오리는 인기가 많다. 내가 장담한다.

돌이켜보면 그때도 느꼈던 위화감이다. 시오리는 나에게 좋아한다고 말해 주었다.

히나기도 그렇다. 하지만 나는 그에 대답하지 않았다.

나, 평범한 쓰레기 아냐?

어장을 치고 있잖아. 오히려 어장을 거둬도 시원찮을 판국에!

곰곰이 생각해 보면 나는 그녀들이 보낸 '호의'에 아무런 대답도 하지 않았다. 터무니없는 쓰레기 자식이다. 만 번 죽어 마땅하다.

진짜로 최악인데……. 그동안 나는 다른 사람에게 관심을 돌리는 일이 없었다. 거부당하고 있다고 생각했기 때문이다. 나의 세계는 오직 나로 완결돼 있었다.

하지만 사실은 그렇지 않다는 것을 깨달았다. 뻗어온 손을 붙잡고 말았다.

스즈키 선배가 어떤 사람인지는 모른다. 하지만 만약 시오리를 정말로 좋아해서 진지하게 고백한 거라면, 스즈키 선배는 나보다 훨씬 올곧게 시오리를 보고 있으리라.

시오리가 거절한 고백 중에 어쩌면 시오리를 제대로 행복하게 해줄 사람이, 시오리가 보내는 호의를 받아줄 수 있는 대등한 존재가 있었을지도 모른다.

언제까지나 잃어버린 '호의'를 찾아 헤매고 있는 나와는 다르다.

시오리가 거절한 건 옳은 일이었을까? 몹시도 주제넘은 생각.

본인의 의사로 거절한 이상, 내가 무어라 말할 자격은 없다.

하지만 내가 좀 더 빨리 답을 낼 수 있었다면, 예컨대 내가 시오리의 마음에 응해 줄 수 없다고 확실히 선을 그었다면, 시오리에게는 새로운 선택지가 있었을지도 모른다.

진심이었던 누군가의 고백이 보답받는 일이 생겼을지도 모른다.

—나는 잔혹한 짓을 하고 있다.

내가 다시 누군가를 좋아하게 될 수 있을까. 언제인지 모를 그날이 오는 일은 있을까. 무엇보다, 그런 일에 계속 그녀들을 휘말리게 해도 괜찮은 걸까?

대답을 보류한 채, '호의'를 모른다는 이유로 계속 회피만 하며 내내 같은 장소에 머물러 있는 건 그녀들의 미래와 가능성을 빼앗는 일일지도 모른다.

나는 그녀들의 가까이에 있어도 되는 걸까?

"레온, 오랜만이야! 이제부터는 계속 일본에서 지내는 거야?"

"응. 나도 겨우 이쪽으로 올 수 있게 됐어."

트리스티가 오빠인 레온을 만난 건 3년 만이었다. 트리스티 가족이 일본으로 이사를 오는 와중에 오빠인 레온만 직장 문제로 해외에 남아 있었던 것이다.

그랬던 오빠도 겨우 업무 인계를 마치고 올여름부터 일본에서 생활하게 됐다.

하지만 아직 일본의 여름에 적응이 되지 않았는지 찜통 같은 열기에 대량의 땀을 흘리고 있었다.

"얼른 가게 안으로 들어가자. 에어컨이 그리워."

"일본 여름은 더우니까. 그래도 금방 익숙해질 거야."

말은 그렇게 하면서도 쨍한 햇살을 피하듯 쇼핑몰로 향했다.

"레온의 집은 멀어?"

"역에서 20분 거리니까, 언제든지 만나러 갈 수 있어."

"그렇구나. 파파랑 마마도 기뻐할 거야!"

"그나저나 고생이 많았어. 사고를 일으켰다며? 괜찮았어?"

"응. 상대방이 정말 착한 애였거든."

"어미니에게 얘기를 들었을 때는 놀랐어. 트리스티한테 별일이 없어서 다행이야."

남매답게 실없는 잡담을 나누며 같이 쇼핑몰을 둘러본다.

트리스티가 이렇게 이곳에서 레온과 만난 건 오빠가 사는 데 필요한 물건을 갖추기 위해서였다. 레온은 자취를 하기로 했던 것이다.

"……필요한 물건은 이 정도면 충분하려나. 트리스티는 어떡할래?"

"그럼 다음은 내 차례네. 여기, 이쪽이야!"

한바탕 오빠의 장보기를 마친 뒤, 트리스티는 점찍어둔 장소로 향했다.

"엥, 수영복을 사려고?"

"레온도 골라. 안 가지고 있지?"

"고르는 수영복이 어째 상당히 화려한데, 남자 친구라도 생겼어?"

"아, 아니거든! 그 애는 그런 게……."

"오, 정곡을 찔렀나 보네. 다음에 소개시켜 줘."

"아니라니까! 유키토는 사고를 당한 사람이라고—."

"사고? 뭐야? 운명의 상대라는 뜻이야? 재패니즈 컬처인가 보네."

"그런 게 아니거든!"

트리스티는 황급히 부정했지만, 얼굴이 확 붉어진 것을 느끼고 있었다.

진지한 눈으로 수영복을 고르는 여동생의 모습을 레온은 흐뭇한 눈길로 바라보았던 것이었다.

◇

"이게 바로 적진인가……."

여름으로 접어들면서 해가 지는 시간도 제법 늦어졌다.

황혼에서 어두운 밤으로 접어들 무렵. 시선을 들어 올리자, 하늘은 요변천목*처럼 선명한 남빛으로 물들어 있었다.

나는 매우 어울리지 않는 장소에 와 있었다. 이곳에 있는 것만으로도 내 아싸로서의 아이덴티티가 중차대한 위기를 맞이하려 하고 있다. 나는 누구지? 코코노에 유키토다. 정말로 그런가?

밝고 떠들썩한 주위를 곁눈질하는 동안 내 마음에는 먹구름이 끼고 있었다.

"유키토, 기다렸지!"

"잠깐만, 그렇게 서두르지 않아도 안 도망가."

"저로서는 도망치고 싶을 따름이지만요."

하지만 포위당하고 말았다! 탈의실에서 두 사람이 나온다. 분위기가 순식간에 화사해졌다.

나는 미오 씨와 트리스티 씨의 권유로 나이트 풀에 와 있었다.

* 송나라 건요에서 구워진 흑유 도자완으로, 검은 바탕에 파란색으로 빛나는 얼룩무늬가 별처럼 흩뿌려져 있는 것이 특징이다.

아싸에게는 큰 대미지를 입는 주문이다. 벌써 죽을 지경이다.

여름 하면 B급 샤크 무비를 보며 시간을 때우는 정도밖에 하는 일이 없는 나와는 전혀 인연이 없는 장소라고 할 수 있다. 우선순위가 낮은 편이랄까.

그런데 하필 이런 곳에 와 버릴 줄이야, 이제는 아싸라는 말을 입에 담기도 민망해진 남자가 바로 나, 코코노에 유키토였다.

미오 씨와 트리스티 씨를 힐끔 보자 저절로 입에서 감상이 새어 나왔다.

"에에에에에에에엑!"

"헐, 너무 대놓고 그러는 거 아냐?!"

"그렇게 쳐다보니 부끄럽네……."

"천 면적이 부족하지 않아요?"

"좀 화려한가? 기합을 넣어 봤어!"

"하아. 몸매가 좋을수록 이득이라니까. 부러울 따름이야."

"내가 보기엔 그게 그거 같은데."

"누구 수영복이 네 취향이야?"

"맞아. 어느 쪽이 맘에 들어?"

"그런 불협화음밖에 생성되지 않는 선택지를 들이미는 거 멈춰 주실 수 없을까요?"

그거 딱 봐도 우정에 금이 가는 질문이잖아. 아무도 이득을 보는 사람이 없는.

"날 선택하면 서비스도 해 줄 수 있는데!"

"전 서비스 잔업은 인정하지 않는 주의라서요."

"그럼 선택하지 않아도 서비스해 줄게!"

"잔업 수당을 드리겠습니다."

트리스티 씨에게 서비스(?)를 받았다. 기뻤다.

사과 겸 놀러 가자는 권유를 받은 건 좋지만, 설마 나이트 풀일 줄은 예상도 하지 못했다. 낮보다는 쾌적할지도 모르지만, 나에게는 어둡고 축축한 종유굴이나 풍혈이 더 어울린다. 하지만 그런 곳으로 초대해 줄 만한 지인은 없었다.

뭐, 아는 사람 자체가 얼마 안 되지만 말이지!

그런 자학을 하고 있는데, 이내 양옆에 나란히 선 두 사람 때문에 퇴로를 막히고 말았다.

"오늘은 실컷 놀자!"

"유키토. 어때, 잘 어울려?"

"멋있어요. 흡사 로코코 양식 같네요."

"그거 칭찬이라고 받아들여도 되는 거야?"

"당연하죠."

수영복을 보고 느낀 감상을 요구받은 나는 있는 그대로 솔직하게 대답했다.

애초에 이 상태로 부정적인 의견을 피력할 수 있을 리가 없다.

미오 씨는 오프숄더 비키니, 트리스티 씨도 비키니지만, 뛰어난 몸매의 트리스티 씨가 비키니를 입고 있자 누가 봐도 모델 같았다.

벌써부터 주위의 시선을 한데 모으고 있다. 그럼에도 불구하고 나에게 달라붙는데 지금은 전원 수영복 차림이었다. 이 상태로 접촉하자 직접적으로 피부가 맞닿고 말았다.

“양손에 꽃이네, 유키토.”

“책임이 무겁네요.”

“셀카 찍자, 셀카!”

“그거 괜찮을까요? 나중에 SNS에서 논란이 되는 건 아니겠죠?”

“괜찮아! 친구들밖에 안 보니까.”

“특정 당하긴 싫은데…….”

“이미 당하고 있을 것 같은데.”

“언제부터 제 인권이 프리패스가 된 거죠?”

이게 바로 SNS 사회의 어둠인가.

“있지. 유키토는 평소에 뭘 하고 지내?”

“평소에요? 그러게요, 트러블에 말려들곤 하려나요?”

“지난번에 말려들게 한 내가 말하긴 뭐하지만, 너무 무서운 얘기 하지 마.”

“미안……. 아팠지!”

“아뇨, 신경 쓰지 마세요. 늘 있는 일이니까요.”

미오 씨와 트리스티 씨가 시무룩해지고 말았다.

안 되지, 이렇게 놀러 가는 데 끼워 주기까지 했는데. 즐겁게 지내지 않으면 손해다.

게다가 아무리 체질적인 문제라고 해도, 사고가 24시간 내내 벌어지는 건 아니니까.

“누님들, 우리랑 같이 놀지 않을래? 거기 애는 설마 둘 중 한쪽의 동생이라든가—.”

팔을 꺾어 올린 뒤 사람이 없는 풀에 내던진다. 성대하게 물보라가 일었다.

"코우지이이이이이이이이이이이이!"

"너, 갑자기 이게 무슨 짓—!"

팔을 꺾어 올린 뒤 사람이 없는 풀에 내던진다. 성대하게 물보라가 일었다.

"신지이이이이이이이이이이이! 잠깐, 잠깐만! 잘못했어! 우린 딱히 억지로 같이 놀려고 그런 게—!"

팔을 꺾어 올린 뒤 사람이 없는 풀에 내던진다. 성대하게 물보라가 일었다.

"나는 유우지다아아아아아아아아아아아!"

점점 페이드아웃 되는 자기소개를 한 귀로 흘리며, 나는 안도하고 있었다.

"오늘은 평화롭네."

트러블과 인연이 없는 하루도 있는 법이지. 이 치안이 좋은 일본에서, 그렇게 매일 같이 소동이 벌어졌다간 내 몸이 남아나질 않을 테니까. 이런 평화로운 날들이 계속됐으면 좋겠다.

"넌 정말 그거구나."

그게 뭔데.

"유키토랑 가까운 곳에 있는 게 제일 안전한 것 같은 기분이 들어! 자, 놀자!"

이것 참. 하고 무의식중에 어깨를 으쓱였다. 그만 저도 모르게 그런 수동적 먼치킨 계열 주인공인 척해 본 나였지만, 솔직히 말하자면 신나게 놀았다. 아무래도 수동적 먼치킨 계열은 나와는 어울리지 않는 모양이다.

그치만 풀장은 오랜만이란 말이야.

"그나저나 무슨 일이라도 생긴 건가요?"

"넌 당사자 의식이 전혀 없구나."

아까부터 인싸 누님과 형님들이 이상하게 자꾸 말을 걸어온다.

폭소한 형님이 사 준 프랑크푸르트 소시지를 먹으며 의아함을 느꼈다.

"이렇게 받아 버렸네……."

미오 씨와 트리스티 씨도 사람들이 사 준 음식과 음료에 어찌할 바를 모르고 있었다.

그러고 보니 아까 내가 던져 버렸던 3인조, 통칭 3G*는 가까이 있던 누님들에게 대시를 받고 있었는데 영 싫지만은 않은 기색이었다. 실로 훈훈한 광경이었다.

자칭 외톨이 아싸의 긍지를 지키려고 그동안 괜히 억지로 인싸나 파티피플을 적대시하고 있었는데, 뭐야, 좋은 사람들뿐이잖아! 내 눈이 흐려져 있었을 뿐이었다.

"미오 씨, 이 나이트 풀은 착한 사람밖에 들어갈 수 없는 규약이라도 있는 건가요?"

"어떻게 하면 그렇게 흐린 눈으로 현실을 볼 수 있는 걸까……."

"유키토가 재밌어서 주목받고 있는 거야!"

"너라면 장래에 어디에서든 잘해 나갈 수 있을 것 같아."

그런데, 내가 주목받을 요소가 있었던가?

---

* 셋 다 이름이 지(G)로 끝남.

"참, 장래 하니까 생각났는데, 유키토 넌 장래 진로를 어떻게 할지 정했어?"

미오 씨가 건넨 질문에 고민했다. 외딴섬에서 귤은 기각당했다. 독립한 어머니를 돕는다는 선택지도 있지만, 히나기에게 부정당했다고는 해도 나는 아직 포기하지 않았다.

"객사 코스로 갈까 봐요."

"너무 무서워! 악덕 기업에서 혹사당하는 수준의 문제가 아니라고."

"유키토, 호러스러운 발언은 여름만으로 한정하자. 아무튼 아무 생각도 없다는 건 알았어. 하지만 그렇게 따지면 우리들도 별다를 건 없을지도 모르겠다."

미오 씨가 난처한 기색으로 쓰게 웃었다.

"진로에 무슨 문제라도 생겼어요?"

"우리는 슬슬 취업 준비를 고민해야 할 시기잖아. 이렇게 놀 수 있는 것도 지금뿐이야. 앞으로 점점 바빠지겠지. 하아, 우울해."

"혹시라도 정 안 되면 파파에게 부탁하면 어떻게든 될 테니까 유키토도 말해! 나는 이렇지만, 우리 파파는 훌륭하거든."

듣자 하니 트리스티 씨의 아버님은 외국계 기업의 일본법인에서 임원으로 일하고 있는 모양이었다.

나는 강력한 인맥을 손에 넣었다! 미안하지만 인생은 연줄이라고. 그게 현실이다.

아무튼 대학생쯤 되면 사회로 진출하기 일보직전의 단계라고 할 수 있다. 슬슬 본격적으로 장래 인생을 설계해 나갈 시기로 접어든 것이다.

미오 씨와 트리스티 씨가 자신이 원하는 길로 나아갈 수 있기를 소망할 따름이다.

"유키토, 뭐라도 마실래?"

"이온 음료가 좋아요."

실컷 놀고 난 우리들은 옷을 갈아입고 휴식 중이었다. 기분 좋은 피로감이 나를 감싸고 있다.

수영은 전신운동이다. 생각하는 것보다 훨씬 많은 체력을 소모한다. 집으로 돌아가면 바로 잠들어 버릴 것 같다. 시간은 저녁 8시를 지나가고 있었다. 슬슬 돌아가지 않으면 후환이 두려웠다.

"오늘은 즐거웠어. 유키토는 이 뒤에 어떡할 거야?"

"집에 가려고요. 미성년이라 그렇게 늦은 밤까지 놀 수도 없어요."

"그렇구나, 하긴 그렇겠지. 나중에 또 같이 놀자고 해도 될까?"

"네. 그야 물론이죠. 저도 즐거웠거든요."

미오 씨 일행과 같이 놀러 갈 거라고 말하자 어머니와 누나가 몹시 불쾌해했다.

여기서 밤늦게 돌아가기까지 했다간 어떻게 될지 알 수 없었다.

"저기 유키토, 괜찮으면 다음에 집으로 놀러 오지 않을래? 가족이랑 같이 바비큐 파티를 할 건데."

"트리스티 씨 집으로요? 그건 조금 거부감이……."

"안 될까?"

트리스티 씨는 처량해 보이는 모습으로 눈을 살짝 내리깔았지만,

솔직히 말하자면 오늘 이렇게 놀고 있는 동안에도 신경이 쓰였던 일이 있었다.

"역시 남자 친구분께 죄송하기도 하고요."

"남자 친구? 누구한테?"

"어라, 트리스티 씨 남친이 있는 거 맞죠?"

"어, 없어. 그런 사람!"

"엥, 그치만 며칠 전에 쇼핑몰 앞에서 둘이서 끌어안고 있는 모습을 우연히 봤는데요."

"이게 무슨 소리야, 트리스티?"

"정말로 없다고! 쇼핑몰이라면…… 혹시, 오빠를 말하는 거야?"

"오빠분이셨어요?"

"응. 며칠 전에 수영복을 사러 갔을 때, 오빠— 레온도 겨우 이쪽으로 오게 돼서 만났던 것뿐이지 남자 친구 같은 건 아니니까!"

"남친이 있는데 저 같은 사람이랑 놀아도 괜찮은 건지 걱정했어요."

"오해야! 절대, 절대 아니니까! 뭐하면 레온도 만나고 싶다고 했고, 파파랑 마마도 만나고 싶어 하고 있으니까 다음에 집에 와 주지 않을래?"

"뭐, 그렇다면."

어느새 면회 희망자가 늘어났는데, 그렇구나, 레온 씨라고 하는구나.

트리스티 씨와 함께 있는 모습을 봤을 때는 미남미녀 커플이라고 생각했는데, 트리스티 씨의 오빠라고 하니 잘생긴 것도 납득이 갔다. 일단은 내 기우였던 모양이다.

보아하니 수라장은 회피한 듯하다. 다행이다, 다행이야.

◆

미안, 거짓말이야. 수라장을 전혀 회피하지 못했다.

"이게 어떻게 된 일이야?"

집으로 돌아오기 무섭게 나는 정좌를 당했다. 누나는 오늘도 미인이지만, 지금은 그 영리한 눈빛이 나를 뚫어져라 쳐다보고 있다. 이것도 계속되니 점점 쾌감으로 느껴지기 시작하네요.

스마트폰에는 트리스티 씨가 보내 준 셀카가 표시돼 있었다.

"보시는 그대로인데요……."

"엄청 재밌었나 봐. 얼굴이 아주 활짝 폈네."

"항, 매번 너무 심각해서 무섭기로 호평을 떨치고 있는 제 얼굴이 활짝 펴다뇨."

"자랑스러워하는데, 전혀, 일절, 요만큼도 호평이 아니거든."

"거짓말……."

"자기 인식을 어떻게 하고 있는 거야. 그래서, 이 사람들하고는 무슨 관계야?"

"피해자와 가해자라고 할까……."

"하?"

"히잉."

전에 트리스티 씨가 가족 단위로 사과하러 온 적이 있었다. 그 덕에 어머니는 트리스티 씨를 알고 있지만, 그 자리에 없었던 누나는 몰랐다.

구구절절 사연을 설명하자 누나는 어처구니없어했다. 나도 그렇게 생각한다.

피해자와 가해자가 사이좋게 놀고 있다니, 언뜻 봐서는 의미불명이긴 하지.

"너한테서 연상이 호감을 느끼는 오라가 나오기라도 하는 걸까?"

"그게 뭐야, 무서워."

누나가 진절머리를 내며 중얼거렸지만, 여자 운이 나쁘기로 정평이 난 나에게는 웃을 수 없는 얘기였다. 나에게 여자는 귀찮은 존재라는 인상이 강했지만, 그래도 나는 그런 식으로 모든 걸 잘라내 버리는 대신 앞으로 걸음을 내딛는 길을 택했다.

과거의 나라면 오늘 같은 초대도 수락하지 않았으리라.

그것은 내가 타인과 관계를 쌓고 싶다고 생각했기 때문이다. 내가 달라지기 위해서는 내 것이 아닌 다른 힘이 필요했다. 일방적으로 쏟아지는 감정을 그대로 내버려두고 싶지 않았다.

그것은 비겁하고 죄 많은 행위임을 자각하고 말았다. 어떤 식으로든 대답하지 않으면 모두가 불행한 상태로 종결되고 말 것이다. 정체되는 건 이제 지긋지긋했다.

나는 하렘의 주인공처럼 자각 없는 행동을 할 수 없었다.

"이렇게 된 이상 이제는 내가 마이크로 비키니를 입는 수밖에 없겠어."

"보고 싶어! 핫?! 저도 모르게 속마음이……."

"너도 참 솔직하다."

"아니에요, 이건 조건반사 같은 거고 파블로프의 코코노에 유키토지, 결코 속마음이라고 할 수는……."

"보고 싶지 않아?"

"보고 싶어."

"좋아."

"괜찮은 건가, 정말로?"

의문이 뇌리를 스쳤지만 누나가 좋다고 말했으니 괜찮겠지. 악귀나찰이 판치는 이 코코노에 가에서 사소한 일을 신경 쓰면 지는 거다.

"그래서, 너는 그…… 누구 좋아하는 사람 같은 건 없어?"

"남매는 보통 이런 얘기는 안 하지 않나?"

"여태까지도 보통이라고는 말하기 힘든 관계였잖아. 뭐 어때."

"그건 그렇지만……."

"그리고 나만 그런 것도 아니거든. 엄마도 끼워서 가족회의를 시작할 거야."

"그것만은, 그것만은 멈춰 클레멘스*……."

"자, 가자."

그 뒤, 엄청나게 질문을 받았다.

◇

* 일본의 인터넷 은어로, 요구, 요청하는 말 뒤에 미국의 전 야구선수 로저 클레멘스의 성을 붙이기 시작한 것이 웹에 퍼지며 널리 사용되었다.

월요일 아침, 교원과 학생 모두 침울한 분위기에 지배당하고 있다.

다들 우울한 기분으로 '운석이라도 낙하해서 휴교 되지 않으려나' 라는 불성실한 생각을 하고 있을 때, 교내에서 가장 불성실한 남자가 홀쩍 교실에 나타났다.

"어떻게 된 거야, 유키토?! 얼굴이 새파래!"

스즈리카와가 황급히 달려온다. 심상치 않은 모습에 이내 카미시로를 비롯한 다른 아이들도 모여들었다.

"유키, 어디 아파? 보건실에 갈래?"

"정말로 무슨 일이 있었던 거야? 다크 서클이 끔찍한데. 잠이라도 설쳤어?"

걱정하는 기색으로 미호가 묻는다. 코코노에 유키토는 숨을 깔딱거리며 중얼거렸다.

"……도박은…… 안 돼. 절대."

힘이 다한 코코노에 유키토가 털썩 그 자리에 쓰러졌다.

"유키토, 정신 차려! 유키토?!"

이 남자가 어쩌다 이렇게 기진맥진하게 됐는지, 그 이유는 전날로 거슬러 올라간다.

"……비가 심하게 오네. 같이 외출하려고 했는데."

어머니가 창밖을 바라보며 나직이 탄식한다. 그에 이끌리듯 나도 하늘을 올려다보았다.

아침부터 계속 내린 비는 점점 기세를 더해가고 있었다. 끊어진

곳 없이 두꺼운 구름이 한없이 이어져 있다.

대낮인데도 어두컴컴한 실내. 집에서 얌전히 지내는 것이 정답이리라.

"그렇지! 가끔은 게임이라도 하면서 놀까?"

"게임?"

좋은 생각을 떠올렸다는 듯이 어머니가 짝 손뼉을 쳤다.

어머니와 둘이서 게임을 하며 놀아 본 기억은 여태껏 한 번도 없지만, 지금은 할 일 없이 거실에서 빈둥거리기나 하고 있으니, 가끔은 괜찮을 것 같기도 했다. 부모 자식끼리 오붓하게 말이다.

"마작이라도 하자."

"둘이서?"

"유리가 있잖니."

"그래도 셋인데."

3인으로 치는 마작도 있기는 하지만, 룰도 변칙적이고 셋이면 마작에 집착할 필요도 없다. 하지만 어느새 방에서 나온 누나는 빠릿빠릿하게 마작 테이블을 준비하고 있다.

"왜 우리 집에 마작 테이블이?"

채 소화되지 못한 의문이 속속 떠오르는 가운데 초인종이 울렸다.

"유키, 헬로 헬로! 과자 잔뜩 사 왔어. 같이 먹자!"

"세츠카 씨?"

꼭 짜고 친 것처럼 부자연스러우리만큼 자연스러운 전개로 네 사람이 모였다.

이렇게 날씨가 궂은 날에 뭔가 중요한 볼일이라도 있나 했더니,

딱히 이렇다 할 용건이 있는 건 아니고 단순히 놀러 온 것뿐이라고 한다. 갑작스럽게 세츠카 씨의 합류가 결정됐다.

"그럼, 준비도 끝났으니 옷을 갈아입고 올게."

"옷을 갈아입어?"

"기대해, 유키."

빠르게 진행되는 상황을 따라가지 못해 그저 앵무새처럼 되묻는다.

혼자서 우두커니 거실에 남겨져 당황하고 있자니 몇 분 뒤 세 사람이 돌아왔다.

"뭐뭐뭐뭐, 뭐야, 그 복장은?!"

"어때, 잘 어울려?"

세 사람은 어째서인지 차이나 드레스를 입고 있었다. 매혹적인 광경이다.

우아한 걸음걸이로 여봐란듯이 턴을 돌자 요염한 색향이 이래도 모르겠냐고 말하듯이 넘쳐흘렀다.

슬릿 밖으로 뻗어 나온 다리를 아낌없이 드러내 보이자 날씬한 다리에 시선이 못 박혔다. 이유는 모르겠지만, 실내인데도 신발까지 꼼꼼하게 챙겨 신었다.

유리 씨는 심지어 미니였다. 너무 도발적이다. 이것이 젊음인가…….

여봐란듯이 다리를 꼬고 의자에 앉는다. 여봐란듯이, 그렇다, 여봐란듯이다!

유리 씨가 깃털 부채로 내 턱을 쓸더니, 후 하고 목덜미에 입김을 불어 넣었다.

"날씨가 이러니까. 기분이라도 끌어올려야지."

어머니가 지극히 그럴싸한 말을 했지만, 나는 이 자리에서 몹시 도망치고 싶어졌다.

다들 악당 여간부로밖에 보이지 않는다. '배신자에게는 죽음을'이라고 말할 것 같다.

"그럼 유키. 바로 시작해 볼까."

이리하여 내 이해력이 상황을 따라가지 못한 채 '제1회 코코노에가 마작대회'가 막을 올렸다.

"론!"

동1국, 어머니가 버린 8통 패를 냉큼 주워서 론*을 선언했다.

시작이 좋다. 세츠카 씨가 사 온 카린토**를 오독오독 씹어 먹으며 속으로 득의양양한 미소를 지었다.

차이나 드레스에는 놀랐지만, 모름지기 마작대회, 승자에게는 소정의 특전이 있을 터다.

이 판은 내가 접수한다!

"하아……. 벌써부터 이렇게 나오다니 언니는 정말 참을성이 없네."

"무리하지 마, 아주머니."

"조용히 해! 부끄럽지만 어쩔 수 없지."

어이없어하는 세츠카 씨와 누나를 무시하며 어머니가 빰을 연분

* 남이 버린 패로 자신의 패를 완성하는 것.
** 맛동산과 비슷한 과자,

홍빛으로 물들였다.

어머니는 자리에서 일어나더니, 대담하게 트인 좌우의 슬릿 안으로 양손을 넣어 입고 있던 속바지를 아래로 내리기 시작했다. 천천히 다리를 빼고는 옆에 있던 바구니에 넣었다.

나는 눈부시게 반짝이는 늘씬한 허벅지를 홀린 듯이 쳐다보다가, 즉시 제정신으로 돌아왔다.

"……왜, 왜 갑자기 탈의를?"

"마작은 내가 버린 패로 상대방이 득점하면 옷을 하나씩 벗어야 해."

"그런 규칙이 있을 리가 있냐고!"

어머니가 아주 당연하다는 듯이 황당한 거짓말을 했다. 아무리 내가 상식에 어두운 무지렁이라고 해도, 그런 규칙은 듣도 보도 못했다. 나는 폭거를 저지하려 누나에게 물어 확인했다.

"정말이야?"

"정말이야."

에에에에에에에에에엑?! 하지만 진정하자, 분명 어머니와 누나가 공모한 거겠지.

부탁이야, 제발 그래 줘! 그렇죠, 세츠카 씨!

"정말이야?"

"정말이야."

"정말이구나아아아아아아아아아! 굉장하다아아아아아아아아아아아!"

영혼의 절규가 메아리쳤다. 뭐야, 내가 이상한 거야?! 마작에 그런 규칙이 있었어?!

"주로 90년대 게임센터에서 유행했던 로컬 룰이지만, 채용해 봤어."

친절한 세츠카 씨가 설명해 줬지만, 대체 왜 그런 야만적인 규칙이……?

요즘은 게임센터라고 하면 주로 여성향 장르의 경품들을 뽑는 크레인 게임기로 지배당한 공간을 떠올리지만, 역사를 들춰 보면 일찍이 비디오 게임이 성행했던 시대가 있었다고 한다.

그때는 치안도 나빠서 가게 안은 재떨이가 난무하는 칙칙한 건달들의 소굴이었다고 하니, 이 알 수 없는 마작 룰도 그런 시절의 유산이었던 것일지도 모른다.

곤란해, 이건 곤란하다고! 정체 모를 공포심에 몸이 움츠러들었다.

이 감정이 바로 '공포'인가. 설마 세 사람이 나한테 그걸 가르쳐 주려고—.

"자, 얼른 계속하자."

마작대회에 서서히 불온한 공기가 깔리기 시작했다.

"말도 안 돼?! 이런 일은 있을 수 없다고!"

동4국*, 9순째**. 누나가 3만 패를 세차게 던졌다. 눈을 의심할 광경에 황급히 강***을 확인했다.

* 마작의 대국에는 동1국부터 동4국까지 최소 4경기를 진행하는 동장전과 동1국부터 동4국, 남1국부터 남4국까지 최소 8경기를 진행하는 반장전, 동남서북 각각 4국씩 총 16경기를 진행하는 전장전이 있다.

** 1국의 진행도를 표시하는 지표. 6순 이전을 초반, 12순 이전을 중반, 13순 이후를 후반으로 보며 18순까지도 승패가 나지 않으면 그대로 대국이 종료된다.

*** 마작 테이블에서 자기 패산 앞쪽에 버림패를 버리는 곳.

여태껏 만수패는 거의 버림패로 버려지지 않았다. 따라서 누군가가 만수패로 일색*을 노리고 있을 가능성이 농후했다. 그리고 버림패의 경향으로 봤을 때, 그럴 가능성이 가장 높은 사람은 나다.

나는 리치를 걸고 3-6만 패 중 한 개만 더 가져오면 화료**할 수 있는 텐파이 상태였고, 이 마작에는 자신이 버린 패로 상대방이 득점하면 옷을 벗어야 하는 특수한 규칙이 존재하고 있다.

누구도 그런 일은 하고 싶지 않을 것이다. 세 사람도 무슨 수를 써서라도 피하고 싶을 터다.

그래서 나는 상대방이 대기 중임을 알아차리기 쉽도록 노골적으로 텐파이 상태에서 리치를 선언했다.

만수패, 그것도 3-6만 패만 피하면 되는 쉬운 일.

그런데도 누나는 위험하기 그지없는 패인 3만 패를 패산에서 가져오자마자 지체 없이 버렸다. 자살행위다.

"뭐 하고 있어? 얼른 론을 선언해."

"—읏?!"

의혹이 확신으로 변했다. 딱 봐도 내가 대기 중임을 알고서 론을 선언할 수 있는 패를 방총***한 것이다.

"너 설마, 못 본 척하고 쯔모****로 끝내려는 건 아니겠지? 진검승부에서 그런 짓을 했다간 용서치 않을 테니까. 페널티라고. 기억해 둬."

---

* 한 가지 종류의 패로만 구성된 역(점수를 낼 수 있는 특정한 패의 조합). 만들기 어려워서 점수가 높다.

** 역을 완성해 해당 국에서 승리하는 것.

*** 남이 이기는 패를 내놓음.

**** 필요한 패를 패산에서 스스로 뽑아서 가져오는 것.

"……론."

어쩔 수 없이 론을 선언할 수밖에 없었다. 힘없이 패를 쓰러뜨렸다.

"어머나, 큰일이네. 그래도 규칙인걸. 어쩔 수 없지. 그도 그럴 게 규칙인걸."

유리 씨가 등 뒤로 손을 돌린다. 후크를 푼 건지 부드럽게 출렁거렸다.

옷 아래로 진홍색 브래지어를 꺼내 바구니에 넣는다.

왜냐고, 대체 왜 그런 짓을…… 설마!

"짜고 쳤구나!"

"치수를 잰 건 너잖아."*

확실히 내가 최근 유리 씨의 치수를 재고 있는 건 사실이지만, 이 상황은 예측하지 못했다.

스스로의 몸까지 내던지는 전술에 전율을 감출 수가 없다. 그렇게까지 지고 싶다는 말인가?!

이대로 가다간 나는 승부에서 이기고 탈의에 지고 말 것이다. 음, 잘 모르겠다.

"안심해, 유키. 난 이거 하나밖에 안 입었으니까."

"세츠카 너, 몰래 선수를 쳤구나!"

"언니처럼 행실이 단정하지 못한 엄마에게 그런 말을 들을 이유는 없으니까!"

"둘 다 마찬가지거든요. 걱정 마, 너한테는 내가 져 줄 테니까."

* 짜고 치다는 뜻의 일본어는 치수를 재다는 뜻의 일본어와 발음이 같다.

유리 씨의 고마운 말도 지금의 나에게는 악마의 속삭임으로밖에 들리지 않았다.

나는 간신히 이 데스 게임을 파악했다. 그러고 보니 아까부터 세 사람 사이에서는 론이 터지지 않고 있다. 놈들은 한패다. 지기 위해 수단 방법을 가리지 않는다. 생각해 보면 세츠카 씨가 집에 온 타이밍도 매우 수상했다. 처음부터 모든 것이 교묘하게 짜여 있었다.

이것은 즉, 화료를 해서는 안 되는 마작이다.

론을 선언하는 것을 엄금하는, 쯔모로 끝내는 것만이 허락되는 제한 마작인 셈이다. 어머니와 누나, 세츠카 씨는 호시탐탐 나에게 론을 선언시킬 패를 방출할 기회를 엿보고 있다.

극도의 긴장감. 꽝꽝 얼린 맥주잔에 따라 시원해진 콜라로 목을 축이다, 불현듯 깨달았다.

"혹시나 해서 말인데요, 벗을 옷이 없어지면 어떻게 되는 건가요……?"

"걱정할 필요 없어. 제대로 몸으로 벌칙을 받을 테니까 안심해. 그리고 나는 탈의 마작 게임에서 소위 첫판에 등장하는 서비스 캐릭터 같은 거니까, 유키라면 쉽게 공략할 수 있어. 힘내, 유키♪"

한 조각의 티끌조차 존재하지 않는 해맑은 미소로 세츠카 씨가 단언했다.

"네가 질 경우에도 벌칙을 받을 거니까."

유리 씨가 그 날카로운 안광을 번뜩이고 있다.

"끄응, 끄응."

주인이 외출하고 혼자 집을 지키느라 외로운 개 같은 소리가 나왔다.

곰곰이 생각해 보면, 두 경우 다 나에게는 같은 결과일 뿐이다.

잠깐? 그 순간 섬광처럼 기사회생할 방법이 떠올랐다. 제 꾀에 제가 넘어간다는 말이 바로 이것이다!

이건 탈의 마작. 그렇다면 론을 피하면서 상대방의 점수를 깎고 역만이나 배만* 등을 노려 고득점을 받을 수 있는 역으로 한 번에 날려서 점수를 마이너스로 떨궈 버리면 된다.

"비열한 간계에 겁먹을쏘냐! 날려 주지. 날려서 강제로 종료해 주겠어!"

"날아간 경우에는 책임을 지고 확실히 전부 벗을 테니까 안심해."

"끄으응……."

피도 눈물도 없었다. 스포츠 경기에서 유럽은 이기지 못하면 바로 규칙을 개정해 자신들에게 유리하게 일을 진행시키려 하지만, 권력을 가지지 못한 나는 그저 복종하는 수밖에 없다.

전황을 분석한다. 동4국이 끝나고 남은 건 남장**. 발언을 사실이라고 친다면, 옷가지를 하나밖에 걸치지 않았다는 세츠카 씨의 방총만 회피하면 대참사는 막을 수 있을 것이다.

내 승리 조건은 점수를 따는 것이 아니라, 어떻게 자신이 기다리는 패를 은폐하면서 나에게 유리한 패를 꽂아주려는 상대방을 피해 쯔모로 대국을 끝내는가다. 최악의 경우 남은 대국에서 유국***이 돼

* 마작의 점수 체계. 같은 패를 화료했을 경우 친(제일 먼저 패를 줍고 버리는 사람)은 자(친을 제외한 나머지)보다 1.5배 더 많은 점수를 획득한다. 배만은 친일 때 24000점, 자일 때 16000점의 점수를 획득하는 경우를 말하며 역만은 친일 때 48000점, 자일 때 32000점의 점수를 획득하는 경우를 말한다.

** 남1~4국.

*** 패산의 패를 다 쓸 때(18순)까지 아무도 화료하지 못해서 게임이 그대로 종료되는 것.

도 상관없다.

어느덧 밖에서는 강풍이 휘몰아치고 있었다. 바람에 날려온 빗방울이 창문을 두드린다.

희푸른 섬광. 근처에 낙뢰가 떨어진 건지, 번개가 구름을 가르고 천둥소리가 사방에 울려 퍼졌다.

순간의 정전. 바로 복구되어 조명이 들어왔다. 하지만 그 순간 나는 보고 말았다.

초승달처럼 악마 같은 미소를 띤 세 사람의 모습을!

"—연장*, 할 거니까."

유리 씨의 입에서 치명적인 말이 나왔다. 으으으윽…… 거부할 수 없다.

이제 와서 가족을 거역할 수 없는 내게 사상 최대의 난관이 찾아오고 있었다.

전력으로 타개책을 고민했다. 시험을 칠 때보다 훨씬 더 머리를 굴리고 있다.

큰일이다, 이 궁지를 벗어나려면 어떻게 해야 하지? 가르쳐 줘, 제로?!**

"론, 아."

"만세! 겨우 내 차례네."

실수로 론을 선언하는 바람에 세츠카 씨가 신나게 차이나 드레스에 손을 걸쳤다.

"지, 진정하고. 기껏 갈아입었으니까 좀 더 이 모습을 즐기는 게

* 친이 화료하거나 유국이 됐을 때 대국을 연장하는 것.

** 〈코드기어스 반역의 를르슈〉에서 스자쿠가 한 말.

어떨까요? 세츠카 씨의 차이나 드레스 차림이 아주 근사해서 계속 보고 싶네요. 그러니까, 네? 네? 네?"

"유키도 참, 그렇게 맘에 들어? 나중에 실컷 입어 줄게."

필사적으로 애원해도, 어째서인지 꼭 이럴 때만 들은 척도 하지 않는다.

"이놈이고 저놈이고! 에잇, 이렇게 된 이상 너희들 다 엉덩이에 난 털까지 쥐어뜯고 몸에 걸친 걸 남김없이 벗겨 버릴 줄 알아! 각오는 됐겠지?! 부탁이야, 됐다고 말하지 말아 줘! 부탁이니까!"

꼬리를 만 개의 허세에 지나지 않았지만 그래도 파이팅 포즈는 취했다.

"너한테 그런 곳까지 보여 줄 거라 생각하니까 부끄럽네."

"나는 엄마와는 달리 관리하고 있으니까 부끄럽지 않지만 말이야."

"얘가. 나도 제대로 관리하고 있거든. 남김없이 벗겨질 게 정말 기대된다. 살살 벗겨 줘, 알았지?"

"나는 네 옷도 벗길 거니까."

"유키한테 옷을 벗겨지고 말았어—, 으앙♪"

"정말 싫다, 이 가족."

그렇게 악몽 같은 하루가 계속된다.

'절대 론을 선언해서는 안 되는 마작 24시'는 이제 막 시작됐을 뿐이었다.

◇

"SNS 말인가요……."

"맞아요. 대학 때 친구가 같이 하자고는 하는데, 도무지 이해가 안 가서요."

학생 지도실에서 산죠지 선생님과 느긋하게 차를 마신다. 오늘은 어떤 지도를 받으려나 가슴을 두근거리며 걸음을 옮겼건만, 웬일로 산죠지 선생님이 고민 상담을 해 왔다.

함께 차를 마시는 동료로서 도움을 주고 싶기는 하다.

"원래라면 내가 학생들에게 사용법을 지도해야 하는 입장이지만, 애석하게도 여태껏 건드려 본 적이 없어서 헤매고 있어요."

"그렇군요……."

"하지만 SNS를 이용해 사고를 치는 경우도 늘어나고 있으니까요. 주로 당신 말이죠. 계속 아는 게 없는 상태로 모르고 살 수도 없겠더라고요."

정말로 교육에 적극적인 훌륭한 선생님이다. 하지만 SNS라고 해도 세대 간의 격차가 존재했다. 당연히 산죠지 선생님이 친구에게 추천받은 SNS도 10대가 주로 이용하는 곳은 아니겠지만, 이참에 다양한 SNS를 시험해 보는 것도 재밌을 듯했다.

"그럼 같이 시작해 봐요! 저도 초보니까 조금씩 사용법을 익혀 가면 되지 않을까요. 뭐, 저 같은 건 아무도 팔로우해 주지 않을 거라 생각하지만요."

"저는 당신만큼 교우 관계가 넓은 사람을 당신 말고는 본 적이 없는데요…….”

“네?”

납득하지 못한 채로, 여우에게 홀린 것처럼 미묘한 분위기가 감도는 학생 지도실을 뒤로하며 나는 교실로 돌아왔던 것이었다.

“유키토, 계정 만들려고? 그, 그럼 나도 만들게! 만세! 이걸로 맞팔이다. 헤헤. 나중에 히오리한테도 가르쳐 줘야지.”

히나기는 정말 천사다. 사탕을 주자.

“나도 지금 바로 만들 거니까 기다려, 유키!”

“한동안 방치하긴 했는데, 유키토 네가 시작한다니 나도 재개해 볼까.”

“코코노에 진짜야?”

“이건 빅뉴스야, 빅뉴스!”

나는 SNS 계정을 만든다는 사실을 털어놓기 무섭게 반 아이들 모두에게 팔로우를 당하는 처지가 됐다. 당연히 맞팔이다. 계정이 없는데도 일부러 만들어 팔로우해 주는 사람까지 있다. 이 반, 너무 착한 사람만 있는 거 아닌지……. 훌쩍훌쩍.

참고로 놀랍기 그지없지만, 우리 반에서 가장 팔로워 수가 많은 사람은 뜻밖에도 샤카도였다. 파충류 동료가 제법 되는 모양이었다. 렙타일즈 서클의 공주님이 그곳에 있었다.

눈에 띄는 취미가 있으면 그것만으로도 접점을 만들기 쉬운 것일지도 모른다.

“뭐, 그렇게 자주 쓸 일은 없을 것 같지만.”

"그래? 그런데 왜 하필 첫 인사가 '그것이 바로 저, 코코노에 유키토입니다.'인 거야? 자기주장이 너무 강하잖아. 그게 대체 뭐냐고."

"나름 흉내 내 본 건데."

"나름?"

이때 나는 멍청하게도 사소한 일이라고 착각하고 있었다.

하지만 내가 모르는 사이에 사태는 예상도 하지 못한 방향으로 확대되어 갔던 것이었다.

한편 그 무렵, 유리의 반에서는.

"유리, 소식 들었어? 네 남동생이 계정을 만든 것 같던데."

"하? 무슨 소리야?"

"왠지 화제가 되고 있었어."

"……진짜네. 갑자기 무슨 바람이 분 거지?"

"나도 팔로우해 버렸어. 어째 팔로워 숫자가 급격하게 늘어나고 있어서 무섭긴 하지만."

"나도 가만히 있을 순 없지. 바로 엄마한테 알려야……."

"그렇게 중요한 일이야?"

"당연히 중요하지."

그리고 학생회장 쪽도.

"뭐? 코코노에 유키토가 SNS를 시작했다고?"

"응, 방금 듣고 왔으니까 확실해. 게다가 여기를 보면, 반 애들도 다 팔로우했잖아— 잠깐, 숫자가 왜 이래?!"

"가만히 있을 순 없어, 유미. 우리도 당장 계정을 만들자!"

홀로 외로운 여신도.

"헐, 유키토가?!"

어느 닭살 커플도.

"코코노에 유키토가? 농구부 부원들한테도 얘기해 둬야겠다. 그런데 어떻게 사용하는 거지?"

"토시로도 조금은 관심을 가져 봐……."

호감도가 한없이 치솟는 중인 이웃사촌 누나도.

"유키토가 SNS를? 어머, 심지어 스즈카 선생님도 맞팔이 돼 있네. 빈틈이 없다니까."

반성 중인 현의회 의원으로 보이는 사람도.

"아버지, 코코노에가 SNS를 시작한 것 같아요!"

"코코노에 선생님이? 에리카, 가만히 있을 수는 없다. 바로 화환을 보내자!"

"그건 민폐 아닐까요……."

대학에서도.

"아, 유키토다! 이 사람은 파파가 근무하는 회사의……."

"어째 일이 점점 커지고 있는 것 같지 않아?"

???

"오라버니는 정말 멋진 분이시네요. 이 키쿄우, 얼른 오라버니를 다시 뵙고 싶어요. 그래도 지금은 이렇게 오라버니의 모습을 보는 것만으로 참아야겠죠."

칸사이에서도.

"하핫! 재밌네. 재밌어! 카즈키!"

"진정해, 케이스케. 이 녀석이 소문의 버니맨이야? 정말 못 당하겠네."

호쿠리쿠 지방에서도.

"어이, 이거 진짜야? 해산물이라도 보낼까? 민폐려나?"

"모르겠지만, 관둬."

북쪽 대지에서도.

"크큭. 그러시군요, 드디어 찾았습니다!"

남쪽 변두리에서도.

"본토는 멀구만."

"코코노에!"

"좋은 아침입니다. 무슨 일이 생겼길래 그렇게 서두르시는 거죠?"

다음 날, 나는 등교하자마자 산죠지 선생님에게 붙들려 연행되었다.

"당신, 계정 안 봤어요?"

"그러고 보니 어제 같이 만들었는데, 그게 무슨 문제라도 되나요?"

"당장 확인해 보세요!"

"하아."

딱히 투고할 만한 소재가 있는 것도 아니고, SNS에 흔히 올라오는 허무맹랑한 일화에 등장하는 가상의 친구도 없거니와 노출 횟수에도 관심이 없다.

그래서 계정을 만들고도 그대로 방치하고 있었는데—.

“이게 뭐야아아아아아아아아아!”

팔로워 수가 4천 명을 넘었다. 지금도 실시간으로 계속 늘어나고 있다.

“그건 제가 하고 싶은 말이랍니다. 대체 어떻게 된 거죠?”

“모르겠어요. 저는 딱히 아무것도 한 게 없는데…….”

받은 답글을 확인한다.

「선생님, 앞으로도 잘 부탁드립니다!」

“저기…… 이건 토죠 의원 아닌가요?”

“이게 바로 악플이라는 건가.”

파란색 체크 마크가 달린 인증 계정이다. 의원 생활을 오래 한 토죠 파파가 정중한 인사말을 보내자 어쩌면 중요한 사람일지도 모른다고 생각한 건지 다른 의원들도 하나둘 팔로우를 하고 있었다. 민폐가 이만저만이 아니다.

심지어 내 계정은 팔로워 수십만 명을 보유한 히미야마 사무소에도 팔로우를 당한 상태였다! 대체 왜?! (당혹)

트리스티 씨가 셀카를 올려 놓았다. 아니나 다를까 개인정보를 특정하는 글이 난무했다.

그 밖에도 ‘버니맨에게 상담하고 싶은 게 있습니다. 좋아하는 3학년 선배가 있는데요—’ 같은 종류의 연애 상담 글 역시 대량으로 와 있다. 어째서인지 내가 버니맨이라는 사실을 모두가 알고 있었다.

현기증이 났다. 내가 모르는 사이에 무슨 일이 일어난 거지?!

“이건 어머니가 근무하는 회사 계정이네.”

“뭐랄까, 예상대로라고 해야 하나. 당신의 교우 관계는 대체 어떻게 된 거죠?"

그러는 동안에도 팔로워는 5천 명에 도달하고 있었는데, 공식 인장을 단 인증 계정까지 뒤섞여서 형성된 팔로우 목록은 그야말로 카오스였다.

도저히 일개 고등학생의 계정이라고는 생각할 수 없다.

"아! 야한 쪽지가 와 있어!"

"낚이면 안 돼요, 코코노에! 그런 건 사기니까요. 보는 것도 안 돼요. 이리 주세요, 내가 삭제할 테니까— 잠깐, 미사키 씨?!"

"어라?"

히미야마 씨가 보낸 쪽지였구나. 저장, 저장.

"그나저나 당신과 비교하니 왠지 자신감이 사라지네요. 숫자가 많으면 좋은 것도 아니고 딱히 공개할 만한 계정도 아니지만, 결국 일개 교사는 교류할 수 있는 범위가 뻔하다 싶어요."

"기운 내세요."

산죠지 선생님이 조금 낙담하고 있다. 어떻게든 격려해야 하는데…… 그렇지!

"선생님, 잠깐만 빌려주실래요?"

"뭘 하려고요?"

"이걸로 하죠. '좋아요를 받을 때마다 1밀리씩 치마가 짧아지는 산죠지입니다'."

내 계정으로도 좋아요로 공유해 둔다.

그러자 좋아요 수가 순식간에 불어나기 시작했다.

"잠깐만요! 이러면 어떡해요? 이 짧은 시간에 좋아요가 300?! 30

센티라는 건가요? 계속 늘어나고 있는데, 무리예요. 이 이상 길이를 줄이는 건 무리라고요! 그런 건 20대 때도 입어 본 적이 없어요!"

"이 사람은 교장이잖아……."

"바로 고소하고 오겠어요!"

산죠지 선생님은 팔로워가 갑자기 급증했지만, 최종적으로 투고한 글을 삭제하고 아는 사람들과만 팔로우를 주고받은 비공개 계정이 되었다.

우리들은 SNS의 무서움을 배우고, 그렇게 또 한 단계 어른으로 성장했던 것이었다.

"그럼 48센티라는 걸로."

"절대 퍼뜨리지 마세요. 절대로요!"

'이 사람, 정말 좋은 사람이구나…….'

나중에 아슬아슬한 길이까지 무릎 위쪽을 드러낸 산죠지 선생님의 사진이 전송돼 온 건 비밀이다.

문화 차이는 많고 많지만, 그것을 부정하지 않는 것이 바로 나, 코코노에 유키토다.

소위 말하는 데컬처*라고 불리는 것인데, 이 단어를 알아듣는지 아닌지도 일종의 문화 차이라고 할 수 있다. 다양성은 타인에게 강제하는 것이 아니라, 스스로 허용하는 것이다.

* 데카르챠, '초시공요새 마크로스' 시리즈에 등장하는 멜트란디어로 자문화와 너무나도 다른 타문화를 접했을 때 그로 인한 경악, 감탄을 나타내는 의미로 사용된다.

어머니가 말하길, 모자가 함께 입욕하는 것쯤은 당연한 일이라고 한다. 이것도 문화 차이다.

나는 결단코…… 약간…… 추호도 의심하지 않는다. 다양성, 다양성이라니까!

갈라파고스의 어디가 나쁘단 말인가. 언제부턴가 부정적인 의미로 흔히 사용되고 있지만, 독자 진화는 그 자체로 다양성을 뜻한다고 할 수 있다.

오히려 세계가 균일해져 버린다면 순식간에 멸망을 맞이하고 말 것이다.

일본은 섬나라다. 이점도 많지만 때로는 해외로 나가 견문을 넓히는 것도 좋은 경험이 되리라. 가치관이 크게 달라질 것이다.

"아, 유키토. 와 줬구나! 여기, 이쪽이야! 아, 방금 파파의 차를 세차하고 있었어."

"설마 비키니 카 워시가 실제로 존재했다고?!"

비키니를 입고 후디를 걸친 트리스티 씨가 한 손에 스펀지를 들고 나를 맞이해 주었다.

비키니 카 워시란 세차 때 옷이 젖는 걸 방지하고자 비키니 차림으로 세차하는 외국 파티피플 특유의 문화다. 주로 B급 호러영화에서 드문드문 볼 수 있다.

물론 B급 호러 영화라서 파티 피플은 모두 죽는다. 하지만 안심하길 바란다. 여기는 일본이니까. 트리스티 씨의 안전은 보장돼 있다. 스플래터는 참아 달라고.

트리스티 씨의 집은 호화 저택이었다. 부잣집 아가씨였던 모양이다.

나와 미오 씨는 트리스티 씨에게 홈파티 초대를 받았다.

정원에서 바비큐를 한다고 했다. 문화 차이에 살짝 감동을 받았다. 미국식 홈파티는 영화에서나 봤던 것이다.

코코노에 가에서는 과거에 파자마 파티를 개최한 적이 있지만, 파자마를 입었던 건 나뿐이었다. 규칙 위반도 이만저만이 아니다. 나는 샴페인 맛 청량음료를 홀짝거렸다.

"기다리고 있었어요. 자, 이쪽으로 와요."

트리스티 씨의 마마가 온화하게 미소 지으며 우리를 맞이해 주었다.

"기다렸어, 쿨가이! 오늘은 재밌게 놀다 가라고!"

"초대해 주셔서 감사합니다. 선물로 케이크를 사 왔어요."

"Oh…… 쿨가이! 신경 쓰지 않아도 되는데 미안하네. 자, 바비큐 파티를 시작하자!"

카우보이모자를 쓴 풍채 좋은 금발의 대디에게 붙들려 끌려갔다.

딱히 반박할 거리도 없이 말 그대로, 누가 봐도 한눈에 미국인 아저씨라는 걸 알 수 있는 풍모를 갖고 있다. 마치 서부극에 나올 듯한, 누구나 한 번 보면 수긍할 미국인 아저씨다.

몹시 쾌활한 성격의 아저씨지만, 트리스티 씨의 자전거 사고로 우리 집에 사과하러 왔을 때는 트리스티 씨와 마찬가지로 부모님 둘 다 낯빛이 아주 창백했다.

당장이라도 할복하겠습니다—! 라는 말을 꺼낼까 봐 걱정이 될 정도였다.

합의로 해결되지 않을 경우 트리스티 씨의 이력에 큰 흠집이 나게 된다. 비장한 각오를 했을 게 분명했다. 다행히 큰 상처를 입은 건 아니라서 나는 소송을 걸지 않았다.

트리스티 씨와 그녀의 가족은 울면서 사죄를 거듭했고, 그 뒤 우여곡절 끝에 친해졌다. 그 결과 이렇게 홈파티에 초대받았으니, 인생이란 정말 한 치 앞을 알 수 없었다.

"여어, 이렇게 만나는 건 처음이네. 여동생이 폐를 끼쳐서 미안했어."

안면 편차치 측정 불가의 초절정 꽃미남이 말을 걸어 왔다. 적이다. 괜히 반항하고 싶어졌다.

"어떻게 뒷수습을 하실 거죠? 아앙?"

"엑?! 이게 일본 특유의 뒷수습 문화인가……. 그럼, 여동생을 주지. 어때?"

"레온! 무슨 소릴 하는 거야!"

난데없는 인신매매에 분노한 트리스티 씨. 외국과의 문화 차이를 느꼈다. 분위기가 차게 식었다.

"그런데 유키토…… 맞지? 잠깐 얘기 좀 할 수 있을까?"

"네?"

레온 씨에게 불려 가 구석으로 이동했다.

"이래 봬도 감사하고 있어. 사고를 냈을 때 많이 침울해했다고 들었거든."

"다친 데도 없었고 신경 쓰지 않아도 된다는 말은 해 뒀지만요."

"나도 늦었지만 감사 인사를 하게 해 줬으면 좋겠어. 정말 미안했어. 동생을 용서해 줘서 고마워. 앞으로도 가능하면 사이좋게 지내줬으면 해. ―그, 그리고 말인데……."

레온 씨가 갑자기 횡설수설하며 미오 씨에게 힐끔힐끔 시선을 던졌다.

이 초절정 꽃미남, 의외로 숫총각이었다.

"너랑 같이 온 저 아름답고 사랑스러운 여자분이 누군지 가르쳐주지 않을래?"

설마 미오 씨에게 첫눈에 반한 건가? 이런 일이 있다고?

하~, 이래서 잘생긴 놈이란!

이런 부분에서도 역시 문화 차이를 느꼈던 것이었다.

본고장의 바비큐는 굉장했다. 일단 고기부터가 다르다. 야키니쿠* 같은 경우 고기가 한입 크기로 잘려져 나오지만, 바비큐는 그런 걸 개의치 않고 호쾌하게 구워 나갔다. 육즙이 방울져 떨어지는 두꺼운 스테이크를 나이프로 잘라 입에 넣는다. 소시지도 유난히 컸다. 문화 차이 이전에 아무튼 신선했다.

여차저차 얘기를 들어 보니, 트리스티 씨의 파파는 모 SNS의 일본법인에서 임원을 맡고 있는 듯했다. 거대 SNS면서 계속 적자를 기록해 온 구 경영진이 매수로 인해 싹 일소됐기 때문이라나. 일본법인도 대다수 직원이 해고되고 재정비를 위해 본사에서 파견된 것이 전부터 일본으로 전근하고 싶다는 의사를 표했던 트리스티 씨의 파파였다고 한다.

* 일본식 고기구이.

"그렇지, 파파! 유키토도 계정을 만들었어!"

트리스티 씨가 보여 준 계정에 대디가 눈을 크게 떴다.

"쿨가이, 자네 인플루언서였어?!"

"그럴 생각은 전혀 없지만요……."

어느새 내 계정은 팔로워 수가 만 명을 넘은 상태였다.

심지어 기업 홍보 의뢰도 속속 들어오고 있다. 평범한 고등학생인 내가 감당할 수 있는 수준을 넘어섰다.

어찌할 방법이 있는 것도 아니라, 계속해서 늘어나는 팔로워에 전전긍긍할 따름이었다.

"도시 전설? 괴인? 틴에이저들에 기업과 정치가까지…… 봇이 아니라 진짜 팔로워들뿐이잖아. HAHAHA! 재밌는걸! 흥미로워! 자네는 대체 정체가 뭐지? 바로 자네 계정을 인증 상태로 만들어 두지! 앞으로 크레이지 가이에게 일을 부탁하게 될지도 모르겠어!"

미국인 아저씨가 기분 좋게 스마트폰으로 어딘가에 연락하자 몇 분 뒤 내 계정이 인증 상태로 전환되더니 반짝이는 파란 마크를 달았다. 일 처리가 너무 빠르잖아. 이게 바로 문화 차이인가.

"정말, 유키토를 난처하게 만들면 안 돼! 미안하구나, 이 사람이 좀 흥분했나 봐."

"기다려! 크레이지 가이는 인재라고! 지금 이때 무슨 수를 써서라도 포섭해서—."

"네네. 일 얘기는 다음에 다시 하세요."

술기운이 돌기 시작한 건지 귀찮게 치근거리기 시작하는 주정뱅이 미국인 아저씨를 고상한 부인이 등을 밀며 데리고 갔다. 부부 관계에서 사모님 쪽이 강한 건 만국 공통인가 보다.

“파파가 폐를 끼쳐서 미안해! 그렇지! 자, 같이 사진 찍자.”

“팔로워 수 폭증의 원인이 지금 여기에?!”

트리스티 씨와 하트 마크를 만들고 찍은 사진을 올린다. 바로 댓글이 쇄도했다.

“그런데 유키토. 이 기업 계정은 왜 유키토를 팔로우하고 있는 거야? 설마 무슨 연관이라도 있어?”

“아, 이 회사요. 엄마가 다니고 있어요.”

미오 씨가 스마트폰 화면을 스크롤하다 손가락으로 가리킨 것은 낯익은 기업이었다.

“거짓말?! 이 회사 내가 일하고 싶은 곳인데! 1지망이라 이번에 인턴으로 가게 됐어.”

“그래요? 인원이 부족하다고 매번 한탄하던데, 괜찮으시면 얘기해 둘게요.”

“그, 그치만…… 괜찮겠어?”

미오 씨를 위해서가 아니라도, 어머니에게 도움이 될 수 있다면 거절할 이유는 조금도 없었다.

“사양하는 게 꼭 미덕이라고는 할 수 없어. 알겠어, 아가씨? 학력과는 별개로 인맥도 능력이야. 크게 성공하는 데 필요한 게 뭔지 아나? 그건 바로 운이야. 기회를 보면 바로 붙잡으라는 말이 있잖아. 크레이지 가이와 친분을 맺은 것도 아가씨의 운이라고. 그러니 찬스를 빤히 보고도 놓치면 안 돼.”

“또 금세 치근거리지. 정말. 이 사람이 유키토가 마음에 들었나 봐. 자, 얼른얼른 걸어요. 물을 마셔서 조금이라도 술을 깨지 않으면 미움받을 거예요."

"그럴 순 없지!"

다시 연행되는 미국인 아저씨.

"저기 있잖아, 그럼, 부탁해도 될까?"

"미오 씨한테는 전에 도움을 받았으니까요."

"너는 참 성실해. 그때는 나도 휘말려서 도와준 것뿐이니까 신경 쓰지 않아도 되는데."

"그럴 수는 없죠."

미오 씨가 구한 건 나뿐만이 아니다. 케도 회장과 미쿠모 선배도 구한 것이다.

그대로 소동이 커졌다면 그녀들도 무사히 끝나지는 못했을 것이다. 두 사람과 내 관계도 수복이 불가능할 만큼 험악해졌으리라.

"참, 트리스티 씨는 취직, 어떻게 할지 결정하셨어요?"

"취직……이라. 부끄럽지만 나는 아직도 전혀 상상을 못 하겠어."

트리스티 씨가 침울한 기색으로 툭 중얼거렸다. 표정이 우울해 보였다.

"어렸을 적에, 장래에 되고 싶은 직업 같은 걸 묻잖아? 그런 걸 물어볼 때마다 늘 난감했어. 옛날부터 하고 싶은 일이랄 게 별로 없었거든. 파파는 천천히 찾으면 된다고 말했지만, 주변 사람들은 다들 목표를 향해 차근차근 준비하고 있는데 왠지 나만 혼자 남겨진 듯한 기분이 들어서……."

장래에 대한 불안, 스스로를 향한 의문. 잃어버린 목표.

사회로 나간다는 건, 항로가 없는 길로 배를 저어 나가는 것이나 마찬가지일지도 모른다.

저도 모르게 트리스티 씨가 존경스러워졌다. 훌륭한 사람이라고 생각했다. 망설임도 그녀를 발전시키는 양식이 되리라.

"저는 장래에 대해 고민해 본 적도 없어요. 현재를 살아가는 것만으로도 벅차서 미래를 생각할 여유도 없었죠. 대충 이러다 객사하고 말겠다는 생각이나 했어요."

"……유키토?"

염려하는 표정. 트리스티 씨의 미래는 분명 밝을 거다. 그도 그럴 게 이렇게 진지하니까.

"조금 갈팡질팡할 수도 있는 거죠. 멀리 돌아가는 게 그렇게 큰 문제인가요. 50세나 60세가 되고 나서 하고 싶은 일을 찾는다고 해도 늦지 않아요. 인생은 길어요. 최단 거리로 목적지에 도착하는 것만이 정답이 아니라고 생각해요."

떠오른 것은 가족과 소꿉친구, 반 아이들의 얼굴이었다. 아주 멀리 돌고, 자주 샛길로 빠지고, 한 번은 포기했음에도 우리는 조금씩 서로를 알아가며 다가가기 시작했다.

"쓸모없는 건 없어요. 트리스티 씨의 고민도, 지금 이러고 있는 시간도."

미래는 아무도 알 수 없다. 대학을 졸업해 취직했다고 해서 그대로 정년까지 같은 회사에서 같은 일을 계속하는 사람이 얼마나 될까. 결국 그 정도인 것이다.

우리는 존재할지도 모를 미래가 아니라, 현재를 살아가고 있다.

"그러니까— 즐기자고요. 알았죠?"

"응!"

"넌 뭐랄까, 신경안정제 같은 타입이구나. 얘기하다 보면 차분해진다고 할까, 남의 말을 잘 들어준다고 할까. 이런저런 상담을 많이 받을 것 같아."

"그걸 어떻게?"

"역시."

미오 씨가 탁월한 추리력을 발휘하거나, 미국인 아저씨가 돌아와 트리스티 씨를 자기가 다니는 회사 홍보부에 취직시키려고 하거나, 레온 씨의 언동이 농담으로 치부되거나 하면서, 좌충우돌 즐거운 홈 파티는 밤까지 이어졌던 것이었다.

……너무 많이 먹었다. 육식은 당분간 사양하겠습니다.

"……예쁘다."

"응."

축복에 감싸인 회장. 나도 한마음이 되어 진심으로 박수를 쳤다.

보이지는 않지만 확실히 그곳에 있음으로써, 행복은 형태가 되어 존재한다.

신랑 신부 두 사람을 연결하고 있는 믿음, 그동안 계속 품어 온 감정이 실재가 되어 보이고 있었다.

신부는 울고 있었다. 옆에 나란히 선 신랑도 눈이 빨갰다.

가족석에 우는 사람이 있다. 어머니도 눈물을 훔치고 있었다.

교차하는 만감. 전해지는 기쁨. 아름다웠다. 내면에서 아름다움이 흘러넘치고 있다.

그것은 이데아였다. 그래서 더 축복하고 싶어지는 것이리라. 그야말로 아남네시스*다.

어머니와 나란히 앉아서 두 사람의 새출발을 배웅했다. 남은 건 집으로 돌아가는 것뿐이다.

나와 어머니는 결혼식에 참석했다. 처음에는 히미야마 씨의 친족석에 앉아 있었지만, 너무 금이야 옥이야 받들어 주는 바람에 도저히 불편함을 참을 수가 없어서 어머니에게 울며 매달렸다.

그도 그럴 게, 아무리 생각해도 이상하잖아. 히미야마 씨의 부모님과 조부모님, 심지어 촉박한 시간에도 불구하고 신랑인 오빠까지 와서 인사를 하고 갔다고. '미사키를 부탁한다'고 요청해 봤자 난처할 뿐이다.

심지어 히미야마 가(본가)에 정식으로 초대까지 받고 말았다. 히미야마 씨의 집조차 방문하기 꺼려지는데 무려 본가라니 이게 말이 되는 소리냐고. 점점 퇴로가 막히고 있는 듯한 기분이 들어 견딜 수 없었다.

게다가 모르는 분들과 연달아 인사를 나누고 명함을 30장 정도 받았다. '리슈 선생님이 애지중지하는 아이', '후계자', '아직 고등학생처럼 보이지만, 언젠가는……' 등등 귀에 흘러들어오는 목소리가 무서웠다.

* 플라톤의 철학 용어로 인간의 영혼이 참된 지식인 이데아를 얻는 과정을 말한다.

다행히 어머니가 같은 회장에 있어 준 덕에 정신적인 피로가 경감되긴 했지만, 요리는 맛있었다.

놀랍게도 회장의 요리는 전부 대장이 감수했다고 한다. 어쩐지요 며칠 바빠 보이긴 했다.

여운에 젖은 채 회장을 뒤로했다. 이후는 신랑과 신부 두 사람의 시간이자, 가족과 함께하는 시간이었다.

"메구메는 지금이 인생에서 가장 행복한 순간이겠지."

어머니가 곱씹듯이 그런 말을 중얼거렸다.

"……그건 왠지 아쉬운 기분이 들어."

"어째서?"

"결혼식이 가장 행복한 순간이면, 그 뒤로는 계속 하락하기만 할 것 같잖아."

"메구미는 고생을 해 봤으니까, 행복의 가치를 알고 있을 거라고 생각해."

"행복을 차곡차곡 쌓아 올려서 앞으로도 계속 지금보다 더 행복해졌으면 좋겠어."

"……너는 다정한 아이구나."

머리를 쓰다듬는 손길이 느껴졌다. 어머니는 어느새 이런 마마 같은 행보를 보이게 됐다.

폭주할 기색이던 모성이 조금씩 진정되고 있는 모양이다. 다행이다, 다행이야.

신랑 신부 두 사람은 행복해 보였다. '호의'가 맺어낸 결실. 내가 잃어버린 것.

새빨간 남이었던 두 사람이 서로에게 호의를 품고, 사랑을 하고, 맺어져 가족이 된다.

그것이 이다지도 행복한 일이라는 것을 가르쳐 주었다.

언젠가 나도 저런 식으로 축복받는 날이 올까. 행복을 바라는 것이 허락될까. 과거를 돌이켜보면 생각나는 표정은 언제나 우는 얼굴뿐이었다. 어머니도 누나도 세츠카 씨도 히미야마 씨도 히나기도 시오리도 회장도, 다른 여러 사람들도, 언제나 슬프게 만들었다.

행복은커녕 그동안 수많은 불행을 흩뿌려 왔다. 그런 나인데도—.

"엄마도 웨딩드레스를 입고 싶어?"

"나? ……이젠 충분하려나. 한 번, 실패해 봤으니까."

자조하듯이 웃는다. 하지만 어머니의 시선은 어쩐지 부러워 보였다. 그리고 말하지 않았던가. 가장 행복한 순간이라고. 그렇다면, 한 번쯤은 더 그런 순간이 있어도 좋지 않을까.

나는 결심했다. 나는 불행을 흩뿌리기만 하는 최악의 저질 쓰레기 인간이지만, 적어도 내 주변 사람들만은 행복하게 만들 수 있도록 분발하기로. 항상 웃는 얼굴로 있을 수 있도록, 더 이상 슬퍼하지 않도록. 행복을 빼앗아 온 만큼, 불행하게 만들어 온 만큼, 이번에는 내가 줄 수 있도록.

"이번에는 성공할 수도 있잖아?"

"네가 있는 지금이 가장 행복한걸. 재혼 따윈 생각도 안 해 봤어."

어머니는 최근 코스프레에 푹 빠져 있다. 며칠 전에는 백의의 천사, 간호사복이었다.

간호해 주겠다며 의욕에 넘쳐 있었지만, 나는 아무런 증상도 없었다. 그 사실을 말하자 '그럼 멘탈 케어를 해 줘야겠네.'라고 말하더니, 신기하게도 10분에 10%씩 내 멘탈을 깎았다.

케어란 대체……? 우주의 법칙이 흐트러진다.

그런 어머니가 웨딩드레스를 입고 싶지 않을 리가 없다.

하항, 과연. 보아하니 사양을 하고 있구나?

생각해 보면 코스프레 취미 하나 때문에 웨딩플래너에게 웨딩드레스를 대여하고 싶다고 상담하는 건 어려운 일이었다. 피팅을 하려면 숍에 갈 필요가 있고, 여러모로 품이 많이 들 것이다. 그렇게 가벼운 마음으로 할 수 있는 일이 아니었다.

잠깐만? 나는 최근 재봉 스킬을 연마하고 있다. 그렇다면 내가 웨딩드레스를 만들면 되는 일 아닌가? 맞네. 뭐야, 간단하잖아? 거기까지 생각하다 우뚝 자리에 멈춰 섰다.

그것만으로 충분한가? 그저 웨딩드레스만 입어도 괜찮은 건가?

그런 어중간한 일 처리는 용납할 수 없다. 할 거면 철저하게 해야지. 내 사전에 타협이라는 글자는 존재하지 않는다. 헤어 세팅, 메이크업, 장신구도 빼먹을 수 없다. 신부에게는 할 일이 많았다.

나는 효도에 진심인 아들, 코코노에 유키토. 가족의 행복이 내 사명이다.

그러고 보면 거의 사용한 적이 없는 값비싼 일안 반사식 카메라도 있고, 촬영도 할 수 있다.

"그럼, 내가 엄마한테 웨딩드레스를 입혀 줄게."

"—뭐?"

으흐흐흐흐. 엄마, 기다리고 있어! 내가 엄마를 완벽한 신부로 만들어 줄 테니까!

그리고 신부 사진이 박힌 연하장을 만들어서 행복을 전방위로 퍼뜨려 주겠어.

새로운 도전을 할 생각에 팔이 들썩거렸다. 팔 "들썩들썩."

"엄마의 웨딩드레스 차림은 본 적이 없으니까."

"네가…… 나한테? 나를 신부로 만들어 줄 거야?"

"나만 믿어!"

척 엄지를 세운다. 어머니의 동그란 눈에서 뚝뚝 눈물이 흘러내렸다.

헉?! 또 어머니를 울리고 말았다. 이제는 완전히 코코노에 유키토의 특기가 다 됐다.

"아아…… 그런 일— 어째서…… 더 이상은— 유키토…… 으으으으읏!"

나는 낭패하며 황급히 등을 다독였다.

"이런 거, 더는 무리야. ……그러니까, 미안해."

고개를 든 어머니가 나를 끌어안았다.

"……내 평생을 걸고— 너를 사랑할 것을 맹세하게 해 줘."

"돌아가는 전개가 왠지 낯익은데요, 또다시 얼굴이 가까워— 음— 읍— 읍?!"

가슴이 경종처럼 두근거렸다. 억제하려 해도 제어가 통하지 않는다.

마치 사춘기 중고등학생으로 거슬러 올라간 것처럼 시간을 역행한 듯한 가슴 설렘.

눈치채지 못한 척해 왔다. 눈치챌 필요가 없었다. 왜냐하면 가족은 연애의 끝에 다다르는 것이니까. 시곗바늘을 되돌리는 것처럼 도로 사랑에 빠지는 건 있을 수 없는 일이다.

그런데도, 옆에서 걷고 있는 아들이, 옆에서 걷고 있는 그의 말이, 뇌리에 새겨져 떨어지지 않는다.

'기뻐……. 기뻐, 기뻐!'

소리가 되지 않는 말. 한 번 꺼낸 말은 반드시 실행하는 것이 옳다고 여기는 아들은, 자신이 한 말을 반드시 달성하고야 만다.

이 아이가 나에게 웨딩드레스를 입혀 주겠다고 말했으니, 나는 다시 웨딩드레스를 입게 될 것이다. 그 사실을 알고 있는데도, 믿을 수가 없었다.

그때 옆에는 유키토가 서 있겠지. 저도 모르게 그 모습을 상상하고 만다.

이런 행복이 존재해도 되는 걸까? 이런 행복이 허락되는 걸까?

결코 넘어서는 안 될 선. 아들의 기색을 봤을 때 다른 뜻은 없을 터다.

다정한 유키토가 내가 기뻐하는 모습을 보려고 제안해 준 것이 분명했다.

그렇게 부러워하는 눈으로 보고 있었던 걸까? 총명한 아들에게는 그렇게 보였을지도 모르겠다.

하지만 그 말은 나에게 이미 버린 줄 알았던 연심을 다시 떠올리게 만들기 충분했다.

어떡하지! 부끄러워서 아들의 얼굴을 제대로 못 보겠어!

그날 이후로 세계가 바뀌어 버렸다. 유방암일지도 모른다. 그 가능성이 내 앞에 들이밀어졌을 때, 나는 시간이 유한하다는 것을 깨달았다.

남겨진 시간을 계산하자 공포가 밀려왔다. 직면하는 자신의 죽음.

아들을 소중히 대해 주지 못했다. 사랑해 주지 못했다. 이제야, 상황이 이렇게 되고서야 후회했다. 부족하다. 만회하기에는 너무나도.

이대로 죽어 버릴까 봐 안절부절못했다.

그런데도 절망의 구렁텅이로 가라앉는 나를 구해준 건 내가 사랑해 주지 못했던 아들이었다.

무리다. 참을 수 있을 리가 없다. 관계를 개선하려고, 현 상태를 바꾸려고 다소 강압적인 수단을 취하기도 했지만, 그럼에도 유키토의 다정함은 그것을 부정하는 대신 나를 포근히 감싸 주었다.

아들이니까. 싫어하게 될 일은 전혀 없다. 하물며 반항기조차 없었다.

그것도 그것대로 걱정이 되긴 하지만, 날이 갈수록 좋아졌다. 어제보다 오늘, 오늘보다 내일.

계속 이대로 가면 나는 어떻게 돼 버리는 걸까. 솔직히 나도 내가 무서웠다.

하지만 그런 불안감마저도 조금 전 아들이 한 말이 날려 보내 주었다.

더 많이 좋아해도 된다고, 사랑해도 된다고, 웨딩드레스를 입혀 주겠다고 말했으니까. 진심으로 행복했다.

그것이 어떤 의도로 한 발언이건, 나는 이미 이 아이에게— 함락 당하고 있다.

유일한 걱정이 있다면 그것은—.

"요즘 누나의 상태가 이상한 것 같아."

"알고 있었어?"

"그야, 엄마가 주 7일을 내 방에서 자고 있으니까 알아차릴 수밖에 없지."

"그, 그렇겠구나. 미안해? 싫었지?"

나잇값도 못 하고 들떠 버린 모양이다.

역시 너무 과했나. 반성해야겠다…….

"그런 건 아닌데. 전에는 누나랑 거의 반씩이었잖아."

용서해 줬다. 아들, 좋아……. 귀여워, 먹어 버리고 싶어.

"그런데 별로 방에 오지 않게 됐지, 으음……."

유키토가 복잡한 얼굴로 생각에 잠겨 있었다. 나는 그 이유를 알고 있다. 유리에게 상담받은 진로.

유학. 그게 불가능하다면 아주 먼 대학으로 진학하기를 바라고 있었다.

그것은 유리에게 참을 수 없을 만큼 괴로운 선택이다. 그 아이는 여전히 죄책감에 사로잡혀 있다.

"부탁할게. 이런 말을 네게 하면 안 된다는 건 알고 있어. 하지만 무력한 나는 유리를 도와줄 수 없단다. 그러니 네가 구해주렴. 유리에게는 네 말밖에 통하지 않으니까. 너만이 유리를 도와줄 수 있으니까."

내가 구원받았던 것처럼 유리를 구할 수 있는 사람은 유키토뿐이다.

확실히 죄를 범했고, 용서받은 채로 10년이 넘는 시간이 흘렀다. 그것은 마치 징역처럼 유리를 줄곧 괴롭혔다. 그럼에도 그 아이는 아직도 부족하다며 계속 자신을 벌하고 있다. 계속해서, 언제 끝날지 알 수 없는 속죄를 하고 있는 것이다.

"내가?"

"누나를 지켜 줘."

"……내가 할 수 있을까?"

"—괜찮아. 너는 누구보다 강하니까."

아이를 구하는 건 부모가 할 일인데도, 자식에게 맡기려 하고 있다. 엄마 실격. 속으로 고개를 저었다. 진작에 낙제했다. 마마부터 다시 시작하고 있는 처지인 내게는 그럴 자격이 없었다.

그래도 알 수 있다. 나는 유리의 엄마니까. 그 아이가 지금 필요로 하고 있는 것이 무엇인지.

걱정은 없었다. 유키토는 유리를 반드시 행복하게 만들어 줄 테니까.

제4장 「주하(朱夏, 여름)의 부탁」

짹짹짹 아침짹을 배경음악 삼아 알람이 울리기 전에 잠에서 깨어났다.

벌떡 몸을 일으킨다. 잠에서 덜 깨 몽롱한 머리로 멍하니 벽을 쳐다본다.

크림색 벽에는 B1 빅사이즈의 엄마 포스터와 누나 포스터(서머시즌 물방울 콜라주 사양)가 붙어 있었다.

수영복 차림이 여름의 숨결을 느끼게 해 주지만, 놀랍게도 이 포스터. 특제 물방울 콜라주 시트를 겹치면 알몸으로 보이는 역작이다. 터무니없이 쓸데없는 노력이 들어가 있었다.

말랑. 응? 손에 느껴지는 보드라운 감촉. 마성의 촉감. 나를 늘어지게 만든다. 말랑말랑.

잠에 취한 채 부드럽게 푹 꺼지는 저반발의 매력을 거스르지 못하고 만지작거렸다. 말랑말랑말랑말랑말랑말랑.

"—응…… 거기…… 안 돼……."

"웬 놈이냐?!"

반사적으로 뒤돌아보자, 옆에 네글리제를 입은 어머니가 기분 좋은 듯이 새근새근 잠을 자고 있었다.

바로 잠이 깼다. ○일 만에 11번째 신기록이다. 반성할 마음이 조금도 없다.

어제는 자기 방에서 잔다고 말했던 것 같은데? 하지만 이 또한 평소와 다를 게 없었다.

나는 어머니가 실은 병을 앓고 있는 게 아닐지 의심하고 있다.

그도 그럴 것이 유방암 의혹은 사라졌지만, 어머니는 한밤중에 화장실에 가서는 일을 보고 난 뒤 매번 자신의 방과 내 방을 착각했다. 몽유병일지도 모른다.

나는 가족을 결코 의심하지 않는 남자, 코코노에 유키토다. 발언은 전부 진담으로 받아들인다.

걱정이 돼서 괜찮은 거냐고 물어보면 늘 얼버무리며 넘어간다. 그렇게 심각한 걸까…….

오늘은 평일이다. 학교에 가야 한다. 이대로 있다간 어머니의 저 반발을 베개 삼아 다시 잠들고 말 것이다. 깨우지 않도록 침대 밖으로 기어 나왔다.

그러고 보니 SNS 계정을 만든 건 좋지만 전혀 글을 올리지 않았던 게 떠올랐다. 나는 여신 선배와 달리 인정욕구나 자기 현시욕에 그렇게까지 열의를 내보이지는 못했지만, 막상 글을 올리려고 해도 대체 뭘 투고하면 좋을지 생각이 나지 않았다.

일상 정도면 되려나? 하지만 일상 같은 걸 중얼거린다고 딱히 재밌을 것 같지는 않단 말이지.

아, 그렇지! 귀찮으니까 이거나 올리자. 톡톡 '엄마라면 내 옆에서 자고 있어.'

"어라?"

마음에 걸리는 쪽지가 눈에 들어왔다. 장난인가 싶어 확인했더니 공식 계정인 걸 보면 그건 아닌 모양이다.

경악스러운 내용이지만, 어떡하지, 굴러가지 않는 머리로는 판단이 서지 않았다. 나중에 상담하자.

그럼, 아침 밥이나 만들어 볼까.

◇

오전 중의 쉬는 시간. 어째서인지 나는 유리 씨의 친구 두 사람에게 붙잡혀 있었다.

참고로 아침에 투고한 글은 주춤할 만큼 반응이 폭발했지만, 그건 딱히 아무래도 상관없었기에 무시했다.

"어쩐지 말이야, 아무래도 요즘 유리가 기운이 없다고 할까, 넋이 나가 있는 것 같단 말이지."

"맞아. 수업 중에도 쉬는 시간에도 마음이 딴 곳에 가 있고. 동생, 이유가 뭔지 혹시 몰라?"

인적 없는 복도에서 듣게 된 건 뜻밖에도 상담이었다. 누나의 상태가 이상한 모양이다.

원인으로 짐작 가는 구석은 없지만, 나도 같은 위화감을 느끼고 있었던 만큼 못 들은 척할 수 없었다.

"학교에서도 그런가 보네요. 저도 걱정하던 참이었어요. 집에서도 분위기가 이상하거든요."

"유리의 성격상, 틀림없이 동생이 원인일 줄 알았는데……."

"이상하다니, 유리가 집에서 어떻길래?"

선배들은 평소와 다르게 조금도 놀리는 기색이 없이 순수하게 누나를 걱정하고 있었다.

어떻게든 원인을 찾으려 기억을 헤집어 나간다.

"요즘은 제 방에 죽치고 있지도 않고, 측정도 그만두고 의미 없이 벗지도 않고, 실수로 욕실에 들어오지도 않게 되긴 했지만, 그렇다고 화가 났거나 심기가 불편해 보이는 것도 아니라서, 으음, 뭘까요. 너무 평범해서 탈인 쪽에 가까운데……."

"……저기 있지, 보통은 그게 정상이지 않아?"

"설마 유리 씨가 그런 평범한 누나 같은 행동을 할 리가 없잖아요."

"크읏! 반박할 수가 없어!"

선배들이 어째서인지 분해하고 있었지만, 객관적으로 봤을 때 나와 유리 씨의 관계는 정상화되긴 했다. 마치 평범한 남매 같은 거리감을 유지하게 된 것이다. 하지만 형언할 수 없는 꺼림칙함이 느껴졌다. 누나가 왠지 자기 방에만 틀어박혀 있는 기색인 것도 마음에 걸리는 점이었다.

오늘도 각자 따로 등교했고 아침부터 한 번도 얼굴을 마주치지 않았다.

이건 여태껏 없었던 일이다. 누나는 매일 내 상태를 확인하는 게 일과였다.

어쩌면 내가 뭔가 비위에 거슬리는 행동을 해서 피하는 것일 수도 있겠지만, 그런 것치고는 대화를 나눌 때는 전보다 훨씬 다정하게 대해 주었기에 무엇을 고민 중인지 알 수 없었다. 어머니도 누나가 괴로워하고 있다고 말했다. 누나는 나와 다르다. 행복해져야 마땅한 존재다. 불행해져서 괜찮을 리가 없다.

"동생도 모른다면 어쩔 수 없네."

"아마도, 라고 할까 틀림없이 동생이랑 관련된 일일 테니까 신경 좀 써 줘."

왠지 모르게 과거를 떠올리고 있었다. 어렸을 때는 항상 누나 뒤를 졸졸 따라다녔다.

그러다 미움을 받고 나서는, 알려는 생각을 하지 않고 여태껏 살아왔다. 다가가지 않았다.

하지만 지금은—.

"걱정 마세요. 제가 반드시 어떻게든 해결할게요. 유리 씨는— 소중한 가족이니까요."

"유리 일은 동생에게 맡기기로 하고…… 나도 상담할 게 있는데 괜찮을까?"

아까와는 딴판으로 묘하게 머뭇거리기 시작한 이치요 선배가 주뼛거리며 입을 열었다.

두 사람의 이름을 물어봤더니 세라 선배와 이치요 선배라고 한다.

"연애 상담인데, 나, D반의 쿠마사키를 좋아하거든."

"선배만 그런 건 아니지만, 왜 하필 저한테 연애 상담을 하시는 거죠?"

"엥, 그치만 동생은 연애 성취의 신이잖아? '용사'도 동생의 도움을 받았고."

"일단 동생한테 상담받는 게 이 학교에서는 필수야."

"어째 상담이 끊이지 않는다 했네."

나는 나도 모르는 사이에 신격을 부여받았다. '용사'는 열혈 선배를 말하는 것이다.

내가 열혈 선배를 농구부에서 추방한 자초지종이, 누군가의 손에 의해 영상으로 업로드되었다. 버니맨으로 분장한 나를 쓰러뜨리고 여러 사람이 지켜보는 가운데 공개 고백을 성공시킨 열혈 선배는 그 씩씩한 행동 덕에 어느새 '용사'라 불리며 전국의 고등학생에게 널리 이름을 알리게 되었다고 한다.

농구부는 4회전에서 패배하고 물러났지만, 연애에서는 승자라는 말을 듣고 있다. 시끄럽긴!

"그리고 '용사'뿐만이 아니라 스오 선배나 1학년의 '음유시인'도 동생이 이뤄 준 거잖아. 사랑의 큐피드로 교내에서 유명하거든?"

"대체 언제부터 이 세계가 판타지가 된 거죠?"

이 세계, 여신이니 천사니 성모니 하는 게 너무 많지 않아? 조만간 성녀도 나오겠네.

그런 사정으로 인해, 내 앞으로는 유독 연애 상담이 많이 들어왔다.

태어나서 지금까지 여친 없는 햇수만 꾸준히 갱신해 온 내게 연애 상담이 가능할 턱이 없지만.

"축하드려요."

"……응?"

수많은 연애 상담이 들어온다는 건 필연적으로 복잡한 인간관계를 파악하게 된다는 뜻이다. 내 앞에는 복잡기괴한 인간 관계도가 모두 모여 있었다.

“저는 쿠마사키 선배한테도 연애 상담을 받고 있거든요.”

“……거짓말?! 쿠마사키한테? 그치만, 그 녀석은 연애 같은 데는 전혀 관심이 없다고―.”

“있잖아, 동생. 축하한다는 건 설마…….”

“이치요 선배, 잘되셨어요.”

“잘됐네, 마유!”

“응, 응! 그렇구나, 그 녀석이…… 믿을 수가 없어.”

세라 선배는 손뼉을 치며 기뻐했다. 이치요 선배가 누나의 친구이기도 해서 쿠마사키 선배가 상담을 요청해 왔던 건데, 덕택에 일이 아주 쉽게 해결됐다.

이걸로 또다시 내 명성이 높아지고 말겠지. 크하하하하하하하하.

“그래도 이다음은 선배들이 어떻게 하느냐에 달려 있으니까요.”

“그야 당연하지! 알려 줘서 고마워, 동생! 거짓말 같아……. 아직도 믿을 수가 없어. 뭔가 보답을 하게 해 줘. 유리 일도 떠넘겼잖아. 그렇지, 아주 조금이라면 만져도 돼. 뭐하면 카오루 것도 괜찮고.”

“잠깐만 마유, 나를 희생시키지 말라고!”

“그만하세요. 선배, 아시겠어요? 상대방을 진심으로 좋아한다면 오해를 살 만한 행동은 삼가야 해요. 깜짝 이벤트로 줄 선물을 이성과 사러 가거나, 상대방의 호의를 시험하려고 하거나, 자신의 감정을 속이려고 마음에도 없는 말을 하는 것처럼, 이 세상에는 그런 자칫하면 배드 엔딩으로 향하는 플래그라는 게 만연하고 있다고요. 그러니까, 자신과 상대방을 소중히 여기세요."

선배에게 간곡히 설명해 나간다. 설교가 아니라 설법이다. 이치요 선배의 눈이 빛을 잃어 갔다.

"내가 잘못했어. 교주님, 정말로 죄송합니다."

"행복은 언제나 눈앞에 있습니다. 스스로에게 솔직해지세요. 그리하면 길이 열릴지니."

"마유, 어째 세뇌당하고 있는데?! 마유?!"

"그만해, 카오루. 교주님은 그런 사람이 아니니까."

"겸사겸사 유리 씨와 앞으로도 친하게 지내 주시고요. 그걸 보답으로 치죠."

"네, 교주님. 앞으로도 유리와는 계속 친구일 거예요."

"원만하게 수습하려고 하고 있지만 딱 봐도 위험하거든! 시주하려고 하지 마. 연애 성취의 신이란 게 이런 거였어?! 왠지 생각했던 거랑 다른데, 동생도 마유를 세뇌하지 말라고!"

"설마 세뇌라뇨, 용사도 아닌데요."

"히무라 선배가 세뇌도 쓸 줄 알아?! 전혀 로맨틱하지 않았잖아!"

무사히 연애 상담을 마치고 쉬는 시간이 지나갔다.

◆

"그러고 보니 유리는 수련회에 참가할 거야?"

"남자도 아니고 안 갈 거야. 야외 활동 같은 건 안 좋아해."

"뭐, 유리는 집순이 같긴 해."

"그런데 얘는 왜 이러고 있어?"

"부득이하게 세뇌를 당했다고 할까……."

"세뇌?"

"누나, 같이 점심 먹자!"

쾅 소리 나게 교실 문을 열어젖혔다. 깜짝 놀란 시선이 나에게로 쏟아졌다. 피스 피스.

상급생의 교실?! 그딴 건 나랑은 상관없다고!

생각해 보면 나는 유리 씨에 대해서 아는 게 거의 없다. 장수를 쏘려면 먼저 말을 쏘라는 말도 있지 않은가.

뭔가 고민이 있고 그 고민을 덜어 주려면, 일단 유리 씨에 대해 파악하는 것이 중요했다.

호랑이굴에 들어가야 호랑이 새끼를 잡는다. 망설일 시간이 있다면 상대방의 품에 파고들어야 한다.

그래서 나는 점심시간에 같이 식사를 하려고 누나의 교실로 왔다.

누나는 마침 오전에 상담을 하러 왔던 두 사람과 함께 나란히 앉아 있었다.

"…………하?"

어리둥절해하는 유리 씨. 평소 때의 날카롭던 모습은 온데간데없었다.

손에 들고 있던 젓가락이 툭 떨어지려는 것을 대시로 받아냈다.

"동생, 벌써 행동으로 옮기기로 한 거야? 역시 능력 있는 남자는 일 처리가 빠르네."

"교주님! 이쪽이에요, 이쪽."

이치요 선배가 자리를 마련하며 손짓해 주었다.

"어어어어어어어어, 어째서 네가 여여여여여여여, 여기에?"

"같이 점심 식사를 하려고. 자, 미네랄 워터."

"고마워."

사 온 페트병을 건네자 아무렇게나 뚜껑을 따더니 머리 위로 쏟아부었다.

언뜻 봐서는 평소와 다를 게 없지만 느닷없는 기행, 명백하게 동요하고 있다.

"누나, 물은 마시는 거거든?"

"그야 당연하지. 맛있어."

"한 모금도 안 마셨고, 흠뻑 젖어 있는데."

"맞아. ……이건 꿈, 꿈인 거야. 그도 그럴 게 아프지 않은걸."

누나가 자신의 뺨을 꼬집더니, 그 대미지로는 만족할 수 없는지 안면에 퍽퍽 소리가 나게 펀치를 날리기 시작했다.

"유리, 진정해! 이치요도 말려 봐!"

"정말! 교주님이 슬퍼하잖아. 유리, 정신 차려. 이건 현실이야."

"아프지…… 않아. 욱신거리긴 하지만, 전혀 아프지 않은걸. 유키토가 먼저 나한테 밥을 먹자고 제안해 주다니, 그런 일이 있을 리가 없잖아. 이건 꿈? 설마 패러렐 월드? ……내가 잘못을 저지르지 않았던 미래? 아니면 메타버스? 그것도 아니면 멀티버스, 오메가버스,

백스크린 3연발*…….”

중얼거리며 알 수 없는 주문을 읊조리는 누나. 눈의 초점이 맞지 않는다. 그 버스는 아마도 아닐 거야.

“누나, 품에 파고들어도 돼?”

“물론이지.”

어째서인지 누나의 무릎에 앉혀졌다. 품에 파고든다는 건 유대류인 캥거루가 되겠다는 뜻이 아니었는데. 그래도 기쁜 건 사실이라 그대로 다소곳이 앉기로 했다.

세라 선배가 어이없어하고 있다. 전적으로 동감하지만, 내 미션은 유리 씨의 고민을 알아내는 것이다. 기운 없는 누나를 지켜보는 건 마음이 괴로웠다.

“그런데 누나, 쇼핑은 언제 데려가 줄 거야? 기다리고 있는데.”

“마유, 카오루. 우린 조퇴할 거니까, 뒷일을 부탁해.”

누나가 가방을 손에 들고 벌떡 일어났다. 무릎에 앉아 있던 나도 덩달아 자리에서 일어났다.

“너…… 기대해 주고 있었던 거야? 전에 한 약속 말이지. 미안해. 잊어버렸던 건 아냐. 그럼, 가 볼까.”

“기다려, 유리. 학교를 마치고 가면 안 돼?”

“불만이냐, 이 자식?!”

입이 험한 데도 정도가 있다. 날뛰는 누나가 진정할 때까지는 5분이라는 시간이 필요했다.

* 1985년 4월 17일 한신 타이거스의 랜디 바스, 카케후 마사유키, 오카타 마사유키가 당시 요미우리 에이스였던 마키하라 히로미를 상대로 3타자 연속 배터스 아이(백스크린)를 넘기는 홈런을 친 일을 말한다.

"……조금 진정됐어. 유키토, 갑자기 어쩐 일이야?"

겨우 침착해져서 말이 통하게 된 누나가 불안한 기색으로 내게 물었다.

"요즘 누나가 교실에 안 와 주니까 허전해서. 아침에도 못 봤잖아."

"알았어. 쉬는 시간마다 갈게."

"조금도 진정되지 않았잖아."

의리 있는 세라 선배. 우리는 셋이서 도시락을 먹고 있었다. 내가 누나의 교실로 오기 전에 자연스럽게 쿠마사키 선배에게 두 사람이 같은 마음이라는 걸 전달한 결과, 이치요 선배는 방금 막 쿠마사키 선배에게 점심을 같이 먹자는 제안을 받고 부리나케 나가 버렸다. 나에 대한 신앙심이 더욱더 깊어진 것 같은 기분이 든다.

"그렇지, 누나는 야외 활동 좋아해? 같이 당일치기로 캠핑 가자."

"완전 좋지. 당일치기가 아니라도 상관없어."

"미성년이라서 그건 힘들지 않을까?"

"아쉽네."

"동생. 이 여자는 믿으면 안 돼! 엄청난 거짓말쟁이거든?!"

"불만이냐, 이 자식!"

"입도 험하고."

미국인 아저씨의 집에서 본고장의 바비큐를 배웠지만, 여름방학을 앞두고 본격적으로 캠핑 스킬을 연마하는 것도 괜찮을 듯하다. 이 지구에 언제 던전이 발생할지 알 수 없으니 말이다.

"네가 하고 싶은 일은 내가 뭐든지 이뤄 줄게. ―지금 다 말해."

그렇다, 바로 이 눈이다. 이 서글퍼 보이는 누나의 눈. 말의 이면에서 보일 듯 보이지 않는 진심.

그것을 알고 싶어서 나는 지금 여기에 있다. 반드시, 구해내고 말 것이다.

내가 원인이고 이유라면, 온통 적들뿐인 이 세계에서 언제나 아군으로 있어 주었던 그런 존재를, 누구보다도 옆에 있어 주었던 소중한 가족을 절대 불행하게 만들지 않을 것이다.

"내가 하고 싶은 일? 누나랑 좀 더 친해지는 거려나."

그것이 내 거짓 없는 진심이었다.

◆

"어라, 그 모티브는 누나인가요?"

"맞아요. 어떤가요? 유리 씨로 보이나요?"

"아주 멋지다고 생각하지만, 왜 하필 누나를?"

방과 후, 나는 미술부 활동에 참가하고 있었다. 기간 한정 임시 입부다.

여름 대회도 끝나고, 선배들이 은퇴하면서 농구부 활동도 일단락되었다.

일단 윈터 컵을 목표로 노력하고 있지만, 담담히 하루하루의 연습 메뉴를 소화하는 자율 연습 기간으로 접어든 것이다. 할 일이 없는 시오리는 여자 농구부로 파견을 나가 있는 중이다.

애초에 여전히 부원이 적은 남자 농구부에 매니저는 원래 필요하지 않았다. 시오리를 정말로 필요로 하는 곳은 운동부다. 시오리는 걱정했지만, 내가 당분간 미술부에서 활동할 거라는 소식을 전하자 납득해 주었다. 가능하다면 시오리는 이대로 자신의 능력을 최대한으로 발휘할 수 있는 동아리에서 활약했으면 좋겠다.

"누나를, 저 때문에 많이 힘들게 하고 말았어요."

그림을 그리는 것은 고독하다. 하지만 신기하게도 힘들지는 않았다. 별로 신경 써 본 적은 없지만 꾸준한 작업이 적성인 걸지도 모르겠다.

내 상태를 걱정한 산죠지 선생님이 말을 걸어 주었다. 꽤 오래 집중하고 있었는지 귀가 시간이 다 되어 있었다. 집으로 돌아간 건지 이미 다른 부원들의 모습은 보이지 않았다.

조용한 미술실에서 나는 그저 무심히 캔버스를 마주 보고 있었다.

미술 콩쿠르에 출품할 그림의 모티브로 누나를 선택했지만, 이 그림은 어디까지나 내 상상에 지나지 않는다. 누나로 보일지 아닐지 불안했는데, 산죠지 선생님의 말을 듣자 마음이 놓였다. 왜 하필 누나냐는 질문에는 입을 다물었다. 여기서 한 번, 산죠지 선생님에게 상담해 볼까.

이것은 변화다. 예전의 나였다면 결코 얘기하려 들지 않고, 혼자서 해결하려 바쁘게 뛰어다녔을 것이다. 하지만 깨닫고 말았다. 호의를 받는 것을 말이다.

그렇지 않은 사람과 적도 많지만, 그래도 내 편 역시 많았다. 곤경에 처하면 도와준다. 의지하는 건 잘못된 일이 아니다.

히나기도 성장했다. 타인에게 의지하는 것을 배웠다. 나는 과거에 누나와 있었던 일을 털어놓았다. 뭔가 대답을 해 주길 기대한 건 아니다. 그저 누군가가 들어 주기를 바랐던 것 같다.

"당신은…… 흑…… 어째서…… 훌쩍…… 그렇게 다정할 수 있는 거죠?"

산죠지 선생님이 소리 내 울었다. 나는 황급히 손수건을 건넸다.

"……고마워요. 전 옛날부터 눈물샘이 정말 약해서, 부끄러운 얘기지만 어른인데도 영화 같은 것만 봐도 바로 눈물을 흘리곤 했어요. ……참았지만 무리네요. 손수건은 나중에 돌려줄게요."

"안 그러셔도 돼요. 같이 세탁하면 되니까요."

반사적으로 건네주긴 했지만, 산죠지 선생님도 손수건 정도는 가지고 있겠지.

"누나에게 저는 줄곧 족쇄였을 거예요."

누나의 인생뿐만이 아니다. 성격조차 비뚤어지게 만들어 버렸음을 이제야 비로소 자각했다.

그만큼 나는 누나의 고통을 외면해 왔다. 알려고 하지 않았다.

"그렇지 않아요! 누나도 당신의 다정함에 구원받고 있을 테니까요."

"주위에 있는 사람들이 다정함이 뭔지 가르쳐 줬으니까, 저도 돌려주고 싶어요. 상호이익이 되도록요."

결코 겉치레가 아니다. 일방적이어선 안 된다. 대가 없는 헌신은 언젠가 피폐를 부르고 만다.

"아, 물론 선생님한테도요. 늘 다정하게 대해 주셔서 감사해요."

"저는 당신에게 감사 인사를 받을 자격이……. 어째서, 왜 하필 이제야…… 당신은 그때부터 계속 다정함을 가지고 있었는데, 그런데도 나는—!"

산죠지 선생님이 양손으로 얼굴을 덮고서 다시 눈물을 터뜨렸다. 선생님에게도 뭔가 생각하는 바가 있을지도 모른다. 존경할 수 있는 선생님은 그리 많지 않다. 산죠지 선생님에게 구원받은 학생들도 많을 터다.

"산죠지 선생님이 선생님이라서 다행이에요."

"……여기서 더, 저를 울리지 말아 주세요."

"죄송합니다."

부당하게 혼이 나고 말았다. 곤란한걸……. 아, 그러고 보니 깜빡 잊고 있었다.

"그런데 선생님, 그 건 말인데요."

"……여기서 더, 저를 울리지 말아 주세요!"

긁어 부스럼을 만들었다. 하는 수 없이 눈물을 그칠 때까지 잡담이나 하며 느긋하게 기다리기로 했다.

"……콜록. 죄송해요, 한심한 모습을 보이고 말았네요."

"설마 선생님한테 투고 잡지에서 펜팔 할 사람을 구했던 과거가 있었을 줄이야……."

요즘 시대는 전화 통화나 채팅으로 쌍방향 소통이 용이하지만, 과거에는 그야말로 놀러 나갈 때도 사전에 약속 장소를 지정해 두지 않으면 만날 수 없었다고 한다.

하물며 펜팔은 답장이 올 때까지 아주 짧아도 사흘은 걸린다. 쇼와 헤이세이 세대, 만만치 않다!

"부디 누설하지 말아 주세요, 비밀이니까요. ……그리고 당신 그림 말인데, 이걸 미술 콩쿠르에 출품하는 건 그만두는 편이 나을지도 몰라요."

"그런가요?"

"이 그림의 가치는 당신과 누나밖에 알 수 없으니까요. 다른 사람은 정당하게 평가하기 힘들 거예요. 당신 얘기를 들은 저도 무리인걸요. 대중이 아니라, 단 한 명의 개인에게 바치는 무척 아름다운 그림이죠. ……이것이 당신의 이상인 거군요. 누나에게는 비밀로 해 두고 싶은 거죠? 그렇다면, 완성되면 가지고 가서 집에 장식해 보는 건 어때요?"

"그렇군요. ……그렇게 할게요."

"기뻐해 주면 좋겠네요."

"네."

아직 밑그림 상태인 캔버스는 새하얗다. 색을 칠해 완성시키려면 시간이 걸린다.

그때까지 어떻게든 누나의 고민을 해결하자. 주먹을 쥐며 새로이 결의를 다졌다.

"그리고 당신도 그 건은 어차피 말만 그렇게 하는 거잖아요? 놀리는 건 그만 하세요. 알고 있으니까. 제가 비록 학생들에게 뒤에서 노처녀 할머니라는 말을 듣고 있지만, 저도 좋아서 시집을 못 가고 있는 게 아니에요!"

"선생님은 정말 착실하시네요."

누구야, 그런 심한 말을 한 녀석! 그래도 마음 놓으세요, 선생님. 저는 진심이니까요!

우리들은 집으로 갈 준비를 하며 그 건에 관해 의논했던 것이었다.

◇

"그건 바로 지난주에 있었던 일이었어. 무더운 밤중에, 갑자기 숨이 막혀서 눈을 떴더니, 온몸이 가위에 눌려 있었던 거야. 몸을 꼼짝도 할 수 없었어. 귓가에는 색색거리는 정체를 알 수 없는 이상한 소리가 들려왔지. 그런데 문 건너편에서 사람이 미끄러지듯이 걷는 소리가 들리더니, 내 방 앞에서 딱 멈추는 거야. —그리고 철컥 문손잡이를 돌리는 소리가 났어."

"꿀꺽. 그래서 어떻게 됐어? 코코노에?"

미네다가 몸을 앞으로 내밀었다. 여름 하면 빼놓을 수 없는 것이 괴담이다.

찜통 같은 여름에 잠시나마 더위를 식히려고 쉬는 시간에 괴담 얘기를 하게 되었는데, 어째서인지 히나기가 성대하게 한숨을 내쉬었다.

음산한 분위기를 자아내며 괴담사, 코코노에 유키토의 토크가 계속된다.

"끼익 소리와 함께 문이 열리고, 머리 긴 여자가 불쑥 방 안으로 들어오는 광경이 시야에 포착됐어."

"미네다, 진심으로 받아들이지 마. 어차피 유키토니까 가위에 눌린 건 옆에서 자고 있는 어머니에게 안겨서 움직일 수 없었던 것뿐이고, 방 안으로 들어온 사람은 유리 씨일걸? 결말이 뻔하다니까."

"결말을 누설하지 마. 규칙 위반이라고."

"어떤 의미론 괴담보다 무서운 얘기네."

안면 스팟 램프도 곤혹스러워하고 있다.

"그럼 이 얘기는 어때? 옛날에, 내가 세츠카 씨랑 같이 교토에 갔을 때 겪었던 괴담 에피소드야. 세츠카 씨랑 따로 떨어져서 교토 시내를 어슬렁거리며 탐색하는데, 일본 인형처럼 생긴 한 소녀가 걷고 있었어. 별로 신경 쓰지 않고 그냥 지나치려고 했는데, 아무래도 여자애가 곤경에 처한 눈치더라고. 말을 걸자 여자애는 길을 잃었다고 했어. 하는 수 없이 나는 같이 보호자를 찾아주기로 했어."

"하아……."

뭐, 뭐야, 히나기, 그 미심쩍어하는 시선은?!

"그러자 맞은편에서 다가온 여자가 난데없이 유괴범이라고 외치더니 그대로 경찰에—."

"그러니까 공포의 방향성이 다르다고, 넌! 그 얘기의 어디가 괴담인데?!"

처음으로 간 교토에서 체험한 몸이 얼어붙는 공포 에피소드였는데…….

"유키토한테 기대를 건 우리가 잘못이었어. 애초에 이 녀석이 괴담으로 겁을 먹을 리가 없잖아."

불쾌한 믿음이었다. 나도 귀신 같은 건 무섭다고, ……아마도.

"그나저나 정말 하루도 안 거르고 덥네."

미네다가 파닥거리며 부채질을 하고 있다. 일기예보를 봐도 새빨갛다. 폭염이 이어지고 있었다.

연일 계속되는 위험한 더위에 피로가 점점 쌓여가고 있다. 이래서는 뭔가를 할 의욕도 생기지 않았다.

하지만 내게는 이 더위를 극복할 비책이 있었다.

누나와 함께 쇼핑을 하러 가는 김에 전부터 염두에 두고 있던 그것을 도입할 계획이다. 학교에서 혁명을 일으킬 이 아이디어가 상용화될 날이 머지않았다.

발명가 코코노에 유키토라고 불러달라. 기대되는걸. 후히히히히히히.

◆

"이거 팬이 돌아가는 거였던가? 교복에 그런 걸 달아도 괜찮아?"

"일단은 정말로 시원한지 실험해 보려고."

"소리가 시끄럽지 않겠어?"

"더운 것보단 낫지 않을까? 그런데 오늘은 뭘 사러 온 거야?"

더위 대책에 고심하던 나는 건설 현장 등지에서 작업자들이 입고 있는 옷을 눈여겨보았다.

학교 교복에도 응용이 가능할 터였다. 그 이름도 '공기조절 교복'. 여름철에만 쓴다고 치면, 1년에 사용하는 빈도는 50번도 채 되지 않을 것이다. 리튬 이온 건전지는 수백 회 충전이 가능하다고 하니, 배터리 수명을 고려해도 3년 정도는 거뜬히 쓸 수 있다는 계산이 나온다. 냉방 기구와 같이 쓰면 전기세도 절약할 수 있겠지.

모두가 이득을 보는 훌륭한 아이디어라고 말할 수 있으리라. 교장 선생님에게 강력 추천해 봐야겠다.

전철을 타고 번화가로 나가자 인구 밀도가 단숨에 변했다. 일단 공기조절 교복은 나중에 생각하자. 누나에게 같이 쇼핑을 하러 가자는 말을 듣고 흔쾌히 승낙했으니, 짐꾼 역할 정도는 맡겨 줬으면 좋겠다. 어머니와 누나의 친구들에게도 부탁을 받았겠다, 모처럼 생긴 이 기회를 잘 활용해서 누나가 안고 있는 고민을 해소할 수 있도록 전력을 다할 작정이다.

좋았어, 힘내는 거야. 아자아자 파이팅~!

"말했지, 속옷을 살 거라고."

"맞다, 민폐 영상을 올린 사람에게 싫어요 버튼을 누르는 작업이 남아 있었다는 게 생각나서 이만 돌아가 볼게."

"나중에 해. 자, 가자."

싫어어어어어어어! 이것 놔, 놓으라고오오오오오오오오오오오오!

"저 여성에게 잘 어울리는 속옷을 이걸로."

"편하게 해결하려고 하지 마."

계산대에 지갑을 올리며 직원 누나에게 대응을 떠넘기려고 했던 시도는 허무하게 실패로 돌아갔다. 이곳은 미지의 비경(祕境), 란제리 숍. 남자의 출입이 금지된 땅이다. 탐험대도 사절이다.

이런 곳에 어떻게 있을 수 있겠는가. 나는 돌아가고 말 것이다!

(사망 플래그)

"풀 컵, 롱 라인…… 1/2…… 흐음, 종류가 되게 다양하네."

"네 맘에 드는 걸로 골라도 돼."

컬러 베리에이션도 풍부하고 다채롭지만, 그 종류도 눈이 번쩍 뜨일 만큼 많았다. 기껏해야 사이즈 정도만 신경 쓰면 되던 남성 속옷과는 전혀 다른 문화가 펼쳐져 있었다.

"그렇게 말해도……. 이쪽은 상대방의 취향을 전혀 모르는데 작품을 추천해 달라고 요구하는 무신경한 녀석을 상대하는 것처럼 뭘 골라야 좋을지 모르겠어."

있지~, 그런 사람. 그리고는 추천한 작품이 자기 취향이 아니라면서 지적질이나 하고 말이야, 정말 너무 짜증이 나서 돌아 버릴 것 같다니까. 그럼 본인이 알아서 찾으라고.

"……그렇게 나에 대해 알고 싶어?"

"이렇게 많으면, 너무 아는 게 없어서 고를 수가 없어요."

대충 골랐다가 속옷이 몸에 맞지 않기라도 했다간 차마 눈을 뜨고 볼 수도 없을 거다.

"그래. 그럼 피팅 룸으로 가자. 지금 입고 있는 속옷부터 시작해서 빠짐없이 몽땅 가르쳐 줄게."

"그렇게까지 알고 싶은 건—."

"네가 자주 읽는 동물도감과 괴수 도감에도 상세 정보가 실려 있잖아. 그러니까 너도 내 상세 정보를 알아 놔야지. 유리 도감에 기재해 두도록 해."

인도 코끼리도 10초 만에 쓰러뜨릴 수 있다. 남동생 특수공격◎

남동생에게 효과가 탁월, 4배의 대미지를 준다.

"그 가느다란 팔의 어디에서 그런 힘이?! 직원분, 보고만 있지 말고 도와주—."

"편하게 이용하십시오."

영업용 미소를 지은 직원에게 손 인사를 받으며 저항도 헛되이 피팅 룸으로 끌려 들어갔던 것이었다.

5분 뒤, 유리 도감 달성률은 80%를 넘었다.

"네가 자세히 알게 됐으니, 이제 골라볼까."

"일단 지금 입고 있는 속옷의 다른 사이즈도 괜찮지 않을까?"

우선은 그게 가장 무난한 선택이리라. 거기서 다른 것도 더 시도해 볼지 말지는 유리 씨가 알아서 할 일이다.

"뭐야, 그렇게 섹시 란제리가 좋아? 하는 수 없지."

"이상하네. 가상의 나와 대화하고 있는 건가?"

갑자기 말이 통하지 않게 되어 당황하는 나를 무시하며 유리 씨 무쌍이 작열했다.

"응? 검은색 베이비 돌? 레이스도 근사하지만, 이런 건 끈이 아니라서. 잠깐만, 아무래도 이건 좀……. 비쳐서 엉덩이도 거의 다 보이고, 앞도 전혀 가려지지가…… 알았어, 알았다고. 그렇게 서운한 표정 짓지 마. 부끄럽긴 하지만, 제대로 입어 줄 테니까. 정말, 너는 어쩔 수 없는 애구나. 오늘밤, 기대해."

"아니, 저기……. 저기요~, 유리 씨~?"

"후크가 앞에 달린 게 좋아? 그래, 좋구나. 그럼 이것도 살까."

"기어이 아무 말도 하지 않았는데 대화가 성립했어?!"

새로운 한여름의 괴담이 탄생했다. 너무 무섭다.

그대로 누나와 속옷을 둘러보았다. 사이즈만 다른 속옷, 과격한 가터 란제리와 용도를 알 수 없는 보디 스타킹, 롱 라인과 뷔스티에, 나이트 브라 등등을 누나와 가상의 내가 차곡차곡 골라 나간다. 이 소외감, 어쩌면 가짜는 내 쪽이 아닐까……?

하지만 누나는 어쩐지 즐거워 보였다. 쇼핑이 스트레스 발산에 도움이 되고 있는 걸지도 모르겠다. 하는 수 없지, 가상의 나에게 힘을 내 달라고 해야겠다.

"후우. 잔뜩 사 버렸네. 엇, 너도 기대하고 있는 거야? 후훗, 만족시켜 줄 테니까."

"그 녀석, 제령하는 편이 낫지 않을까?"

슬슬 가상의 내가 터무니없는 소리를 할 것 같아서 위기감을 느끼기 시작했다.

"뭐야, 유혹이라니 나는 딱히 그럴 생각은……. 정말! 맞아, 인정할게. 유혹하려고 했어!"

"우오오오오오오오오오악령은 물러가라, 악령은 물러가라!"

란제리 숍에서 필사적으로 제령을 계속했던 것이었다.

"어째서 내 쪽으로는 다가오지 않는 걸까?"

"그냥 표정이 무섭고 분위기가 날이 서 있어서 그런 거 아닐까?"

"너도 얼굴은 굳어 있잖아."

나와 누나는 고양이 카페에 와 있었다. 손쉽게 인기를 획득하고 싶다면 폭신폭신한 동물만 한 게 없다.

영상 사이트에서도 인기가 많고, 이세계 환생물에서도 수인과 펜릴은 빼놓을 수 없다.

고양이님께서 힐링 효과로 누나를 치유해 줄 것을 기대했지만, 어째서인지 고양이는 나에게만 엉겨 붙었다. 외로워 보여서 고양이 한 마리를 누나의 무릎 위에 얹어 줬다.

"냐~(인간, 아첨한다……. 이것도 일…….)."

"냐~(어이, 놓아! 좀 더 돌봐 줘!)."

"니아아아아아아아~(저를 쓰다듬을 권리를 드리죠.)."

머리 위에 드러누운 고양이 덕에 두부가 뜨뜻미지근했다. 좀 비켜 줄래?

"이렇게 보니까 고양이도 귀엽다."

누나가 다정한 눈길로 고양이를 쓰다듬고 있다. 폭신폭신이 진가를 발휘했다.

"키워 볼래?"

"예뻐하는 건 너 하나만으로 충분해."

"이럴 수가……. 나는 코코노에 가의 애완동물 포지션이었던 거냐고……."

충격적인 사실이 밝혀졌지만, 우리 집에서 내 서열을 생각하면 그도 당연할지 모른다. 유감스럽게도 현재의 취급에 고통은 전혀 없었다. 이미 실컷 조교 당했기 때문이다.

애완동물이라고 하면 평범한데, 애완 인간이라고 하자 갑자기 심연으로 떨어진 것 같은 기분이 든다. 인간 목장급의 막장도다.

"그렇지 참, 누나, 뭔가 고민이라도 있어?"

어둠으로 추락하고 있을 때가 아니다. 중요한 건 이쪽이다.

"……뜬금없이 무슨 소리야?"

"왠지 고민하는 것처럼 보였거든."

누나의 시선이 허공을 방황했다. 무어라 말을 꺼내려는 듯하더니, 이내 그것을 도로 집어삼켰다.

망설이고 있는 걸까. 아니면 동생에게 약점을 보이고 싶지 않은 걸까.

"……걱정을 끼쳐서 미안해. 그래도, 괜찮아."

"—정말로?"

진의를 꿰뚫을 기세로 눈동자를 들여다본다. 여태껏 누나와 거리를 둬 왔던 나에게 복잡한 마음속을 헤아리기란 불가능했다. 오히려 그 흑요석 같은 눈동자에 빨려 들어갈 뻔했다.

"유키토는 아무 걱정 안 해도 돼. 너의 소망은 나의 소망…… 이니까."

"내 소망? 그건 유리 씨가 기운을 차리는 건데."

"그렇겠지, 너는 다정한 아이니까. ……이런 나에게조차."

서늘한 손이 뺨에 닿는다. 그 표정은 덧없이 아름다워서, 금방이라도 사라져 버릴 것처럼 보였다.

살며시 그 손을 감싸쥔다. 내 손은 고양이 덕택에 따뜻했다.

"여름방학, 기대된다. 같이 실컷 놀자."

"유키토, 너는……."

"아까 오카야마현 토산물 전시회를 하고 있길래 이걸 사 왔어. 이따가 같이 먹자."

당황하는 누나를 끝까지 몰아세울 마음은 없었다. 지금은 얘기해 주지 않아도, 나중에는 어떻게 될지 알 수 없다. 그런 언젠가를 목표로, 우선은 누나와 좀 더 친해지는 것이 중요했다.

서두르면 일을 그르친다. 조바심 낼 필요는 없었다. 시간은 많다. 천천히 하면 된다.

화제를 변경하려 봉지에서 상자를 꺼냈다. 호기심에 저도 모르게 사 버렸다.

"수수경단?"

"오카야마현 하면 모모타로. 모모타로 하면 수수경단이지."

수수경단 하면 굳이 말할 것도 없지만, 모모타로가 오니를 퇴치하러 가는 도중에 원숭이, 꿩, 개를 동료로 삼으려고 주었던 동화 속 마법 아이템이었다.

솔직히 수수경단 한 개로 오니를 퇴치하는 건 지나친 가혹 노동이지만, 그 시절에 근로기준법이 어디 있겠는가.

토산물 전시회에서 그 지역에서만 만드는 과자를 판매하고 있으면, 저도 모르게 사 버린단 말이지.

"수수경단이라면…… 너, 그렇게 나를 동료로 삼고 싶어?"

"응?"

뭔가 흘려넘길 수 없는 발언을 들은 것 같은데?

"애완동물은 내 쪽이었다는 뜻인가. ……상관없어, 그래도."

"저기, 무슨 얘기를 하는 거야?"

"돼 줄게. 침대에서 애완동물이. 사역마, 아니, 패밀리어라고 해야 하나?"

"가상의 내가 아직도 정화되지 않았어?!"

"나한테 뭘 시키고 싶은데? 손? 아니면 성—."

"좀 더 자신을 소중히 여기자고!"

"마음대로 교육해도 돼. 어떤 재주든 다 익힐 테니까."

"네 이 노오오오오옴! 가상의 나아아아아아아아아아아아아아아!"

이런, 큰일이다! 제령 실패로 사태는 이미 돌이킬 수 없는 지경에 이르러 있었다.

유리 씨의 눈동자가 형형하고 요사스럽게 반짝이고 있다. 아무래도 기운이 난 모양이다.

"나중에 초커를 사러 갈까. 제대로 목에 걸어 줘. 네 소유물이 됐다는 증거니까. 엄마한테 자랑해야지."

"제발 부탁이니까, 그것만은, 그것만은 하지 말아 주세요!"

필사적으로 애원해도 들은 척도 하지 않는다. 큰일이다, 이대로라면 어머니에게 수수경단을 건네도 똑같은 일이 벌어질지 모른다. 그리고 세츠카 씨라면? 훨씬 더 문제잖아?!

"만약 네가 리드 줄을 달아 준다면, 나는 어디든— 아니, 아무것도 아냐."

누나가 잡념을 떨쳐내듯 고개를 흔들었다. 몹시도 슬퍼 보이는, 그런 표정.

가슴이 죄어든다. 그 찰나에 오고 간 감정이 무엇인지 나는 알 수 없다.

하지만 맑음의 나라 오카야마*처럼 그 가슴속에 어린 안개를 걷

* 오카야마현은 1년 내내 강수량이 적고 날씨가 화창해서 맑음의 나라라고 불린다.

어내고야 말겠다고, 나는 맹세했다.

◇

“설마 진짜 시시오도시 소리를 듣게 될 줄이야…… 풍아하구나.”

타악 하고 듣기 좋은 소리가 정기적으로 울려 퍼졌다. 시시오도시란 몬스터의 이름이 아니라, 흐르는 물을 이용해 죽통이 상하운동을 하며 소리를 내게 하는 설비를 말한다. 눈앞에 펼쳐진 일본식 정원과 그야말로 잘 어울렸다. 풍류로다……. 마음이 씻겨 내려가는 듯하다.

현실도피를 해 놓고서 이런 말을 꺼내려니 뭐하지만, 이곳은 히미야마 가의 총본산. 결혼식 때는 정식으로 인사를 나누지 못했다는 이유로 다시 초대받았다.

“나도 감사 인사를 하고 싶네. 손녀딸을 도와줘서 고맙네.”

“그런, 감사는 오히려 제가 해야죠. 도움을 받은 건 저니까요.”

“어린애를 상대로 참 못난 녀석들이야. 당연히 호된 꼴을 당해야지.”

분개하고 있는 건 히미야마 씨의 할아버지, 리슈 씨다. 마음씨 좋은 할아버지지만, 이따금 보이는 안광이 날카로웠다.

조금만 조사해 봐도 히미야마 리슈의 공적은 얼마든지 찾아낼 수 있었다.

이미 은퇴했지만, 일찍이 정치가로서 대신*뿐만 아니라, 당 3역

* 일본의 내각을 구성하는 각료를 말한다.

*까지 지낸 중진이다. 그중에서도 간사장은 실질적인 넘버 2로, 인사와 돈을 쥐고 있는 요직이었다. 토죠 선배 파파의 말로는 은퇴한 뒤에도 당에 절대적인 영향력을 행사하고 있다고 한다. 토죠 선배의 파파가 낯빛이 새파래진 것도 당연했다. 본의 아니게 오버킬을 한 것 같아 미안한 마음이다.

아까까지는 히미야마 씨의 부모님도 있었지만, 단둘이 얘기를 나누고 싶다고 해서 이렇게 응접실에서 마주 앉아 있다. 괜찮겠지? 나, 설마 살해당하는 건 아니겠지?

“미사키가 그렇게 웃는 모습을 벌써 몇 해나 보지 못했으니 말이다.”

리슈 씨가 아련한 눈으로 일본식 정원을 바라보았다. 어쩐지 기뻐 보였다.

나는 자세한 사정을 알지 못했지만, 이렇게까지 감사받는 배경에는 아마도 히미야마 씨가 연이은 불행으로 오랫동안 우울해했던 사정이 있었기 때문일 것이다.

가족들이 걱정할 만큼 상태가 좋지 않았다고 한다. 히미야마 씨의 뜻밖의 비밀을 알았다.

우여곡절 끝에 환경을 바꾸려고 심기일전하는 마음으로 이사를 갔다가 그곳에서 나를 만났다.

“미사키에게 연락을 받았을 때는 놀랐네. 어찌나 화를 내던지 자네가 받은 부당한 처사를 어지간히도 용납할 수 없었던 모양이더군. 그 아이는 교사가 되려고 했지만 좌절했고, 아내가 되려고 했지만

* 정당에 따라 차이가 있으나 자민당에서는 간사장, 총무회장, 정무 조사회장을 말한다.

역할을 다하지 못했어. 누구라도 한 번 마음이 꺾이면 다시 일어서기 쉽지 않지. 나도 어떻게든 도와주고 싶었네만 그럴 수 없었어. 그래서 아무리 감사해도 부족하다네."

"히미야마 씨…… 미사키 씨가 그렇게 심각한 상태였나요?"

"한때는 체중도 급격히 빠지고 식사도 목으로 넘기지 못할 정도였네. 수액을 맞고 입원한 적도 있어. 미사키의 인생은 앞으로도 한참 동안 이어질 걸세. 그 아이에게 불행은 이미 충분해. 그러니 부탁하네, 앞으로도 자네가 좀 신경 써 줬으면 해. 이유는 몰라도 미사키는 자네를 아주 마음에 들어 하는 것 같으니 말이야."

"그건 아주 잘 알고 있습니다."

호감도 내리기 대작전이 실패한 뒤, 발상을 역전해 본 나는 반대로 호감도 올리기 대작전을 쓰면 호감도가 내려갈지도 모른다고 예상하고 실행했지만, 끔찍할 만큼 호감도가 올라가는 바람에 신변에 위험을 느꼈다. 너무 허술하다.

"그게 뭐가 대수라고. 예뻐해 주면 되지 않나. 가족이긴 하지만 내 눈으로 봐도 미사키는 미인일세."

"그래서 곤란한 건데요……."

매력적이라서 더 감당하기 힘든 것이다. 그도 그럴 게 나는 사춘기라고.

"자네가 겐조와 아는 사이인 것도 놀랐네. 겐조의 가게에서 일을 배우고 있다지? 설마 이마치즈키를 물려받기라도 할 셈인가? 그자와는 오래 알고 지냈는데, 그 집에 후계자가 없거든."

"그럴 생각은 없지만, 대장은 제게 잘 대해 주십니다."

“신기한 일이야. 역시 자네는 히미야마와 인연이 있는 듯하군.”

겐조는 대장의 이름이다. 내 안에서는 대장으로 인식된 상태였기에 처음 이름을 들었을 때는 누군지 감이 오지 않았다. 히미야마 가와는 가족 단위로 교류를 나누고 있으며, 수십 년을 이어온 사이라고 한다.

확실히 그 가게라면 어떤 밀담을 나눠도 밖으로 새어 나갈 일이 없을 테니, 거물 정치가라면 한 채 정도는 가지고 있을 법했다. 초대받는 것 자체가 일종의 증명이 되기도 한다니 말이다.

“아무튼 자네는 제법 유명한 것 같더군. 미안하네만 자네에 대해 조금 알아봤다네. 그런데 어찌 된 영문인지 애매모호해서 나로서도 전모를 전혀 파악할 수가 없더군. 그래도 진짜인 건 틀림없지. 실로 유쾌해.”

리슈 씨가 씩 웃더니 서류 다발을 보여 주었다.

“하나같이 매력이 없어. 그렇게 생각하지 않나?”

“후보자인가요……?”

건네받은 서류는 말하자면 매우 상세하게 적혀진 이력서 같은 것이었다.

……이거, 내가 봐도 되는 리스트가 맞나?

“나는 은퇴한 몸이지만, 기반은 아직 가지고 있다네. 나에게 공천을 받으려고 몰려드는 건 좋은데 아무리 봐도 어중간한 놈들뿐이야. 자네는 정치가에게 필요한 자질이 뭔지 아나?”

“글쎄요, 실무 능력 아닐까요?”

“그것도 필요할 수는 있겠지만, 절대 조건은 아닐세. 내 아들과 미사키의 오라비는 그런 타입이지. 하지만 그런 타입은 아무래도 선거에 약하다는 게 단점이야. 슬프게도 인기가 없지."

히미야마 씨의 오빠는 실제로 중앙 관청에서 근무하고 있는데, 진중하고 성실해 보였다.

"정치가에게 필요한 자질, 그건 사람을 끌어당기는 매력이라고 나는 생각하네. 구체적인 실무는 관료들에게 맡기면 돼. 대국적인 시야로 미래를 전망하고 그걸 과감하게 실행하는 힘. 이를테면 인간력이라고도 할 수 있겠지. 사람은 이득이 없으면 움직이지 않고 덕 없이는 지지받지 못하니, 참으로 얻기 힘든 능력이라네."

"그렇군요."

인간관계를 원만하게 유지하는 비결은 정치, 종교, 야구 얘기를 하지 않는 것이다.

너무 깊이 파고들고 싶지 않은 화제라 자연스럽게 맞장구를 치며 어떻게 끝을 맺고 집으로 돌아갈지 궁리했다. 왠지 아까부터 불길한 예감이 그치질 않는단 말이지. 삿된 기운이도다, 삿된 기운이야.

"—자네, 내 후계자가 되지 않겠나? 내 기반을 물려받으면 되네. 뭐, 서두를 필요는 없어. 자네는 아직 젊고 시간도 많으니까. 천천히 결정해도 상관없지. 고등학생인데도 이만큼 사람들을 끌어모을 수 있는 자네 같은 인간이야말로 정치가에 어울려. 어떻게 생각하나?"

"어떻게 생각하냐고 말씀하셔도."

"핫핫하. 뭐, 맡겨 두게. 준비는 알아서 다 해 둘 테니. 제대로 얘기해 보려면 아직 몇 년은 더 남았으니 말일세. 오랫동안 후계자 문제로 골머리를 썩고 있었는데, 이제야 좀 어깨의 짐을 덜게 된 기분이야. 나도 이제 발 뻗고 잘 수 있겠어. 하지만 이렇게 말해도 다음 선거까지는 선택해야 하지만 말이야. 누구 괜찮은 사람이 없는지 모르겠군…….”

내 취직처가 멋대로 결정되고 있었다. 호방한 것도 정도가 있지. 그리고 깨달았다.

설마 결혼식 때 모르는 사람에게 자꾸만 인사를 받은 것도……. 바들바들 후들후들.

그 뒤 SNS에 이상하게 정중한 팔로워가 많아졌다. 대체 고등학생인 내게 뭘 기대하고 있는 걸까. 벌써 물밑 작업이 진행 중인 거 아냐?

“흐음. 미사키와 약혼이라도 하겠나?”

“잠깐만요.”

그랬다간 바로 문란한 생활로 직행이다. 이대로 있다간 진짜로 히미야마 씨의 가족이 되고 말겠다.

잠깐? 그러고 보니 토죠 선배의 파파가 난처한 일이 생기면 힘이 돼 주겠다고 말했지. 이거다!

“리슈 씨, 적합한 후보자가 있습니다.”

귀찮은 일은 토죠 파파에게 전부 떠넘기자. 중앙 정계 진출을 꿈꿨지만 히미야마 씨의 분노를 사는 바람에 좌절됐다고 말했다. 실로 최적의 인재다.

나를 후계자로 삼겠다고 말해도 곤란하다. 귤도 재배하고 싶단 말이지.

“호오. 자네는 그 어리석은 사내를 용서하겠다는 건가? 참으로 관대하군. 적대하던 자마저 받아들이다니 그릇도 커. 별의별 괴물들이 판을 치는 정계에서는 그 또한 필요한 자질이라네. 점점 더 후계자로 삼고 싶어지는걸."

히미야마 씨 집안에는 혹시 나에 대한 호감도가 무조건 올라가는 법칙이라도 있는 건가?

"토죠 파파는 훌륭한 분이세요. 아마 마음에 드실 겁니다."

"흠, 알겠네. 그럼 여기선 자네 말을 믿어 보기로 하지."

리슈 씨가 어딘가에 연락하고 있다. 멋대로 얘기를 진행하고 있는데, 이거 괜찮으려나?

그래도 뭐, 안됐지만 이것도 토죠 파파의 자업자득이다. 달게 산제물이 되어 줘야겠다.

"아, 미키 좋은 아침~! 독감은 이제 괜찮은 거야?"

"카나, 보고 싶었어~! 열은 바로 내렸는데, 외출도 못하고 아무도 만나지 못해서 심심하고 외로웠어. 매일 연락해 줘서 고마워."

"고맙기는, 괜찮아. 우린 친구잖아."

"카나!"

"미키!"

두 사람이 와락 서로를 부둥켜안았다. 독감으로 한동안 학교를 쉬었던 미네다가 오랜만에 등교해서 엘리자베스와의 재회를 기뻐하고 있었다.

얘기가 나와서 말인데, 독감은 주로 공기가 건조한 겨울철에 유행하지만, 실제로는 1년 내내 발병할 위험이 있다. 감염예방 차원에서 양치질과 손 씻기는 중요하다.

그 모습을 곁눈질하며 나는 작업을 이어 갔다. 조금만 더 하면 완성이다.

"저기 카나, 조금 마음에 걸리는 게 있는데, 학교 분위기가 왠지 이상하지 않아? 기분 탓일지도 모르지만, 묘하게 달콤하다고 할까……."

"미키도 그렇게 생각해? 나도 그런 기분이 들었어. 조금 이상하지?"

"대체 이유가 뭘까? 오싹한 느낌이 들어."

"어이어이, 둘 다 잊어버린 건 아니겠지? 학교에서 벌어지는 이상한 사건은 대부분 저 녀석이 원인이라고."

아무렇지 않게 여자들의 대화에 끼어드는 커뮤니케이션 능력 최강의 상큼 미남.

"그래서 유키토. 이번엔 무슨 짓을 한 거야?"

"무례하긴. 대체 무슨 소리를 하는 거야?"

"그보다 지금 하고 있는 건 뭐야? ……잠깐. 어떻게 된 거야, 유키도! 왜 그런 교과서에 낙서 같은 평범한 학생이나 할 행동을 하는 건데?!"

"현대에서 환생한 쿠야*가 브레이크 댄스를 추면서 염불을 전파하는 플립 북 만화를 그리고 있었어."

* 헤이안 시대에 활약한 승려로 아미타 신앙을 전파했다.

“전혀 평범하지 않았잖아! 쓸데없이 퀄리티가 높은데?!”

공명도 파티피플이 되는 세상에 이 정도는 별로 특이할 것도 없지.

교과서를 기세 좋게 넘기자 정말로 승려가 브레이크 댄스를 추는 것처럼 보였다. 눈의 착각을 이용한 표현 방법이다.

“뭐야 뭐야, 나도 빌려줘!”

“이 녀석 움직임이 징그러워!”

“좋지 아니한가, 좋지 아니한가.”

교과서는 내 손을 떠나 반 아이들의 손으로 건너갔던 것이었다.

좋지 아니한가, 좋지 아니한가.*

“있잖아 미호, 정말 코코노에가 원인이야?”

“어.”

“어가 아니거든.”

멋대로 지껄이는 상큼 미남.

“만화 얘기는 제쳐두고 말인데. 유키토, 요즘은 어째서 누나를 누님**이라고 부르게 된 거야?”

“유리 씨가 푹 빠진 만화에 그런 캐릭터가 있는 모양이더라고. 부러우니까 당분간 그렇게 불러달라는 말을 들었을 뿐이야.”

“만화 얘기였던 거냐고!”

사실 그 만화에서 누님(언니)이라고 부르는 건 동성의 후배였기에, 남동생인 내가 그렇게 부른다고 과연 만족할 수 있을지는 미지

* 에도시대 말기인 1867년 8월부터 12월 사이에 일본 킨키, 시코쿠, 도카이 지방 등에서 발생한 소동. '하늘에서 부적이 내려온다, 이것은 경사가 일어날 징조다'라는 소문이 번지면서, 민중들이 가장을 하고 '좋지 아니한가(에에자나이카)'란 노래를 연발하며 집단으로 마을을 돌고 열광적으로 춤을 췄다.

** お姉さま, 누님 혹은 언니로 번역되는 호칭. 일본 서브컬처계에서는 주로 백합 학원물에서 여자 후배가 여자 선배를 칭할 때 쓴다.

수였다.

"엄마까지 마마라고 불러 달라고 말해서 힘들었어."

"……그건 조금 창피하지 않아?"

"늘 신세를 지고 있는데 이 정도는 쉬운 일이지."

"그런 문제가 아닌 것 같은 기분이 들지만……. 아무튼 그래서였구나."

"미호, 무슨 말을 하는 거야?"

"이 녀석이 갑자기 그런 말을 하기 시작해서, 그게 교내에 퍼지고 있다는 얘기."

"영향력이 너무 크지 않아?!"

"여자 농구부 쪽도 분위기가 달콤해져서, 갑자기 1학년이 언니란 말을 꺼내고 있더라니까. 십중팔구 원인은 그거겠지."

"너무 아무거나 다 내 탓으로 돌리는 거 아냐?!"

소심하게 항의해 봤지만 전혀 상대해 주지 않았다.

미네다 일행도 납득한 기색이었다. 어째서 납득해 버리는 거야?!

—그것은 일주일 전으로 거슬러 올라간다.

거실에서 만화책을 읽고 있던 누나가 책을 탁 덮더니, 자리에서 일어나 천천히 내 쪽으로 다가왔다.

"누님이라고 불러도 돼."

"주어와 서술어를 배우지 않았나요?"

"어차피 척하면 척이잖아."

"전혀 아니거든."

"……. 누님이라고 불러 주면 좋은 걸 줄게."

저도 모르게 얼굴을 찡그렸다. 누나가 말하는 좋은 것이라는 건 어차피 그거겠지. 어깨 안마 허용권(10장 묶음) 같은 그런 거.

누나의 어깨를 두드리게 해 주는 고마운 티켓인 건 맞지만, 전부 다 쓰는 데 2년이 걸렸다. 마지막 티켓을 사용한 게 바로 5일 전 일이다.

"남동생 전용 ASMR."

"필요 없으려나."

"특전도 있어."

"필요 없—."

"놀랍게도 실제 체험도 할 수 있어."

"필요—."

"10번 트랙은 꼭 들어봐야 해."

"필—."

"하? 갖고 싶지?"

"네."

실제로 살짝 내용이 궁금해진 건 비밀이다.

"어머, 유리만 그렇게 부르다니 치사해. 괜찮으면 나도 마마라고 불러 주지 않을래?"

어째 어머니까지 참전했다. 기대에 찬 눈빛이 날아와 박힌다.

이러고도 거절하면 분명 실망하겠지. 여태껏 실망만 안겨줬다. 가족의 기대에 부응하는 것이 내 임무이기에.

"알았어. 부르면 되잖아, 마마."

"응기여어어어어어어어어어어어!"

갑자기 무릎을 꿇고 주저앉은 마마가 기괴한 소리를 지르며 바닥을 뒹굴었다.

"왜, 왜 그래, 마마?! 마마, 괜찮아?"

"응호오오오오오오오오오오오!"

"그, 그렇지! 당장 구급차를 불러야!"

"괘, 괜찮으니까! 충격이 조금 지나치게 강했을 뿐 아무렇지도 않아."

아무렇지도 않은 게 아닌 것 같은데?! 마마가 고통스러운 듯이 하복부를 누르고 있었다.

역시 뭔가 탈이 난 게 아닐까?!

"마마, 배 아야해?"

"흣히! 아, 아냐, 이건! 이 부분이 꽉 조여들면서 기뻐하고 있는 것뿐이야."

"뭐야, 그랬구나! 어라, 그런데 그건 그것대로 뭔가 병이 생긴 거 아냐?! 어떡하지? 누님, 마, 마마한테 문제가 생겼어!"

"아아아아아아아아아아아아!"

뒤돌아보자 누나가 벽에 머리를 쿵쿵 찧고 있었다. 너무 무섭다.

"누님, 왜 그래?!"

"나나나, 나는 냉정해. 흥분해 버린 것뿐이야."

"누님 이마가 빨개졌어. 문질러 줄게."

"아아아아아아아정마아아아아아아알!"

이마를 살살 어루만지자 다시 누님이 벽에 얼굴을 찧었다. 딱따

구리냐고.

“기여어어어어어어어어어어!”

“조아아아아아아아아아아아아!”

몸부림치는 두 사람을 곁눈질하며, 나는 어쩌다 일이 이렇게 된 건지 이해가 가지 않아 당황했던 것이었다.

“—그런 일이 있었던 정도지, 딱히 이렇다 할 특이점은 없었어. 대체로 평소와 다름없었지.”

“오히려 특이점밖에 없었지?! 방금?!”

“일상에 매번 그런 사건만 일어날 리가 없잖아. 이 세계는 만화나 게임이 아니라고. 심지어 아무 일에나 내가 원인이라니, 뚫린 입이라고 아무 말이나 하면 못써!”

“부메랑이 박혀 있어.”

“부메랑은 박힌 사람은 깨닫지 못한다더니, 정말이구나.”

뭐든지 내가 원인이라니, 그런 일이 있을 리가 없잖아.

있을 리가 없다고! 있을 리가…… 없겠지?

◆

“이것 보세요! 에리카 언니 덕분에 성적이 올랐어요!”

“아냐. 쿠미가 열심히 노력한 덕분인걸. 자신감을 가져, 알겠지?”

“가, 감사해요! 나중에 또 가르쳐 주실래요?”

“그럼. 언제든지 찾아와.”

점심시간, 후배와 둘만의 오붓한 시간이 흐르고 있었다. 일부러 직접 차를 우리거나 하지는 않지만, 그래도 이 시간은 그런 귀중한 티타임이라고 토죠 에리카는 실감했다. 그것은 분명 동석 중인 후배도 마찬가지이리라.

"저기, 한 가지 궁금한 게 있는데요. 언니를 늘 따라다니는 저 사람은 대체 뭔가요? 딱 봐도 위험한 학생 같은데, 용서할 수 없어요!"

씩씩거리며 분노하는 쿠미의 태도에 그것이 누구를 의미하는 건지 금세 알아차렸다.

얼굴이 굳었다. 주먹을 꽉 쥐고, 심호흡으로 마음을 진정시킨다.

"쿠미. 저 사람은 따라다니는 게 아냐. 굳이 말하자면 따라다니는 건 내 쪽일지도 모르지. 게다가 저 사람은 나의 소중한 친구야. 정말로 소중한. 설령 너라도 바보 취급하는 건 용납할 수 없어."

"죄, 죄송해요!"

저도 모르게 싸늘한 목소리를 내고 말았다. 고개를 숙인 귀여운 후배에게 어떻게 말을 걸까 고민한다. 이렇게 나를 따르고 있는데. 그 마음을 소홀히 대하고 싶지는 않았다.

그녀는 아무런 잘못도 하지 않았다. 그저 자신을 걱정해 줬을 뿐이다. 일방적으로 이렇게 말해 봤자 감정적으로는 납득하지 못하겠지. 이대로 놔뒀다간 폭주해 버릴지도 모른다.

그리고 그로 인해 상처받는 건 그때처럼 그저 부당하게 민폐를 입은 그와, 이번에는 자신이 아닌 눈앞에 있는 그녀다.

애초에 그 일도 무엇 하나 공개되지 않았던 것이다. 결국 그 혼자 책임을 뒤집어썼다. 그에 대한 인상이 변함없이 나쁘게 유지되고 있는 것에 마음이 아팠다.

그가 해 온 일은 명백해졌지만, 그 폭로 속에 내 이름은 없었다.

원래라면 정학, 저지른 짓의 악랄함을 생각하면 퇴학을 당해도 이상하지 않았다.

이렇게 안온하게 지낼 수 있는 것도 그가 해 준 일 중 하나였다.

안 그래도 여러모로 눈에 띈다. 그것을 좋게 보지 않는 사람도 당연히 존재했다.

그의 신뢰 회복을 위해 애쓰고 있지만, 그렇다고 적극적으로 진상을 떠벌리고 다닐 수도 없었다.

그래도 여기서 도망칠 수는 없다. 지금 여기서 달아나면 앞으로 남은 인생 내내 스스로를 용서하지 못한 채로 살아가게 될 것이다. 그러니, 진실을 전하자.

"들어 봐, 쿠미. 저 사람은 결코 네가 생각하는 것 같은 사람이 아냐. 그러기는커녕, 꼭 히어로 같달까. 그는—."

막힘없이 말했다. 그녀는 어떻게 생각할까?

실망할지도 모른다. 그녀가 동경하는 이상적인 선배는 될 수 없을 것 같다.

그래도 이 자리에서 자신의 어리석은 행위를 감추는 짓은 할 수 없었다.

그는 나의— 친구니까.

"사람은 아주 추악한 존재야. 물론 그건 나도 마찬가지고. 너는 아주 올곧아서, 예전의 나를 떠올리게 돼. 그래서 걱정이 되는 거야. 나는 네가 가지고 있는 그 깨끗함을 탁해지게 만들고 싶지 않아."

그 순수함을 지키고 싶다고 생각했다. 인간의 추악함이 너무나도 쉽게 가시화되는 시대. 마음이 우울해질 만큼 악의가 흘러넘치고 있다.

자신도 그런 식으로 휩쓸리는 건 간단하다. 순수할수록 쉽게 상처 입는다.

그러다 지쳐서 어느새 똑같이 물들어 버리는 것이다.

하지만 지금 이 시간만은. 졸업 전까지 남은 시간 동안만이라도 학교라는 폐쇄된 이 세계 안에서는 깨끗함을 유지할 수 있기를 바랐다. 이상을 이상인 채로. 무리라고 해도, 그녀가 바라는 언니로 남고 싶다고 생각했다.

열심히 노력하고 싶었다. 언제까지나 이 안온한 시간을 보낼 수 있도록.

그녀도 그도. 모두가 다정하게 남을 수 있도록.

"너를 소중히 여기고 있어, 쿠미. 그래서 너도 소중히 여길 수 있는 사람을 많이 만들었으면 좋겠어."

동급생뿐만 아니라 남녀를 불문하고 후배들의 상담에도 세심하게 응해 준다는 점에서 그녀는 절대적인 지지를 받고 있었다. 언제나 다정하게 다가가는 자애에 찬 태도.

훗날, 어느새 토죠 에리카, 그녀는 이렇게 불리게 되었다.

—성녀 선배라고.

◆

“아버지, 저는 어떻게 되든 상관없어요! 그러니까 도와주세요! 이대로 있다간 저 때문에 코코노에가…… 그런 일은 절대로 있어서는 안 돼요!”

에리카는 서둘러 집으로 돌아와 황급히 아버지의 서재로 뛰어들어갔다. 딸의 당황한 모습에 당혹스러워하면서도 히데오미는 에리카를 안심시키고는 커피를 타며 뒷말을 재촉했다. 그것은 히데오미에게도 제일 중요한 사항이었다.

“무슨 일이 있었니, 에리카?”

“스도가―.”

스도 타케후미. 스도 가의 장남으로 현재 20세.

그리고 에리카에게 약혼을 제안안 사람이기도 하다.

타케후미의 아버지가 대표를 맡은 회사는 4년 전 나스닥 상장을 달성했다. 히데오미도 몇 번인가 만난 적이 있지만, 전형적인 졸부 인상이라 별로 마음에 드는 상대는 아니었다.

그런 사람이 다음으로 뭘 원할지 말한다면 인맥이다. 그렇게 스도가 눈독을 들인 것이 토죠였다.

히데오미는 현재 힘든 상황에 놓여 있었다. 공천 대상에서 제외되어 무소속 신분이 된 것이다.

주변에서도 그가 내리막길로 들어섰다고 보았는데, 사실 그 말이 맞았다. 히데오미에게 만회할 방법은 없었다.

미사키에게 고개를 숙이고 정식으로 사죄함으로써 용서를 받았다지만, 히미야마에게 밉보인 토죠를 멀리하는 것은 리스크 관리라는 점에서도 당연한 귀결이었다. 실제로 다른 사람이 그런 상황에 빠졌다면 히데오미 또한 관계를 재고했을 것이다. 그만큼 현격한 영향력의 차이가 있다.

선거에는 돈이 든다. 당이라는 뒷배를 잃은 히데오미는 힘든 싸움을 강요당하게 될 것이다. 예전처럼 숫자에 기대는 싸움은 할 수 없었다. 현재 서 있는 자리조차 사상누각이었다. 히데오미의 의자를 노리는 후보자는 얼마든지 존재했다.

빈틈없는 스도는 그 점에 착안해 아들인 타케후미를 에리카의 약혼자로 삼는 것을 조건으로 원조를 제안했다. 분개한 히데오미는 거절했지만, 스도의 강압적이라고도 말할 수 있는 압박은 날이 갈수록 강해지고 있었다. 타케후미가 능력이 있는 사람이라면 또 몰라도 히데오미에게는 도저히 그렇게 보이지 않았고, 에리카도 그를 혐오했다. 순수하게 딸을 사랑하는 아비로서, 딸을 도구로 삼는 행위는 할 수 없었다.

스도에게는 가문과 격이 부족했다. 히데오미에게는 협력자가 부족했다.

언뜻 보기엔 양쪽에 다 이득이 되는 것 같지만, 실질적으로 따져보면 토죠 가를 탈취하는 행위다. 에리카와 약혼하게 된다면 타케후미가 토죠의 이름을 잇게 되리라. 스도는 역사를 손에 넣게 될 것이다. 도저히 허용할 수 없는 일이었다.

"그 남자가 그런 짓을……. 정말 어리석군. 하하, 크하하하하하하하하하하하하하하!"

"아버지? 왜 그러시죠?"

"미안하구나, 속이 후련하다는 게 바로 이런 경우를 두고 하는 말이겠지. 에리카. 아무 걱정도 할 필요 없다. 코코노에 선생님에게 그런 방해는 무의미하거든."

에리카의 얘기로는 방과 후 교문 앞에서 기다리고 있던 타케후미가 끈질기게 식사에 초대했다고 한다. 우연히 지나가던 코코노에 유키토가 중재에 나섰는데, 그때 타케후미가 코코노에 유키토와 그 가족을 위협하는 발언을 했다고 했다. 단순히 발끈했을 뿐인지 스도에게 그럴 능력이 있다고 자만한 건지는 모르겠지만, 어느 쪽이든 악마를 적으로 돌린 것이나 마찬가지다.

"우리는 점점 더 고개를 들 수 없게 돼 버렸구나. 에리카, 이 인연을 소중히 여기렴. 결혼 상대로 이만한 사람도 없지만, 그걸 제쳐두더라도 코코노에 선생님과의 관계는 끊어서는 안 돼."

"아버지, 그게 무슨 뜻인가요?"

"다음 선거에서 나는 중앙 정계로 진출할 거다."

방금 걸려 온 한 통의 전화. 그것이 히데오미의 괴로운 현 상태를 단숨에 뒤집었다.

흥분이 가라앉지 않았다. 오랫동안 잊고 있었던 고양감. 답변을 요구하는 말에 두말할 것도 없이 즉시 대답했다.

설렘에 몸이 떨린다. 토죠 가의 염원, 그것을 가져온 건 다름 아닌 한 차례 그 꿈을 빼앗아갔던 그였다.

"코코노에 선생님이 리슈 선생님의 후임자로 나를 추천해 줬다고 하더구나. 어차피 그 기반은 정식 후계자가 될 코코노에 선생님이 물려받게 되겠지만, 그전까지는 나를 지원해 줄 모양이다."

실로 대담한 사내다. 히데오미는 혀를 내둘렀다. 어떤 경위로 결정되었는지는 알 수 없지만, 적으로서 자신에게 불이익을 입힌 상대를 용서하는 걸 넘어서 구해주기까지 하는 건 보통 사람은 못 할 일이었다. 에리카도 코코노에 유키토에게 도움을 받은 걸 보면, 안 봐도 앞으로 위업을 달성할 걸출한 존재가 될 것이 분명했다. 그러니 그때까지 의석을 사수하자고, 히데오미는 다짐했다.

아니, 사수로 만족해서는 안 된다. 세력을 넓히고 지지자를 늘려 기반을 지금보다 크고 강고하게 만드는 것이 히데오미에게 내려진 사명이었다.

"정말 큰 은혜를 입고 말았다. 도저히 다 갚을 수 없겠지. 그러니 이 은혜를 일로 보답해야겠다. 코코노에 선생님이 앞으로 걸어갈 길을 내가 잘 열어 놓을 거야."

지금은 그럴 마음이 없다고 하니, 앞으로라고 해도 몇십 년 뒤일 것이다. 시간은 많이 남아 있었다. 그동안 히데오미는 이 나라를 위해 헌신하기로 결심했다.

"……아버지, 코코노에는 정체가 뭘까요?"

에리카는 자신의 잘못으로 토죠 가의 염원을 짓밟은 것을 마음 아파하고 있었다. 그런데도 이번에는 그를 집안 사정에 끌어들이고 말았다. 아무리 후회해도 모자랐다. 만약 스도가 코코노에 유키토에게 손을 대려고 한다면, 약혼자가 되라는 제안을 받아들일 각오까지도 하고 있었다.

하지만 예상치 못한 전개에 상황을 이해하지 못했다.

히데오미는 무심히 SNS를 열었다가, 트렌드를 확인하고는 웃음을 터뜨리고 말았다.

"내가 아는 건 그가 결코 적대해서는 안 될 괴이(怪異)라는 거다."

"괴이요?"

히데오미는 스마트폰을 에리카에게 건넸다. 에리카의 표정이 무어라 말할 수 없이 기묘해졌다.

"아버지, 이건?!"

"……스도는 이미 끝났구나."

그동안 머리를 아프게 했던 골칫거리가 해결되고 지금 히데오미에게 남은 건 새로운 도전을 향한 투지뿐이었다. 히데오미는 스스로에게 굳게 맹세했다. 절대로 거역하지 말자고.

"넌 대체 무슨 짓을 하고 다니는 거냐!"

"아버지, 갑자기 왜 그래?!"

일을 마치고 돌아온 아버지에게 멱살을 잡혔다. 타케후미는 그동안 한 번도 본 적이 없는 미친 듯이 화를 내는 아버지의 모습에 공포를 느꼈다.

아버지 스도 시게루는 냉철했다. 상대방을 철저히 조사해 상대가 드러낸 약점을 파고드는 것이 특기였다. 그렇게 사업을 확장해 왔다. 토죠 역시도 그러한 사냥감 중 하나였다. 자금을 투자해 조만간 손아귀에 넣으려 전략을 세우고 있었다.

시게루는 평소에 결코 언성을 높이는 일이 없었다. 그래서 타케후미는 충격을 받았다.

"이걸 봐라!"

시게루가 SNS를 보여 준다. 타케후미는 영문을 알 수 없었지만,

트렌드를 확인하자 얼굴이 새파래졌다. 예상치 못한 사태에 머리가 따라가지 못했다.

"왜 내 이름이?!"

황급히 자신의 스마트폰을 켜서 계정에 접속했다. 알림이 범람하고 있었다.

트렌드에는 자신의 이름이 올라갔고, 이미 본명, 재적 중인 대학, 가족 구성까지 특정이 끝나 있었다. 하지만 가장 큰 문제는 타케후미가 협박하는 모습이 선명하게 찍힌 동영상이 퍼지고 있다는 것이었다.

원흉을 더듬어 가자 팔로워 수 만 명을 넘는 계정이 발견되었다.

"왜 이런 영상이……. ―맞아, 이 녀석?!"

타케후미에게 내려진 임무는 에리카를 협박하는 것이었다. 에리카는 이미 도망칠 수 없다. 거절한다고 해도 일단 약혼자로 만들면 기껏해야 일개 고등학생일 뿐이니 어떻게든 될 거라고 대수롭지 않게 여기고 있었다. 결국 토죠 가의 실권을 장악하게 될 것이다.

그렇게 되면 타케후미는 자유다. 에리카에게 구애받을 필요도 없다. 그녀가 아니라도 여자는 많다. 호감 따윈 존재할 리가 없었고, 어차피 그저 장기 말에 지나지 않았다.

목적을 달성하려 에리카에게 접근했을 때, 방해하는 남자가 있었다. 딱 봐도 별것 아닌 고등학생.

타케후미와는 사는 세계가 다른 평범한 하층민. 건방진 꼬맹이를 겁먹게 해 주려고 으름장을 놓았다.

타케후미가 한 일은 그게 전부다. 폭력을 행사한 것도 아니었다.

그런데도—.

"이게 뭐야! 아버지, 일이 왜 이렇게 된 거야?!"

코코노에 유키토라는 이름의 계정. 어째서 이런 평범한 고등학생에게 만 명이 넘는 팔로워가 있는 건지 이해가 가지 않았다. 논란이 된 투고 글은 지극히 심플했다.

영상과 함께 '이상한 녀석이 갑자기 협박함ㅋㅋ'이란 한 줄 문장이 전부인 투고 글.

웃으면서 땀을 흘리는 이모티콘까지 달려 있다. 누가 봐도 도발하는 거였다.

고작 한 문장. 단 한 줄. 하지만 그것이 치명적인 논란을 불러일으키고 있다.

"내 이름과 회사명까지 알아내서 돌아다니고 있더구나. 하지만 그게 문제가 아니야!"

"그게 아니면, 뭔데! 아버지, 이제 어떡할 거야?"

당장이라도 바닥에 스마트폰을 내동댕이치려다 참았다. 여기서 뭐가 더 있단 말인가.

아버지의 말에 정체를 알 수 없는 공포를 느끼는데, 아버지가 팔로워 목록을 가리켰다.

"어떡할 거냐고? 이걸 어떻게 할 수 있겠냐! 나는 끝장이야!"

"—잠깐만. ……뭐야, 이 녀석. 이상하잖아! 아버지 회사도 이렇게—."

팔로워 목록에는 아버지의 회사와 거래 중인 대기업과 광고대리점 같은 기업 계정은 물론이고, 시게루조차 얼굴을 본 적 없는 정치가며 기업 중역, 임원 등 일개 고등학생의 팔로워라고는 믿을 수 없는 계정들이 팔로우 돼 있었다. 악질적인 농담이란 말을 듣는 편이 그나마 이해가 될 것 같았다.

"……히미야마라면, 그거잖아. 확실히 지금은 은퇴했지만…… 게다가 교토의 토우렌이라면 설마—."

"말도 안 돼, 어떻게 이런 인맥을 갖고 있는 거지?! 네 경솔한 행동이 불러일으킨 결과다! 네가 알아서 어떻게든 해결하란 말이야!"

아버지의 뜻에 따랐을 뿐이다. 다소 신중하지 못했던 건 사실이지만, 그게 다다. 그게 다인데.

타케후미도 아버지에게 교육을 받았다. 그래서 깨닫고 말았다. ……이건 무리다.

이제부터 벌어질 사태. 그것은 필시 아버지와 타케후미에게 파멸이라고 부를 만한 일이 될 것이다. 자신의 취업조차 위태로워졌다. 이제는 토죠 따위에 신경을 쓰고 있을 때가 아니었다.

스마트폰에 연이어 메시지가 도착했다. '저질', '다시는 연락하지 마'. 자신에게 튈 불똥을 우려한 건지 친구와 지인들에게서 절연장이 와 있었다. 사귀던 여친도 바로 자신을 버렸다. 무자비한 인간관계다.

"지금 당장 사과하러 가라. 용서받을 때까지 돌아오지 마!"

"잠깐만, 아버지! 내가 잘못했어. 그러니까 아버지도 같이—."

"나한테 네 뒤까지 닦아 달라고 할 셈이냐?! 넌 이미 다 컸어. 책임 정도는 알아서 져! 용서를 받을 때까지 돌아오지 마라."

"아버지도 알잖아! 내가 어떻게 할 수 있는 상대가—."

"나는 회사로 복귀할 거다. 당분간 돌아오기 힘들 듯하구나."

시계루는 빠른 걸음으로 집을 나섰다. 타케후미는 멍하니 그 자리에 서 있었다.

대체 자신은 무엇을 적으로 돌린 걸까. 세계가 하루아침에 뒤바뀌어 버린 것처럼 답답했다.

"……악마야."

그 혼잣말에는, 비통한 울림이 어려 있었다.

제5장「코코노에 유리」

나, 샤카도 안야는 아싸다.

이래저래 아싸로 16년을 살아왔다. 그야말로 숙련된 아싸이자, 그렇지 않았을 때라고는 존재하지 않는 골수 아싸다…… 히히히.

"히히…… 먹이를 가져왔어. 자, 자아, 치짱. 먹어……."

케이지 안에 들어 있는 카멜레온 치짱에게 먹이를 준다. 긴 혀가 뻗어 나와 먹이를 덥석 집었다. 그 모습을 나는 생글거리는…… 아니, 그렇게 귀엽지는 않습니다, 네. 히죽거리는 얼굴로 보고 있었다. 히히히…….

오늘도 치짱은 피부에 윤기가 돌았다. 나, 나하고는 천지 차이다…….

그래도 요새는 스킨케어도 열심히 하고 있다고, 치짱. 말을 걸어 보았지만 치짱은 자신과는 상관없는 일이라는 듯이 평소와 똑같이 행동했다. 이 츤데레 녀석…….

나, 샤카도 안야는 파충류계 여자다.

나는 옛날부터 파충류를 좋아한다. 그 사랑스러움을 공유하려고 했지만 전혀 동의를 얻지 못했다. 씁쓸하지만 그것이 여자에게서는 보기 드문 취향이라는 것을 깨닫는 데까지는 그리 오랜 시간이 걸리지 않았다.

그래서일까, 딱히 기억이 나지 않는 유치원 때는 몰라도, 초등학교와 중학교 때 나에게는 친구가 별로 없었다. 반 아이들의 여성스러운 대화에는 끼지도 못했고, 연애 사건과도 인연이 없어 덩그러니 혼자 교실 한구석에 앉아 있는 그런 여자애가 나였다.

그, 그야말로 아싸였지……. 대체로 머리카락은 늘 부스스하고, 등은 굽어 있는 데다 음침한 미소를 짓고 있는 내게 다가오려고 하는 반 아이는 없었다.

2인으로 조를 짜라거나 좋아하는 사람끼리 그룹을 만들라는 말을 듣는 날은 끝이었다. 늘 난처해진 선생님이 남는 공석에 강제로 끼워 넣는 것이 상례였다.

다행히 집단 괴롭힘 같은 일은 벌어지지 않았다. 벌어지지 않았다기보다는, 나를 꺼려서 아무도 다가오지 않았다. 직접 말하지 않으면 파충류를 좋아한다는 사실을 들킬 일도 없었지만, 나에게서 발산되는 아싸의 기운이 반 아이들이 나를 멀리하게 만들었다.

정신이 들자 어느새 나라는 존재는 공기와 동화되어 없는 사람처럼 취급받고 있었다. 나, 나도 무색투명하게 변태하고 있는 것일지도 모른다.

초등학교 때, 반 아이들 중에서 자주 대화를 나누던 여자애한테 파충류를 좋아한다고 얘기했던 순간이 떠올랐다.

"특이하네."

그것이 모나지 않게 포장한 다정한 부정의 말이었다는 것을, 그녀가 나에게 말을 걸지 않게 되고 나서야 깨달았다.

아무리 둔한 나라도, 대놓고 태도로 드러내면 알 수 있다. 특이하다. 그 말의 이면에 숨겨져 있는 감정이 불쾌함임을 깨닫고 나는 울었다.

나, 샤카도 안야는 특이하다.

그렇게 생각하는 것이 당연해졌다. 나는 서서히 반 아이들에게 말을 걸지 않게 됐고, 그런 내 거부는 자연히 상대에게도 전달됐다.

고독은 계속 진행되어, 나는 고독한 채로 늘 멍하니 누구의 눈에도 보이지 않는 무색투명한 샤카도 안야로서 교실이라는 새장 안에 혼자 가만히 사육당하고 있었다.

부모님은 외동딸인 나에게 친구가 없는 걸 걱정하고 있지만, 그런다고 해서 딱히 상황이 나아지는 것도 아니다. 그럴 바엔 여동생이나 남동생이라도 만들어 줬으면 좋겠다. 생일에 부탁해 봐야지. 히히히.

하, 하지만 어쩔 수 없다고. 어떻게 친구를 만들어야 좋을지 모르겠는걸…….

말을 거는 것도 어려운 일이다. 아싸에게는 문턱이 높았다. 신기하게도 치짱보다 말이 통하는 인간을 상대할 때가 훨씬 소통하기 힘들었다. 세상은 정말 불합리하다.

"치짱은 외롭지 않아……?"

늘 혼자인 치짱은 어떤 기분일까? 생각해 봐도 모르겠다.

그런 질문을 한다고 답이 돌아올 리도 없지만, 그래도 이렇게 대화하는 건 일과나 마찬가지였다. 학교 따윈 가고 싶지 않다. 이렇게 애완동물과 계속 놀고만 싶었다.

나에게 학교는 가지 않으면 안 되니까 가는 곳일 뿐이다. 그, 그치만 이 이상 가족을 걱정시키고 싶지는 않으니까…… 히히.

틀림없이 고등학교에서도 이런 나날들이 이어지겠지. 초등학교, 중학교 때와 아무것도 달라지는 것 없이, 아싸인 나는 투명한 존재로, 없는 것으로 취급당할 것이다. 지루한 일상, 무미건조한 매일. 그렇게 생각했다.

—고등학교에 입학하기 전까지는.

하지만 나는 만나고 말았다. 신이다. 이 세계에는 신이 있었다…….

나는 내가 특이하다고 생각했다. 하지만 그건 착각이었을지도 모른다. 초등학생 때 들었던 말은 진실이 아니었다. 내 안에 박혀 있던 인식이 우르르 와해되기 시작했다. 나는 우물 안 개구리였다. 너무나도 넓은 대해가 눈앞에 펼쳐져 있었다.

그 무엇도 아랑곳하지 않는 그런 존재.

나 같은 건 그에 비하면 평범했다. 압도적으로 평범하다. 자신의 착각에 민망하고 송구스러울 따름이었다.

어쩔 도리가 없을 만큼 눈부시고 몹시도 강렬한 그의 앞에서는 누구도 나를 특이하다고 생각하지 않았다. 생각해 주지 않는다. 신경도 쓰지 않는다.

으, 응. 맞아, 그건 카리스마 아웃사이더. 아웃스마야…….

덕분에 지금은 나도 완전히 평범한 반 아이가 되었다.

하지만 그간의 아싸 생활에 꽤 익숙해진 탓인지, 어떻게 의사소통을 해야 좋을지 몰라 당황했다. 명백하게 경험치가 부족했다.

하지만 아무도 나를 부정하지 않았다. 파충류를 좋아한다는 것을 알고도 그것을 개성으로 받아들여 주는 반 아이들. 그야 그렇겠지. 나보다 훨씬 강한 개성이 눈앞에 존재하는 것이다. 나의 개성 따위는 사소한 것이었다.

나는 파충류를 좋아한다는 것을 들킨 날의 기억을 떠올렸다. 입학 직후, 내가 교실에서 치짱 콜렉션을 보고 있는데, 지나가던 그가 어쩌다 그것을 봤는지 한눈에 치짱이 팬서 카멜레온이라는 것을 간파했다. 애완동물로 키우려고 검토했던 적이 있었다나.

그가 뜻밖에도 파충류에 해박해서 나도 그만 대화에 열을 올리고 말았는데, 그는 그런 나를 개의치 않고 받아 주었다.

그 뒤부터다. 어떤 심경의 변화인지 나는 내 머리카락을 부스스한 상태로 놔두는 것에 부끄러움을 느끼게 됐고, 이전보다 아주 약간 몸단장에 신경을 쓰게 됐다.

그래도 그동안 관심이 없었던 탓에 그리 잘되지는 않았다. 엄마에게 어떻게 하면 좋을지 물어보러 가자 아주 기뻐해 주었다. 히히…… 폐를 끼쳐서 죄송합니다아.

언제부턴가 정신이 들면 자연스럽게 나에게 말을 걸어 오는 사람이 많아졌다. 부정하고 멀리했던 건 어쩌면 나였을지도 모르겠다.

아싸 오라는 요컨대 방어막 같은 것이다. 아주 조금이라도 스스로 다가갈 수 있다면, 그에 반응해 주는 사람이 있다는 걸 알았다.

누구의 눈에도 보이지 않던 투명한 내게, 처음으로 색이 입혀졌다.

스마트폰이 삐콩 소리를 내며 메시지가 도착했음을 알린다.

"뭐, 뭐지……? 엘리짱……?"

화면을 보자 엘리짱에게서 메시지가 와 있었다.

같이 놀러 가자는 초대. 엘리짱은 사쿠라이 카나를 말한다.

아싸인 나와는 정반대인 인싸 여학생. 원래라면 교류할 일이 없었을 계급 피라미드의 가장 위에 위치한 존재. 신이 엘리자베스라고 불렀기에 나도 경의를 담아 속으로 엘리짱이라고 부르고 있지만, 소심해서 본인 앞에서는 차마 부르지 못했다. 당당하게 엘리자베스라고 불러 버리는 그는 역시 신이다. 그런 엘리짱이 보낸 메시지에 온몸이 떨리기 시작했다.

"푸푸푸, 풀?! 치짱, 풀이라면 그건가? 불러내서 나를 가라앉힐 속셈인가?! 아니면, 혹시 수영복을 입고 헤엄치는 그거려나?!"

같이 놀자는 초대를 받은 것도 모자라 행선지는 풀장. 아싸에게는 수용량 초과다.

후오오오오오오어떡하지, 어떡하면 좋지?! 이러고 있을 수는 없다.

나는 허둥지둥 방에서 뛰쳐나와 거실로 향했다.

"마마…… 어, 어어어어, 어떡하지! 치, 친구가 같이 놀러 가자고 하는데, 풀장이면 학교 수영복으로도 충분할까?!"

엄마의 눈이 휘둥그레지더니, 눈에서 눈물이 후두둑 떨어지기 시작했다.

"안짱한테도, 드디어 그런 친구가 생겼구나……. 마마는 기뻐! 하지만 안짱. 풀장에 학교 수영복은 아니라고 생각해. 지금부터 같이 귀여운 거로 사러 갈까?"

"히히…… 그렇구나. 물어보길 잘했네. 송구하옵나이다."

엄마는 아주 기분이 좋은 눈치였다. 요즘은 늘 기뻐 보인다.

언젠가 느꼈던 외로움은 이제 어디론가 사라지고 없었다. 이대로 졸업할 때까지 반이 바뀌지 않으면 좋을 텐데. 이런 생각은 옛날의 나였다면 결코 하지 않았겠지.

날마다 소동을 벌이는 그는 내 재미없는 일상에도 소동을 일으키기 시작했다. 빠르게 변화하는 매일. 하지만 그것이 어찌할 바를 모를 만큼 즐겁고 기분이 좋다.

나는 샤카도 안야. 아싸지만 평범한 여자임과 동시에 신의 경건한 신도다.

그렇다, 반 아이들에게 암암리에 숭배받고 있는 남자, 그것이 바로 코코노에 유키토다.

◇

요 일주일 정도, 나는 누나에게 마구 치근거렸다.

귀찮아서 견딜 수 없었을 것이다. 유리 씨, 미안.

아침에는 같이 등교하고 밤에는 누나의 방에서 같이 자기도 했다.

엄마가 버려진 강아지처럼 비애로 가득 찬 눈동자를 하고 있었던 것이 가슴 아팠다. 미안…….

휴일에는 쇼핑을 하러 갔고, 영화도 같이 봤다. 볼링을 하며 놀기도 했다.

기본적으로 누나는 내가 하고 싶은 일을 부정하지 않는다. 전부 긍정해 주었다.

일단 누나에게도 '호감도 내리기 대작전'을 감행해 봤지만, 히미야마 씨나 엄마 때와 마찬가지로 누나의 나에 대한 호감도도 떨어질 기미는 없어 보였다.

서스펜더가 없으니 사러 갔다 오겠다며 바로 집을 나간 누나를 말릴 새도 없었다. 돌아오니 지옥이 기다리고 있었다. 이것이 바로 말로만 듣던 라쇼몽*인가.

하지만 그런 일이 과연 존재할까?

악역 영애 여동생도 도를 지나친 행동을 하면 언니에게 보복당하는 것이다.

나는 요 일주일 동안 원인을 특정했고, 한 가지 결론을 도출해 냈다.

누나는, 명백하게 무리를 하고 있다.

내가 다가가거나 친하게 지내려고 드는 것을 받아 주면서도, 그럴수록 표정은 굳고 심장 박동은 거칠어지고 호흡은 가빠졌다. 몸은 떨리고 진땀을 흘린다.

망가진 관계를 억지로 되돌리려 해 봤자, 금이 가고 일그러진 허구가 생겨날 뿐이다.

예전에 누나가 딱 한 번 내게 진심을 내보였던 적이 있다.

"너 같은 건 정말 싫어! 사라져 버려!"

그 말과 함께 나는 공원 놀이기구에서 밀쳐졌다.

중상을 입고 입원하게 됐지만 나는 누나를 조금도 원망하지 않는다.

* 아쿠타가와 류노스케의 소설, 극한으로 피폐해진 환경 속에서 생존을 위해 악행을 저지르는 인간들의 모습을 묘사했다.

귀찮게 따라다닌 내 잘못이니까. 말 그대로 사라졌어야 했다.

그 뒤로는 최대한 누나와 관계되지 않도록 노력해 왔다.

이제 와 생각해 보면 그건 정답이었을 것이다. 그 말이야말로 누나의 진실이다.

그런 관계가 변하기 시작한 건 고등학교에 입학하고 나서부터다. 비로소 깨달았다.

그 때문에 누나가 고통받고 있다고. 요즘 들어 부쩍 현저해졌는데, 누나는 명확하게 나와 거리를 두려 하고 있다. 방 안에 틀어박혀 거의 만나지 않는 날도 있었다.

물론 방으로 찾아가면 흔쾌히 환영해 주고 뭔가 부탁을 하면 같이 해 준다.

하지만 나는 알고 있다. 누나가 그 뒤 혼자서 괴로워한다는 걸.

늦은 밤, 누나가 통곡하는 소리를 들은 적도 있다.

그렇다, 누나는 나를 좋아하는 것을 자신에게 강제하고 있었다.

내가 크게 다친 일로 죄책감에 시달리던 누나는 절대적인 아군이 되려고 했다.

그리고 자신이 벌인 흉악한 행위를 다시는 반복하지 않으려 맹세했을 터다.

내가 싫다는 진심을, 이성으로 뒤덮은 것이다.

누나 안에서 나를 향한 감정은 호감밖에 존재하지 않는다.

그것을 제외한 감정을 품는 것을 누나는 절대 용납하지 않는다.

하지만 계속 그렇게 무리를 하다 보면 언젠가 한계가 오고 만다.

모순된 감정의 틈바구니에서 누나는 줄곧 고통받고 있다.

남매라고 해도 감정에 반하면서까지 친하게 지내야만 될 이유는 딱히 없다.

싫으면 싫어해도 상관없다. 그것을 억지로 부정하려고 하니 상황이 악화되는 것이다.

세상에는 사이가 안 좋은 남매도 있고, 서로에게 무관심한 남매도 얼마든지 존재한다.

그 사고 이후로 나와 누나는 서로 적당한 거리를 유지해 왔다. 따라서 그것이 흔들리고 있는 현 상태가 누나에게 견디기 힘든 고통일 것은 상상하기 어렵지 않았다.

그 사실을 깨달았기에 더욱, 나는 요 일주일 동안 굳이 적극적으로 거리를 좁혔다.

누나에게 필요한 건 한 번 더 나를 싫다고 솔직하게 인정할 용기다.

스스로의 진심을 속이지 않고, 거짓이라는 감옥에 가둔 마음을 해방하는 것.

누나가 나날이 초췌해지는 것이 눈에 보인다. 인내심이 한계로 접어들고 있다.

그래도 나는 누나에게 다가가는 것을 멈추지 않았다. 설령 그것이 누나를 궁지로 몰아세우더라도, 누나가 속마음을 전부 드러낼 때까지 나는 철저하게 그 행위를 계속할 것이었다.

이제 됐다. 이만하면 충분하다. 나는 지금껏 누나에게 소중히 아낌을 받아 왔다.

누나는 실컷 괴로워했다. 그러니 앞으로는 누나 자신의 행복을 찾아야 했다.

왠지 모르게, 이것이 자립이라는 깨달음이 들었다.

나는 그동안 누나의 비호 아래 보호받고 있었다. 하지만 그것도 이제는 끝이다.

어지간한 일에도 알아서 대응할 수 있고, 주변에 많은 아군들이 있어 도와준다.

누나에게, 유키토라는 속박은 이제 필요 없다.

나는 누나에게 존경심을 느꼈다. 이별을 고할 때가 온 것이리라.

"나를 여전히 싫어하는데도 좋아해 줘서 고마워, 누나."

마지막에 남은 것은 감사하는 마음뿐이었다.

"여기가 캠핑장이구나!"

타고 있던 크로스 바이크에서 내려 주위를 둘러본다.

햇볕이 내리쬐는 탁 트인 초원. 어린잎이 힘차게 반짝이고 있다.

콧속을 간질이는 신록의 냄새. 한껏 숨을 들이쉬며 대자연을 만끽한다.

"겨우 도착했네."

누나도 크로스 바이크에서 내렸다. 땀이 반짝이며 빛나고 있었다. 그 모습도 아름답다.

"괜찮아? 피곤하지."

"아직 손에 덜 익긴 했지만, 연습도 했고 적당히 휴식도 넣어 가면서 탔으니까. 걱정하지 마."

나와 누나는 크로스 바이크로 2시간을 걸려 자연공원에 와 있었다.

미성년이라 당일치기다. 캠핑 하면 산속에 틀어박혀 불편한 생활을 즐기는 것이라고 생각하기 쉽지만, 요즘 캠핑장은 설비가 갖춰져 있어서 초보들도 충분히 즐길 수 있었다.

누나에게 기분 전환이 되지 않을까 싶어서 같이 가자고 해 봤다.

"네가 엉덩이 털까지 쥐어뜯는 바람에 조금 아프긴 하지만."

"쥐어뜯지 않았는데요?!"

"항문까지 보여줬으니 새삼스럽긴 해."

"그게 제 탓인가요?"

"심지어 주름 개수까지 세게 놔뒀고."

"그러니까 그게 제 탓인가요?"

"깨끗하게 관리해 둘 테니까, 언제든지 괜찮아."

"뭐가? 저기, 뭐가 괜찮은 건데?! 응? 말해 봐!"

제1회 코코노에 가 마작대회는 대참사로 막을 내렸다. 내가 이기긴 했지만, 이기고 싶지 않은 나와 나를 이기게 하려는 세 사람의 극한 짬짜미 배틀은 심야까지 이어졌다.

끝에 가서는 심야 텐션으로 방송 윤리위원회에 바로 신고당할 만큼 차마 말로 할 수 없는 끔찍한 참상이 벌어졌지만, 이 기억은 역사의 어둠에 묻어 버렸다.

참고로 셋 다 나한테 역만을 펴 줬다. 피도 눈물도 없는 사악한 인간들이다.

"다음 주는 팬티스타킹 찢기 선수권 대회네."

"천재적인 발상인데?"

엄청 재밌을 것 같다. 현대 사회는 스트레스와의 싸움이다. 스트레스를 발산하는 방법은 사람마다 다르지만, 벽에 도끼를 던지거나 접시를 깰 수 있는 오락 시설이 존재하는 것처럼 파괴충동을 충족하는 것은 스트레스 해소의 유효한 수단임에 의심의 여지가 없었다.

"이건 비밀이지만, 몰래 가르쳐 줄게. 데니아* 숫자가 제일 얇은 건 나야."

"갑자기 규칙 위반을 하시면."

"엄마는 압박 스타킹을 신을 거라서 나한테 상대도 안 될걸."

"심지어 후려치기까지 하시면."

"세츠카 씨는 비열하게도 흰색인 것 같아. 청순한 척해 봤자 결국은 천박한 여자야."

"대체 내가 없는 자리에서 보통 무슨 얘기를 나누는 거야?"

코코노에 가의 어둠은 깊다.

"애초에 어떤 경기인데?"

"네가 우리가 신고 있는 팬티스타킹을 얼마나 깔끔하게 찢을 수 있는지를 겨루는 거야."

"무슨 소린지 전혀 모르겠지만, 일단 알아들은 척해 둘게."

상상하자 공포심만 솟구쳤기에, 한 귀로 흘려넘기며 접수를 마쳤다.

풍부한 자연 속이라고 말해도, 건물 안에는 화장실도 있고 비품은

* 섬유의 굵기를 나타내는 단위, 낮을수록 얇다.

전부 대여받을 수 있다.

배당된 텐트에 들어가 누워 보자 의외로 쾌적했다.

"무릎베개해 줄까? 근육통으로 허벅지가 퉁퉁 부었지만."

"정말 죄송합니다."

억지로 가자고 했는데도 불평 한마디 없이 따라와 준 누나에게는 그저 고마울 따름이다.

편도 2시간의 사이클링은 기분 좋은 피로감을 선사해 주었지만, 돌아가는 길은 그보다 더 힘들 수도 있었다. 중간에 휴식을 좀 더 늘려야겠다고 결심했다.

"그런데 정말 괜찮은 거야?"

누나가 표정을 흐렸다. 사이클링에 사용한 크로스 바이크는 내가 샀다.

2대에 약 20만 엔의 금액이 나갔다. 평소에 용돈을 쓰지 않고 꾸준히 모으고 있었기에 별 문제는 없었지만, 고등학생에게는 고액인 만큼 누나가 걱정하는 것도 어쩔 수 없었다.

하지만 나는 오히려 어머니의 부양 대상에서 제외될까 봐 걱정하고 있었다.

"임시수입이 있어. 맞다, 누나도 내가 하는 알바 일을 도와줄래?"

"내가 먹여 살릴 테니까 넌 일 안 해도 돼, 알겠지?"

"동생을 무능력자로 만드는 타입의 누나였냐고!"

"돈이 필요하면 내가 벌어다 줄 테니까. 뭐하면 원조교제를 해서라도—."

"두 번 다시는 그런 말 하지 말아 줘."

누나의 양어깨를 잡고 시선을 맞춘다. 유리 씨는 진심이다.

애처롭기까지 한 자기희생. 자신을 위해서라면 절대 그런 짓은 하지 않겠지만, 그것이 만약 날 위해서라고 하면 누나는 망설임 없이 실행에 옮길지도 모른다.

"……부탁이야."

"그러게, 미안."

누나를 옭아맨 저주받은 사슬을 끊어 내지 않으면, 언젠가 틀림없이 누나는 제 손으로 스스로를 상처 입히고 말 것이다. 그것이 속죄라고 오해한 채로.

끝을 낼 기회는 오늘뿐이다. 누나에게 내가 싫다고 반드시 인정하게 만들고 말 것이다.

"임시수입이 있다고 말했잖아. 배고픈데 식사나 할까."

누나의 손을 잡아끌었다. 예전에는 내 손을 잡아끌던 사람은 항상 누나였다.

바쁜 어머니 대신 누나는 정말 열심히 애를 썼다. 그런데도 무신경한 나는 누나의 마음도 생각하지 않고 모든 걸 망가뜨렸다. 파멸의 방아쇠를 당기게 한 건 나다.

가장 큰 죄를 짊어지고 있는 건 누나가 아니라 나고, 죄질도 훨씬 나빴다.

그동안 누나의 죄책감을 이용해 누나의 다정함을 계속 착취해 온 중죄인.

자각 없는 악마, 포학한 왕. 일방적인 헌신을 누리며 불손하게 행동해 왔다.

누나에게서 웃는 얼굴과 인생을 빼앗고도 여전히 부족하다며 탐욕을 부렸다.

놀이기구에서 밀쳐졌던 나는 자각도 없는 상태로 누나를 지옥으로 떠밀어 복수를 완수했다. 사죄를 받아들이고, 그럼에도 용서를 내려 주지 않았다. 너무나도 역겨워 구제할 길이 없다.

"다정하네."

"……나는 악마야."

누나가 천사라면 나는 악마다. 그렇다면 그 역할을 제대로 해내자.

설령 다시 한 번 상처 입는다 해도, 이번이 마지막이니까.

"캠핑에선 보통 뭘 하면 돼? 모바일 게임을 하고 놀아?"

"아웃도어인지 인도어인지, 철학적이네."

한여름에 에어컨으로 바람을 쐬면서 코타츠*에 들어가 아이스크림을 먹는 것처럼 천벌 받을 짓이다. 전기세 급등으로 가정들이 비명을 지르는 와중에 용서받지 못할 폭거다.

점심 식사는 당연히 바비큐다. 원시적인 방법으로 불을 피울 필요도 없다.

문명의 이기에는 감사하지만, 배가 난파돼 무인도에 표류해도 살아남을 수 있을지는 염려스러웠다.

미국인 아저씨의 집에서는 고기만 구웠기에, 이번 바비큐에는 해산물도 준비했다.

---

* 이불을 덮은 탁자처럼 생긴 일본의 난방기구.

"내가 할게."

소라구이를 두고 고전 중인 누나에게서 소라를 건네받아 능숙하게 살을 발라냈다. 유리 씨는 손재주가 없는 것이다. 쓴맛도 싫어하는 것 같아서 내장을 떼어내고 건네주었다.

"고마워. 그런데 왜 하필 소라야?"

"제철 식재료를 소중히 하고 싶어서. 그리고 고기만 있으면 질릴 것 같았거든."

"너란 애는 아무튼 만족할 때까지 해야 직성이 풀리는 성격이라니까. 장래에 뭐가 되려는지 모르겠네?"

대장에게 사사 받고 나서는 요리 실력이 현격히 좋아졌다.

그전까지 내 요리 스킬은 어디까지나 가사의 범주 내였지만, 이제는 공을 들인 요리도 만들 수 있게 됐고 전문성을 띠기 시작했다. 덕분에 식재료 등에도 묘한 집착이 생겼다.

"누나, 고기 다 구웠어."

"고마워. 자꾸 집어먹게 돼서 자제하지 않으면 살찌겠어."

"오히려 너무 말랐어. 좀 더 살이 쪄도 된다고 생각해."

"하긴, 그렇겠다. 살을 빼고 싶으면 네 위에서 허리를 흔들면 되니까."

"이 우설, 맛있네."

우물우물. 지인이 실수로 보낸 민망한 메시지를 못 본 척해 주는 것도 다정함이다.

여기서 괜한 발언을 했다가 제 무덤을 파는 자폭을 그동안 몇 번이나 반복해 왔다.

인생을 평온하게 살아가는 비결은 '보지 않고 듣지 않고 말하지 않는' 것이라고 공자도 말했다.

새우 껍질을 까서 누나에게 건넨다. 유리 씨는 손재주가 없는 것이다. 조금 미안하다고 생각한 건지 누나의 위엄을 세우려고 한 건지는 몰라도, 나에게 아~ 하고 닭고기를 먹여 주었다. 기쁘다.

나는 눈부신 햇살 아래, 누나와 함께 바비큐를 실컷 즐겼던 것이었다.

"……후우, 배부르다."

"그러게. 정리할까."

재빨리 정리를 시작했다. 캠핑용품은 대여한 것이라, 가져갈 건 식재료뿐이었다.

"저기, 어째서 갑자기 캠핑을 가려고 생각했어?"

새삼스러운 질문. 원래라면 초대를 받은 시점에서 확인해야 할 일일지도 모른다.

하지만 누나는 내가 뭔가를 하고 싶다고 말하면 일일이 의문을 제기하지 않았다.

오직 긍정만이 있을 뿐. 그리고 그건 나도 마찬가지다. 그래서 더 우리들의 관계는 일그러져 있었다.

파란 하늘을 올려다보며 태양의 위치를 확인한다. 슬슬 괜찮을 것 같다.

"잠깐만 기다리고 있어! 짐 가져올게."

미리 캠핑장으로 보내 둔 짐을 가지러 갔다.

내가 운반해 온 상자 두 개를 누나가 의아한 기색으로 보았다.

나는 그에 아랑곳없이 단단히 포장된 자재를 커터로 조심스레 풀어 나갔다.

집으로 가져갈 때 다시 포장할 거라 여기서 호쾌하게 찢을 수는 없었다.

꺼낸 것은 액자에 담긴 한 장의 그림.

"짜안~! 자, 누나에게 주는 선물이야."

"나에게 주는 선물? 크로스 바이크도 사 줬으면서 뭘— 읏."

누나가 숨을 삼켰다. 그림을 잡아먹을 듯이 뚫어져라 응시하고 있었다.

"제목은 '10년 뒤의 누나'야. 어때?"

초원 속에서 흰색 원피스를 입은 여성이 햇빛을 받으며 서 있다.

눈이 부실 만큼 환한 미소를 지은, 행복을 도려내 놓은 것 같은 한 장의 그림.

"처음엔 미술 콩쿠르에 출품하려고 했는데, 산죠지 선생님이 이 그림은 누나만 보는 게 좋겠다고 해서."

내 목소리를 들은 건지 만 건지 누나는 반응이 없었다. 어라, 실패했나?

"……10년 뒤? 하지만, 이건, 이 그림의 나는……."

떨리는 손이 그림 속 유리 씨를 덧그렸다.

그렇다, 그림에 그려져 있는 누나는 10년 뒤 27세의 성인이 된 누나가 아니라, 현재 17세인 코코노에 유리 그 사람이었다. 내 기억 속에 남아 있는 웃는 얼굴의 유리 씨가 성장했다면 10년 뒤 이렇게 되어 있었을 거라고, 그런 상상을 하며 그린 그림이다.

그 무렵 늘 함께 있어 주고 놀아 줬던 누나가 그대로 성장했다면, 지금쯤 그림처럼 미소가 잘 어울리는 멋진 여성이 됐을 거다.

사고가 일어난 뒤, 누나는 몇 번이나 사죄를 반복했다. 나는 그것을 그저 받아들였다.

그 뒤부터 누나는 속죄의 나날을 보내기 시작했다. 누나가 웃지 않게 됐다는 것을 내가 눈치챈 건 6살 때. 그로부터 10년이 지난 지금도 누나는 여전히 감옥에 갇혀 있다.

그림 안에 있는 것은 내 이상. 내가 정말로 좋아했던 시절의 누나다.

원래 있었어야 했던 미래. 비틀려 버린 운명의 상극.

다시 예전처럼 웃어 줬으면 좋겠다는, 그런 염원을 담았다.

"저기, 유키토. 설마 이 그림의 배경은—."

퍼뜩 눈치챈 것처럼 누나가 주위를 둘러본다. 바람이 부는 초원. 태양의 위치.

"비슷하지?"

그림과 같은 상황이 갖춰져 있다. 유리 씨도 그 사실을 깨달은 것이리라.

말은 없지만 그 표정으로 명백하게 의사를 전달하고 있다. 하지만 아직 보여 줄 게 한참 남았다고!

"훗훗후. 이게 끝이 아니라고!"

간신히 제때 완성할 수 있었던 흰색 드레스. 자신작이다.

그림에 그려진 옷과 똑같은 옷. 별생각 없이 복잡한 구조로 그리는 바람에 만들 때 지옥을 보았다.

“유키토가 만들었어?”

“응. 웨딩드레스는 난이도가 높지만, 원피스라면 할 만할 것 같아서.”

“웨딩드레스? 설마 입혀 주려고……?”

“응? 아, 응. 입고 싶어 하는 것 같길래.”

웨딩드레스는 아무래도 복잡해서 아직 베일밖에 못 만들었다.

어머니한테는 조금만 더 기다려 달라고 해야겠다. 인생이란 정말 배움의 연속이다.

“유키토가 용서해 준다면 나는……. 이 세상 전부를 적으로 돌리더라도—.”

“누나?”

“기, 기다려! 바로 갈아입고 올게!”

누나가 황급히 텐트 안으로 달려갔다. 바스락거리며 옷을 갈아입는다.

가방 안에서 일안 반사식 카메라를 꺼내 작동을 확인한다.

이럴 때 쓰지 않으면 보물을 갖고 있으면서도 썩히는 꼴이니까.

“기다렸지.”

옷을 다 갈아입었는지 누나가 주뼛거리며 텐트 밖으로 얼굴을 내밀었다.

부끄러운 듯이 뺨을 붉힌 채로. 그곳에는 흠잡을 데 없는 미녀가 서 있었다.

청초하고 가련한 아름다운 여성. 생각나는 단어는 하나같이 진부

해서, 어떤 말로도 그 모습을 제대로 표현할 수 없었다.

몇 초가 지나 몇십 초가 되는 동안, 숨을 쉬는 것조차 잊고 홀린 듯이 쳐다보았다.

"어때?"

"천사잖아."

새하얀 원피스가 바람에 날려 마치 날개처럼 나부꼈다.

치품 천사 유리엘의 현현이다. 거룩함에 절로 고개가 조아려졌다.

그렇다, 그런 사실을 이제야 깨달았다. 누나가 검은색을 좋아하게 된 것도 그 사고 이후라는 걸. 나도 그렇지만 누나도 검은색을 기조로 한 옷이 많다.

하지만 옛날에 누나는 흰색 옷을 좋아했다. 그런데도 입지 않게 된 건 나 때문이다.

나를 밀친 뒤, 누나는 피를 흘리는 나를 돌보려고 안아 일으켰다. 누나가 입고 있던 옷이 순식간에 흰색에서 선명한 붉은색으로 물들었다.

내가 집으로 돌아간 뒤부터는 누나가 같은 옷을 입고 있는 모습을 본 적이 없었다. 아마 처분했으리라. 그때부터 누나는 검은색을 좋아하게 됐다. 피로 물들지 않는 검은색을.

내가 원인이었다. 미소를 빼앗아간 것도, 기호마저 비틀어 버린 것도.

"흰색 같은 건 안 어울린다고 생각했는데……. 부끄럽지만, 고마워."

누나의 말에 정신이 들었다. 지금은 참회할 때가 아니다.

누나가 신발을 벗고 맨발이 되었다. 발바닥 안쪽의 움푹 들어간 곳으로 흙의 감촉을 확인하듯이 걷는다.

햇살이 마치 이펙트처럼 누나를 환영하듯이 빛으로 된 길을 드러냈다.

산들바람에 이끌려 짓궂은 정령이 인도하듯 축복을 내린다.

"여기에 서면 돼?"

완벽하다. 하지만 그것만으로는 부족하다. 가장 소중한 것이 빠져 있다.

오로지 그것만을 보고 싶고 그것만을 원했다. 이루고 싶었던 것은 단 한 가지.

"웃어 줘. 예전처럼."

"……그러, 게. 유키토가 이렇게 열심히 준비해 줬으니까."

"누나한테서 웃는 얼굴을 빼앗은 내가 할 말은 아니지만, 그래도 나는 누나가 웃어 줬으면 좋겠어. 그런 누나가 정말 좋으니까."

괴로운 일이 많았다. 주위에는 온통 적뿐이라고 생각했다.

하지만 계속 내 편이 되어 준 사람이 있었다. 늘 옆에서 지탱해 줬다.

누나의 뺨을 눈물이 타고 내렸다. 또 한 번의 새로운 발견.

누나는 울지 않는 사람이라고 생각했다. 강한 사람이라서, 그런 일이 있을 리가 없는데.

—나는 이다지도 누나를 몰랐다.

"있잖아, 유키토. 나, 제대로 웃고 있어? 그때처럼, 늘 둘이 함께 놀았던, 너와 사이가 좋았던 예전처럼……."

살랑거리며 바람이 머리카락을 어루만지고 지나간다.
익숙지 않아서 어색한, 형편없는 미소. 그럼에도 나에게는.
"응. ―엄청 예뻐."
파인더 너머로 보이는 세상을 오려낸다. 몇 장이고 계속해서.
이 사진을 보면 미소를 떠올릴 수 있도록.
당장이라도 덧없이 사라져 버릴 것만 같은 환상적인 풍경을 눈에 아로새겼다.
이 순간만은 새로운 마음으로, 평범한 남매로서.
동심으로 돌아간 것처럼 누나와의 시간을 만들어 나간다.
그곳에 있는 것은 그림 속에 그렸던 이상적인 누나.
"이런 감정을 정말 오랫동안 잊고 있었어."
해바라기가 핀 것처럼 그 자리에 있기만 해도 환해지는 그런 미소.
"보답, 해야겠지. 기대하고 있어."
"이미 받았어."
최고의 답례를 받았다. 보상을 받은 것 같은, 그런 상쾌한 기분이었다.
이 미소의 가치에 비하면 그동안의 고생은 미미한 것이다.
"―언젠가 내가 사라진다면, 유키토 넌 슬퍼할 거야?"
갑작스러운 질문. 하지만 그 표정은 무서우리만큼 진지했고, 목소리는 떨리고 있었다.

생각할 필요도 없다. 너무나도 바보 같은 질문이다. 대답은 하나밖에 없다.

"울 거야."

"너, 울어 본 적 없잖아."

"최근에 울었어."

"그랬어?"

"엄마의 아들인걸."

"……하긴. 엄마는 울보니까. 나도 마찬가진가."

누나가 피식 미소 지었다.

"결국은 부모 자식이고 남매니까. 서로 닮는 건지도 모르겠어."

"누나?"

"가족인걸. 좋아하는 데 이유 같은 건 필요 없어. 그 사실을 새삼스레 깨달은 것뿐이야."

앓던 이가 빠진 것처럼 누나가 후련하게 말을 꺼냈다.

맑게 갠 파란 하늘이 아득히 높았다. 광대한 하늘 아래 우리들은 오랜만에 평범한 남매로 돌아갈 수 있었다.

"누나, 돌아갈까."

"그럴까. ……나는, 네가 준 오늘 이날을 잊지 않을 거야."

바람이 누나의 긴 머리카락을 살랑이며 지나간다.

"—유키토, 고마워."

누나가 다정하게 껴안아 준다. 태양과 초목 냄새에 섞인 누나의 냄새.

이게 바로 음이온인가. 긴장 완화 효과가 있는지 기분이 좋아졌다.

하지만 그 와중에도 가슴 깊은 곳에서는 조바심이 솟구쳤다.

내가 하려고 하는 일은 정말 옳은 걸까?

여기서 끝내면, 계속 이대로 있으면 행복하게 마무리할 수 있을 텐데.

어떻게 답을 내야 할지 모르겠다. 정답을 알 수 없다. 이 이상 누나의 마음을 가지고 노는 것에, 그걸로 얻을 수 있는 뭔가에, 대체 어느 정도의 가치가 있단 말인가.

갈등을 떨쳐낸다. 하지만 우울한 기분이 맑아지는 일은 없었다.

◆

동생 때문에 눈물이 터지고 말았다. 다시는 울지 않을 거라고 마음먹었는데, 쉽게도 그 맹세를 깨뜨리고 말았다. 한심하다. 하지만 신기하게도 마음은 홀가분했다.

그것은 분명 흘린 눈물이, 슬픔이 아니라 기쁨의 눈물이기 때문이리라.

그림은 정성 들여 다시 포장해서 집으로 보냈다. 방에 거는 것이 기대된다.

집으로 돌아가면 거울 앞에서 웃는 연습을 하기로 했다. 뺨을 꾹꾹 문지르며 굳어 버린 근육을 풀었다. 저 애가 만들어 준 원피스에 어울리는 사람이 되어야 하니까.

자연스럽게 웃을 수 있게 되는 날까지 소중히 간직해 두자.

아직도 가슴속에 감동이 남아 있다. 마지막으로 다시없을 추억을 주었다.

이 정도면 떨어져 있어도 외롭지 않겠지. ……그렇게 또 자신에게 거짓말을 한다.

포기해 버리게, 아예 나에게 고백해 왔던 그 미즈구치라는 동급생의 고백을 받아들일까.

……그럴 마음 따윈 없으면서. 타인을 끌어들일 수는 없다.

그 멍청한 소꿉친구와 같은 짓을 했다간 그걸로 상처 입는 건 동생이다.

평범한 여자로서 사랑을 한다. 그런 당연한 길이 내게도 있었을까.

언제부터 길을 잘못 든 걸까? 언제부터 이렇게 좋아하게 돼 버린 걸까?

동생은 줄곧 나를 책망하지 않았다. 그러기는커녕 오히려 자신이 민폐를 끼쳤기 때문이라고 사과해 왔다.

나의 죄를 결코 누구에게도 얘기하지 않고, 아무것도 바라거나 요구하지 않고, 내가 마음고생할 일이 없도록 거리를 두고, 내가 평범하게 지낼 수 있게 해 주었다.

그런 세심한 다정함을 깨닫지 못한 채, 나는 어쩐지 아쉬워서 경솔하게 계속 거리를 좁혔다.

여기서 더 좋아하게 되면 안 된다는 걸 아는데도, 그 선을 넘으면 안 된다는 걸 아는데도, 아무리 부정해도 소용없었다.

좋아한다. 사랑한다. 품은 마음을 이제 와서 없었던 일로 할 수 있을 것 같지 않았다.

그런 일을 해 줬는데 좋아지지 않을 리가 없다. 좋아지는 게 당연하다.

오늘을 맞이하기 전까지, 대체 얼마나 많은 준비를 했을까?

얼마나 많은 노력을 거듭했을까? 나에게는 그럴 가치 따윈 없는데.

그동안 나와 얽히지 않으려 했던 유키토가 나를 위해서, 나만을 생각해서 해 준 일에 나는 대체 어떻게 반응해야 좋은 걸까.

"여기는……?"

집으로 돌아가는 길, 유키토의 제안으로 다른 곳을 들렀다.

낯익은 공원. 내가 유키토를 심하게 다치게 한 그곳.

그날 이후로 한 번도 가까이 간 적이 없었다. 그런데 왜 이제 와서……?

"없어?"

"놀이기구는 철거됐어."

저도 모르게 꺼낸 혼잣말에 유키토가 대답한다. 의문으로 여길 것까지도 없는 일이었다.

그렇게 큰 사고가 났었으니 바로 철거됐겠지.

과거에 놀이기구가 있었던 장소에는 이제 아무것도 없었다. 텅 빈 이질적인 공백.

떠오르는 건 피투성이가 된 채 웅크리고 앉아 있던 유키토의 모습이었다.

몸이 얼어붙고 호흡이 거칠어진다. 떨리는 손을 감추듯 뒤로 돌렸다.

"미안."

"……왜 네가 사과해?"

불안이 소용돌이친다. 아까까지는 그렇게 행복했는데, 어째서인지 이루 말할 수 없는 공포가 온몸을 뒤덮는다. 여름인데도 단숨에 기온이 떨어진 것 같은 기분이 들었다.

밤의 장막이 내려온다. 어둠 속에서 가로등만이 우리를 비추고 있었다.

어쩌면 이 스포트라이트 밑에서 단죄가 시작되는 것일지도 모른다.

분명 꿈에서도 볼 만큼 원했던 일인데도, 지금은 그것이 너무나도 두려워 견딜 수 없었다.

"그날, 나는 누나의 세계를 망가뜨렸어. 있지, 혹시 이런 경험 안 해 봤어? 외톨이 아싸에게는 흔한 일인데, 사이좋은 그룹 안에 들어가려다 소외감을 느끼는 거. 난 외부인인데, 누나와 누나의 친구가 쌓아 올린 관계에 끼어들었어. 백합 사이에 낀 남자 같은 거지. 이물질이자 죽음으로 사죄해야 할 만행이랄까. 누나의 세계를 함부로 짓밟았어. 그건 내 잘못이니까, 누나가 거부한 건 당연했어. 잘못한 사람은 나야. 죄는 내가 짊어질게."

아냐! 너는 나쁘지 않아! 잘못한 건 나, 살인자는 나인데!

그렇게 외치고 싶었지만, 목소리는 목까지 차오른 채 나오지 않았다. 피해자가 가해자를 두둔하다니 있어서는 안 될 일이다. 섭리에 위반하는 소행. 하지만 동생의 목소리에는 분노도 비난도 배어 있지 않았다.

거침없이 그저 조용히 나를 향해 얘기하는 속마음. ……그렇구나, 이게 유키토의 세계였어.

동생이 보는 광경. 빛바랜 세피아 색을 띤. 늘 바닥에서 하늘을 올려다보는.

유키토는 언제나 아무도 나쁘게 말하지 않는다. 그것을 좋게 생각했다.

하지만 사정을 알고 이해하게 되자, 그런 말은 입이 찢어져도 할 수 없었다.

어쩌면, 어쩌면 이렇게 슬픈 세계인 걸까. 땅바닥에서, 밑바닥에서 하늘을 동경할 뿐이라니.

손을 뻗어도 닿지 않는 높은 곳을 계속 바라보았다. 주위에 아무도 없는 어둠 속에서.

"하지만 누나는 망가진 세계를 억지로 긍정해 버렸어. 나라는 이물질을 받아들이고 그게 옳은 일이라고 규정했지. 감정을 죽이고 마음을 부수면서."

그날의 감정을 떠올릴 수 없다. 이제 와서는 어째서 그런 바보 같은 짓을 했는지조차도 알 수 없었다.

하지만 기억에 따르면 확실히 그 순간 나는 동생을 혐오하고 거부했다. 그게 사실이다.

"누나, 이제 괜찮아. 무리하지 않아도 돼. 싫으면 싫다고 해도 상관없다고. 자신을 기만하고 왜곡하면서까지 좋아하려고 하지 않아도 괜찮아.”

유키토가 살며시 떨리는 내 두 손을 목으로 가져갔다.

“—읏! 너 설마, 알고 있었어?!”

“그냥 낌새를 알아차린 적이 있었을 뿐이야.”

핏기가 가셨다. 아냐, 그런 게 아냐, 그런 생각은 하지 않았어!

그렇게 소리를 지를 뻔했지만, 그런 변명을 대체 누가 믿는단 말인가?

벌을 바라다 더 큰 죄의 유혹에 사로잡혔다고, 말할 수 있을 리가 없다.

나는 몇 번이나 자고 있는 동생의 목에 손을 얹었다. 하지만 그건 의식 같은 것이다.

결코 용서받지 못할 나의 죄를 자각하기 위해서다. 실제로 목을 조를 마음은 조금도 없었다.

하지만 만약 유키토가 알아채고 있었다면, 기척을 느끼고 잠을 깬 적이 있었다면, 내 어리석은 행동은 어떻게 보였을까? 있지도 않은 살의에 겁을 먹은 적이 있었을지도 모른다.

그렇다면 나는 유키토에게 지금도 여전히 살인자로…….

“누나가 괴로워하는 모습을 더는 못 보겠어. 내가 싫으면 그냥 싫어해도 돼. 그러니까 이젠 자신을 용서해 줘. 놓아 주라고.”

“……무슨 소리를 하는 거야? 내가 너를 싫어할 리가—.”

유키토가 내 두 손을 잡은 손에 힘을 주었다.

싫어……. 하지 마, 하지 마, 하지 마! 그것만은 나에게 시키지 말아 줘!

섬뜩한 오한이 등줄기를 덮쳤다. 생명의 모독. 존엄의 유린.

"목을 조를 때는 전체에 힘을 싣는 게 아니라, 경동맥의 이 부분을 움켜쥐듯이 압박하면 효과적으로 의식을 잃게 만들 수 있어."

가벼운 어조로 토막 지식을 알려주듯 주저없이 그대로 목을 졸랐다.

유키토의 몸에서 덜컥 힘이 빠지고 무릎이 허물어졌다.

"……거짓말이야. 거짓말, 저기, 대답해?! ……왜 이런 짓을 하는 거야! 유키토, 유키토!"

예전처럼 웃는 얼굴을 보여 달라고, 웃어 달라고 말했잖아. 그런데 왜?!

웃는 얼굴을 보여 줄 사람이 사라져 버리면 그런 건 아무런 의미도 없는데.

다시는 이런 모습을 보고 싶지 않았어. 내가 지킬 거라고 맹세했는데, 내 손으로 유키토를!

동생의 몸을 흔들었다. 간신히 숨은 쉬고 있었다. 죽게 놔둘 순 없다, 죽게 놔둘까 보냐고!

착란에 빠지려는 것을 겨우 억누르며 스마트폰을 손에 들었다.

"맞아, 구급차!"

유키토의 손이 내 팔을 잡았다.

"쿨럭쿨럭! 우웨에에에에엑!"

의식을 되찾은 건지 마구 기침을 하며 괴로운 듯이 숨을 빨아들인다.

"괜찮아?! 왜 이런 짓을 하는 거야! 네가 없는 세계 따위 나한테는—."

그런 세계 따윈 살아갈 이유가 없다.

그런 세계 따윈 나에게 필요 없다.

"……유리 씨, 사라지지 못해서 미안."

그때와 같은 말. 심장을 날카로운 나이프로 도려내지는 것 같다.

나는 유키토를 죽였다. 너의 죄를 잊지 말라고 들이미는 것 같다.

"그만해! 사라져야 할 건, 사라지지 않으면 안 되는 건 네가 아니라 나야!"

"아냐, 틀렸어, 누나. 좋아한다고 말해 주는 사람이 있고, 소중하게 생각해 주는 사람이 있고, 슬퍼해 주는 사람이 있다는 걸 알았어. 그러니까 이제 나는 그때처럼 행동할 수 없어. 그래서 미안해. 더는 누나의 소망을 이뤄 줄 수 없어."

슬퍼 보이는 유키토의 표정. 하지만 방금 한 말은 그때와는 정반대였다.

예전에는 사라지기를 원하다 실패했다. 하지만 지금은 사라질 수 없다고 대답했다.

그것은 성장. 사랑받고 있다는 사실을 깨닫고 누군가를 위해 살고 싶다고 소망하게 된 것이다.

"내 소망이라고? 네가 사라지는 게? 그럴 리가 없잖아?!"

"누나가 무리할 필요는 없어. 인정해, 누나. 이대로 있다간 누나는 언젠가 망가질 거야. 계속 이렇게 진심을 속이는 행동은—."

"내 마음을 네가 멋대로 정하지 마!"

아무것도 모르는 순진한 동생. 손을 크게 휘둘러 따귀를 때리려다, 그런 짓은 도저히 할 수가 없어서 유키토의 뺨을 어루만졌다. 무리야……. 그도 그럴 게, 좋아하니까.

“너를 좋아해! 용서받지 못할 나의 허락받지 못할 사랑이라는 건 알고 있어. 말하지 않으려고 했어. 단념할 생각이었어. 그런데, 네가 다정해서…….”

눈물이 넘쳐흘렀다. 울지 않기로 다짐하고 참아 온 몇 년 치, 몇십 년 치의 눈물이 줄줄 흘러내렸다. 뚝뚝 지면을 적시기 시작한다. 한심했다. 너무 비참하다.

“그러니까 그건 누나의 착각이고—.”

“네가 나를 싫어해도, 나는 죽을 때까지 계속 사랑할 거니까.”

보답받지 못할 사랑이라고 해도 상관없다. 혼자 하는 사랑에는 익숙하니까.

만약 유키토가 말하는 것처럼 이 마음이 거짓이라고 해도, 나는 이미 이 마음을 진짜로 승화시키고 말았다. 무엇과도 바꿀 수 없고 그 누구도 부정하지 못하게 할 것이다. 그것이 설령 유키토라도.

“……누나에게 나는 증오스러운 적이지?”

“내가 이 세상에서 제일 사랑하는 동생이야.”

“……누나한테 나는 죽이고 싶을 만큼 원망하는 악마일 텐데.”

“아름답고 때 묻지 않은, 단 하나뿐인 보물이야.”

유키토가 곤혹스러운 표정을 짓고 있었다. 갑자기 이런 말을 들어 봤자 난처하겠지.

이럴 생각은 없었는데, 평생 묻어 둬야 했는데.

어찌 된 영문인지 분명히 나를 싫어했던 이 아이가, 최근에는 응석을 부려 주게 됐다. 체면 따윈 아랑곳없는 엄마를 부러워했던 내게 그건 꿈을 꾸는 듯한 시간이었다. 거리를 두려고 했는데도 그만큼 다가오는 이 아이에게 속절없이 농락당했다.

하지만 싫지 않았고, 무척 기뻤다.

—용서받았다고 생각해 버릴 만큼. 그런 말도 안 되는 망상에 젖어서.

"그럴 리가 없는데 말이야……."

기운이 빠졌다. 이제 지쳤다. 마지막으로 근사한 꿈을 꾸었으니, 그걸로 충분하다.

그렇게 멋진 그림과 원피스를 만들어 주고 나를 웃게 해 줬다.

더 이상, 대체 무슨 행복을 바란단 말인가?

"유키토, 고마워. 그리고 그동안 미안했어."

아마도 이것이 작별 인사가 될 것이라는, 그런 막연한 예감이 들었다.

외국으로 유학을 가더라도 나는 계속 유키토를 생각할 것이다. 그것만으로도 충분했다. 더 이상은 바라지 않는다.

이 아이가 행복해져 준다면, 그게 내 행복이니까.

"누나."

"왜 그래?"

뭔가 치명적인 실수를 깨달은 것처럼 미묘한 표정. 위화감을 느꼈다.

유키토가 난처한 기색으로 입을 열었다.

"…………어째 서로 다른 얘기를 하고 있는 것 같지 않아?"

"하?"

크로스 바이크를 밀며 집으로 향한다. 가는 길에 어긋난 서로의 인식을 짜맞춰 나갔다.

"유리 씨, 유학을 가려고?!"

별안간 밝혀진 새로운 사실에 경악을 감출 수 없었다.

꼭 위상(位相)이 틀어진 것처럼 기분이 아주 불쾌했다. 나도 누나도 멍청이다. 서로 하고 싶은 말만 할 뿐 조금도 얘기가 통하지 않았다.

둘 다 의사소통에 어려움을 겪는 것이 그야말로 남매였다. 이것도 오랫동안 틀어진 남매 관계의 폐해라고 생각하면 어쩔 수 없다. 그만큼 우리들은 단절된 관계였다.

다시 차분히 얘기를 나누자, 누나는 외국 대학으로 유학을 희망하고 있는 듯했다.

"외국 대학이라면 어디로 가는 거야? 누나라면 영국이려나?"

누나는 어학을 잘했다. 하지만 그중에서도 가장 능숙한 건 유키토어(語)라고 한다. 그게 뭐야?!

"……아니, 그게……."

"명확한 목표가 있다니 굉장하다. 누나는 나중에 어떤 일을 하고 싶어?"

"……그건, 그런 게 아니라…… 저기……."

"?"

왜 그러지? 유리 씨치고는 드물게 말끝을 흐린다.

"그러니까, 너한테는 이제 내가 필요 없으니까, 멀어지는 편이 나을 것 같아서……."

"무슨 소리야?"

"그치만, 넌 뭐든지 할 수 있잖아! 지켜 주겠다고는 말할 수 없고, 유키토 너도 날 싫어하잖아? 이런 몹쓸 누나인걸. 너야말로 무리하지 않아도 돼."

자세히 사정을 들어 보니 누나는 내가 싫으면서도 좋아한다고 자신을 세뇌하며 고통받았던 게 아니라, 자신의 존재의의와 역할을 잃고 멀어지는 것으로밖에 목적을 이룰 수 없다고 여겨서 고민하고 있었던 거였다. 요컨대 내가 했던 예측은 보기 좋게 빗나간 셈이다. 그저 지레짐작일 뿐이었다.

그게 뭐야아아아아아아아아아아아아아!

그동안의 대화는 뭐였던 거야?! 그렇게 진지하게 고민했는데 말이다. 무엇보다, 어쩌면 나는 유리 씨에게 또 쓸데없는 트라우마를 주고 말았을지도 모른다.

너무 창피해서 죽을 것 같다. 얼굴에서 불이 나는 듯했다. 페이스 오픈.

하아? 내가 유리 씨를 싫어하다니 그럴 리가 없잖아. 나와 유리 씨는 서로의 몸에서 모르는 곳이 없을 만큼 깊은 사이인데. 어쩌다 일이 그렇게……. (불가항력)

"내 마음을 누나가 멋대로 정하지 마!"

"그거, 아까 내가 했던 말이거든."

"그건 그렇지만. ―그런 이유로는 유학을 간다고 해도 응원할 수 없어."

"—읏! 미안, 내가 무신경했지."

"누나가 사라지면 외로울 거야."

"알았어. 바로 취소할게. 솔직히 유학은 정말 가고 싶지 않았어. 그도 그럴 게, 해외는 귀찮잖아."

태세 전환이 무시무시하다. 누나의 즉단 즉결은 여전히 신이 내린 수준이었다. 그래도 괜찮은 거야?

성대하게 한숨을 내쉰다. 이걸 어깨의 짐이 내려갔다고 해야 할지, 헛수고였다고 해야 할지 모르겠다.

그래도 누나의 고민을 해소했으니 이걸로 대단원이라고 할 수 있으리라. 지금은 그 사실을 기뻐하자.

"서로 오해가 있었다는 뜻이려나……."

"아… 마도 그렇겠지? 왠지 맥이 풀려 버렸어. 내가 했던 고민은 뭐였던 걸까……. 하아……. 여기까지 오는 데 너무 오랜 시간이 걸리긴 했지만, 하나씩 어긋남을 메꿔 가자. 시간은 앞으로 많이 남았으니까."

"그러게."

"그럼 먼저 내 좌우명부터 말할게. 내 전부는 너의 것. 너의 것은 너의 것. 나 자신도 너의 것."

"봉사 정신이 너무 흘러넘치는데?!"

이것이 천사 계급의 훈도인가. 이상한 녀석들이 꼬일까 봐 걱정되네…….

"이번엔 정말 민폐를 끼쳐서 미안. 휘두를 마음은 없었어. 그래도 하나만은 믿어 줘. 내가 유키토 너를 좋아하는 건 결코 거짓이 아냐."

"……분에 넘치는 말을 듣게 돼서 영광이야."

"말만 해서는 믿을 수 없겠지. 맞아, 그럼 하복부에 '동생 전용'이라고 문신을……."

"그것만은 절대 하지 말아 줄래?! 아무리 여름이라지만 발상이 너무 공포잖아!"

"하긴. 동생이 아니라 '유키토 전용'이라고 새기는 게 낫겠다."

"나을 리가 있겠냐고."

"내 허벅지에 '정(正)' 자를 써도 되는 건 너뿐이야."

대체 어디에서 그런 지식을 배워 온 걸까…….

그래도 뭐.

"역시, 이래야 유리 씨지."

응응. 이 크레이지함이 유리 씨의 원래 모습이다. 침울해진 모습은 어울리지 않았다.

강제로 휘둘리는 이 정도가 딱 적당하다. 나는 누나를 싫어할 일 따위 없으니까.

"처음부터 다시 시작하자. 엄마도 마마부터 다시 시작하고 있으니까, 우리도."

"너는 그래도 괜찮아?"

"누나는 웃는 얼굴이 훨씬 매력적이야."

서로를 싫어하는 줄 알았던 우리는 거리를 두려고 해 왔고, 서로 간섭하지 않았다.

하지만 그게 사실이 아니라면 다시 그때처럼 사이좋은 남매로 돌아갈 수 있을 터다.

"좋아해도 괜찮아?"

"그건 내가 결정할 일이 아니라는 말을 들어서 말이야……."

"웨딩드레스도 입혀 줄 거야?"

"응? 무슨 소리야?"

"하?"

"당연히, 누나한테도 이 내가 웨딩드레스를 입혀 줄게!"

"야호! 기대하고 있을게."

"네."

으음, 정말로 이 관계 그대로 가도 괜찮은 건가?! 어째 불안해지기 시작하는걸.

드디어 아파트가 보이기 시작했다. 오늘은 피곤하다. 얼른 쉬고 싶다.

"—유키토. 나, 더는 참지 않을 거야. 나는 너한테 진심이니까."

그렇게 말하며 뛰기 시작하는 누나의 표정은 과거에 봤던 그대로 다정한 미소를 띠고 있었다.

촬영 스튜디오의 대기실은 열기에 넘쳐흐르고 있었다.

메이크업 스태프 누나가 시오리에게 화장을 해 주고 있다. 전문가라 그런지 훌륭한 솜씨다. 시오리는 기운 차고 활발한 미소녀지만, 화장을 받자 요염함이 더해져 있었다.

간식으로 받은 과자를 먹으며 나는 메이크업 누나의 화장 기술을 훔치려 뚫어져라 쳐다보았다.

"유키, 이 옷, 역시 너무 부끄러워!"

"수영복보다 노출은 적은 것 같은데."

"싸움터에서 얇은 옷을 입는 건 잘못됐다고 생각해……."

"옛날부터 무희는 다 그랬어."

"……애초에 왜 하필 춤으로 능력이 오르는 건데?"

"그야 당연히 흔들리면 기분이 좋기 때문이지!"

"당연하지 않거든?!"

시오리가 얼굴을 붉혔지만, 본 촬영 직전이 되어서야 그런 말을 해도 곤란하다. 번복은 불가능했다.

뭐라고 해도 시오리의 몸에 맞춰 만들게 한 특별 주문품이다. 세상에 한 벌밖에 존재하지 않는다. 이것만으로도 제법 돈이 들었다. 물론 그건 우리도 마찬가지였다.

"설마 내가 이런 코스프레를 하게 되다니……. 누나가 보면 웃을 거야."

상큼 미남이 난처하게 웃으며 옷을 갈아입기 시작하자, 화장을 마친 시오리가 탈의실로 향했다.

"미호 너도 멋있어. 설마 이런 모습을 스즈네에게 보여 주게 될 줄이야. 코코노에 유키토, 고마워!"

화려한 의상을 입고 완전히 용사가 된 기분에 젖어 있는 열혈 선배, 별칭 용사 선배.

이 전신 갑옷 차림의 용사 선배는 기동력을 희생하는 대신 극한까지 장갑(裝甲)을 추구했다. 통칭 디펜시브 모델로, 골 밑에서 절대적인 수비력을 발휘한다.

"농구란 대체……?"

설마 농구(바스케)가 아니라 농그*였던 걸까. 분신술 같은 거라도 해 볼까…….

설정 자료집을 넘겨 보자, 쓸데없이 세심하게 만들어져 있었다.

어른들의 장난은 1절로 끝나지 않는다. 결과적으로 우리에게는 이득만 남았기에 걱정할 건 없었지만, 이 설정도 언젠가는 빛을 볼 일이 생기려나……?

우리는 현재 웹 광고 촬영을 앞두고 있다. 15초와 30초 버전 두 개다.

일의 발단은 내 SNS 계정에 날아온 기업의 의사 타진이었다.

대형 스포츠 브랜드에서 버니맨 모델의 농구화, 일명 바스켓 슈즈 제작을 제안했다. 올여름 콜라보 굿즈 발매 결정!

처음에는 버니맨뿐이었지만, 열혈 선배 추방 소동을 거쳐 히무라 선배가 '용사'라 불리며 전국적인 지명도를 획득하자, 겸사겸사 용사 모델도 만들자는 얘기가 나왔다.

게다가 영상에 같이 찍힌 상큼 미남과 시오리도 종종 주목을 받고 있었다.

미호 코우키는 미남에 운동 신경이 탁월하고, 카미시로 시오리는 규격 외의 피지컬을 보유한 미소녀다.

* 바누케, 〈쿠로코의 농구〉에서 유래한 단어로 실제 농구와 달리 초인적인 플레이를 하는 농구를 말한다.

이참에 아예 팀 '스노우 래빗츠'로 통합해서 제작하자는 식으로 일이 진행되게 된 것이다.

그야말로 지나친 농담이다. 탐욕스러운 어른들의 간계로 기획은 순식간에 진행되었다.

하지만 그렇게 되자 버니맨인 나나 용사인 히무라 선배와는 달리 개성적인 이명이 없는 코우키와 시오리는 캐릭터가 빈약해질 수밖에 없었다.

그래서 담당자와 머리를 맞대고 상의한 결과 탄생한 아이디어가 이것이다!

<환생하니 농구부였던 건>, 약칭 <환농>.

해시태그 '#환농'으로 검색, 검색!

광고도 이 설정을 바탕으로 제작될 것인데, 놀랍게도 우리들은 이 세계에서 환생하는 것이 아니라, 검과 마법과 농구의 판타지 세계에서 이 현대로 환생해 왔다는 황당무계한 설정을 갖고 있었다.

이 획기적인 해결 방법 덕택에 '용사' 히무라 선배, '검성' 코우키, '무희' 시오리라는 개성이 각자에게 부여되었다. 용사, 검성, 무희로 이루어진 용사 파티의 탄생이다.

초기 시오리의 설정은 마법사였지만, 시오리는 아무리 생각해도 마법사가 될 만한 피지컬이 아니다. 그래서 한때는 무술가가 될 뻔했지만, '어이쿠, 기다리시게!' 하고 내가 제동을 걸었다. 비록 피지컬은 최강이지만 시오리도 여자다. 뇌가 근육으로 된 캐릭터로 만들기는 불쌍했다.

생각해 보라. 무술가보다는 무희가 생긴 것도 훨씬 최강이지 않은가. 크헤헤헤.

내 제안은 만장일치(시오리 제외)로 확정됐다.

그렇게 5종류의 농구화가 발매하기로 결정되었던 것이었다.

뭐, 4종류 아니냐고? 자자, 기다려 봐.

이세계물에는 공주님이 필수라고 생각하지 않아?

개인적으로 공주님 하면 아름답고 긴 머리카락이라는 인상이 있다.

내가 누나에게 말을 건 건 지극히 당연한 흐름이었다. 내가 제안한 아르바이트의 정체다.

"……왠지 진정이 안 돼."

고귀한 기운을 내뿜으며 호화로운 드레스를 입은 유리 씨가 옷 갈아입기를 마치고 모습을 드러냈다.

남성진들 사이에서 탄성이 터져 나왔다. 넋을 잃고 쳐다볼 법한 미인이 그곳에 있었다.

이세계에서 환생해 온 공주 그 자체다. 【SSR/8성 프린세스 유리】.

"역시 코코노에 유키토의 누나야. 잘 어울리는데!"

"그런가? 뻔한 인사치레는 듣고 싶지 않아."

"누나, 엄청 예쁘다!"

"잘 어울리지? 그래도 난 너만의 공주님이니까."

누나가 다독이듯 나를 어루만졌다. 고민이 해결된 탓인지, 요즘 유리 씨는 기분이 좋아 보였다.

어머니와의 엄정한 협의 끝에 내 방에서 자는 건 일주일에 각각 3

일찍으로 결정됐다. 제발 자기 방에서 자라고.

누나 말로는 유학은 정말이지 가기 싫었다고 한다. 애초에 해외로 나가는 것 자체를 좋아하지 않는다나.

그만큼 누나로서 상황을 심각하게 인식하고 있었던 모양이다. 민폐를 끼쳤습니다.

"나 때랑은 반응이 너무 차이 나지 않아?"

히무라 선배가 석연치 않은 표정을 지었지만, 코우키도 덮어놓고 절찬 중이다.

하긴 그럴 수밖에. 유리 씨는 미인이니까.

"광고 촬영이 끝나면 이 차림으로 이세계 플레이를 하자."

"구체적으로 말하자면?"

"그러게……. 그럼 이런 건 어때? 고블린 무리에게 잡혀서 희롱당하려던 나를 네가 씩씩하게 구해내고 덩크슛을 성공시키는 거야."

"세계관이 너무 참신하잖아!"

물어보지 말 걸 그랬다. 나는 후회했다. 대체 무슨 세계인 거야, 환농은!

"다 갈아입긴 했는데, 창피해애……."

당당한 누나와는 반대로 얼굴을 붉히며 무희 복장의 시오리가 나왔다.

입가를 가린 신비로운 베일, 상반신에는 비키니 타입의 옷을 입고 하반신에는 파레오*처럼 생긴 천을 두르고 있었다. 신비에 싸인 듯한 인상을 주는 시오리의 모습에 감탄이 새어 나왔다.

---

* 타히티의 전통 복장.

"흐응, 야하네."

"전혀 감출 생각 없이 당당하게 성희롱을 하기 시작했어?!"

충격을 받은 시오리가 경직돼 있는데, 꼭 춤으로 버프를 걸어 줬으면 좋겠다.

판타지 세계 하면 떠오르는 것이 방어력이라곤 하나도 없어 보이지만 존재하는 수수께끼의 방어구다. 비키니 아머가 그 대표격이라 할 수 있는데, 시오리의 의상도 예외없이 방어력은 전무해 보였다. 일격사를 피할 수 없겠지.

이렇게 〈환농〉 코스프레 집단이 전부 모였다. 정말이지 초현실적이다.

여름방학 중에 이 복장으로 몇 차례 행사에도 출연하기로 했다. 시오리가 히잉 울고 있었다.

여담이지만 광고뿐만 아니라 스폰서 계약도 체결했다.

계약 내용은 무사 수행 때 각자 지정된 농구화를 신는 것뿐이다. 무사 수행을 하러 가면 반드시 누군가가 찍은 영상이 올라온다. 더할 나위 없는 홍보 효과다.

그 밖에도 운동화뿐만 아니라 버니맨 개인으로서 의류회사와도 컬래버레이션을 했다.

버니맨 로고가 들어간 티셔츠와 후드티, 수건 등의 의류 용품 판매는 물론, 볼펜이나 아크릴 스탠드, 캔 배지, 책받침 같은 각종 버니맨 굿즈들도 발매된다. 여기도 진행이 이상하게 수월해서 무서웠다.

이제 버니맨이라는 괴물은 완전히 내 손을 떠났다.

내 팔로워는 여전히 의미불명의 카오스를 형성하고 있다. 그래서 인지 담당자를 만날 때면 상대방이 딱딱하게 긴장하고 있기도 했다. 나는 완전히 도시 전설 속 괴인이 됐다. 팔로워의 위광인지 미팅을 하러 가면 회사 윗분들이 줄줄이 인사를 하러 왔다.

덕분에 그 신뢰도와 확산력으로는 이미 검증이 완료돼 있었다.

이미 농구 잡지에 게재될 스노우 래빗츠의 화보 촬영과 인터뷰도 마쳤다. 나만 설정에 충실하게 문장에도 전부 어미에 토끼를 붙여 달라고 요청했다. 프로 의식이라고 말할 수 있으리라.

각종 미디어에서도 취재 요청이 쇄도하고 있지만, 전문지에서 온 제안만 받아들이고 있다.

임시수입은 말할 것도 없이 엄청나게 불어나고 있다. 눈이 $ 마크다.

이렇게 되자 여름방학에 아르바이트라도 해서 돈을 벌어야겠다는 생각은 조금도 들지 않았다. 듣기로는 벌써 농구화 예약이 들어와 있다고 한다.

눈에 띄고 싶지 않았을 터인 버니맨은 동네에서 목격되는 조금 수상한 괴인에서 인터넷상의 괴이가 되어 결국 광고에까지 출연하며 전에 없이 눈에 띄고 있었다.

새삼스레 감개무량함을 느낀다. ……어쩌다 이렇게 된 거지.

“어라? ……누나, 내 대본이 이게 맞아?”

“그래.”

15초 광고 촬영이 끝나고 그대로 30초 광고 촬영에 돌입했다.

실내 스튜디오에서 장소를 바꿔 이번에는 야외 코트에서 촬영한다.

광고는 '이세계 편'에서 '현대 편'으로 이동하는데, 동영상 사이트에서 송출될 15초짜리 광고와 공식 사이트에서 볼 수 있는 30초짜리 완전판 광고 동시 공개라는 구성이다.

뒷이야기가 궁금해지는 결말로, 공식 사이트 접속을 유도하는 구조로 되어 있다.

이세계 편 마지막에서 환생해 무대는 현대로 이동한다. 그리고 다시 시작되는 농구 대결.

로케 버스 안에서 대본을 확인하자 어찌 된 영문인지 나만 마지막 5초가 공백이었다.

다른 사람들에게 확인하자 다들 같은 대사였다. 저마다 역할에 따라 세세한 부분들은 다르지만, 마지막만큼은 동일했다. 어째서인지 지문에는 '축복한다'라고 적혀 있었다.

"유리 씨, 저희들의 마지막 대사가 '에에에에에에에에에에에에에엑?!'이라고 돼 있는데…… 이게 맞는 건가요?"

"무슨 뜻이야?"

시오리와 열혈 선배가 확인한다. 왜 나만 대사가 없는 건지도 모르겠다.

"유키토, 나는 알고 있어. 이건 파란이 일어날 전조야……. 그렇지, 안 그래?!"

상큼 미남이 주춤거렸다. 담당자와 대본을 상의해 채운 건 누나다.

자신도 도움이 되고 싶다고 나서 주었다. 천사 그 자체 아닌지. 원래는 관계자가 아니다 보니 누나로서는 소외감을 느꼈을지도 모르겠다.

누나는 거듭된 회의 끝에 최고의 내용으로 완성됐다고 자화자찬했다. 담당자도 '이건 분명 화제가 될 거예요!'라고 말하며 절찬을 아끼지 않았지만, 아직 그 편린은 보이지 않았다.

차로 이동해 야외 코트에 도착한 뒤 약간의 불안감을 품은 채 광고 촬영 준비를 시작했다. 이상하네. 어째 오한이 나기 시작하는데?

'이제 나는 너에게 필요 없다. ……확실히 그렇지.'

표정으로 드러나지 않게 속으로 자조한다. 설마 이런 날이 올 줄이야.

그렇게 수면 부족에 시달렸던 것이 거짓말처럼 안온한 나날. 모두 동생 덕분이다.

예전부터 소동에 잘 휘말리는 아이였다. 그에 일조했던 내가 할 말은 아니지만, 그런 동생을 반드시 지키겠다고 굳게 다짐하고 있었다.

하지만 정신을 차리자 그럴 필요는 이미 사라지고 없었다.

'미안해. ……유키토 너한테는 미안하지만, 난 이미 예전으로는 돌아갈 수 없어.'

우리에게 있는 건 리셋이 아니라 리메이크다.

한 번 더 다시 시작하는 것이 아니라, 새로운 형태로 다시 만드는 것이다.

나는 살인을 저지를 뻔했다. 하지만 내가 죽이려고 했던 동생이 그것을 막아 주었다.

무리야. 내가 동생을 죽일 수 있을 리가 없어. 하지만 내게 동생을 지킬 필요 따윈 없었어. 그도 그럴 게 저 애는 아주 강하고 용감하니까. 오만한 착각. 그날부터 오늘까지 보호받고 있었던 건 나였는데.

공백을 채우듯 많은 얘기를 나눴다. 즐겁고 행복하게. 저 애가 숨기고 있던 진심을 말해 주었다. 숨김없이 있는 그대로.

—저 애는 나를 소중히 여기고 있었다. 나를 미워하고 있지 않다.

그것만으로도 이렇게 보답받은 듯한 기분이 든다. 마음이 따뜻하다.

동생을 좋아한다고 믿으려 했던 게 아니다. 자신에게 동생을 좋아한다고 강제하지도 않았다. 오히려 그 반대다. 동생이 나를 싫어하는 줄 알았다. 미움받고 있다고 굳게 확신했다. 원망하는 게 당연하니까.

하지만 그런 일은 없었다. 그 시절 그대로 동생은 나를 좋아하고 있었다. 사랑받고 있었다.

그 사실을 알게 된 이상, 더는 마음을 억누를 수 없었다. 참는 건 불가능했다.

4번째 살인. 내가 동생을 죽일지도 모른다고 자만하는 건 이제 그만뒀다.

오만했다. 나 같은 사람이 휘두른 칼이 저 아이에게 닿을 리가 없다. 그럴 힘이 나에게는 없는 것이다.

유키토는 나에게 무엇보다 간절했던 안도감을 주었다.

좋아해도 된다고 말해 줬어. 사랑해도 된다고 받아들여 줬다고.

웨딩드레스도 입혀 줄 거지?

누나를 이런 기분이 들게 하다니, 어쩌면 이리도 다정한 악마일까.

유키토는 나를 종종 천사에 비유했는데, 천사와 악마라면 그건 역시 금기 그 자체다.

금단의 과실을 입에 대는 것에 망설임은 이제 없었다.

속이 후련하다. 세계에 이렇게 색이 입혀져 보이는 날이 올 거라곤 생각도 하지 못했다.

자신의 모습을 내려다본다. 여성들에게는 동경일지도 모르지만, 공주님은 솔직히 말하자면 내 스타일이 아니었다. 그래도 저 애가 골라 줬으니까, 나는 당당히 공주님을 연기할 것이다.

유키토가 무슨 의도로 나를 공주로 선택했는지는 알 수 없다.

하지만 나는 성에서 용사를 기다리기만 하는 공주는 될 수 있을 것 같지 않았다.

—기다려. 그걸, 네게 증명해 줄 테니까.

버니맨 슈트가 벗겨지고, 털썩 무릎을 꿇었다.

"그런…… 토끼 같은……."

내 앞에 내밀어진 패배. 세계를 위기로 몰아간 악마가 쓰러지는 날.

만신창이가 된 용사, 검성, 무희. 그럼에도 그 표정에는 승리의 기쁨이 흘러넘치고 있었다.

"우리들의 인연도 여기서 끝이다!"

버니맨 VS 용사 파티의 오랜 사투가 막을 내렸다.

이세계로 환생하고도 계속된 기구한 인연에 찍힌 종지부.

추방당했으나 절망의 구렁텅이에서 되살아난 용사의 집념이 버니맨의 야망을 격파했다.

……내가 각본을 써 놓고 말하려니 좀 그렇긴 하지만, 대체 뭘까, 이건?

저도 모르게 정신을 차리고 어딘가 냉정하게 태클을 걸면서도 나는 그 순간이 오기를 조용히 기다렸다.

"자, 용사. 지금이야말로 마지막 일격을!"

무희가 마지막 일격을 재촉한다. 어쩌면 이것이 버니맨을 토벌하고 해피엔딩을 맞이하는 내용이라고 생각하고 있을지도 몰랐다. ―그럴 리가 없는데도.

촬영이 막바지로 접어든다. 드레스를 입은 채 넘어지지 않도록 버니맨 곁으로 걸음을 서둘렀다.

동생은 정말이지 위기감이 부족했다. 키득. 뭐, 그 점이 귀엽긴 하지만.

조금도 의심하지 않고 나에게 대본을 맡기다니. 그것도 공주님이라는 역할까지 주고 말이야.

유키토에게 나는 공주님이라는 뜻일까? 그렇다면, 그 기대에 부응해 주겠다.

하나도 빠짐없이 사랑스럽다. 이 감정에 한계가 없다는 걸 깨닫고 말았다.

포기하고 있었다. 이제 나는 필요 없는 존재라고 생각하고 있었는데.

지금도 내가 한 짓은 용서할 수 없다. 이대로 평생을 보낸대도 그것을 용서할 날은 오지 않을 것이다.

그럼에도 그런 나를 구해준 건 다른 누구도 아닌 동생이었다.

방에 걸린 그림을 보며 거울 앞에서 매일 웃는 얼굴을 계속 연습하고 있다.

조금이라도 저 아이의 이상에 가까워질 수 있도록. 자랑스러운 누나로 남을 수 있도록.

너무나 많은 것을 받고 말았다. 갚으려면 이 몸과 마음을 다 바쳐도 한참 부족했다. 칩, 판돈은 내 생애 그 자체다.

이 몸이 썩어 문드러질 때까지 동생을 사랑할 것을 맹세한다.

각오를 다지자 두려울 건 아무것도 없었다. 마음이 가볍다.

좋아할 것을 계속 강제한 끝에 사랑할 것을 계속 강제한다고 해도 상관없다.

그런 인생도 분명 즐거울 터다. 이전까지도 앞으로도 오직 너를 위해서.

이 세상에 유키토보다 나를 행복하게 해 줄 존재는 없으니까.

“버니맨 님, 저는 당신을 사랑해요!”

전력으로 달려가 안겼다. 유키토는 내 남아도는 힘에 휘청거리긴 했지만, 제대로 받아 주었다.

탄탄한 근육. 어느새 이렇게 듬직해졌다.

나는 귓가에 유키토에게만 들리도록 속삭였다.

"연습의 성과, 보여 줄게."

"어?"

당황하는 동생에게 입을 맞춘다.

미끈거리며 서로의 혀가 뒤섞였다. 5초 동안의, 타액이 실처럼 늘어질 만큼 진심 어린 키스.

"에에에에에에에에에에에에엑?!"

대본대로 뒤에서 축복(?)하는 목소리가 울려 퍼졌다.

"이이이이이이, 이게 뭐어어어어어어어?!"

"—말했잖아. 진심이라고."

한 번 더 속삭이며 미소 짓는다. 내가 지을 수 있는 제일 환한 미소로.

이 마음이, 단 한 명의 사랑하는 사람에게 전해지도록.

제6장 「그 여름, 잊지 못하리」

세상을 요동치게 만든 웹 광고는 순식간에 높은 조회수를 기록하며 크게 화제가 됐다.

이미 100만 조회수를 훌쩍 넘었고, 200만 조회수도 시간문제다.

고등학생을 대상으로 한 광고면서도 과격함으로 승부하고 있다고 호평이 자자했다.

내 SNS는 광고가 공개되는 날 '엔다아아아아아아아아아아아아'로 점령당했다.

누나가 끝까지 비밀로 한 내용은 '미녀와 야수'를 토대로 하고 있었다.

광고는 누나가 키스한 뒤, 반짝거리는 이펙트가 나를 뒤덮고 저주가 풀려 버니맨에서 원래 인간으로 돌아오기 직전에 끝난다. 다음 내용이 궁금하겠지! 제2탄도 열심히 제작 중이다!

결국 내 정체는 밝혀지지 않지만 새삼스러운 얘기다. 설정상으로는 내가 버니맨이 되기 전에 공주님과 서로 사랑하는 사이였다고 한다. 설정에 너무 공을 들였다.

누나의 미소는 시청자들의 마음을 사로잡으며 많은 이를 매료시켰다. 출연 문의가 쇄도하는 모양이었지만, 본인은 '나갈 리가 없잖아, 그런 걸.' 하며 쌀쌀맞게 거절했다.

농구화 예약도 매우 순조롭다. 우리도 이미 실물을 받아 봤는데, 성능이 뛰어난 최신형이라 그런지 발에 아주 착 감겼다. 사이트는 이쪽. 아래 URL을 클릭↓

스폰서 계약도 체결해서 졸업까지 3년 동안 반년마다 제품을 제공받게 됐다.

"독신인 나한테 자랑하는 것도 아니고 말이야……. 이 망할 인싸가. 내가 말했지, 코코노에 유키토? 더 이상 소동을 크게 키우지 말라고. 말했지? 분명 들었을 거야. 안 그래?"

"하지만 대답한 기억은 없는데요."

어째서인지 핏대를 세운 사유리 선생님이 나를 몰아세웠다.

"심지어 팝업스토어 개최라고?! 너란 남자는 얌전히 있을 수 없는 거야?! 학교가 알려지고 나서는 직원실에도 문의가 쇄도하고 있다고!"

"안심하세요, 선생님. 선생님 몫의 후드티와 티셔츠는 따로 챙겨 뒀으니까요. 실내복으로 입으세요. 뭐하면 다른 굿즈도 선생님이 원하시는 대로 챙겨 드릴게요."

"칫! 프리사이즈로 줘. 여차하면 되팔 거니까."

"되팔지 말라고."

여름방학은 짧다고 말한 위인이 있었지만, 나는 그렇게 생각하지 않는다. 한 달이 넘게 휴가를 받을 수 있는 건 학생의 특권이라고 말할 수 있으리라. 적어도 사회인이 돼 버리면 긴급 사태 선언이라도 선포되지 않는 한 그렇게 오랜 기간을 쉬기는 어려웠다.

클램봄*이 웃고 있는 거 진짜로 완전 웃긴데. 나는 그런 생각을 하며 사유리 선생님이 여름방학에 지켜야 할 여러 주의 사항을 늘어놓는 것을 한 귀로 듣고 한 귀로 흘렸다.

나는 지금 진지한 공부 모드다. 오로지 눈앞의 과제에만 집중한다.

"특히 거기 코코노에 유키토. 제발 방학 중에 문제를 일으키지 말아 줘! 벌써 배가 터질 것 같다고. 나도 휴가 중에 학교로 불려 나오기는 싫으니까. 이렇게 부탁한다."

"뭐 뭐. 교장 선생님께 말씀드려서 유급 휴가를 쓰기 쉽게 해 드릴 테니까요."

"그건 다른 선생님들을 위해서라도 꼭 좀 부탁할게. 쓸 수 없는 유급 휴가는 그림의 떡이라고. 나도 좋아하는 가수의 라이브 공연이 평일에 열릴 때마다 할머니를 죽이고 싶어져."

"혹시 지난달에 참석하신 법사**도 위장 살인이었던 건가요?"

"나한테는 할머니가 여덟 분 계셔. 그런 걸로 해 줘."

유급 휴가는 노동자의 권리이며, 유급 휴가를 내는 이유도 원래라면 밝힐 필요가 없다.

악질적인 교칙도 그렇고 유급 휴가도 그렇고. 일본의 이런 좋지 못한 관례는 얼른 개선되어야 한다.

"아무튼 나의 안녕은 너한테 달려 있으니까!"

"말려드는 것뿐이지 문제를 일으키고 싶어서 일으키는 게 아니에

* 미야자와 겐지의 작품 〈야마나시〉에 등장해 웃다가 살해당하는 정체불명의 무언가로 작가가 창작해 낸 단어라 실제로는 존재하지 않는다.

** 죽은 사람의 넋을 달래고 명복을 기리는 불교 행사

요."

대부분 문제가 내 쪽으로 다가왔기에 마주치기 전까지는 대처할 방법이 없었다.

"뭐, 그건 나도 알고 있지만……. 아무튼 평화롭게 지내 줘. 나도 피곤하니까. 너 그거 알아? 다른 선생님들이 요즘 나한테 묘하게 다정한 거. 신경을 써 주고 있다고. 아직 아슬아슬하게 20대인데. 아슬아슬하게 20대인데 말이야!"

"잘된 일이잖아요."

"네 탓이거든? 알고 있어? 응? 뭐, 됐어. 그럼 다들, 혹시라도 사고 나는 일이 없도록 조심하면서 지내. 여름방학을 마치고 왔는데 난데없이 얌전하던 여학생이 다른 사람처럼 변모하는 일이 없도록 하란 말이야. 도를 지나치든 레를 지나치든 자유지만, 피임만은 제대로 해. 그럼 해산."

저질스러운 데다 낯 뜨거운 주의 사항을 마지막으로 사유리 선생님이 교실 밖으로 나갔다. 내 신뢰도는 가격 측정 불가 수준으로 바닥. 그때쯤에는 거의 끝이 보이고 있었다.

자리 변경으로 옆자리에 앉게 된 갸루 미네다가 말을 걸어 온다.

"코코노에, 아까부터 뭐해? 엄청 서두르고 있는데."

"그게, 막 여름방학 숙제를 끝낸 참이야."

해답란을 전부 채운 프린트물을 미네다에게 보여 준다. 고등학생이 되면 얼마나 많은 숙제를 받을지 경계하고 있었는데 의외로 별것 아닌 양이었다.

프린트물과 문제집, 남은 건 작문 같은 전통적인 것들뿐이다.

"여름방학은 아직 시작도 안 됐는데?! 내일부터라고!"

"참고로 작문도 다 끝냈어. 나는 늘 독후감을 10개씩 저장해 두고 있거든."

"진짜네……. 전부 다 끝냈어……."

장기 휴가 중에 받는 숙제는 변형한다고 해 봤자 어차피 거기서 거기다.

재미도 없게 매년 독후감 같은 거나 숙제로 내는데, 그래서 미리 써 두면 쉬는 동안 숙제를 하지 않아도 되는 셈이다. 애초에 독후감은 작가의 생각에 공감했습니다 같이 말만 그럴싸하게 적어 두면 굳이 책을 읽지 않아도 쓸 수 있다.

걸핏하면 요즘 젊은이들은 책을 안 읽는다고 시비를 걸고 싶어 하는 사람이 보이는데, 웹 소설 등의 대두로 어지간한 아저씨, 아주머니보다 활자를 많이 접하는 것이 요즘 젊은이들이다. 말해 주라고, 요즘 젊은이들.

"뭐야, 여름방학에 바쁜 일이라도 있어?"

쓴웃음을 지으며 안면 피카딜리가 다가왔다. 여름방학을 앞두고 들뜬 기색의 상큼 미남은 의외로 어린애 같았다.

"뭐? 나는 외톨이 아싸라고. 바쁠 리가 없잖아!"

"왜 버럭 하는 건데!"

그건, 일단 계속 외톨이 아싸라고 주장해도 통하려나 싶어서. 보아하니 안 될 것 같네.

"애초에 여름방학이라고 해도 여태까지는 대체로 병원에 입원하는 패턴이 많았으니까. 뭐, 고독하게 지내는 수밖에 없지. 다치지 않는 것만 해도 어디야."

"무섭다고, 네 과거는. 그리고 왜 자꾸 나라는 존재를 깜빡하는 거야? 고대하던 여름방학이잖아. 같이 놀자, 알겠지? 애들이랑 상의했어. 바다에 갈 거야."

하얀 치아가 반짝이며 빛났다. 전부터 생각한 건데, 상큼 미남 너 나를 너무 좋아하는 거 아냐? 심지어 여자들에게 인기가 많은데도 누구랑 사귄다는 말은 딱히 들어보지 못했다.

"바다? 얼마 전에 시오리랑 다녀왔는데."

"이번엔 낚시가 아니라 해수욕이야! 가자, 유키!"

해수욕이라니, 그거야말로 기억에 없는 이벤트다.

"유키토도 올 거지. 멋진 추억이 될 거라고 생각해."

히나기도 가는 모양이다. 바다라. ……그런 여름도 즐거울지도 모른다.

"가 볼까."

"응!"

담임에게 망할 인싸라고 매도당한 게 방금 전이지만, 사유리 선생님 죄송합니다.

저, 인싸가 되겠습니다!

◆

"아르바이트? 네가?"

"응. 유키토랑 다른 애들을 보다 보니 나도 여름방학에 뭔가 해 보고 싶어서."

"뽑기가 망해서 갑자기 돈이 필요해졌어? 폭사는 관두라고 그렇게—."

"아냐! 그런 게 아니라, 나도 유키토처럼 다양한 일을 체험해 보고 싶어서 그래."

쉬는 시간, 들떠서 낙서장에 초대형 미로를 그리고 있는데, 히나기가 고민 상담을 해 왔다. 듣자 하니 여름방학에 아르바이트를 하려고 생각 중인 모양이다.

"카페나 편의점은 어때?"

"민폐 아닐까?"

"엇, 그래?"

하~, 곤란하다. 히나기의 생각은 도쿄 히요코 만주보다 물러 터졌다.*

"알겠어? 요즘 서비스 업종은 점점 더 복잡해지고 있어. 결제 방식 하나만 놓고 봐도 현금, 카드, 교통 카드, 전자 머니로 종류도 풍부해서 아주 성가시다고. 여름방학 단기간만 아르바이트해 봤자 일만 배우고 끝날걸. 그렇게 업무에 적응이 됐을 때쯤 그만두게 되면 아무리 인력이 부족하다고 해도 기업도 단기로 학생을 고용하기 싫겠지."

"……그런가, 말을 듣고 보니 그런 것도 같아. 평소에는 신경 쓰지 않았는데, 직원들도 힘들겠다. 그럼 유키토는 그것 외에 어떤 아르바이트가 나한테 잘 맞을 거라 생각해?"

* 일본어로 무르다, 안이하다는 단어에는 달다는 뜻도 있다.

눈썹을 팔자로 만들고 있는 히나기. 하지만 그 노동 의욕은 정말 높게 평가하고 싶다.

히나기가 할 만한 아르바이트라. 으음, 뭐가 있으려나……?

"임상 실험…… 다단계…… 정보 판매…… 전달책…… 되팔이…… 바이럴……."

"잠깐만 기다려! 뭐야, 그 불온한 단어들은?!"

"절대 안 맞을 것 같아서."

"그야 당연하지!"

씩씩거리는 히나기. 달래려고 손가락 세 개를 세워 보였다.

"그렇게 조바심 내지 마. 좀 더 마음에 여유를 가지라고. 이건 코코노에 유키토 오른손 법칙이야. 엄지는 '용기(유키)'. 검지는 '희망(키보)'. 중지는 '화장실(토이레)'을 의미하지."*

"너는 정말……. 들어 줄 테니까 말해 봐."

앞 글자를 따면 딱 용희화(유키토)가 된다. 기억하기 쉽지?

히나기가 깊게 한숨을 내쉬며 미간을 꾹꾹 눌렀다.

"즉, 수업 중이나 통학 때 배가 아파서 화장실에 가고 싶어지면 용기를 내서 즉시 행동으로 옮겨야 해. 그러면 희망이 기다리고 있다는 뜻이지. 참는 건 몸에 안 좋아. 화장실에 가지 못할 때의 그 절망감이란 마음에 여유를 가질 수도 없을 정도니까."

"무슨 얘기를 하는 거야!"

나도 모르게 탈선하고 말았다. 무슨 얘기를 하고 있었더라, 그렇지, 돈 얘기를 하고 있었다.

* '용기, 희망, 화장실'의 일본어 발음은 각각 '유키, 키보, 토이레'이다.

"이 법칙은 봉인한 건데 말이야……. 코코노에 유키토 왼손 법칙이야. 엄지가 '유괴', 검지가 '협박', 중지가 '도망'을 의미하지. 손쉽게 현금을 벌기 가장 적―."

"이 바보!"

히나기에게 호되게 야단을 맞고 있는데 좋은 생각이 떠올랐다.

"그러고 보니 히나기, 지금도 책 읽는 걸 좋아해?"

"어? 응, 맞아. 그래서 서점 같은 데서 아르바이트를 하는 것도 조금 동경하고 있었어. 앞치마도 귀엽잖아. 헤헤헤."

아까까지 나를 비난하던 게 거짓말처럼 활짝 크게 웃는 히나기. 그렇구나, 독서를 좋아하는구나.

"다양한 경험을 하고 싶다고 말했지. 하지만 딱히 돈이 필요해서 아르바이트가 하고 싶은 건 아니고. 그렇게 이해하면 돼?"

"으, 응. 왜 그래? 또 무슨 생각이라도 떠올랐어?"

"나만 믿어, 히나기. 이거라면 네 페이스로도 가능한 데다 지식욕도 채울 수 있어. 나머지는 네 의욕에 달렸지."

"그렇게 괜찮은 아르바이트가 있어?"

"아르바이트는 아니지만, 한번 써 볼래? 웹 소설."

"…………뭐? 읽는 건 좋아해도…… 나, 소설 같은 건 써 본 적이 없는데……?"

"그거야 처음엔 누구나 다 그래. 좋았어, 해 보자. 광고 수익을 버는 거야!"

"잠깐만, 갑자기 그렇게 말해도……."

"우선은 최신 트렌드부터 공부하자, 히나기. 랭킹을 보면서 인기

작부터 학습하는 거야. 산쵸지 선생님도 예술의 여름이라고 말했으니까. 그렇게 돼서 지식인 나츠메, 부탁 좀 할게."

"갑자기 와서는 대체 무슨 소릴 하는 거죠, 코코노에?! 왜 갑자기 납죽 절을 하는 거예요?!"

"말 그대로야. 자, 도쿄 히요코 만쥬 줄 테니까."

"대놓고 뇌물을 보내지 마세요! ……너무 달아서 목이 마르네요."

"자 여기, 멜론 소다."

"코코노에, 좀 더 미각을 고려해서 라인업을 구성해 주시겠어요?"

"저, 저기, 유키토. 정말로 내가 소설을 쓰는 거야?"

"무슨 일이든 시도해 보는 게 중요해. 경험치는 행동하지 않으면 입수할 수 없으니까."

"……하긴. 응, 왠지 재미있을 것 같아! 나도 열심히 해 볼까나."

히나기도 관심이 동한 모양이다.

이리하여 작가, 스즈리카와 히나기가 첫걸음을 내디뎠다.

◆

"저기, 코코노에 선생님! 숙제를 좀 봐도 괜찮을까요?"

"공짜로 보여 줄 수는 없지."

방과 후, 여름방학 마지막 날에나 보던 풍경이 여름방학 전부터 펼쳐졌다.

"같은 반 친구에게 돈을 뜯어내거나 하지는 않겠지……?"

눈동자만 위로 굴리며 정확하게 나를 교란시킨다. 역시 갸루. 이

련 쪽의 협상에는 도가 텄다.

크크크. 하지만 물러, 무르다고, 미네다. 나는 갸루에 대처하는 방법을 배웠다.

"그럼 팬티를 보여 주실까?"

"—뭐?!"

"잠깐만 유키토, 너 무슨 소리를 하는 거야?!"

"그, 그런 짓은 하면 안 돼!"

당황한 기색으로 히나기와 시오리가 제지한다. 반 전체가 술렁이고 있었다.

"큭! 큰일을 하려면 다소의 희생은 감수할 수밖에 없나. 오늘 입은 건 내 마음에 드는 거니까 누가 봐도 괜찮아……. 여름방학을 위해서니까. 이 정도는 참아 내겠어! 알았어. 그렇게 보고 싶으면 봐, 코코노에!"

"미네다도 진심으로 받아들이지 마!"

"유키, 어떻게 돼 버린 거야?!"

"둘 다 대체 왜 이래. 조금 진정하자고. 알겠어? 갸루에게 마음대로 농락당하지 않으려면 선제 팬티를 말이지—."

"그건 아마도 선제 펀치일걸, 잘은 모르지만!"

어라? 혹시 뭔가 착각했나? 누나가 '너는 여자 운이 나쁘니까 갸루랑 얽히면 선제 팬티를 하는 거야.'라고 말해서 그런 건데, 잘못 들었던 걸까.

그렇구나, 펀치구나. 팬티가 아니라…….

응, 보고 싶다는 생각 같은 건 안 했어. 정말이라니까?!

◆

집으로 돌아오자 묘한 표정의 어머니가 거실에서 기다리고 있었다.

거실 안은 무거운 공기에 짓눌려 있다. 어머니는 몹시도 험악한 표정이었다.

무슨 일이 생긴 걸지도 모른다. 혹시라도 무슨 일을 저질렀나 싶어 짚이는 구석이 없는지 기억을 더듬어 봤는데, 짚이는 구석밖에 없었다. 너무 많아서 하나만 꼽을 수가 없는데요. 나란 녀석은 대체…….

"아주 중요한 얘기가 있어. 들어 주겠니?"

"상관은 없는데, 무슨 일이야?"

어머니가 천천히 뭔가를 꺼냈다. 그것은 한 장의 팸플릿이었다.

"Go To 트래블*도 시작됐으니까 가족 셋이서 여행이나 가지 않을래?"

"이 분위기에서 할 얘기가 그거라고?!"

"……그치만, 처음이잖니. 가족끼리 같이 여행하는 건."

"그러고 보니 그랬던가?"

"온천이라도 어때? 2박3일 정도로."

"괜찮지 않으려나."

"정말?! 정말 가 주는 거야? 한 입으로 두말 하진 않겠지?"

"그렇게 자꾸 확인하지 않아도……."

* 코로나 이후 침체된 여행수요를 회복하고 국내 관광 활성화를 위해 여행 경비를 일정 금액 지원하는 제도.

"그치만, 기뻐서—."

어머니의 눈이 촉촉해졌다. 확실히 가족 셋이서 여행을 간 적은 여태껏 한 번도 없었다. 내가 전부 거절했기 때문이다.

어머니에게 소외당하고 누나에게 미움받는 줄로만 알았던 내게 그것은 기껏 여행을 가는데 내가 동행하면 제대로 여행을 즐길 수 없을 거라는 배려였다.

두 사람의 기분을 불쾌하게 만들고 싶지 않았다. 언제부턴가 어머니와 누나가 함께 여행을 가는 동안 나는 집을 지키는 것이 보통이 됐고, 나도 그것에 아무런 의문도 품지 않았다.

하지만 과거가 그랬다고 해서 지금도 그러리라는 보장은 없다.

그 진의는 알 수 없다 해도, 어머니와 누나는 호의를 숨기지 않게 됐다.

그럼에도 같이 가고 싶다고 말해 줬으니, 순순히 초대에 응해도 될 만큼은 나라는 존재가 허용되고 있다고, 그렇게 믿고 싶었다.

가족끼리 온천에 가는 건 처음이다. 막상 결정이 나자 여행을 떠날 날이 기대됐다.

가족여행을 떠날 기회는 앞으로 더 없을지도 모르니까.

"기대된다, 엄마. —잠깐, 와와!"

또 끌어안기고 말았다. 이 집에 사는 사람들은 남을 부둥켜안는 버릇이라도 있는 건가?

설마 아들이 같이 가 준다고 할 줄이야! 같이 가자고 말해 보길 잘했다. 이번에도 또 거절당할 줄 알았는데, 무슨 심경의 변화인 걸까.

그래도 지금은 그저 기쁘기만 했다. 기대감에 소녀처럼 가슴이 두근거렸다.

그동안 가족여행조차 제대로 하지 못했다. 저 아이가 늘 사양해 버렸기 때문이다.

왜냐고 이유를 물어도 한 번도 대답해 준 적이 없었다.

아마 그 이유는 아주 민감하리라. 그리고 아들이 그렇게 생각하게 만들어 버린 건 나의 죄다. 내가 사랑해 주지 못했기 때문에, 저 아이는 죄를 짊어지고 말았다.

저 아이의 여자 운이 나쁜 것도, 늘 상처를 입고 마는 것도 전부 내가 원인이다.

저 아이가 태어난 이후로 16년. 너무나도 지나치게 길었다.

꼬일 대로 꼬인 관계는 아직 완전히 수복됐다고 말하기 힘들다. 아주 비뚤고 복잡하게 뒤엉켜 있어 푸는 데 얼마나 시간이 걸릴지 알 수 없었다.

간신히 앞으로는 평범해질 수 있을지도 모른다는 옅은 희망에 불이 켜졌다.

하지만 그조차도 고된 여정이 될 거라는 사실은 알고 있다. 평범한 관계로 돌아가려면 16년이라는 시간을 되찾아야만 하니까.

마마부터 다시 시작하고 있는 나는 아직 목적지에 도착하지 못했다. 가족으로 보내는 시간, 엄마로 접하는 시간. 이제부터 그것들을 전부 되찾으려면 시간이 얼마나 있어도 부족했다.

또다시 16년이나 허송하는 건 용납되지 않았다. 그랬다간 그때 저 아이는 더는 내 곁에 없을 테니까. 그러니 평범하게 해서는 때를 맞출 수 없다.

터무니없이 과잉되고 농밀한 애정을 쏟아붓는 것만이 유일한 방법.

하루하루에 16년 치의 애정을 전부 쏟아 사랑한다. 가족애, 친애, 혹은 그것과는 다른 이성에게 쏟아붓는 것 같은 애정마저도. 어떤 형태든 상관없다.

어떤 '사랑'이든 상관없다. 차이나 구별 같은 건 아무래도 좋았다.

나는 내 모든 것을 바쳐 그저 사랑하기로 결심했다.

그것이 아무리 고통스럽고 이상하다 해도.

더는 후회하고 싶지 않으니까—.

◇

여름방학 하면 라디오 체조. 라디오 체조하면 아침을 일찍 하는 게 정석이지만, 그건 어디까지나 방송 시간 문제로 인한 것이다.

내 경우 라디오 체조 음원을 CD로 구매했기에 몇 시에 하든 상관없었다. 뭐, 요즘 같은 시대에 CD라는 것도 레트로하지만. (체조를 마치면 누나가 스탬프를 찍어 주는 시스템)

애초에 고등학생씩이나 돼서 아직까지 라디오 체조를 하고 있다는 것도 어떤가 싶긴 하지만, 그래도 여름방학 동안의 약속이니까. 나는 정해진 틀을 사랑하는 남자, 코코노에 유키토였다.

나는 아침에 일어난 뒤 환상의 라디오 체조 제3탄으로 몸을 풀곤

했지만, 지금은 긴장으로 몸이 굳어져 있었다. 이게 데이트 약속이었다면 가슴이 설레였을 수도 있겠지만, 그런 건 없다.

오히려 교내에서 나를 눈엣가시로 여기고 있을지도 모르는 사람과 만나기로 했다. 약속 시간에 딱 맞춰 낯익은 모습이 내 쪽으로 다가왔다.

"에~, 오늘은 일진도 좋고—."

"왜 그렇게 딱딱하게 인사하는 거죠?"

"라이벌이잖아요, 저희."

"아니거든요! 정말 당신이란 사람은 여전하네요."

"그래서, 무슨 용건으로 저를 만나자고 하셨나요, 산죠지 선생님?"

"학교 밖이잖아요. 그렇게 의식하지 않아도 돼요. 교사가 학생에게 편한 대로 안팎으로 잘라 나눌 수 있는 존재가 아니라는 건 알지만, 적어도 잔소리를 하려고 와 달라고 한 건 아니니까요."

산죠지 선생님은 블라우스에 타이트스커트, 힐이라는 재킷을 걸치고 있지 않은 만큼 평소보다 어느 정도 가벼운 복장이었다. 옆에서 보기엔 일 잘하는 사무직 여성으로밖에 보이지 않는다.

오전에 산죠지 선생님에게 역 앞으로 호출당한 나는 대체 무슨 얘기를 하려나 싶어 벌벌 떨고 있었지만, 선생님의 표정은 부드러웠다. 안경 너머로 보이는 눈도 평소만큼 엄격해 보이지는 않았다. 자신을 있는 그대로 드러낸 선생님은 무척 매력적이었다.

산죠지 선생님에게 연락이 왔을 때는 놀랐지만, 사실 속으로는 조금 기뻤답니다.

"여기서는 얘기하기 힘드니까, 제 집으로 와 주세요."

"응, 응?"

선생님 집에 내가? 여름방학에? 한 여름 동안의 경험?!

"집이 크지 않나요?"

"산죠지 가는 대대로 교사로 일해 온 집안이에요. 아버지, 어머니, 숙모, 숙부도 다 교육자시죠. 자랑을 하려는 건 아니지만, 굉장하죠. 가끔 압박감을 느낄 때도 있지만, 아무튼 걱정하지 말고 들어와요."

도내에 위치한 단독 주택. 그것도 제법 크다. 생각지도 못하게 산죠지 선생님의 뿌리를 알게 됐다.

현관을 지나가자, 커다란 골든 리트리버가 왕왕거리며 종종걸음으로 다가왔다. 짖지도 않고 몸을 비비적거린다. 나는 기세를 유지하며 그대로 폭신폭신한 털을 어루만졌다.

"어머, 이누키치가 이렇게 따르다니 별일이네."

"그 네이밍 센스는 뭐죠?"

이누키치를 어루만져 주자 기분 좋은 듯이 울음소리를 낸다.

예전에 코코노에 가에서도 애완동물을 기를지 의논한 적이 있었다. 하지만 당시에는 어머니가 바빴고, 스스로를 챙기기도 힘든 누나는 애완동물을 보살필 만한 성격이 되지 못했기에 그대로 없던 일이 됐다. 나는 키우고 싶었는데…….

"실은 암컷이에요."*

"불쌍한 이누키치……."

* 이누키치는 보통 수컷 개에게 붙이는 이름이다.

이누키치의 처량한 눈이 내게 뭔가를 호소하고 있었다.

"자, 내 방으로 가죠. 마실 걸 가져올 테니까 잠시 기다리고 있어요."

"시, 실례하겠습니다?"

딱히 누가 안에 있는 건 아니라 대답도 없었다.

보통 가정방문이라고 하면 선생님이 학생의 집을 방문하기 마련이다. 그런데 어째서 반대로 학생인 내가 선생님의 집에 있는 걸까. 심지어 담임도 아닌 산죠지 선생님의 집에 말이다.

어찌 보면 적진이라고도 할 수 있다. 언제 지뢰를 밟을지 알 수 없다.

산죠지 선생님의 방은 5평 정도려나. 널찍하게 여유가 있었다. 성격이 반영된 건지 깔끔하게 정리 정돈돼 있었다. 개인 물건에 함부로 손을 댈 수는 없었기에 준비된 방석에 얌전히 앉아 주위를 둘러보는 수밖에 없었다.

그런 내 긴장한 모습을 곁눈질하며 선생님이 케이크와 음료를 내왔다.

"단 거 좋아해요?"

"네. 유일한 취미가 디저트 순례라서요."

"후훗. 여자애 같네요, 당신."

평소에는 이래저래 호통을 치는 산죠지 선생님의 모습만 보고 있는 만큼, 웃는 얼굴을 보자 신선했다. 산죠지 선생님은 앨범을 꺼내더니 눈앞에 내려놓았다. 그리고는 똑바로 나를 쳐다보았다.

"코코노에. 당신, 나를 기억하고 있나요?"

"? 최근엔 이런저런 일로 호출하셔서 자주 뵙고 있다고 생각하는데요."

"그런 뜻이 아니에요. 우리는 당신이 초등학생 때 처음 만났어요."

"초등학생 때요? 아, 맞다. 그러고 보니 결혼 약속을 했었죠!"

"입에 침도 안 바르고 거짓말을! 날조하지 말아 주겠어요?! 그런 게 아니니까요. 무슨 소리를 하는 건지. 사람을 놀리면 못써요! 나이 차이도 제법 난다고요……."

점점 말끝을 흐리는 산죠지 선생님. 정해진 틀이 어긋나고 말았다.

하지만 초등학생 때라고 말해도 전혀 기억이 나지 않는다. 옛날부터 변변찮은 일만 당해 왔던 탓인지 나는 망각하는 것에 특화돼 있었다. 기억해 봤자 괴로울 뿐이니까.

"죄송해요. 전혀 기억이 안 나요."

"그래요. ……아니, 그건 분명 떠올리기 싫은 기억으로 만들어 버린 내 탓이겠죠. 미숙했던 제가 당신을 그렇게 만들어 버렸어요. 이걸 봐요, 코코노에."

선생님이 앨범을 펼쳤다. 교복 차림의 초등학생들이 한가득 찍혀 있다.

그중 한 사람, 지독히 무표정하고 진지한 얼굴의 소년이 있었다.

그 소년만은 주위에 아무도 사람이 없이, 혼자 찍혀 있었다.

이건 나인가? 그리고 담임 선생님의 이름에는 산죠지 스즈카라고 적혀 있었다.

“저는 당신이 초등학생 때 담임이었어요. 그때는 정말 미안했어요.”

물기를 머금은 눈동자, 자리에서 일어선 산죠지 선생님이 깊숙이 고개를 숙였다.

초등학생. 그리고 그 담임. 그쯤 되자 망각이 특기인 나도 떠오르는 기억이 있었다.

—초등학교 저학년 때면, 내가 처음으로 ‘누명’을 썼을 때다.

교육실습생으로 와 있었던 여성의 소지품이 하나 사라졌다. 그리고 그것이 어째서인지 내 책상 안에서 발견됐다. 내 입장에서는 맑은 하늘에 날벼락처럼 억울한 얘기였다.

교육실습생 선생님은 결코 화를 내지 않았다. 온화한 미소를 지으며 다정하게 타이르듯이 내게 주의를 주었다. ‘나쁜 행동을 했으면 솔직하게 사과해, 알겠지?’라고.

하지만 아무리 그렇게 말해도 모르는 건 인정할 방법이 없었다. 나는 계속 부인했다.

교육실습생 선생님은 화를 내지 않았지만, 담임 선생님은 자신의 죄를 결코 인정하려 하지 않는 나를 보고는 격노해서 몹시 화를 냈다.

‘네가 한 짓은 절도야. 알겠니? 이건 범죄란 말이야!’라고.

당연히 나는 교실 내에서 고립됐다. 반 아이들도 다들 피해서 혼자 지냈다.

이대로 있다간 끝이 나지 않는다. 나는 하는 수 없이 문제를 직접 해결하기로 결심했다.

소지품이 사라진 날, 절도를 했을 것으로 예상되는 시간대에 자신이 했던 행동을 전부 밝혀내 그 시간에 누구와 어디에 있었고 뭘 하고 있었는지 모조리 목록으로 만들어 제출했다.

그 과정에서 수상한 사람을 압축해 범인도 찾아냈다.

이렇다 할 교분은 없었던 같은 반 남자애였다. 교육실습생 선생님이 좋아서 우발적으로 소지품을 훔친 순간 누가 오는 소리가 나서 반사적으로 황급히 근처에 있던 내 책상에 집어넣었다고 했다. 정말 민폐라고밖에 할 말이 없었다. 나는 모든 증거를 모아 범인과 함께 선생님 앞에 내놓았다. 담임과 교육실습생이 무어라 말했지만, 내가 알 바는 아니었다.

시시한 사건, 시시한 결과. 아카시아 나무처럼 단단한 멘탈을 가진 나는 그 무렵에는 이미 아무 생각도 하지 않게 되어 있었기 때문이다.

나를 범인 취급해 왔던 반 아이들과 친하게 지낼 마음도 들지 않아서, 나는 그 뒤 진급해서 반이 변경되기 전까지 담임 및 반 아이들과 일절 말을 섞지 않고 지냈다.

실로 반년에 가까운 그 시간 동안, 학급 내에는 계속해서 어색한 분위기가 흘렀다.

집단 괴롭힘으로 발전할 낌새를 보였을 때는 철저히 저항해 진압했다. 폭력은 모든 것을 해결한다.

자신들이 잘못했다는 죄책감 때문도 있겠지만, 내가 공부도 운동도 잘하는 바람에 단순히 건드리기 까다로웠던 것일 수도 있다. 애초에 당한 만큼 갚아주는 사람이 나다.

정말 아득한 과거다. 실로 초등학생 시절의 암흑기라고도 부를 수 있을 만한 사건이었다.

"그때의 담임 선생님이 산죠지 선생님이셨군요. 완전히 까먹고 있었어요."

"죄송해요……. 제가 당신에게 즐거운 추억을 많이 만들어 줬어야 했는데, 오히려 없애 버리고 말았어요. 사과한다고 용서받을 일이 아닌 건 알고 있어요. 그래도 사과하게 해 주세요."

산죠지 선생님은 깊이 고개를 숙인 채 결코 들려 하지 않았다.

"괜찮아요. 저도 덕분에 부당한 일에 대처하는 방법을 배웠고요."

"코코노에, 당신은 역시……."

슬픈 기색의 산죠지 선생님을 보며 어떻게 해야 할지 고민했다. 나는 정말로 신경 쓰지 않았다.

그 정도 일에 일일이 신경을 쓰고 있을 수도 없었다.

하지만 그 사실을 산죠지 선생님에게 말하는 건 망설여졌다. 괜히 더 걱정할 것 같았기 때문이다.

어떡하면 좋지? 선생님은 나에게 뭘 원하는 걸까?

사죄는 무엇을 위해 행해지고, 선생님은 왜 하필 이제 와서 나에게 그걸 했을까?

용서한다…… 용서하면 되는 건가? 하지만 나는 화가 나지 않았다.

그럼 어떻게 용서하면 되는 걸까? 맞다, 그런 식으로 누나를 계속 괴롭혔다.

어떡해야 평소 같은 산죠지 선생님으로 돌아와 줄까?

생각하자. 나는 이제 사고를 내던지지 않을 것이다. 방기하지 않는다. 답은 분명 있을 터다.

그러니 전하자. 도망치지 말고 있는 그대로. 생각하는 걸 그대로.

"선생님, 앉아서 같이 케이크 먹어요."

"하지만……."

"제가 그렇게 하고 싶어요."

"……알았어요."

그 무렵의 기억은 없다. 추억 따윈 없었다. 기억나는 건 그런 일이 있었다는 사실뿐이다. 담임은 물론이고 반 아이들 중에 누가 있었는지조차 잊어 버렸다.

한 사람의 이름도 떠올릴 수 없었다. 하지만 정면에 앉아서 괴로운 듯이 눈을 내리깔고 있는 산죠지 선생님의 모습을 보는 건 어쩐지 싫었다.

그런가, 그렇다면—.

"그럼 선생님께서 가르쳐 주세요. 그때 있었던 일들, 어떤 반이었는지. 어떤 반 아이들이 있었는지. 모처럼 이렇게 앨범도 있잖아요. 선생님이 얘기해 주세요. 지금 이렇게 다시 만났으니까요."

간단한 일이다. 알고 있는 사람, 기억하는 사람이 있으니 그 사람에게 물어보면 되지 않겠는가. 혼자였다면 여전히 알 수 없었겠지. 누군가에게 의지하지도, 누군가가 옆에 있지도 않았을 터다. 답은 지극히 단순명쾌하고 간결했다. 나는, 그냥 응석을 부리기만 하면 된다.

"—그래도 괜찮은 건가요?"

"저는 전혀 기억이 안 나서요, 가르쳐 주지 않으시면 몰라요."

"아, 알았어요! 앨범은 이것 말고도 더 있으니까, 잠시만 기다려 주세요!"

산죠지 선생님이 납죽 엎드린 채 네발걸음으로 책장 쪽을 향해 간다.

하지만 나는 깨닫고 말았다. 곤란해! 이 자세는 곤란하다고, 스즈카!

산죠지 선생님은 스커트를 입고 있다. 심지어 길이가 짧은 타이트스커트다.

스타킹을 신고 있다고는 해도 그런 상태로 엎드린 채 내 쪽으로 엉덩이를 돌리면 필연적으로 그렇게 돼 버린다.

"……선생님, 팬티."

보라색이었다. 아주 멋진 걸 봤어!

마음속 메모리에 보존해 두는 나였다.

"그러고 보니 선생님은 어쩌다 고등학교 교사가 되신 거예요?"

앨범을 둘러보며 선생님에게 다양한 얘기를 들었다. 합창 콩쿠르와 운동회, 소풍. 당시 나는 모든 학교 행사를 보이콧하고 있었는데, 지금 돌이켜보면 어른스럽지 못했다. 젊은 혈기의 소치다.

"무서워졌거든요."

"무서워요?"

"1년 동안 어떻게 할 엄두도 못 내고 수수방관했어요. 계속 발버둥 쳤지만 아무 소용이 없었죠. 시간만 흘러갔어요. 제가 학생들에게 끼친 악영향이 인격 형성에 영향을 끼치거나 학생들을 나쁜 방향으로 인도해 버린다면? 그렇게 생각하니 교단에 서는 게 겁이 나더군요. 직접 저를 찾아와서 다른 반으로 옮기고 싶다고 말한 학생이 나온 것도 충격이었어요."

산죠지 선생님의 표정은 어두웠다. 그만큼 고뇌해 왔음을 엿볼 수 있었다.

"자신감을 잃고 정열도 빛바래서 더는 안 되겠다 싶어 한 번은 퇴직했지만, 고등학교라면 교사가 학생에게 끼치는 영향이 그렇게까지 크지는 않을 거라는 생각에 다시 채용시험을 받았어요. 그리고 당신과 재회했죠."

"제가 원인이었네요……. 죄송해요, 선생님."

우울한 과거에 저도 모르게 고개가 아래로 내려갔다. 나는 까맣게 잊고 있었는데.

"아니에요! 제가 미숙했던 거예요. 어른이 다 되지 못했어요. 퇴직하고 나서 1년 정도는 매일 스스로를 다시 점검하는 시간을 보냈어요. 학생들에게는 최악의 담임이었다고 원망을 받고 있겠죠. 당신처럼 기억에서 지워 없애거나 다시는 떠올리고 싶지 않은 과거로 묻어 두지 않았을까요. 어느 쪽이건 얼굴을 볼 낯이 없네요."

난처한 듯이 미소를 지었지만, 그 표정은 가여우리만큼 슬퍼 보였다.

"부탁할게요. 저는 어떻게 다시 일어설 수 있었지만, 이 재회는 운명이라고, 그렇게 믿고 있어요. 대충 알아차렸을 수도 있겠지만, 그 사람은 마음이 꺾여 꿈을 포기하고 말았어요. 저와 엮이는 바람에 그 사람의 커리어는 망가지고 말았어요. 그 사람을 구해 주세요. 스즈리카와에게 당신 얘기를 많이 들었어요. 당신이라면 충분히 가능할 거라 믿고 있어요."

"맡겨만 주세요."

"고마워요. 역시 당신은 다정한 사람이네요."

안심한 듯이 산죠지 선생님이 미소 짓는다. 경솔하게 떠맡긴 했지만 상관없다. 쉬운 일이니까.

하지만 잔혹하다 할지라도 이 말만은 반드시 해야 했다.

"그런데 부탁에는 보수가 뒤따르기 마련이라고 생각하지 않으세요?"

"…………네?"

손바닥 뒤집듯 불온해진 전개에 산죠지 선생님이 식은땀을 흘렸다.

가방에서 주섬주섬 스케치북을 꺼낸다. 빰빠바빠~암.

"……설마, 코코노에? 혹시 그 건을 말하는 거예요? 지금 그 건을 말하는 거 맞죠?!"

"기대하고 있었어요. 자, 시작해 볼까요."

"무리니까요! 다, 다시 생각해 주세요! 이런 칠칠치 못한 몸에 매력 따윈 없어요. 안 그래요? 당신도 어차피 실망할 거라고요!"

나는 당치도 않다고 말하듯 고개를 내저었다.

"칠칠치 못해? 그게 뭐가 나쁘죠?! 사과한다고 해서 용서받을 일이 아니라고 아까 말씀하셨죠? 저는 아직 용서하지 않았다고요. 아~

아, 반 애들 앞에서 그렇게 모욕을 당했는데 말이야. 얼마나 힘들고 슬프던지."

"크으으윽! ……생각이 너무 짧았다고, 정말로 반성하고 있어요! 하지만 그것과 이건……."

"도저히 그런 태도로 보이지 않는데요?"

신이 나서 마구 도발한다. 평소에는 방어에 급급해 제대로 공격할 여유도 없었던 만큼 마음껏 공격할 수 있는 상황이 되자 고양감이 솟구쳤다.

"……그래도 부끄러운 건 부끄러운 거라……."

여기까지 와서도 양손 검지를 콕콕 맞대며 변명하고 있다.

"이렇게 생각해 보세요. 만약 여학생이 아저씨랑 러브호텔에 들어가는 광경을 선생님이 우연히 목격했다 치고 나중에 학생에게 사정을 캐물었을 때, 학생이 아무 일도 없었다고 말하면 그걸 믿으시겠어요?"

"그건 아니죠. 아무리 의심만으론 벌을 내릴 수 없다고 해도, 둘이 그런 곳에 들어간 시점에서 잘못이 있다고 단정하기 충분한 근거가 되니까요. 설령 그걸 끝으로 아무 일도 없었다는 게 사실이라고 해도 뒤집을 수 없어요."

"지당하신 말씀이세요. 같은 예로, 오늘 전 선생님이 불러내셔서 댁에 와 있는데, 이걸 끝으로 아무 일도 없었다고 말하면 주변 사람들이 과연 믿어 줄까요? 설마요, 그럴 리가 없죠!"

"잠깐만요! 들킨 것도 아니고, 그럴 생각으로 부른 게—."

"그걸 정하는 건 저희가 아니에요. 안심하세요. 자택이라 들킬 수도 없으니까요. 아무튼 제가 하고 싶은 말은, 아무 일도 없는 게 부자연스럽다면 무슨 일이라도 생기는 편이 자연스럽다는 거죠."

"지극히 정론이라는 것처럼 말하지 말아 주세요! 저도 모르게 납득해 버리잖아요! 정말, 당신이란 학생은 어째서 나 같은 노처녀를—."

"그럼 이제 그만할게요."

팩 토라져 봤다.

"뭐예요, 갑자기?! 갑자기 냉담하게 굴지 마세요. 설마 케도에게 부탁하려고 그러는 건가요? 그런 건가요?!"

나는 딱히 아무 말도 하지 않았다. 토라졌을 뿐이다.

"알았어요, 벗을 테니까! 제가 대신하면 되잖아요?! 하지만 시간을 주세요. ……그, 겨드랑이를 밀고 올 테니까요. 아뇨, 아예 레이저 제모를 할 시간을 주세요! 이 상태로는 도저히 참을 수가 없어요!"

"안 돼요. 예술이니까요."

"이 나이쯤 되면 사람을 만날 일도 없어요! 그래서 관리가 살짝 소홀해지는 건 어쩔 수 없는 일이라고요! 애초에 뭐가 예술이라는 거죠? 그저 단순히 당신이 흥미가 동한 것뿐이잖아요!"

"지당하신 말씀이세요."

"어쩌면 이렇게 때 묻지 않은 순수한 눈을 할 수 있지?!"

"보세요, 이누키치도 이렇게 말하고 있잖아요. 그치?"

"멍멍."

"어느새 이누키치를 길들였어?!"

어슬렁거리며 방 안으로 들어 온 이누키치가 내 등에 올라타고 있었다. 무겁다…….

나와 산죠지 선생님의 공방은 그 뒤에도 30분 동안 계속되었던 것이었다.

◆

패스 코드, 지문 인식, 얼굴 인식. 보안은 밤낮으로 견고해지기만 한다.

항간에서는 스마트폰을 분실하기만 해도 인생이 끝나는 사람도 있다고 하지만, 너무 귀찮아서 잠금조차 생략하고 있는 나는 상시 노 가드 상태다. 원래부터 쓸 일도 별로 없거니와, 제대로 들어 있는 데이터도 없다. 누가 들여다본다고 해도 아무런 문제가 없다. ―그랬을 터다, 여태까지는.

"현재 가장 큰 적은 누나인가……."

나는 내 방에서 혼자 머리를 싸매고 있었다. 어떻게 할 거냐고, 이걸!

나는 산죠지 선생님 집에서 돌아왔지만, 또 사고를 치고 말았다.

보라색의 무언가를 마음속 메모리에 저장해 놓고 즐기던 나는, 아무래도 죄책감이 들어 산죠지 선생님에게 보인다고 솔직하게 말했다.

분명 그걸로 끝났어야 했는데, 무슨 생각을 한 건지 선생님은 '사과의 뜻이에요. 아 당신도 고등학생이니까 그…… 신경이 쓰이면 찍어도 괜찮아요. 하지만 절대 들키면 안 되니까요!'라고 말해 주었다.

의미를 모르겠다. 다시 한 번 말한다. 의미를 모르겠다.

그리하여 마음속 메모리가 아닌 스마트폰 메모리에, 사진이라서 이 경우에는 스토리지라고 해야겠지만, 도저히 남에게 보여 줄 수 없는 금단의 사진이 저장되고 말았다. 너무 위험하다. 혹시라도 누가 보게 되면 산쇼지 선생님에게도 민폐를 끼칠 것이다.

하지만 동정인 나는 이 사진을 삭제하는 그런 잔혹한 행동은 할 수 없었다…….

그래도 나쁜 건 산쇼지 선생님이라고 생각한다. 나는 아니겠지?

"……역시 파묻는 수밖에 없나?"

숨길 장소를 찾아봤지만 내 방이면서도 나보다 어머니와 누나의 물건이 더 많은 이 방에 안전지대는 존재하지 않았다. 숨기려면 외부밖에 없었다.

타임캡슐처럼 땅속에 묻어 두고 몇십 년 뒤에 꺼내는 건 어떨까?

야외에 떨어져 있는 야한 책도, 의외로 이런 경위를 통해 탄생한 것일지도 모른다.

"너, 오늘 어디에 다녀왔어?"

여전히 노크라는 개념이 존재하지 않는 누나가 목욕을 마치기 무섭게 내 방으로 직행해 왔다.

내 스마트폰을 서슴없이 들여다보는 폭거를 저지를 사람이라면 누나밖에 없는데, 이걸 어떻게 감춘다……. 엇, 잠까아아아아아아아아아안!

"왜, 왜 바지를 안 입고 있어?!"

"선제 팬티니까."

"끈질기게 써먹네, 그 소재! 그렇게 계속 끌고 갈 만한 것도 아닌데!"

적당히 해. 탱크톱에 팬티라는 과격한 한여름 스타일로 다가온 누나는 태평하게 우유를 마시고 있다. 내 시선은 마구 접영했다. 그리고 역시 선제 팬티가 맞았잖아! 시오리한테 나중에 한마디 해 줘야겠다.

"뭐 어때서. 너도 좋잖아."

"멋대로 단정하지 말아 주시겠어요."

"혹시 좋아하는 색 있어? 입어 줄게."

"아무리 생각해도 다정함의 방향이 잘못됐단 말이지."

"하? 너도 좋지?"

"네."

왜 나는 그런 걸 선언하고 있는 걸까. 선서 팬티였다.*

"솔직하고 착한 아이네. 상으로 여름의 대삼각형을 보여 줄게."

날씬한 허리, 꽉 졸라맨 듯이 잘록한 라인이 섹시하다.

"혹시나 싶어서 물어보는 건데, 어느 부분이 베가고 데네브고 알타이르야?"

여름의 역 대삼각형. 점성(占星) 팬티였다. 이게 바로 흔히들 말하는 천체관측이 아닌 변태 관측인가.

"그래서, 아침부터 어디에 갔었어?"

"산죠지 선생님 집에……."

"뭐야, 너, 여름방학에 선생님 집으로 불려 간 거야?"

* 선제와 선서는 일본어로 발음이 같다.

"혼이 난 건 아니니까, 걱정할 필요 없어."

"그런 문제가 아니잖아. 들어 줄 테니까 전부 얘기해."

최근 누나는 이상하게 뭐든지 듣고 싶어 한다. 그동안 제대로 된 대화를 나누지 못했던 만큼 벌충하려는 생각인지도 모르겠다. 나야 기쁘니 아무 문제도 없다.

하지만 또다시 내 방에 눌러앉게 돼 버렸다.

예전처럼 사이 좋고 스스럼없는 관계로 돌아가고 싶은 건 나도 마찬가지다. 어떤 부분만 제외하면 딱히 숨길 만한 것도 없었기에 나는 솔직히 털어놓기로 했다.

"초등학교 때라고, 그러고 보니 그런 일도 있었지. 설마 그 여자가 담임이었다니 우연이라기엔 너무 지나친데."

"예전 일인 데다 나도 잊어버린지 오래라 이제 와서 사과를 받아도 미안하기만 했어."

"흐응. 다정한 건 네 미덕이지만, 이렇게까지 그러니까 불안해지네."

"대신 옛날 일을 많이 들을 수 있어서 유의미한 시간이었어."

"뭐, 됐어. 그러고 보니 온천에 갈 거지? 그것도 좋지만 여름이니까. 헤엄도 치러 가야지. 기대된다."

"나는 이미 이번 시즌 할당량을 달성해서……."

"하? 너 나하고는 안 갈 셈이야?"

"동행하게 해 주세요."

"기대해."

"네."

이 집안에서 나의 서열이 바닥을 달리는 것을 보면 그저 기가 막힐 따름이다.

◇

"그건 아니지. 아무리 그래도 그건 아니야, 코코노에."

미네다가 대표로 질색을 하긴 했지만, 주변의 반응도 그와 다르지 않았다. 왜지?

"이상하게 늦게 갈아입는다 했더니, 유키토, 그건 대체 뭐야?"

"웨트 슈트인데."

머리부터 발끝까지 까만 웨트 슈트를 입고 탈의실 밖으로 나온 나를 아이들이 주목한다. 그 모습을 보며 나는 깨달았다.

하항, 알겠다. 보아하니 겉멋만 든 줄 알고 오해하는 모양인데?

"안심해. 제대로 인명구조 교육을 받고 왔으니까. 걱정할 필요는 아무것도 없어."

"어디가?!"

새파란 바다. 하얗게 반짝이는 모래사장. 쨍쨍 내리쬐는 태양. 깔끔한 태클.

우리들은 해수욕을 하러 와 있었다. 방학식 날 엘리자베스 일행이 제안한 결과, 놀랍게도 반 전체 인원 중 절반 이상이 참가하게 됐다. 전무후무한 대가족이다. 이 반, 너무 사이가 좋잖아…….

상황이 이렇게 되자 절대 사고가 나서는 안 되겠다는 생각이 들어 급하게 인명구조 교육을 받기로 했다.

교육은 15세부터 받을 수 있지만, 사전에 해상 안전 교육과 BLS(심폐소생) 자격증을 따 놓을 필요가 있었다. 여기에 실무경험까지 쌓으면 더 전문적인 자격도 딸 수 있다는데, 그쪽 분야의 전문가가 되는 게 목표가 아니라면 굳이 그렇게까지 할 필요는 없으리라.

"너는 정말……."

히나기가 머리를 싸매고 있다. 멋진 비키니 차림에 저도 모르게 감탄이 새어 나왔다.

"히나기, 엄청 귀여워."

"고, 고마워……."

히나기가 수줍어하며 머리를 만지작거리고 있다. 추격하시겠습니까? YES/NO

"유키, 나는 어때?"

남성진의 시선을 독차지한 출렁출렁한 시오리가 출렁출렁을 출렁거리며 출렁출렁. 너무 크잖아……. 아, 키를 말하는 거거든? 진짜라고, 진짜야.

건강하고 프레시한 시오리는 싱그러운 생명력으로 가득 차 있었다. 실로 해변의 주인공, 비치 공주다. 무희 의상 덕에 역치가 높아졌는지 수영복도 제법 노출이 있는 편이었다.

"흐응, 야하네."

"또?!"

충격을 받은 시오리는 제쳐두고, 다시금 여성진의 수영복 차림에 탄성이 터졌다. 학교에서는 볼 일이 없는 여자들의 자극적인 광경. 여름의 묘미라고 말할 수 있으리라.

"오, 나츠메. 잘 어울리네. 오늘 재밌게 놀자!"
"부끄럽지만 제가 실은 수영을 잘 못해서……."
"그럼 내가 가르쳐 줄까?"
타카하시와 나츠메가 친밀하게 대화를 나누고 있다. 주위가 떠들썩한 활기를 되찾고 있었다.
"바다도 참 오랜만이다. 중학교 때는 동아리 활동 때문에 바빴거든. 유키토는?"
"어제 오고 처음 와 봐."
"예상치 못한 답변이 돌아왔는데……."
상큼 미남, 미안. 인싸의 화신인 나는 너와 달리 여름을 만끽하고 있단다.
숙제를 이미 끝낸 나는 실로 무적이었다. 오히려 공부를 하고 싶어서 좀이 쑤실 정도다.
"샤카도랑 어제 바다에 왔으니까. 좋았어, 샤카도. 당장 파내자."
"히히히…… 이 날을 기다리고 있었어! 후후…… 후오오오오오오오오!"
목덜미를 덥석 붙잡고 인적이 없는 모래사장으로 향한다. 샤카도가 날뛰었다.
우리들의 모습이 신경이 쓰였는지 상큼 미남을 필두로 몇 사람이 따라왔다.
"있잖아, 유키도. 정말 샤카도랑 같이 바다에 왔었어?"
"말해 두지만 딱히 헤엄을 치러 온 건 아냐. 곤충 채집을 하러 온 거지."

샤카도는 이래 봬도 활동적이다. 애완동물인 파충류의 먹이를 직접 잡기도 하는 모양이었다. 기껏 바다로 가게 된 거 이 일대에 서식하는 희귀한 곤충이나 잡아 보자 싶어 우리들은 어제 한발 빠르게 바다에 와서 플라스틱 컵 30개 정도를 땅속에 묻어 두었다.

컵 안에는 미끼가 들어 있다. 야간에 활발하게 움직이는 곤충이 먹이를 찾아 컵 안에 떨어지면 나갈 수 없게 된다는 고전적인 함정이다. 묻혀 있던 컵을 차례대로 꺼내기 시작한다. 빈 것도 있었지만 까만 곤충이 들어간 당첨 컵도 발견할 수 있었다.

"잡았다, 잡았어! 히히…… 크히히히…… 키히히히히히히히히히히!"

한껏 흥분한 샤카도와 달리 바선생을 방불케 하는 생김새 탓인지 여성진들의 반응은 애매했다. 벌레를 싫어하는 사람은 빠르게 이곳에서 달아나고 있었다.

딱정벌레와 먼지벌레는 생김새가 아주 비슷했지만 샤카도는 한눈에 둘을 구분해 냈다.

그나저나 딱정벌레붙이에, 거저리에*, 곤충들은 이름을 너무 대충 짓는 거 아냐?

코코노에 유키토붙이라니 너무 심하잖아. 아마 가짜들은 눈을 뾰족하게 뜨고 있을걸.

"함정을 설치해 둔 보람이 있었네."

"……고마워……. 이 은혜는 평생 잊지 않을게……."

"너무 부담스러워. 적당히 잊어 줘."

* 해당 곤충의 일본어명을 직역하면 각각 딱정벌레를 닮은 것, 가짜 먼지벌레라는 뜻이다.

고작 곤충 채집에 어울려 준 걸로 입힌 은혜치고는 너무 크다.

"미션 컴플리트네. 돌아가서 헤엄치자."

"기다려……. 바구니에 넣을게……."

바구니 안에는 흙이 깔려 있었다. 분무기로 물을 뿌려 충분히 촉촉해지면 곤충 젤리를 넣고 조심히 벌레를 내려놓은 뒤 그대로 보냉백에 넣고 뚜껑을 닫는다.

이 한여름에 직사광선 아래 그대로 방치하는 건 벌레에게도 가혹한 짓이었다. 인섹터 샤카도는 애프터 케어도 완벽했다. 역시 렙타일즈 서클의 공주님이다.

다시 덥석 뒷덜미를 잡아 반 아이들이 모여 있는 장소로 돌아갔다.

함정에 사용한 플라스틱 컵은 빠짐없이 회수했으니 안심하길 바란다. FIFA 월드컵 일본 서포터들처럼 쓰레기 분리수거에 철저한 사람이 바로 나, 코코노에 유키토다.

"그런데 자외선 차단제는 안 발라도 괜찮은 거야?"

"이미 발랐어. 설마 유키, 바르고 싶었어?"

"유키토한테 발라 달라고 하는 건 왠지 창피해서……."

"이럴 수가……."

히나기와 시오리가 얼굴을 붉혔지만, 나는 예상치 못한 답변에 감동하고 있었다.

"엄마와 누나였다면 빨리 바르라고 성화였을 텐데……. 너희들은 정말 순수하구나……. 그대로 순수하게 남아 줘. 코코노에 유키토의 부탁이야."

"이거, 어떻게 대답해야 해?"

"……누나…… 거기는 바르는 곳이…… 왜 수영복을…… 벗고…
… 머금……."

"유키, 왜 그래, 유키?!"

"……엄마…… 거기는 내가 바를 테니까…… 그러니까 왜 수영복을…… 벗고…… 좁……."

"와와와! 우리한테는 아직 일러, 유키!"

"―핫?! 너무 빈번하게 있어서 잊으려야 잊을 수 없는 일상적인 기억이?!"

"평소에 뭘 하고 있는 거야, 넌!"

"유키토 너, 고생이 많구나……."

언제 사 왔는지 안면 테슬라 코일이 야키소바를 호로록 삼키며 주르륵 눈물을 흘렸다. 엥, 내 거는?

"첫 번째 문제. 해수욕을 할 때 가장 주의해야 할 점은 무엇일까요?"

라이프가드 코코노에 유키토의 안전 교실 개교합니다.

"네, 거기 상큼 미남이 빨랐어."

"준비운동. 급하게 바다에 들어갔다가 다리에 쥐가 나기라도 하면 큰일이니까."

"정말 아까워! 특히 패닉이 무섭지. 2번째 정도로 중요해. 네, 다음은 시오리."

"음 그게, 테트라포드보다 더 먼 곳으로는 가지 않기?"

“아까워. 애초에 해수욕을 하다 소파 블록까지 가는 것도 말이지. 좀 더 가까운 곳에서 놀자고.”

“코코노에, 정답은 뭐야?”

“좋은 질문이야, 미네다. 정답은 바로 상어야. 붉은 상어는 방사능 때문에 폭발할 위험이 있어. 혹시 목격하면 바로 피난하도록 해. 그 밖에도 상어 망령이 사람을 습격하기도 해. 이 상어는 물이 있는 곳이라면 어디든 나타나서 고스트—.”

“그래 그래. 준비운동 할 거지.”

고작 첫 번째 질문 만에 히나기에 의해 중지당했다. 코코노에 유키토 안전 교실 폐교합니다.

“저기, 거기 너, 괜찮으면 우리랑 놀지 않을래?”

여름 해변은 그만큼 사람도 많았다. 벌써부터 엘리자베스가 헌팅을 당하고 있었다.

“아, 3G다!”

“으엑, 너— 아니, 코코노에 씨 아니십니까!”

“시, 싫다~. 저희 아직 아무 짓도 안 했어요. 부디 계정에 조리돌리는 것만은 참아 주세요! 앞으로 착실하게 살 테니까요!”

“그 뒤에 우린 정말 힘들었어! 그러니까 제발, 못 본 척해 줘어어어어어어어어!”

어째 엄청 겁을 내고 있었다. 나한테는 좋은 사람들이라는 인상밖에 없는데.

“유키토, 아는 사람이야?”

전에 미오 씨, 트리스티 씨와 함께 나이트 풀에 갔을 때 알게 된 대학생 3인조다.

"3G 여러분이셔."

"요즘은 5G라고."

은연중에 폴더폰 세대는 시대에 뒤처졌다고 말하고 싶은 걸까. 신랄한 상큼 미남이었다.

"3G 여러분, 혹시 셋이서만 오셨어요?"

"우리도 여자들이랑 같이 놀고 싶어. 하지만 이공계라서 말이야. 만날 기회가 없어."

"오히려 네가 대단하다. 볼 때마다 다른 여자애들이랑 놀고 있지 않아?"

"밉다, 인싸가 미워어어어어어!"

흠. 우리들은 이래저래 인원이 많아서 모두에게 주의를 쏟지 못할 가능성이 있다.

좁은 풀장이면 몰라도 드넓은 바다인 만큼 만에 하나의 위험도 피하고 싶었다.

"괜찮으시면 저희랑 같이 놀지 않으실래요? 인원수가 많아서 걱정이었거든요. 3G 여러분께서 이상한 무리가 와서 헌팅을 하거나 사고를 치지 않게 감시해 주셨으면 좋겠어요."

"그래도 돼?! 꼭 하고 싶어!"

"이상한 무리라는 건 우리들을 말하는 거겠지……."

"실은 나, 네 SNS를 구독하고 있어. 나중에 사인받아도 돼?"

뜻밖에 전력이 늘어났다. 역시 좋은 사람들이다. 이걸로 일단 안심이다. 안전하게 해수욕을 즐길 수 있다.

"나도 헤엄쳐 볼까."

"유키토, 놓지 마! 절대 놓으면 안 돼!"

히나기가 부들부들 떨며 범고래(비닐) 위에 걸터앉아 있었다.

이 범고래 의외로 타기가 어렵다. 균형 감각을 키우는 좋은 연습이 될지도 모르겠다.

필사적으로 매달려 있는 히나기의 표정에는 여유라곤 없었다. 나는 밑에서 지탱하는 일을 맡고 있다.

히나기는 그렇게까지 수영을 잘하는 편은 아니지만, 여기는 모래사장에서 몇 미터밖에 안 떨어진 얕은 여울이었고 안전 요원 코코노에 유키토가 있는 한 마음을 푹 놓아도 됐다. 얼마든지 도전하시게나.

"나도 타고 싶어."

"나도 그러고 싶지만, 생각했던 것보다 훨씬 불안정해서— 어푸?!"

홀라당 넘어가는 바람에 얼굴부터 물을 뒤집어썼다. 그 위에 범고래(가짜)가 쏙 올라섰다.

"너는 서핑 같은 건 아예 못 하겠다."

"집으로 돌아가면 밸런스볼로 연습할 거야."

그 열의는 칭찬한다. 이 소꿉친구는 이래 봬도 상당히 지기 싫어하는 구석이 있다.

히나기가 다시 범고래 라이드에 도전하며 문득 생각이 난 것처럼 입을 열었다.

"그러고 보니 히오리가 유키토한테 상담하고 싶은 일이 있다고 말했어."

"히오리가? 무슨 일이라도 있었어?"

히나기의 여동생 히오리가 곤경에 처해 있다면 흔쾌히 힘이 되 줄 수 있지만, 대체 무슨 일이 생겼길래 그러는 걸까? 히오리는 아주 순해서 적을 만들 만한 타입은 아니다.

"친구 일로 상담하고 싶은 일이 있는 것 같아."

"그렇구나……. 얘기를 들어보지 않으면 모르겠네."

중학생의 고민을 내가 어떻게 할 수 있으리라고는 생각하지 않지만, 일단 내용을 확인해 봐야겠지.

그나저나 개설한 기억이 없는 코코노에 유키토 고민 상담창구에 어찌 된 영문인지 제일 서툰 분야인 연애 상담만 들어오는 건 이유가 뭘까…….

"자매가 나란히 민폐만 끼쳐서 미안해."

"내가 할 수 있는 일이라면 딱히 상관없는데."

이렇게 솔직하게 말을 입에 담을 수 있게 됐다. 히나기는 이제 괜찮다.

"있잖아, 유키토. 같이 여름 축제에 가자."

"불꽃축제 말이지. 옛날 생각 난다."

"……응. 조금씩 우리들의 시간을 되찾아 나가자."

매년마다 히나기와 함께 여름 축제에 놀러 갔던 것이 떠올랐다. 노점에서 캔디 애플과 솜사탕을 사서 라무네*를 마시며 둘이서 칠흑

* 일본의 청량음료.

같은 밤하늘에 피는 불꽃을 올려다보았다. 지금은 이미 중단돼 버린 추억. 마지막으로 기억해 낸 히나기의 표정은 결코 웃고 있지 않았다.

"후회하고 있어. 유키토의 손을 놓아 버렸던 거. 싫어서 그랬던 게 아니야. 오히려 그 반대. ……부끄러워서, 순간적으로 뿌리치고 말았던 것뿐이야. 그때의 나는 여유가 없어서 유키토가 어떻게 생각할지 같은 건 안중에도 없었어. 멍청하고 자기중심적인 여자의 말로였지."

"그럼 너는 다른 길로 나아가도 되지 않겠어? 이제 와서 다시 시작할 필요 따윈 없잖아."

이것은 내가 줄곧 품고 있던 의문이었다. 히나기도 시오리도 어머니도 누나도. 과거를 후회하는 건 이해할 수 있다. 다시 시작하기를 바라는 마음도 이해는 간다.

하지만 결국 과거는 과거다. 없었던 일로 만들 수도 없고 고쳐 쓰는 것도 불가능하다.

우리들은 결코 시간을 거슬러갈 수 없기에, 바꿀 수 있는 건 현재와 미래뿐이다.

그런 과거에 계속해서 구애될 필요는 없다. 보다 나은 미래, 행복해질 수 있는 길을 선택해도 된다. 터무니없는 노력을 들여 다시 시작하는 건 가성비가 나빴다.

무엇보다 나는 과거를 전혀 신경 쓰지 않는다. 원망도 미움도 없다. 그러니 나를 잘라내 버리는 선택을 하는 것이 가장 효율이 좋을 것이었다.

그럼에도 다시 시작하고 싶다고 생각할 만한 가치가 과연 내게 있는 걸까.

"—유키토가 없는 길 따윈 무의미해. 우리는 새빨간 남이지만 너는 소중한 소꿉친구야. 아무나 괜찮은 게 아냐. 같이 지내 온 유키토라서 의미가 있는 거야."

통화의 신용을 담보하는 건 국가와 중앙은행이다. 국제 통화의 신용이 강고한 것은 그래서다.

하지만 소꿉친구의 신용을 담보하는 건 나와 히나기 안에 존재하는 함께 지낸 시간뿐이다. 그런 불확실하고 희미한 것을 그녀는 특별하다고 믿고 있다.

—그래서, 나도 믿어 보고 싶었다.

되찾아야만 한다. 나에게 '특별'한 것을.

"나도 성장하고 있어. 더는 보호받기만 하는 건 싫다고."

힘차게 생긋 웃는 얼굴. 소꿉친구에게 우는 얼굴은 어울리지 않는다.

히나기는 강해졌다. 아마 나보다 훨씬. 그 눈동자에 깃든 확고한 의지가 눈부실 만큼.

"너 좋은 여자가 됐구나."

그야말로 물방울이 똑똑 떨어질 것처럼 싱그러운 여자가 됐다. 실제로는 바닷물이 줄줄 흐르고 있지만.

"누구 씨 덕택에 말이지. —즐겁다. 이런 시간이 영원히 계속되면 좋을 텐데."

"그러게."

나는 박력 있게 범고래에 올라탔다가 그대로 한 바퀴 빙글 회전해 해수면으로 곤두박질쳤다.

"그러고 보니 콩쿠르용 그림은 완성했어?"

범고래에 올라타는 걸 포기한 우리들은 빙수를 먹으며 해변에서 쉬고 있었다.

파도 소리와 주변의 떠들썩한 소음을 배경음악 삼아 소꿉친구끼리 둘만의 시간을 보냈다.

사방에서는 이때다 하고 헌팅을 당하고 있는 안면 플래시오버와 엘리자베스 일행에게 끌려다니느라 쩔쩔매고 있는 샤카도 등이 각자의 여름 바다를 만끽하고 있었다.

"나는 그림에 재능은 없나 봐. 내가 봐도 센스가 없어서 깜짝 놀라 버렸어."

"상을 노리는 것도 아니잖아. 마음대로 그리면 돼."

예술은 다 그런 거다. 히나기는 난처한 얼굴을 하고 있었는데, 돌이켜보면 예전부터 화풍이 독창적이었다. 그것도 그것대로 본인의 개성이다. 동아리 활동을 즐기고 있다면 그걸로 충분했다.

"유키토는 이제 안 와?"

"미술부에는 천적이 있으니까……."

천하의 나도 감당하기 힘든 학생회장이 있는 미술부에는 선뜻 걸음을 옮길 수가 없었다. 누나 그림도 완성했고, 히나기가 곤경에 처했을 때는 의지가 되는 산죠지 선생님이 도움을 줄 것이다.

산죠지 선생님 하니 생각났는데, 이상하게 겨드랑이를 신경 쓰고 있었다. 대체 겨드랑이의 뭐가 그렇게 부끄러운 걸까?

"그렇지, 히나기. 잠깐 겨드랑이 좀 보여 줘."

"너, 넌 바보야?! 갑자기 무슨 소릴 하는 거야! —아야!"

히나기가 흥분한 나머지 빙수를 막 퍼먹다가 찡한 두통에 시달리고 있다. 무리해서 먹더라니…….

"무슨 소리냐니, 그냥 겨드랑이잖아?"

"어째서 넌 그렇게 섬세함이라곤 없는 대사를 아무렇지 않게 말할 수 있는 거야?!"

"코코노에 가에 섬세함이란 개념은 존재하지 않아."

"몰라, 그런 상식!"

가정환경은 정말 중요하지. 절실히 그렇게 생각한다.

그나저나 히나기도 역시 신경이 쓰이는 걸까. 거기서 나는 너무나도 중대한 실책을 범했다는 것을 깨달았다. 어이어이, 까불지 말라고.

냉정해져 보니 아무리 그래도 너무 말이 안 되는 짓을 했다는 걸 알 수 있었다. 나는 구제할 길 없는 쓰레기다.

이런 걸 깜빡하다니, 정말이지 섬세함이 부족했다.

이럴 수가. 이래서야 산죠지 선생님과 히나기가 부끄러워하는 것도 당연하다. 나는 죄의 무게를 감당하지 못해 작열하는 모래사장에 납죽 엎드렸다.

"미안했어, 히나기! 내가 경솔했어. 그래도 안심해 줬으면 해. 네가 아무리 겨드랑이의 냄새를 신경 써도, 나는 전혀—."

"너는 정마아아아아아아아아아아아아알!"

얼굴이 새빨갛다. 열사병인가? 이온 음료를 건넸다. 히나기가 단숨에 쭉 들이켰다.

액취의 원인은 땀이라고 한다. 아포크린땀샘에서 나온 분비물이 냄새의 원인인 듯하지만, 체질 문제인 만큼 걱정하는 사람이 있는 것도 당연하다. 무신경한 발언을 해 버린 나는 그저 사죄할 뿐이었다.

"그렇지. 만약에 정 고민되면, 내가 수술비를 모금—."

"시끄러워! 자, 맡아봐! 자!"

히나기가 겨드랑이를 꾹꾹 밀어붙인다.

"바다 냄새 나."

"바다니까 그렇지! 허위 사실 명예훼손도 적당히 해! 검색엔진에 내 이름을 입력했는데 자동 완성으로 '스즈리카와 히나기 냄새' 같은 게 뜨면 어떻게 해결할 거야?! 다 너 때문이니까!"

"깨끗하고 냄새가 나지 않는 바다는 영양분이 적고, 바다 냄새가 나는 바다는 영양분이 풍부하대. 정말 많은 생각이 들게 하는 얘기라고 생각하지 않아? 앞으로도 해양오염에는 계속 주의를 기울이자."

"내 자동 완성 오염에나 주의를 기울여 달라고!"

미세 플라스틱 문제처럼 인류를 둘러싼 환경문제가 심각하다.

히나기에게 탈탈 흔들리며 나는 맹세했다. 쓰레기 투기는 그만두자.

"왜 그래, 유키? 복잡한 얼굴을 하고."

해수욕, 나는 기대하고 있었다. 기대로 가슴을 부풀리고 있었다.

융기하는 흉근. 불끈불끈.

그런데 이건 대체 어떻게 된 일일까. 실망을 금할 수 없었다.

"이상해. 훌러덩이 전혀 안 보여."

"또 유키가 이상한 소리를 하고 있어?!"

"해수욕이라고? 보통 뭔가 이렇게 그럴싸하고 야시시한 해프닝이 일어나야 맞는 거잖아."

"그거야…… 다들 훌러덩 하는 일이 없도록 세심한 주의를 기울이고 있으니까!"

"혹시 훌러덩은 그렇게 자주 벌어지는 현상이 아닌 거야……?"

그렇다면 실망이다. 아~, 실망이다. 내 설렘을 돌려줘!

"우와, 유키가 한 번도 본 적 없는 침울한 얼굴을 하고 있어."

"이상하다고 생각했어. 엄마와 누나는 대체로 1시간에 1회 페이스로 훌러덩을 하니까 다들 그런 줄로만 알았지."

"그건 훌러덩이 아니라, 의도적이고 지극히 악질적인 범행이야!"

심지어 어머니는 집에서 '어머, 어깨끈이' 같은 말을 하면서 늘 훌러덩을 하고 있다.

빈번하게 벌어지는 현상이 아님에도 불구하고 그렇게 자주 훌러덩거린다는 건, 필시 귀신의 소행, 괴기 현상. 폴터가이스트 같은 것일지도 모른다.

확실히 훌러덩을 할 때마다 내 정신이 마모돼 가는 것을 생각하면, 언젠가 훌러덩으로 저주받아 죽을 날도 머지않았다. 무서운 훌러덩. 훌러덩 때문에 꼴까닥 가다니 웃기지도 않았다.

"……유키는 그렇게 훌러덩이 보고 싶어?"

나는 고개를 숙이며 새빨갛게 얼굴을 붉힌 시오리의 양어깨를 덥석 붙잡았다.

"시오리!"

"아아아, 알았어! 유키가 그렇게 말한다면 내가—."

"우연이 아닌 홀러덩 따윈 럭키가 아니잖아."

이것만큼은 양보할 수 없다는 주의다.

"소녀의 존엄이 이중으로 상처받았어!"

시오리가 퍽퍽 나를 때렸다. 한여름의 해변에서 홀러덩 논쟁이 극으로 치달았다.

엥, 그래서 시오리가 홀러덩 했냐고? 저는 소녀의 존엄을 지킬 생각입니다.

"그나저나 여자 농구부는 할 만해?"

"응! 중간에 들어갔는데도 선배들도 다른 반 애들도 다들 잘 대해 줘."

튜브를 타고 흔들거리며 떠 있던 시오리가 기쁜 듯이 근황을 털어놓는다.

별로 걱정하지는 않았지만, 알력 싸움 없이 잘 지내는 모양이다.

여자 농구부 부원들도 크게 기뻐했고, 고문 선생님도 열렬히 환영했다. 큰 빚을 지워 뒀으니, 조만간 돌려받을 예정이다. 게다가 시오리는 애초에 고립될 만한 성격도 아니다.

매니저도 좋지만, 시오리는 가만히 있는 것보다 활발하게 활동하는 편이 매력적이었다.

"주장인 사사키 선배도 유키에게 감사했어. 고맙다고."

"실제로 입부를 결심한 건 너잖아."

"아냐. 유키가 등을 밀어 주지 않았다면 나는 여전히 망설이고 있었을 거야. 남자 농구부 매니저도 소중하지만, 계속 이대로 있어도 되는 건지 알 수 없었거든. 유키처럼 좀 더 주변을 볼 수 있게 돼야 하는데 말이야. 안 되겠어, 이래서는— 빠?!"

그렇지 않다. 어쨌든 시오리는 혼자서도 깨달았을 터다. 나는 그저 그것을 앞당겼을 뿐이다. 시오리는 그냥 놀고만 있기엔 아까운 재능을 갖고 있다. 그녀가 빛날 수 있는 무대는 남자 농구부가 아니다.

"방심은 금물이야오징어."

성대하게 물총을 분사한다. 바다까지 놀러 온 것이다. 침울해져 있을 시간은 없었다.

"토끼였다가 오징어였다가, 유키는 정말 베리에이션이 풍부하다니까. 하지만 나도 지지 않을 거야! 이래 봬도 무희니까 말이지. 이야아아아아아아아아압!"

"그 부끄러운 의상이 맘에 들었나 보네……."

"입힌 건 유키잖아!"

"실은 좀 더 섹시한 옷도 괜찮지 않겠냐고 제안한 것도 나야."

"무자비한 악당이 여기에 있었잖아?!"

시오리가 반격해 왔다. 인정사정없었다. 나를 향한 울분이 쌓여 있는 것일지도 모른다.

바닷속이지만 까르륵거리며 쫓고 쫓기는 달콤한 로맨스 따윈 조금도 없었다.

우리들 사이에 있는 것은 훌러덩을 건 사투뿐이었다.

"진정해! 넌 그렇게 또 훌러덩을 하고 싶은 거야?"

"소녀의 존엄은 유키가 지켜 줄 거라고 믿고 있으니까!"

난데없이 시작된 영역 배틀은 일진일퇴의 공방을 이어 갔다. 체력이 말도 안 되게 좋다.

박빙의 실력. 호각의 싸움. 이렇게 된 이상 비장의 수단을 쓰는 수밖에 없다!

"하는 수 없지. 스페셜 웨펀을 발동시켜 볼까. 잘 가라, 시오리."

"엥? 잠— 유키 바보오오오오오오오오오오오오!"

냅다 휙 던지자 성대하게 물보라가 일어났다.

실컷 몸을 움직이며 놀자 몸도 머리도 개운했다.

"그게, 유키가 같이 찍자고 해 준 광고로 돈을 받았잖아. 그래서 여자 농구부 사람들에게 농구화를 선물할까 하는데 어떻게 생각해?"

체력을 다 써버리고 바다의 집*에서 구운 오징어를 먹으며 휴식을 취한다.

시오리가 말하길 여자 농구부 부원들이 농구화를 예약해 줬다고 한다. 하지만 시오리는 도중에 들어온 자신을 흔쾌히 받아 준 것에 감사하고 있었다. 그래서 농구화를 선물하기로 마음먹은 듯했다.

받은 돈을 어디에 쓰느냐는 시오리의 자유다. 내가 참견할 일이 아니다. 하지만 말은 그렇게 하면서도, 굳이 제동을 걸었다. 아직 정

* 일본의 해수욕장마다 있는 식당, 샤워장, 대여소 등 편의시설들을 합친 가건물을 말한다.

보가 공개되기 전이지만 시오리라면 문제없겠지.
"시오리, 이건 아직 비밀인데, 조금만 더 기다려."
"음…… 뭐가 있어?"
시오리는 의아한 표정을 지었지만, 굳이 따지자면 유용한 내용일 것이다.
"조금만 더 있으면 제2탄이 발표되거든. 이번엔 놀랍게도 여신 모델과 성녀 모델이야."
"어느새 베리에이션이 늘어났어?!"
"선물할 거면 여러 디자인 중에서 고르는 편이 사람들도 더 좋아할 것 같아서 말이야."
버니맨과 용사 파티 모델의 농구화 예약이 아주 잘 되고 있는지, 회의에서 그만 실수로 쇼요 고등학교에는 아직 그 외에도 여신과 성녀가 있다는 얘기를 했더니 순식간에 제2탄 발매가 성사됐다. 머지않아 음유시인 모델도 발매될지도 모른다.
돈을 벌 기회를 놓치지 않는 어른들의 진심을 살짝 엿볼 수 있었지만, 이젠 농구랑 상관없다고 봐야 하지 않나?
"여신과 성녀……. 뭔가 다른 애들은 다 멋진데 나만 무희라니, 으으으으……."
나는 고개를 숙이며 새빨갛게 얼굴을 붉힌 시오리의 양어깨를 덥석 잡았다.
"시오리!"
"엥, 이거 왠지 아까랑 같은 패턴인데―."
"노출도는 네가 제일 높아. 자신감을 가져!"

용사 파티의 홍일점은 거저 있는 게 아니다.

"소녀의 존엄을 억지로 회복당했어!"

여성용만 4종류나 되면 각자 취향에 맞는 선택을 할 수 있을 터다.

기왕 선물할 거면 상대방이 기뻐하는 게 좋으니까.

그런데 토죠 선배와 여신 선배한테는 뭐라고 설명하지…….

"체이야아아아아아아아아아아아아아아아아아아아!"

내가 때린 강렬한 스파이크가 모래사장을 헤집었다. 성대한 탄성이 터져 나왔다.

"히히히…… 오오…… 신이시여……."

샤카도가 기도했다. 완전히 전력 외다.

우리들은 1학년 B반 한여름의 진검승부라고 제목을 붙인 비치발리볼 대결을 하고 있었다.

공평을 기하기 위해 남녀로 팀을 짬과 동시에 운동부끼리는 한 팀을 이루지 못하게 했다. 나와 상큼 미남과 시오리가 한 팀이 됐다간 이길 수 있는 팀이 존재하지 않을 테니까. 당연한 배려다.

그런 이유로 나는 샤카도, 너무 눈부셔서 안면이 모래사장과 동화되고 있는 상큼 미남은 미네다와 팀을 이뤘고, 축구부의 타카하시는 왠지 분위기가 좋길래 그대로 나츠메와 붙여 주었다. 그리고 시오리는 아카누마, 히나기는 이토, 엘리자베스는 미쿠리야와 한 팀이 되면서, 시합도 절묘한 밸런스로 치열하게 전개되고 있었다.

특히 시오리가 움직일 때마다 탄성이 난무하고 관중들도 마구 늘어났다. 자연스럽게 놓아둔 팁 박스에 짤랑짤랑 잔돈이 쌓이고 있다. 시오리의 분투 덕에 모두의 점심값 정도는 벌 수 있을 것 같다. 고마워, 시오리. 네 웅장한 자태 잊지 않을게. 출렁출렁.

이 해변의 미스 오버랩으로 선발될 사람은 시오리밖에 없다. 축하해!

"설마 세이도&엘리자베스 팀이 우승할 줄이야……. 둘 다 예전에 배구부였다니 조사가 부족했어. 뜻밖의 사실이 밝혀졌네."

"사실상 1대2…… 였어. ……난…… 아무것도 안 했지…… 히히히…… 미안."

"그러게 말이야. 샤카도 넌 벌로 여름방학 중에 미용실에 갔다 와."

"—?!"

"양도 여름이 되기 전에는 털을 깎는다고. 그리고 머리를 자르면 미소녀가 되는 것도 유구한 클리셰거든."

어지간히도 충격을 받았는지 여름인데도 얼어붙어 꼼짝도 하지 않게 된 샤카도는 일단 제쳐두고, 사쿠라이 팀은 잔뜩 흥분해 있었다.

"설마 유키토 팀에게 이길 줄이야!"

"흐흥~. 어때, 봤어?! 이게 바로 반장의 위엄이야!"

바로 며칠 전 농구부에 입부한 미쿠리야와 밴드부의 엘리자베스는 각각 다른 중학교에서 배구부였다고 한다. 이런 과거를 알게 된 것도 그만큼 교류가 깊어지고 있다는 증거다.

"자. 상품으로 현금."

"코코노에. 넌 역시 로망을 박살 내는 데는 일가견이 있구나."

모인 동전을 우승상금으로 건넸지만, 엘리자베스는 불만스러워 했다.

"크리스마스 선물만 봐도 제일 기쁜 건 현금이잖아. 양말에 꽉꽉 들어찬 만 엔 지폐."

"어린애 주제에 너무 징그럽잖아! 그런데 이 돈은 어디서 난 거야?"

"시오리가 몸으로 벌었어."

"난데없이 유키에게 저속한 말을 들었어?!"

사방에서 눈총이 쏟아졌다. 나는 사실만 말했을 뿐인데…….

하항, 알겠다. 이제 보니 금액이 적다는 뜻이구만?

하는 수 없지. 시오리에게만 돈을 벌게 하는 것도 양심에 찔리니까. 나는 기둥서방이 아니라고.

그렇다면 이번에는 내가 한번 해 보지 뭐.

천천히 수박을 꺼내 시트 위에 내려놓는다. 군중들의 시선이 집중된다.

"훙."

수직으로 딱 때리자, 수박이 쩍 소리를 내며 깔끔하게 6등분으로 쪼개졌다.

"오오오오오오오오오오오오오오!"

박수가 터져 나왔다. 동전이 날아온다. ……저녁은 호화롭게 먹어 볼까.

"코코노에, 어떻게 한 거야?!"

당황하는 엘리자베스에게 작은 목소리로 수박 깨기 펀치의 꼼수를 밝혔다.

"수박 깨기용 수박은 미리 칼집을 내 두면 깔끔하게 쪼갤 수 있어. 그리고 균등해지도록 전체에 압력을 가하면, 보다시피 이렇게 되지. 목검 같은 건 가져오지 않았으니까."

수박을 준비해 놓고선 정작 쪼갤 도구를 가져오지 않은 건 내 잘못이다. 목검이나 배트는 부피가 커서 거추장스럽긴 하니까 이편이 나았을지도 모르겠다.

아, 일단 이 말은 해 둬야지.

"※쪼갠 수박은 제작진이 맛있게 먹었습니다."

"……코코노에인걸. 안 되는 게 없겠지. 상금도 있겠다, 슬슬 점심을 먹으러 갈까."

이렇게 파도에 한들한들 흔들리다 보면 자신의 생각이 몹시도 왜소하다는 생각이 들기 시작한다.

최근엔 무엇을 해도 잘되지 않는다. 운이 없다고 해야 할까.

저 녀석과 협력해 획책해 봤지만 성공했다고는 말하기 힘들었다. 골탕을 먹이기는커녕 점점 악화되고 있다. 아무리 욕을 해도 현실은 달라지지 않는다.

애초에 엮이지 말았어야 했는지도 몰랐다. 분하다. 나한테 억지로 떠맡긴 저 녀석도.

또 내 인생을 망가뜨릴 작정인 걸까. 이 뭘 해도 잘되지 않는 감각은 오랜만이다.

초등학교 때 이후로 처음 느끼는 메스껍고 불쾌한 감촉. ……싫은 기억이 떠올랐다.

즐기려고 가족과 함께 해수욕을 하러 왔건만 헛수고가 됐다. 애꿎은 수면을 때리며 화풀이를 했다.

아직 나라는 건 들키지 않았다. 괜찮다. 그렇게 마음을 다독이려 해도 불안감이 해소되는 일은 없었다. 애초에 왜 내가 이런 리스크를 짊어져야 한단 말인가.

또 답이 나오지 않는 동일한 루프에 빠졌다. 차라리 전부 털어놓는다면…….

비밀을 안고 있는 것이 이토록 정신을 괴롭힐 줄은 생각도 하지 못했다.

언젠가 들키는 건 아닐까 싶어 타인의 시선을 신경 쓰느라 학교생활을 충분히 즐길 수도 없다.

지시만 하는 무능은 저 녀석의 무서움을 이해하지 못하고 있었다. 같은 학교에 있으면 싫어도 알게 된다. 그야말로 언터처블. 매일같이 듣고 싶지도 않은 화제가 귀에 들어온다.

직접 손을 대는 건 도저히 불가능하다. 내 편은 없다. 상급생에게 부탁한다 해도 아무도 도와주지 않으리라.

오히려 그런 제안을 한 학생이 있다고 저 녀석에게 보고될 가능성이 높았다.

어찌 된 영문인지 저 남자는 고독하지 않았다. 환장할 노릇이게도 많은 사람에게 호감을 사고 있다.

교사나 상급생이나 상관없다. 누구나 동향을 주시하며 저 녀석을 지키려 하고 있다.

적대하면 고립되는 건 내 쪽이다. 특히 저 녀석을 소중히 여기는 누나에게 들켰다간 어떻게 될지 알 수 없다. 저 녀석과 달리 진심으로 배제에 나설 것이다.

그야말로 독 안에 든 쥐. 사면초가.

그리고 전부 자업자득이었다.

"괜히 카즈랑 재회해서는……."

후회막심이었다. 전학을 간 학교에서 저 녀석을 다시 만나면서부터 톱니바퀴가 이상하게 맞물리기 시작했다.

같은 고향 출신이라고 기뻐져서 친하게 대했던 게 잘못의 시작이었다.

고등학교에 진학하면서 분명 멀어졌는데도, 저 녀석이 눈에 띄는 바람에 눈총을 받았다. 나는 이렇게 괴로워하고 있는데 저 녀석 주위에서는 미소가 끊이질 않는다. 항상 누군가가 옆에서 웃고 있었다.

어째서 나는 혼자인데, 저 녀석은 늘 즐거워 보이는 거야! 분노를 억제할 수 없었다.

눈치를 보느라 흠칫거리며 허울뿐인 관계를 계속하던 나는 외톨이가 되었다.

현 상황에 불만을 품고 적의를 보이면 그것을 민감하게 감지하고 사람들이 더 떠나가는 악순환.

"어……?"

의식을 현실로 되돌린다. 모래사장이 제법 멀게 보였다. 큰일이라고 생각하며 돌아가려 했지만, 예상과 달리 파도가 강해 몸이 앞으로 나아가지 않았다. 가슴속에서 피어오르는 공포심. 황급히 자세를 바로잡았다. 하지만 생각과는 반대로 몸이 말을 듣지 않았다.

"거짓말이지?! 이러다간 큰일나겠어! 누가, 누가 구해— 어푸어푸."

수치심과 체면도 아랑곳없이 소리를 지르려다 바닷물이 입에 들어왔다. 콜록거린 순간 왼쪽 다리에 쥐가 났다.

'왜……! 왜 나만 이런 꼴을 당하는 거야! 죽는 거야? 이런 곳에서. ……나한테는 아직 하고 싶은 일이 많은데!'

이것이 타인을 계속 깎아내린 벌이라면, 틀림없이 신은 존재하는 셈이다.

이제 와서 그런 생각을 하며 눈물을 흘렸다. 생각해 보면 타인을 원망하고, 미워하기만 했다. 저 녀석이 잘못한 거라고 몰아가며 증오를 키웠다. 그리고 죄를 저질렀다.

'아냐……. 나도 처음에는……. 저 녀석이야. 저 녀석을 만난 뒤부터—!'

처음에는 분명 알고 있었다. 잘못한 사람은 자신이라는 걸. 하지만 함께 지내면서 서로 험담을 나누는 사이, 어느새 마음은 나쁜 쪽으로 바뀌고 왜곡돼 갔다. 악의에 빠져 있었다.

아직 사랑도 해 보지 못했다. 다른 사람을 좋아하게 된 적도, 그 이상의 일을 해 본 적도 없다.

남들보다 배로 아름다운 것에 동경을 느끼는 건, 자신이 너무나도 추악하기 때문인 걸지도 모른다.

"젠장…… 살려줘! 사과할 테니까…… 새사람이 될 테니까, 누가—."

내 목소리는 아무에게도 닿지 않았다. 그도 그럴 것이 나는 혼자니까. 저 녀석과는 다르다.

저런 녀석 따윈 무시하고 착실하게 살아야 했다. 청춘을 보내야 했다.

아름다운 해수면이 나를 집어삼키는 악마의 턱처럼 보였다. 입을 벌린 채 사냥감을 기다리고 있다. 얼마나 깊은 건지 가늠하고 싶어도, 칠흑 같은 바다 밑바닥을 내다보기란 불가능했다.

인간은 어쩌면 이렇게 약하고 보잘것없는지. 이토록 쉽게 죽고 만다. 차곡차곡 쌓아 온 시간도 어이없이 사라진다. 저항할 기력은 이제 없었다.

"아버지, 어머니, 죄송—."

"설마 이렇게 갑자기 이런 사태를 직면하게 될 줄이야……. 이제 괜찮아. 일단은 이 부도판을 잡아. 패닉에 빠져서 난동을 부렸다간 같이 가라앉을 가능성이 있으니까, 온몸에서 힘을 빼."

환각일까. 전신이 온통 까만 악마가 바다 밑바닥에서 나를 맞이하러 온 걸지도 모른다.

"……큰일인데. 많이 초췌해진 것 같네. 음, 이럴 때는……. 그렇지! 얼마 전에 질리지도 않고 호감도 부동명왕인 누나의 호감도를 떨어뜨리려고 거만한 태도로 잘난 척 이것저것 명령해 봤더니 희희낙락하면서 실행하던데, 이런 것도 혹시 신종 괴롭힘이라고 해야 하는 걸까? 얼굴을 보자마자 난데없이 알몸 서스펜더가 되고 말이야.

그제야 이런 생각이 들더라고. 인터넷은 믿을 게 못 된다고. 이제는 저 사람을 어떻게 해야 좋을지 모르겠어!"

악마가 뭔가 영문을 알 수 없는 얘기를 하고 있다. 죽음으로 유혹하는 저주인 걸까.

호감도 부동명왕 누나? ……이 사람, 무슨 소리를 하는 거지? 사람……, 사람?! 악마가 아냐!

"사, 살려—."

"점점 모래사장과 가까워지고 있으니까 더는 겁먹지 않아도 돼. 자~, 얕지, 얕지~."

"옳지, 옳지?"

의식이 차츰 선명해지기 시작한다. 악마가 아니라 평범한 사람이다. 안심시키려고 일부러 쾌활하게 행동하고 있는 것이리라.

……살아난 거야? 그 사실을 깨닫자 단숨에 안도감이 몸을 감쌌다.

눈물에 뭉그러져 상대방의 얼굴이 보이지 않는다. 천 갈래로 흐트러지는 감정을 방기한다. 눈꺼풀이 무거워서, 이대로 잠들어 버리고 싶었다.

그대로 모래사장으로 끌어올려져 눕혀졌다. 등을 통해 느껴지는 육지가 그 무엇보다 나를 안심시켰다.

왼쪽 다리에 닿는 나긋나긋한 손길에 몸이 움찔거리며 튀었다. 거의 잊고 있었던 아픔이 떠올랐다.

"경련하고 있어. 이대로 스트레칭 할 테니까."

왼쪽 다리를 휙 들어 올려 굽혔다 펴는 듯한 모양새로 구부리더니, 이번에는 잡아당기듯이 늘려 준다. 몇 번인가 반복하는 사이 경련이 잦아들고 다리를 자유로이 움직일 수 있게 됐다.

"후우. 이 정도면 괜찮으려나."

악마가 슥 물러났다. 아니, 이 사람은 악마가 아니라 나를 구해준 은인이다.

감사 인사를 해야…… 하다못해 얼굴만이라도—!

"—아카리!"

귀에 익은 어머니의 목소리가 다가오는 것을 느끼며 내 의식은 깊은 어둠으로 추락해 갔다.

◆

"시오리, 대박이다! 이건 병기야, 병기!"

해수욕을 마치고 돌아오는 길, 스파에 들러 온몸을 씻었다. 샤워를 했다고는 해도 이렇게 느긋하게 목욕물에 잠기자 얼마나 피로가 쌓여 있었는지 실감할 수 있었다.

카미시로의 가슴을 만진 미네다가 경탄하는 소리를 질렀다. 자신의 가슴팍을 내려다보며, 허망함에 맥이 빠지면서도 싱그럽고 탄력적인 그것의 마력에 저항하지 못했다. 가슴에 푹 파묻히는 손을 보며 전율한다.

"오오오오오오오! 이거, 중독, 중독될 것 같아!"

"하응! ……만지면…… 시러……."

"미키! 그만해, 난처해하잖아."

사쿠라이가 미네다를 확 떼어낸다. 아쉬운 미네다는 화풀이로 사쿠라이의 가슴을 만졌지만, 안타깝게도 동류였다. 이 중에서 카미시로에 필적하는 건 나츠메밖에 없었다. 과열되는 반 아이들의 가슴적 압력과 선망의 시선. ABCD 포위망(컵 숫자)을 앞에 두고 카미시로는 어찌할 바를 몰라 당황했다. E컵인 카미시로는 감시를 피해 몰래 잠입했기에 떳떳하지 못한 처지였다.

"하아~, 굉장해! 어쩐지 코코노에가 멜론이냐 수박이냐로 중얼중얼 혼잣말을 하더라니~."

미네다의 말을 듣고 카미시로가 얼굴을 붉히며 꼬르륵 욕탕 아래로 가라앉았다.

"유키는 성희롱을 제법 많이 하는 편이지……."

"유키토는 평소에 가족들에게 너무 성희롱을 자주 당해서 감각이 마비된 거야."

스즈리카와가 쓴웃음을 지었다. 가족에게 영향을 받은 게 분명하다. 코코노에 유키토의 가족은 어머니인 오우키도 누나인 유리도 예전부터 유키토를 익애했다. 그 사실을 알아차리지 못한 건, 익애를 받고 있는 당사자뿐이다.

"코코노에는 자신만만하고 당당하게 성희롱을 하니까, 시원시원하긴 해."

"유키토는 생각하는 걸 바로 입 밖으로 내니까. 솔직한 것뿐이야."

"유키가 얼마 전에 호감도라는 소리를 하면서 머리를 싸매고 있던데……."

카미시로는 '넘어서는 안 되는 선을 생각하라고!' 같은 소리를 하면서 성희롱을 했지만 도리어 반격당해 간신히 목숨만 부지한 채로 도망쳐 온 유키토와 마주쳤을 때를 떠올렸다.

무슨 일이 있었는지 자세히는 모르지만, 빈사 상태에 빠져 있었다. 늘 있는 일이다.

"뭐, 코코노에가 인기 있는 건 어제오늘 일이 아니지만. 오늘도 물에 빠져 죽을 뻔했던 애를 살렸잖아."

물에 빠져 허우적거리고 있던 여자애를 박력 있게 구출하고 떠나가던 모습은 틀림없는 히어로였다.

가슴을 졸이며 지켜보던 사쿠라이도, 육지에 도착했을 때는 온몸에서 힘이 풀리고 가슴이 뜨거워졌더랬다. 구출을 당한 아이에게도 평생의 추억이 될 게 분명했다.

"그게 유키토가 말하는 준비의 중요성…… 이라고 생각해."

스즈리카와가 불쑥 중얼거렸다. 아이들이 일제히 고개를 끄덕이며 납득한다. 코코노에 유키토는 언제 무슨 일이 생겨도 대응할 수 있게 준비했다. 그에게 그것은 특별한 일이 아니라, 당연한 일이라는 걸 알 수 있었다.

마음가짐이라고 해야 할까, 스즈리카와와 카미시로도 유키토에게 들은 그 말을 일부는 이해하고 있었다.

"그런데 이렇게 돈을 많이 써도 괜찮은 거야, 시오리?"

"하하하. 신경 쓰지 마. 애초에 유키 덕택에 번 돈이고. 다 함께 놀 수 있어서 즐거웠으니까!"

해수욕에 사용한 비용은 코코노에 유키토의 제안으로 전액 코코노에 유키토, 미호 코우키, 카미시로 시오리 세 사람이 지불하고 있다. 코코노에 유키토가 절반, 미호와 카미시로가 나머지 절반씩이다.

세 사람은 광고 출연료를 포함해 상당한 돈을 벌었다. 특히 코코노에 유키토의 수입은 일반적인 학생은 상상도 할 수 없는 액수였다. 게다가 광고 촬영 외 활동도 있었다.

예상외의 임시수입에 당황하고 있던 카미시로에게 코코노에 유키토의 제안은 구원의 손길이나 마찬가지였다.

카미시로라고 해서 돈을 아무렇게나 쓸 생각은 없다. 학비와 등록금에 충당하면 된다. 그렇게 생각했지만, 이 정도라면 마음대로 써도 될 것이다. 코코노에 유키토에게 말려든 것뿐이라고는 해도 카미시로에게는 처음으로 직접 일해서 번 돈이었다. 예상치 못했던 노동의 대가. 부모님에게 줄 선물도 샀다. 부모님이 광고를 본 건 부끄러웠지만.

"나도 카미시로 버전 농구화를 샀어! 무희 옷은 이제 안 입는 거야?"

"안 입어! 정말 엄청 부끄러웠다고!"

사쿠라이에게 반박하긴 했지만, 다시 입을 기회가 생길지도 몰라 카미시로는 내심 마음을 졸이고 있었다.

유키토가 제2탄을 암시했다. 이대로라면 실현될지도 모른다. 현실은 어찌 이리도 비정한지.

그래도 카미시로는 거절할 마음은 없었다. 다음에 또 그 옷을 입게 된다고 해도.

코코노에 유키토의 주변은 자극적이고 파란만장했다.

반 아이들은 왠지 모르게 코코노에 유키토에게 지나치게 의존하고 있다는 공통 인식을 갖고 있었다.

오늘 일만 봐도 그렇듯이 자신들을 위해 온갖 노력을 마다하지 않는다.

그 모습에서는 어딘가 위태로움이 느껴졌다. 아이들은 이런 식으로 그가 자신들에게 해 준 만큼, 자신들도 그에게 돌려줘야 한다고 생각했다. B반이라는 학급이 잘 일치단결하는 것도 그런 이유 때문인지도 몰랐다.

"자자, 안야도 이리 와."

"납작쿵…… 히히…… 이게 바로 가슴둘레의 양극화…… 현실은 잔혹하구나…… 멸망할지어다."

구석에 조용히 서 있던 샤카도를 사쿠라이가 데려온다. 가슴을 찰싹찰싹 만지며 처량하게 자학하고 있는 지금의 샤카도에게는 희귀한 곤충을 발견해 흥분하던 때의 모습은 온데간데없었다. 안타깝게도 샤카도는 아싸였다.

"그 구조된 아이, 앞으로 라이벌이 돼 버리는 거 아냐?"

그런 미네다의 짓궂은 질문을 카미시로는 웃어넘겼다.

"상관없어. 그치, 스즈리카와?"

"대립하고 싶은 게 아니니까. 이렇게 카미시로하고도 친구가 될 수 있었고. ……유키토는 그동안 힘든 일이 많았고 계속 불쾌한 일만 겪어 왔어. 나도 심한 짓을 했고. 그런데도 늘 도와주고, 행복을 줘. 그러니까 이번엔 내 차례야. 서두르지 않기로 결심했어. 우선은 유키토가 즐겁다고 생각하는 날들을 보낼 수 있게 나도 노력하려고.”

스즈리카와의 말을 카미시로는 가만히 듣고 있었다. 거기에 질투하는 마음은 없었다.

카미시로도 같은 마음을 갖고 있었기 때문이다. 라이벌이라기보다는 동지 같은 관계. 느려도 상관없다. 조바심 낼 필요는 없었다.

코코노에 유키토는 카미시로에게 말했다. 어디에도 가지 않겠다고.

코코노에 유키토가 금세 누군가와 사귀는 일은 없을 거라는, 그런 막연한 확신이 있었다.

만약 코코노에 유키토가 누군가와 사귀기로 마음을 먹는다면, 그 소식을 제일 먼저 카미시로나 스즈리카와에게 전할 테니까.

“나도 유키처럼 행복을 줄 수 있는 그런 따뜻한 사람이 되고 싶어!”

입 밖으로 소리내 말하자 목표가 명확해졌다. 그것이 카미시로 시오리가 앞으로 나아가야 할 길이다.

남자들은 이제 슬슬 목욕을 마쳤을까. 또 코코노에 유키토가 뭔가 소동을 피우고 있을지도 모른다. 그래도 그걸로 걱정할 필요는 없다.

—거기에 있는 건 틀림없이 행복일 테니까.

에필로그

"미안해? 기껏 따라와 줬는데."

"저야말로 도움이 되지 못해 죄송해요. 조립으로 하고 직접 선택하죠."

"난 기계는 잘 모르니까 유키토한테 맡길게."

나는 히미야마 씨와 전자 제품 매장에 갔지만, 목적을 달성하지 못한 채 맥없이 돌아가는 처지가 됐다. 히미야마 씨는 데스크톱 컴퓨터 구입을 검토하고 있었지만, 용도에 맞는 컴퓨터가 보이지 않았던 것이다. 이래서는 나만 좋은 전자 제품 매장 데이트다.

"그런데 게이밍 컴퓨터라고 하나? 어느새 그런 것만 팔고 있네. 난 컴퓨터로 게임을 하지 않아서 성능은 별로 상관없는데."

"확실히 FPS 게임에서 적의 머리에 헤드샷을 날리는 히미야마 씨는 상상하기 어렵네요……."

대범하고 느긋한 성격의 히미야마 씨가 채팅으로 폭언을 퍼부으며 FPS 게임에서 총을 난사하는 모습은 생각만 해도 호러다. 차만 타면 성격이 바뀌는 사람도 존재하는 만큼 그럴 가능성은 부정할 수 없지만 말이다. 예상외로 스트레스를 끌어안고 흑화한 히미야마 씨가 있을지도 모른다는 생각도 했지만, 그런 일은 없는 듯해 다행이다.

앞으로도 가능하면 그런 모습과는 인연이 없기를 바랄 뿐이다.

"그런데 어째서 저렇게 빛이 나는 걸까? 무슨 이유라도 있는 걸까? 유키토."

"데코토라* 이론이에요."

"데코토라?"

"그냥 빛나는 게 멋지다는 착각 때문에 그렇게 된 거죠."

"그럼 진짜로 그냥 빛나는 게 다야?"

"그냥 빛나는 게 다예요."

"그게 무슨 의미가 있어?"

"그런 냉정한 지적은 이따금 잔혹한 행위가 될 수도 있어요."

그런 이유로(?) 게이밍 컴퓨터를 포기한 우리들은 조립 컴을 주문하기로 했다.

히미야마 씨는 빛나는 컴퓨터에서는 로망을 느끼지 않는 듯 간단하게 오피스나 파워포인트 정도만 쓸 수 있으면 된다고 했다. 심지어 그래픽 카드도 필요 없었다. 괜히 본인 입으로 잘 모른다고 말한 게 아닌 것이, 히미야마 씨는 시세가 얼만지도 제대로 따져보지 않아서 예산은 터무니없을 만큼 넉넉하게 준비되어 있었기에 선택지로 난항을 겪을 일은 없었다.

그건 그걸로 됐지만, 히미야마 씨가 어째서 갑자기 컴퓨터를 구매하고 싶다는 말을 꺼낸 건지 궁금해서 소박하게 질문을 던져 보았다.

"뭔가 급하게 컴퓨터가 필요해진 거예요?"

* 데코레이션 트럭, 화려하게 튜닝한 트럭을 뜻하는 일본식 조어.

"나도 계속 얽매여 있기보다는 앞으로 나아가야겠다는 생각이 들었거든."

다정한 시선이 내 쪽을 바라본다. 집으로 돌아가는 길, 나란히 옆에서 걷고 있는 히미야마 씨는 목적을 이루지 못했음에도 어딘가 기분이 좋고 기뻐 보였다.

"그렇군요. 저도 그렇게 생각해요."

"유키토 넌 별로 이해하지 못했을 것 같은데? 그런 어물쩍 둘러대는 답변은 좀 아니라고 생각해."

"이상한데. 맞장구가 통하지 않는다고? 여성과 대화할 때는 뭐든지 네네 하고 긍정해 두면 원만하고 모나지 않게 수습되는 거 아니었냐고……!"

"편견이 심하지 않아?"

"저 같은 외톨이 아싸에게 소통력을 기대하셔도 곤란해요."

하물며 상대는 천적이라고 해도 과언이 아닌 히미야마 씨다. 저절로 긴장이 고조되는 건 어쩔 수 없는 일이다.

가슴이 닿고 있는데요오오오오오오오오오! FOOoooooooooooo!

"유키토는 여자 친구 같은 건 없어?"

"여친 없이 살아온 세월=나이니까요. 권력을 남용하는 질문에는 단호히 저항합니다."

"아, 그런 말을 하는구나. ―진짜로 권력을 남용해 버려도 괜찮겠어?"

히미야마 씨가 슥 몸을 움직이자, 가슴에 닿아 있던 감촉이 아까

보다 훨씬 말캉하고 부드러워졌다. 얇은 옷감 너머로 피부의 온기가 느껴진다.

"풀어 버렸어♪"

"성심성의를 다해 큰절로 사과드릴 테니까 진짜로 용서해 주세요."

"그래. 직접 만져보고 싶겠지."

"날조 수준으로 의역이 심하잖아!"

팔을 단단히 잡고 있어서 옴짝달싹도 할 수 없다. 그 와중에도 감촉은 다이렉트로 전달돼 왔다.

"괜찮아. 이건 답례니까. 노 카운트라고 생각해도 돼."

"9회말 2아웃 풀 카운트 같은데요."

"나도 밖에서는 부끄러우니까, 집으로 돌아간 다음에, 알겠지?"

"상호 이해는 환상이라는 걸 절절히 실감하게 되네요."

"~~우후후후후후후후후후후~~."

어차피 사람은 서로를 이해할 수 없는 어리석은 생물이다. 내 운명이 다하려 하고 있었다.

어떻게든 이 궁지를 벗어날 방법이 없을지 머리를 풀 회전시키고 있는데, 딱히 의식한 것은 아닐 히미야마 씨의 말이 귀에 남았다.

"그래도, 유키토라면 인기가 많겠지?"

무심결에 새어나온 그 말은 딱히 그 자체에 무슨 의도가 담겨 있는 것은 아니었다. 그래도 신경이 쓰이는 건 자신이 놓여 있는 상황이기 때문일까.

"안 그래요. 게다가 인기를 끌고 싶지도 않아요. 아무나 한 사람만 선택할 수 있고 아무나 한 사람을 선택하지도 못하는데, 그런 사람을 계속 좋아하는 건 보답받지 못할 짓이잖아요."

"……유키토?"

부담 없이 여러 사람을 사귈 수 있는 사람도 있기는 하겠지. 그걸 기량이라고 한다면 그 말이 맞을지도 모른다. 하지만 나에게는 그런 기량이 없었다.

하렘물 주인공처럼 단순하게 행동하는 건 불가능하다.

누군가에게 마음을 줄 수 없는 나는, 누군가의 마음을 받을 자격도 없다.

히나기와 시오리에게도, 앞으로 분명 멋진 만남이 기다리고 있을 거다.

나와 했던 것처럼 변변찮은 만남이 아니라, 운명적인 만남이 있을 것이다. 자신을 가장 소중히 여겨 주는 상대가 틀림없이 나타날 것이다. 누구에게나 축복받는 그런 상대가. 나와 달리 그녀들은 그만한 매력을 가지고 있으니까.

감정의 벡터가 서로 동일한 방향을 보고 있을 때 비로소 연애가 성립한다고 치면, 나는 누구의 호의에도 응해 줄 수 없다. 이뤄지지 않을 일방통행.

"아무것도 아니에요. 돌아가죠."

사고를 떨쳐낸다. 언젠가는 누군가에게 응해 줄 수 있을 날이 오려나?

그런 환상을 꿈꿔 봤자 의미 같은 건 없는데.

"넌 여전히 그날처럼 강하구나. 하지만 그 강함은 분명—."

히미야마 씨가 뭔가를 말하려다 팔을 잡은 손에 꾹 힘을 주었다. 한여름이 절정을 달리고 있는데도 찰싹 몸을 붙였다. 설산에서 조난된 사람들도 이렇게까지 달라붙지는 않지 않을까?

"감사합니다(조금만 더 떨어져 주세요)."

"속마음과 예의상 하는 말이 반대가 된 것 같은데?"

"전 정직한 사람이라서요. 진실의 입에 손을 넣고 입 안을 능욕해 줄 수도 있어요."

"우후후. 대양의 신 오케아노스가 구토하는 모습은 보고 싶지 않거든."

명백하게 걷기 거추장스러웠지만, 히미야마 씨에게 그런 건 상관없는 모양이다.

상가 거리 안을 걷고 있는데, 잡화점 앞에서 히미야마 씨가 걸음을 멈췄다.

"유키토, 살짝 구경하고 가지 않을래?"

"그럴까요. 짐도 없으니까 괜찮아요."

가게 안은 그리 넓지 않지만, 골동품과 소품이 비좁게 진열돼 있다. 이런 것을 잘 모르는 내게는 신선했다.

말할 것도 없이 내 방에는 인테리어라곤 전무했다. 그 살풍경하기 그지없는 방이 그리워진다. 지금 내 방은 어머니와 누나의 물건으로 침식당해 있다. 에센스 같은 건 자기 방으로 좀 가져가라고! 베갯머리에 놓여 있는 콘돔은 대체 누구 소지품이야!

"이 테이블 매트 좋다. 사 갈까나. 유키토는 뭐 갖고 싶은 거 없어?"

"이런 쪽 센스는 전무해서요."

"의외인걸? 뭐든 잘 알고 있을 것 같은데."

"그런 사람은 없어요."

안타깝게도 미적 센스는 눈곱만큼도 없다. 일단 뭐든지 검은색을 택하면 정답이라고 생각한다.

외톨이 아싸니까! 요즘 이런 말을 하면 자학인 척하는 자랑으로 들려서 불쾌감을 느낀다는 것 같긴 하지만. 미안.

옷도 운동복과 파자마만 있으면 충분한 것 아닐까? 라는 생각마저 하고 있다.

"기념으로 적당한 게 없으려나……. 엇, 유키토 이건 어때? 이 머그컵 세트로 할까?"

"그건 좀……."

히미야마 씨가 생글생글 웃으며 머그컵 두 개를 손에 들고 있다. 짝으로 되어 있어 두 개가 한 세트였다. 나와 히미야마 씨가 썼다간 부자연스럽기 그지없을 물건이다.

저것 봐, 지레짐작일지 모르지만, 직원도 '이 자식들, 대체 무슨 관계인 거지…….'라고 말하는 듯한 눈으로 보고 있다고. 무슨 관계인지는 내가 알고 싶어. 아마 원조교제라고 생각해.

"이사한 지 얼마 되지 않아서 손님용 식기 같은 것도 전혀 마련해 두지 않았어. 이제부터 조금씩 갖춰 나가야지. 일단은 유키토가 쓸 것부터 갖춰야겠어."

"아니, 그렇게 자주 찾아가지는 않을 건데요."

"엇, 와 주는 거네?"

"애초에 묘령의 여성이 사는 집을 너무 자주 방문할 수는……."

"혼자 살고 있어서 와 주면 마음이 놓일 거야."

"그 아파트는 보안이 제법 잘 돼 있지 않았던가요?"

"유키토에 대한 보안은 노 가드야. 너도 만지고 싶잖아?"

"네."

—웃는 얼굴의 압력에 굴복하고 말았습니다.

잡화점을 나와 히미야마 씨의 집으로 갔다. 적당히 잡담을 나누며 목적이었던 컴퓨터 주문을 마쳤다. 요구사항을 들으며 스마트폰으로 부품을 조합해 나간다. 정말로 성능은 신경 쓰지 않는 듯해서, 비용은 상당히 저렴하게 책정되었다. 작업하기 쉽게 모니터는 큼지막한 걸로 골랐으니, 이걸로 필요한 작업은 대충 문제없이 할 수 있을 터였다.

"물어봐도 괜찮은지는 모르겠지만, 무슨 작업을 할 생각이세요?"

히미야마 씨의 몸이 움찔거리며 들썩였다.

"내가 있잖아, 학원 강사를 해 보려고 하거든."

"그러셨군요."

"그래서 강의에 쓸 자료를 만든다든가, 그런 작업에 사용하려고. 예전엔 주위에 있던 선생님들한테 이것저것 물어볼 수 있었지만, 지금은 혼자서 해야 하니까."

"어느 정도의 범위를 가르치실 건데요?"

"초등학생이려나. 역시 아이가 좋으니까……. 한 번만 더 도전해 보고 싶어."

"히미야마 씨라면 선생님도 잘하실 거예요."

"그…… 런가?"

미소를 짓고 있지만 어딘가 불안하게 느껴지기도 했다. 뜻밖의 반응. 뭔가를 찾고 살피는 것처럼, 혹은 용서를 구하는 것처럼 히미야마 씨가 답변을 요구한다.

"—나한테도, 누군가를 가르칠 자격이 있는 걸까, 유키토?"

내가 그 질문에 대답할 처지가 될까. 왜 그런 질문을 하는 건지 모르겠다. 하지만 그 눈빛은 진지했다. 만약 여기서 자격이 없다고 대답한다면, 그것은 분명 히미야마 씨가 결정한 일에 큰 영향을 끼칠 것이란 예감이 들었다.

"있어요. 분명. 히미야마 씨라면 친절하게 가르쳐 줄 것 같거든요."

"미, 미안! 이렇게 부끄러운 모습을 보여서……."

눈에서 눈물이 흘러내리고 있었다. 황급히 손수건으로 닦아낸다.

그만큼 그 결단이 히미야마 씨에게 중요한 것이었던 걸까.

히미야마 씨는 대범하고 포용력이 있다. 초등학생 아이들에게는 안심할 수 있는 강사가 될지도 모른다.

학원 강사라고 해 봤자 주에 2번 정도인 듯하지만 그래도 히미야마 씨에게는 큰 선택이었음을, 그 눈물을 보자 짐작할 수 있었다.

"히미야마 씨라면 잘할 수 있을 거예요."

"고마워."

"냐아?!"

꾹 끌어안긴다. 부드러운 감촉이 다이렉트로 전달됐다.

너른 대지에 감싸인 듯한 이 안락함은 설마?! 여전히 풀려 있었잖아!

그보다 왜 끌어안는 거야?! 내 일상은 한결같이 연일 프리허그 개최 중이다.

"바로 영향은 없다 바로 영향은 없다."

이성이 루비콘강을 건너려는 것을 필사적으로 막았다. 무너지면 끝이니까.

이 뒤, 10분 동안 계속 끌어안겨 있었습니다. 나는 깨달음을 얻었다. 교주 코코노에 유키토다.

"벌써 돌아가게? 이제부터 실컷 보답하려고 했는데."

"실컷 보답받았다간 기가 쪽 빨릴 것 같아서요."

"어머어머? 뭘 기대하고 있었던 걸까?"

"입 밖으로 내보냈다간 운영자에게 밴을 당할 만한 일이요."

"잘은 모르겠지만, 내 입에라면 내보내도 괜찮은데?"

"히이이! 운영자님, 보지 말아 주세요!"

나는 기도밖에 할 수 있는 게 없었다. 무력했다.

"오늘은 정말 고마웠어. 마음이 조금 가벼워졌어."

"그거 다행이네요. 그런데 늘 생각하는 거지만, 호감도 미터가 고장나지 않았어요?"

"유키토가 무슨 발언을 하든 내 호감도는 올라가거든."

“그거 버그예요. 패치 하셔야 돼요.”

어째서인지 히미야마 씨는 나에 대한 호감도가 높았다. 만난 지 얼마 되지 않았는데도 이상하게 맘에 들어 해 준다. 솔직히 스마트폰에 메시지를 보내오는 빈도로 따지면 히미야마 씨는 상큼 미남을 웃돌고 있었다. 거의 매칭 앱 수준이다.

“그럼 컴퓨터가 도착하면 불러 주세요. 설정을 만져드릴게요.”

“부탁할게. 아, 그래도 도착과는 상관없이 언제든지 와도 되니까.”

“아뇨, 무리예요.”

“나한테 언제까지 저항할 수 있으려나. ~~우후후후후후후후~~.”

“위험해, 위험해.”

위험해. 뱀 앞의 개구리처럼 바들바들 떨고 있는데, 갑자기 히미야마 씨의 전화가 울렸다. 기회가 왔다!

“그럼 전 가 볼게요.”

“앗, 유키토. 미안. 그럼 다음에 또 봐.”

“네.”

이때다 싶어 도망을 계획한다. 이 기회를 놓칠 수는 없지! 현관 입구에서 신발을 신자 일부러 배웅해 준다. 히미야마 씨는 그대로 손을 흔들다 현관을 나간 시점에 전화를 받았다.

“—네, 여보세요. 누구시죠?”

모르는 사람인 걸까. 엿들을 수도 없다.

그대로 집으로 돌아가려는데, 히미야마 씨의 음색이 변하는 것이 느껴졌다.

"—엇, 미키야 씨?"

그런 말이 들렸던 것 같다. 그러고 보니 전에 딱 한 번 히미야마 씨가 그 이름을 입에 담았던 것 같은…….

그 이상은 생각나지 않아 나는 그대로 그 자리를 뒤로했다.

◆

"앗, 죄송해요. 실수했어요."

잘못 전화를 걸었을 때 같은 민망함을 느끼며 바로 되돌아 나왔다.

미안, 미안, 그만 실수했지 뭐야. 문을 닫고 확인하자, 틀림없이 내 방이었다.

문질문질. 눈을 문질러 본다. 잘못 봤나……? 땀이 폭포수처럼 줄줄 흘러내린다. 셀프 디톡스다. 살며시, 몇 센티만 문을 열어 방 안을 들여다보았다.

"얼른 들어와."

섹시한 속옷 차림의 유리 씨가 제 방인 양 손짓하고 있다. 잘못 본 게 아니었다.

가상의 내가 고른 물건은 센스가 아주 훌륭했다. ……그 녀석은 정말 나였던 건가?

도플 유키토의 존재로 인해 내 자아가 붕괴하기 시작하는데도, 유리 씨는 그를 아랑곳하지 않는 기색이었다.

"무슨 용건이실까요?"

"난 아주 화가 나 있어. 이유가 뭔지 알겠어?"

"히에."

유리 씨가 손에 들고 있는 물건을 눈에 담자 표정이 경직됐다.

저건 설마 예의 그 건에 사용했던 스케치북?!

그러고 보니 사진은 USB 메모리로 옮겨 엄중히 봉인했지만 스케치북은 깜빡하고 그대로 방치했다. 실수, 압도적인 실수! 어떻게 이런 초보적인 실수를 저지를 수 있었을까!

꿩은 머리만 풀에 감춘다더니. USB는 숨겼으면서 스케치북을 감추는 건 깜빡한 실수를 발각당한 나는 당황했다.

잠깐? 기껏해야 스케치북에 그려진 그림이니 결국 망상의 산물에 지나지 않는다.

증거는 일절 존재하지 않는다. 잘하면 어떻게 얼버무릴 수 있을 것이었다.

"이거 그 여자 맞지? 어떻게 된 거야? 30자 이내로 설명해."

"그게, 젊은 리비도가 폭발해 버렸다는 걸로 치시고 제발 이번 한 번만 봐주시면……."

"31자네. 땡, 실격."

"용서해 주세요! 제발, 제발 목숨만으으으은?! 뭐든지 할 테니까?!"

목숨을 구걸하다 그만 쓸데없는 소리를 해 버렸다. 유리 씨가 움찔거리며 반응한다.

어째서 코코노에 가 사람들은 뭐든지에 이상한 집착을 보이는 건지 수수께끼다.

"—여름방학, 앞으로가 기대되네. 뭐든지, 란 말이지. ……그럼 시작해 볼까."

부주의한 발언의 대가는 상당했다. 덜컥 허탈감에 사로잡힌다.

유리 씨가 등 뒤에서 찰싹 매달려 귓가에 녹아내릴 듯한 위스퍼 보이스를 속삭였다.

"그럼 들어 주세요. 동생 전용 ASMR 트랙3 '카치카치야마'.* 옛날 어느 곳에서 누나가 사랑하는 동생에게 말했습니다. 어머, 이런 곳을 크게 키우다니 무슨 일이라도 있었어? 옷 위에서 보니까 어째 꼭 산 같네. 심지어 뜨겁고 딱딱하잖아."

"너구리에게 사과해!"

너무 적나라해서 맛도 정취도 없는 내용에 입에서 엑토플라즘을 방출할 뻔했다.

"무슨 소리를 하는 거야. 이건 아직 시작에 불과하다고. 이제부터가 굉장하다니까."

"이미 한계를 돌파하고 있는데, 트랙 10에서는 어떻게 되는 거야?"

일단 재미있을 것 같아서 물어봤다. 내 나쁜 버릇이었다. 대체 그런 걸 왜 물어보는 건데!

"하는 수 없지. 특별히 조금만 가르쳐 줄게. 내~ 처음을~ 네가~."

* 할머니를 잔혹하게 살해한 너구리를 할아버지 대신 토끼가 찾아가서 복수하는 내용의 일본 전래 동화. 카치카치야마(딱딱산)라는 이름은 토끼가 너구리가 등에 짊어진 장작에 불을 붙일 때 난 딱딱 소리를 딱딱산의 딱딱새가 우는 소리라고 얼버무린 데서 유래했다.

"키에에에에에에에에에에에에에에에에엑!"

"갑자기 왜 그래?"

"충동적으로 오키나와 뜸부기 울음소리를 흉내 내고 싶어져서."

"울음소리가 그랬던가? 뭐, 됐어. 처음이라고 해 봤자 어차피 조만간 네 여자가 될 거니까. 뭐하면 지금 당장 확인해 볼래? 내 처녀 마—."

"그 파렴치 회장을 때려 주고 말겠어!"

그 사람, 이제 보니 존재 자체가 악영향이었잖아. 순진무구한 유리 씨에게 무슨 짓을, 무슨 짓을!

네 이노오오오오오옴, 음마 학생회장, 용서치 않으리! (삐걱삐걱 효과음)

"누나, 2학기가 되면 같이 해직을 청구하자. 케도 정권에 반기를 드는 거야!"

"겨우 결단을 내렸구나. 그 말을 기다리고 있었어. 답례로 내 인생을 줄게."

"래버리지가 너무 크다고오오오오오!"

보수의 리턴이 너무 불균등하다. 인생을 그리 쉽게 턱턱 걸지 말라고.

"그럴 마음이 들면 언제든지 말해."

"사양하겠습니다."

"세로 시작해서 스로 끝나는 일을 하자."

"세리눈티우스, 어째서…….*"

---

* 다자이 오사무의 소설 〈달려라 메로스〉에 등장하는 인물로 주인공 메로스의 친구.

"틀렸어. 에로스."

"그것도 틀렸거든요?!"

네 이놈, 메로스!

"부끄러워하긴, 귀여워. 자, 그만 자 보실까."

여름방학이라 방탕한 생활을 하는 것처럼 보여도, 라디오 체조도 하고 나팔꽃도 키우고 있다. 나도 유리 씨도 일찍 자고 일찍 일어나는 의외로 건강한 삶을 보내고 있었다.

그래서 남은 일과는 이제 잠을 자는 것뿐인데, 취침 전의 시간이야말로 우리 집에서 가장 위험한 순간이었다.

침대 안에서 여전히 가슴을 콩닥거리며 졸음과의 싸움을 이어 간다.

"왜 반대 방향을 보고 있어? 뭐든지 한다고 했지? 그럼 이쪽을 봐. 그러면 외롭지 않잖아. 이 속옷, 네가 고른 거야. 어때?"

"너무 섹시하지 않아?"

"성장기인 걸 어떡해."

"아무리 생각해도 성장기는 정말 굉장해."

개인적으로는 이쯤에서 성장이 멈추면 좋겠다고 진심으로 기도할 따름이다.

"그렇지, 누나. 누나도 겨드랑이가 신경이 쓰여?"

"딱히 신경 안 쓰는데. 뭐야, 보고 싶어? 네 마음대로 해도 돼."

아무런 망설임도 없이 보여 준다. 일은 해 봐야 안다고 그냥 말해 본 것뿐이었는데, 맞아, 이거지, 이 반응이 보통이라니까. 정말이지, 히나기와 산죠지 선생님이 과잉 반응을 했던 것뿐이었다.

“혹시 내 상식이 현저하게 잘못된 게 아닐까 싶어서.”

“…………하나도 잘못되지 않았어.”

“뭐야, 그 의미심장한 침묵은?!”

“네 인내력이 질지, 내가 이길지. 여름방학 동안 승부하자.”

“……그거, 둘 다 내가 지는 거잖아.”

거동이 수상해지면서도 그야말로 아름다운 유리 씨의 미소에 넋이 나간 사이, 어느새 의식은 아득해져 몽롱한 가운데 깊은 어둠으로 추락해 갔다. 쿠울.

“어때, 유키토?”

긴장한 얼굴로 히나기가 물어본다. 기분을 고취하려고 그런 건지 일단은 모양새부터 갖추자고 생각한 건지는 몰라도, 히나기는 베레모를 쓰고 있었다. ……그건 만화가 아냐?

우리는 학급 제일의 독서가이자 빨간펜 학생, 나츠메의 감수 아래 여름방학 동안 웹 소설 제작에 착수하고 있었다. 지금은 패밀리 레스토랑에서 히나기와 함께 작전 회의 중이다.

소설을 쓰는 건 히나기지만, 나는 철저히 서포트에 임할 것이다.

“내용은 재밌는데, 이대로는 좀 힘들겠다.”

“엥……? 어째서? 어디가 별로였어?”

히나기가 쓴 원고를 훑어본다. 히나기가 애써서 일궈낸 노력의 결정을 부정하는 것은 아니다.

오히려 노력의 결정이기에 더 많은 사람들이 읽게 하고 싶었다. 순순히 그런 생각을 할 만큼 내용은 재미있게 완성돼 있었다. 그림 센스는 독창적이었지만, 보아하니 히나기는 글에 재능이 있었던 모양이다. 뜻밖의 발견이었다.

"나츠메가 말하길, 일단 웹 소설은 제목→줄거리→본문 순서로 독자가 떨어져 나간다고 해. 즉, 읽기 시작하기까지 허들이 있다는 뜻이지."

"그건 나도 알 것 같아. 재밌어 보이는 소설이 아니면 애초에 읽으려는 생각도 안 드니까."

"그치. 그 점에 근거해서, 이걸 봐줘."

초고 상태의 소설을 같이 체크한다.

"아, 알겠다! 행간이 너무 빽빽해서 이대로 올리면 가독성이 떨어지겠네."

세로쓰기 형식인 소설과 가로쓰기 형식인 웹 소설은 포맷에서도 차이가 났다. 글자가 덩어리져 있으면 화면상으로도 압박감이 상당하고 가독성에 문제가 생긴다.

이런 세세한 부분을 고려하는 것도 사용성에 들어간다고 할 수 있었다.

"일단 적당히 문단을 나누자. 이 상태로 올렸다간 뒤로가기를 당할 것 같은데, 그러면 아깝잖아."

"응! 에헤헤. 이렇게 같이 작업하니까 왠지 재밌다."

"목표가 있으면 의욕이 생기지."

"맞는 말이긴 하지만, 그런 뜻으로 한 말은 아니었어! 그래도 매번 고마워."

히나기는 기분이 좋아 보였다. 파르페를 먹으며 작업을 이어 간다.

"제목은…… 이 정도면 완벽하고. 줄거리도 잘 정리됐어. 내용은 재미있고, 분량은 좀 더 비축해 두자. 괜찮겠어?"

"쓰고 싶은 건 많이 있으니까. 그래도 신기해. 처음엔 그렇게 안 될 거라고 생각했는데 말이야. 지금은 뒤 내용을 적고 싶어서 참을 수가 없어."

히나기도 보람을 느끼는 모양이다. 참고로 히나기가 적고 있는 소설은 러브 코미디다.

본의 아닌 행동으로 소꿉친구를 상처 입히고 만 여자애가 후회를 거듭하다 정말로 소중한 것을 깨닫고 엇갈린 관계를 회복해 나가는 감동적인 러브 코미디였다.

캐치프레이즈는 '절대 때를 놓치게 만들지 않는 러브 코미디'다.

히나기가 묘사하는 섬세한 정경과 가슴을 치게 만드는 후회가 노도와 같은 기세로 이야기를 이끌어 나간다.

전미가 울었다. ……까지는 모르겠지만, 서정적인 전개는 독자의 마음을 울릴 것이다.

"좋았어, 그럼 사흘 뒤부터 연재를 시작하자. 첫날은 5화까지 올리고, 첫주 동안은 오전이랑 오후에 2화를 올리는 거야. 그 뒤에는 1부 종료까지 매일 연재분을 업로드하면서 독자의 반응을 살피자."

"……드디어 시작이네. 왠지 두근거리기 시작했어. 읽어 줄 사람이 있으려나?"

"안심해. 이렇게 재밌으니까 자신감을 가져. 아, 조회수가 1로 올라가 있으면 그건 나인 줄 알아."

"제일 첫 독자네. 사인해 줄까? 장난이지만."

"그럴 줄 알고 색지를 가져왔지."

"저, 정말! 창피한 짓 좀 하지 마!"

그렇게 말하면서도 히나기는 몰래 웃으며 색지를 적어 주었다. '사랑하는 소꿉친구에게'라고 적힌 색지를 소중히 가방에 넣는다. 흐흐흐. 이 유키토, 쑥스러운걸.

"감상 글에 험담 같은 게 적혀 있으면 기운이 빠질 것 같아. 내가 읽고 있는 작품에서도 가끔 그런 코멘트를 보거든. 그런 게 있으면 마음이 꺾이잖아."

"몰래 모아뒀다가 나중에 발신자 정보 공개 청구를 하자."

공개 청구를 적극적으로 활용하면 된다고. 앞으로 대 공개 청구 시대가 도래할 것이다.

"다들 유키토처럼 멘탈이 강하지 않거든?"

"아니, 최근엔 나도 연전연패로 멘탈이 아주 약해지고 있어서 말이야. 매일 엄마와 누나한테 실컷 얻어맞고 있어. 어제는 외출 중에 도저히 화장실을 참을 수가 없어서 달려서 집으로 돌아갔는데, 엄마가 먼저 화장실을 쓰고 있지 뭐야. 그대로 끌려 들어가서 일을 보게 됐어. 너무하지 않아? 내가 무슨 아기냐고. 이래 봬도 젖도 다 뗀 고등학생이라고."

"네가 제일 오른손 법칙을 사용하지 않고 있잖아! 대체 왜 설명을 그렇게 의기양양한 얼굴로 하는 건데! 참지 말고 얼른 화장실에 가라고. 그리고 오우카 씨도 뭘 하는 거야…….”

뭐, 늘 있는 일이다. 신경 써 봤자 소용없다.

파르페를 다 먹는 사이 히나기와 함께하는 한가로운 시간이 지나간다.

“사람들이 읽어 주면 좋겠네.”

“고마워. 같이 어울려 줘서. 유키토가 제안해 주지 않았다면 이런 세계가 있다는 걸 몰랐을 거야.”

“나도 처음이야.”

“그래서 말하는 거야. 새롭게 시작하는 걸 두려워하지 않고, 어떤 고생과 노력도 마다하지 않지. 멋있어, 유키토는. 매일 유키토랑 같이 있기만 해도 즐거워.”

“그래?”

“응! 그래서, 정말 좋아.”

눈부시게 찬란한 미소. 티끌 하나 없이, 그저 깨끗하기만 한.

퉁명스럽게 마음에도 없는 말을 하던 모습을 버린 소꿉친구는 강적이었다. 난공불락. 나로서는 이길 수 있을 것 같지 않았다.

답을 내야만 한다. 공은 늘 나에게 있으니까.

안색이 바뀐 히나기에게서 연락이 온 건 그로부터 한 주가 지난 뒤였다.

“어떡하지, 유키토! 있지, 어떡해야 해?!”

히나기의 러브 코미디 소설은 공개 뒤로 갈수록 조회수가 오르고 있었다.

매일 가슴을 두근거리며 조회수를 살피고, 감상 글에 일희일비한다. 이대로 계속하면 적지 않은 용돈을 벌 수 있을지도 모른다. 그런 대화를 히나기와 나눴는데, 대체 무슨 일이 생긴 거지?

지난 주에 이어 패밀리 레스토랑에서 히나기에게 얘기를 들었다.

"……제안이 와 버렸어."

"하?"

방금 한 말 누나 같지 않았어? 그렇지 않았어?

그런 생각을 하면서도 동요한 나머지 단어가 머리에 들어오지 않았기에 한 번 더 물어보았다.

"미안, 잘 못 들었어. 그리스어로 부탁해."

"Με πήραν τηλέΦωνο απότην εταιρεια."

"히나기, 굉장해!"

깜짝 놀라 눈이 점이 됐다. 이제는 어느 쪽에 놀라야 하는 건지 모르겠다.

어떻게 발음했는지도 수수께끼다. 그리고 제안이라니, 엥, 사실이야?

"놀고 있을 때가 아냐! 어떡하면 좋지, 유키토?"

흥분했지만 어딘가 불안감을 감추지 못한 기색으로 히나기가 몸을 앞으로 내밀었다.

"어떡하고 자시고……. 일단 부모님한테는 얘기했어?"

"아니. 아직. 소설을 쓰고 있다고 말하기 왠지 부끄럽기도 하고, 조금쯤은 결과가 나온 뒤에 말해도 될 것 같아서. 히오리한테도 얘기하지 않았어."

취미의 범주라면 그래도 상관없지만 출판까지 하게 되면 아무래도 부모님의 협력이 필요불가결하다.

인센티브 수입 수준의 얘기가 아니게 돼 버렸다. 그럼, 어떻게 해야 할까…….

최신 학설을 반영한 티라노사우르스의 멋대가리라곤 없는 디자인에 진저리를 치고 있는데, 퍼뜩 생각이 났다.

잠깐? 딱히 고민할 필요 없지 않나? 히나기에게 뜨거운 시선을 보낸다.

만약 혹시라도 출판을 하게 된다면 히나기는 현역 미소녀 여고생 작가가 되겠지.

그것만으로도 화제성은 발군이다. 홍보문구로 더할 나위 없었다. 공개적으로 얼굴을 드러내는 건 싫어하겠지만, 이건 히나기에게는 크게 날아오를 기회였다.

히나기가 쓴 작품이 정당하게 평가받아 누군가의 눈에 띄고 독자의 감정을 움직였다.

가슴을 펴고 당당하게 행동하면 된다. 주눅들 필요는 없다. 히나기는 C컵이다.

"히나기, 제안을 받아들이자! 이건 네가 붙잡은 미래야."

"괜찮은 걸까? 그도 그럴 게, 나 혼자서 쓴 게 아니라 유키토한테도 많은 도움을 받았는데……."

"솔직하게 기뻐해. 네 노력과 성과야. 축하해, 히나기."

"……우에에에에에에엥…… 유키토……!"

눈물샘이 붕괴된 히나기가 내게 매달렸다. 위로하듯이 톡톡 등을 다독인다.

그나저나, 설마 일이 이렇게 될 줄은 생각도 하지 못했다.

하지만 그렇게 말하면 일이 이렇게 될 거라고 예상해서 이렇게 된 사례가 없었기에, 이렇게 되지 않는 편이 정상이라고 말할 수 있을지도 모른다. 게슈탈트가 붕괴되고 있었다.

그로부터 약 1년 뒤, 수정을 거듭해 마침내 히나기의 러브 코미디 소설이 발매됐다.

띠지에는 '그 버니맨도 절찬'이라는 글자가 적혀 있었지만, 그건 또 다른 얘기다.

◇

'재택근무에 익숙해지니까 이렇게 출근하려니 피곤하네…….'

유연근무제가 도입됐다고는 해도, 이 정도 일이라면 집에서도 문제없이 가능하다. 그런 생각이 드는 것 자체가 달콤한 함정일지도 모른다.

이렇게 가끔 얼굴을 비추는 것조차 귀찮게 느껴지는 건 그만큼 집의 근무 환경이 쾌적하기 때문일 것이다. 한탄해 봤자 어쩔 수 없지만, 집에 거역하기 힘든 매력이 있다는 건 부정할 수 없었다.

의자도 직장에서 쓰는 건 살풍경한 사무용 의자지만, 집에서는 임시수입이 들어왔다는 이유로 아들이 나와 유리에게 비싼 의자를 선물해 주었다.

옆에 있어 주기만 해도 다정해서 치유된다. 나에게는 그야말로 이상적인 남성 그 자체였다.

최근 아들의 사랑스러움은 한도를 초과하고 있었다. 만약 유키토가 호스트였다면, 나는 돈을 모조리 헌납하고 파산했을 게 틀림없었다. 그래도 후회는 전혀 없겠지만.

회사는 좋아하지만, 밖으로 나온 이상 제대로 화장도 해야 한다. 사회인으로서 당연히 해야 하는 치장이지만 귀찮은 건 사실이었다.

속으로 몰래 한숨을 내쉬며 일을 처리해 나간다. 회사에서밖에 할 수 없는 자료 확인과 미팅 등 출근하면 하는 대로 할 일은 많았다.

마음을 다잡고 작업에 집중한다. 서류를 훑으며 부하에게 말을 걸었다.

"히이라기 씨. 인턴 교육을 해 보지 않을래? 아주 유망한 애야."

"제가요? 그런데 별일이네요. 주임님이 그런 말씀을 하시다니."

"조금 인연이 있는 애야. 입사하면 히이라기 씨 밑으로 넣어 줄게."

내 부서에서 받기로 한 인턴을 부하인 히이라기에게 맡겼다. 아들을 누명에서 구해 준 은인이라고 한다. 이력서에는 결코 볼 수 없는 사람됨을 알고 있다는 건 다행한 일이다.

히이라기도 슬슬 부하를 가질 때가 됐다. 그것은 그녀의 성장과도 직결된다. 내가 독립한 뒤 히이라기와 함께 일을 맡길 수 있을 만한 사람이 되어 준다면 마음이 든든할 것이었다.

동료와의 커뮤니케이션도 업무의 일환이다. 휴식 시간에 나눈 실없는 잡담도 예상치 못한 곳에서 도움이 될 때가 있다. 이런 것들은 회사만이 가지고 있는 장점일지도 모른다.

일 자체는 무척 보람이 있고 즐겁다. 요즘은 특히 더 충실했다.

그래도 불편한 상대는 있긴 하지만.

"지금부터 같이 식사하러 가지 않을래?"

퇴근하려던 찰나 동료가 말을 걸어 왔다. 상대가 누군지 확인할 것까지도 없이 넌더리가 났다.

식사를 같이 하자고 제안한 사람이 오늘만 세 명째였다. 일찍 돌아가고 싶어서 전부 거절했는데, 뒤를 돌아보자 출근할 때마다 말을 걸어 오는 타 부서 직원이었다.

"죄송해요. 아이들이 방학 중이라 집에 있어서요. 돌아가서 식사를 차려 줘야 해요."

아무리 이혼을 했다지만 이래 봬도 두 아이의 엄마다. 유혹이라면 독신에 젊은 아이한테나 할 것이지 싶어 투덜거렸지만, 그런 내 심경 따위는 안중에도 없이 남자는 말을 이었다.

"분명 고등학생이라고 했죠. 그 정도 나이면 너무 간섭하지 말고 어느 정도 맡겨 보는 것도 괜찮지 않을까요? 식사 정도는 자기들이 알아서 하겠죠."

"오늘 일찍 집에 갈 거라고 말해 둬서요."

"뭐 어때서요. 이렇게 만난 것도 인연인데, 어떠세요? 맛있는 이탈리아 음식점을 알고 있어요. 가끔은 아이들을 잊고 어른들의 시간을—."

"쓸데없이 참견하지 말아 주세요. 그럼."

"엇, 앗, 죄송합니다! 그럼 다음 기회에 또 뵙죠."

"그럴 일은 아마 없을 거예요."

저도 모르게 발끈해서 고함을 치려던 자신을 필사적으로 억눌렀다. 너무나도 불쾌했다. 언짢은 기분을 떨쳐내려는 것처럼 자연히 집으로 돌아가는 발걸음이 빨라졌다.

대체 우리 가족에 대해 뭘 안다고 저러는 걸까. 아이를 잊어? 웃기지 말라고.

아이는 나에게 가장 소중한 것이다. 아무것도 모르는 외부인 주제에. 짜증이 치솟았다.

돌아가서 아들로 치유 받자. 최근엔 조금씩 대화가 늘고 있다. 그것만으로도 아주 행복하고 충실한 나날이었다. 아들은 내가 살아가는 기력이다.

가볍게 장보기를 마치고 집으로 향하자 아파트 입구에 아들의 모습이 보였다.

운동복을 입고 있다. 틀림없이 러닝을 마치고 돌아온 것이리라. 어떻게 된 일인지 스스로도 의아하지만, 요즘은 가슴이 묘하게 두근거렸다. 여태까지는 이런 일이 없었는데.

내가 아들을 대하는 방법을 바꿨기 때문인 건지, 아니면 아들이 먼저 다가와 주게 됐기 때문인 건지. 어느 한쪽이 옳다는 건 아니고, 둘 다 영향을 끼치기도 했을 것이다.

발걸음도 가볍게 아들이 있는 곳으로 가려고 하는데, 어떤 남성과 대화하는 것이 보였다.

하지만 그 상대방이 누구인지 알고는 그 자리에 얼어붙은 듯이 멈춰 섰다.

"그런— 어째서? 설마, 저 남자는……?"

여름이라 그런지 저녁이 지나가고 있는 이 시간에도 날은 아직 무더웠다.

일과인 러닝을 마치고 집으로 돌아오자, 아파트 입구에 본 적 없는 검은색 고급차가 서 있었다. 그 안에서 영리한 눈빛의 남자가 느릿하게 얼굴을 내밀었다.

"미안한데, 이 아파트에 사는 코코노에라는 이름의 여성을 혹시 아니?"

"수상한 사람이세요?"

딱 봐도 수상한 사람이 분명했지만, 혹시 몰라 수상한 사람인지 아닌지 확인해 뒀다.

"한심하긴. 설령 수상한 사람이라고 해도, 순순히 '네, 그렇습니다' 하고 대답하는 바보가 있을 리가 없잖아."

"그럼 수상한 사람이네."

"칫. 나는 코코노에 오우카와 아는 사람이야."

"오~. 그러세요. 누구신가요?"

"남에게 이름을 물을 때는 먼저 자기부터 이름을 밝혀야 한다고 배우지 않았어?"

그대로 빠르게 아파트 안으로 들어갔다.

"거기 서!"

날카로운 눈매의 남자가 황급히 제지한다. 귀찮게 하네…….

"대체 뭡니까?"

"거기서는 보통 이름을 대는 게 순서잖아!"

"딱히 관심이 없어서요."

"정말 짜증나는 꼬맹이구나."

"그런 말 자주 들어요."

"그렇겠지. 그 녀석과는 맛있는 술을 마실 수 있을 것 같네."

"우와, 커뮤니케이션을 술로 하는 사람이 진짜로 있구나. 그런 거 민폐니까요."

"아무리 그래도 갑자기 너무 적대하는 거 아냐?"

"요즘은 만나자마자 협박을 당하기도 해서 경계하고 있어요."

"그건 경찰에 신고해야 할 사안이잖아……."

물끄러미 남자를 쳐다본다. 올백 머리에 자신감 넘치는 풍모. 사각 프레임의 안경이 한층 냉철한 분위기를 자아내고 있다.

어머니와 아는 사이라고 해도 얼마나 어떻게 아는 사이인지가 중요하다.

억지로 집에 들어오려 하는 상대라면 그 나름대로 주의가 필요할 것이다. 반대로 친한 사이라면, 집을 모른다는 건 납득하기 어려웠다.

결국 신뢰하기 힘든 경계해야 마땅한 사람임에는 틀림없는 듯했다.

"코코노에 오우카는 제 어머니인데요, 대체 무슨 용건이시죠?"

여기서 내게 말하지 못할 용건이라면 상대할 필요가 없다. 겸사겸사 몰래 스마트폰 녹음 버튼을 눌러 두었다. 나중에 어머니에게 확인을 받기 위해서다.

"……네가? 알겠다, 네가 유키토구나! 수고를 덜었네. 그나저나 오우카는 교육을 어떻게 하고 있는 거야. ……뭐, 됐어. 넌 제법 쓸 만하니까. 나랑 같이 가자."

"네?"

이 아저씨가 무슨 소릴 하는 거지? 안 그래도 외톨이 아싸(유명무실)라 아는 사람도 적은 나인데, 또래라면 몰라도 이런 아저씨와 알고 지낸 적은 없다.

아까와는 다르게 갑자기 친한 척 접근해 온다. 불쾌했다.

의심스러운 시선을 보내고 있는데, 아저씨 쪽에서 생각지도 못한 발언이 튀어나왔다.

"나는 토우렌 슈우기. 예전에…… 아니, 나는 너의— 아버지야."

"아, 여보세요, 경찰인가요? 갑자기 아버지를 사칭하는 괴상한 이름의 좀 정신이 이상해 보이는 수상한 사람한테 납치당할 것 같아서요. 맞아요. 특징은 올백 머리고, 차 번호판은—."

"?!"

후기

여러분의 응원으로 이렇게 3권을 발매할 수 있었습니다. 감사합니다.

이야기도 다음 페이즈로 옮겨가 후회밖에 없던 과거에서 미래를 향해 나아갑니다.

본 작품은 원래 웹 소설이었기에 그 원점을 잊지 않기 위해서라도 '추방'은 빼놓을 수 없었습니다. 웹 소설 하면 추방. 일단 추방해 두는 게 철칙입니다.

설정을 대폭 변경하면서 그 인물의 설정도 수정했습니다. 그 밖에도 여러 부분이 달라졌으니 이후 이야기가 어떻게 진행될지, 각각 별개의 작품이라 생각하고 즐겨 주시면 다행이겠습니다.

질리지도 않고 또 캐릭터가 늘어나고 있습니다만, 와타 선생님께서 새로 여대생팀과 샤카도를 디자인해 주셔서 감사할 따름입니다. 늘 감사합니다!

그리고 무엇보다 구매해 주신 독자 여러분께 진심으로 감사 인사를 드립니다.

자, 여름이라고 해도 이제 막 시작된 참. 많은 이벤트가 대기 중입니다.

어둠 속에서 꿈틀거리는 요괴와의 조우. 사투, 그리고. 유키토의 운명은 과연 어떻게 될 것인가?!

그럼 또 다음 권에서 만나 뵐 수 있기를 진심으로 고대하고 있겠습니다.

나에게 **트라우마**를 준 여자들이
힐끔힐끔 보고 있는데,
유감이지만 이미 **늦었습니다** **3**

초판 1쇄 인쇄 2025년 3월 10일
초판 1쇄 발행 2025년 3월 15일

저자 : 미도 유라기
번역 : 조기

펴낸이 : 이동섭
편집 : 이민규
디자인 : 조세연
영업 · 마케팅 : 조정훈, 김려홍
기획편집 : 송정환, 박소진
e-BOOK : 홍인표, 최정수, 김은혜, 정희철, 김유빈
라이츠 : 서찬웅, 서유림
관리 : 이윤미

㈜에이케이커뮤니케이션즈
등록 1996년 7월 9일(제302-1996-00026호)
주소 : 08513 서울특별시 금천구 디지털로 178, B동 1805호
TEL : 02-702-7963~5 FAX : 0303-3440-2024
http://www.amusementkorea.co.kr

ISBN 979-11-274-8560-3 04830
ISBN 979-11-274-6694-7 04830 (세트)

ORE NI TORAUMA WO ATAETA JOSHITACHI GA CHIRACHIRA MITE KURUKEDO,
ZANNENDESUGA TEOKUREDESU 3